Ces promesses maudites

Ouvrage publié sous la direction de Milena Gallot

Ceci est une œuvre de fiction.
Toute ressemblance avec des personnages, lieux, organisations ou évènements existant ou ayant existé ne serait que purement fortuite.

AVERTISSEMENT DE CONTENU
ABANDON PARENTAL, ATTAQUE ANIMALE, CHANTAGE, CRUAUTÉ, DROGUE, ESCLAVAGE, HOMOPHOBIE, INCENDIE, KIDNAPPING, MALTRAITANCE, MANIPULATION MENTALE, MEURTRE, MORT D'UN PROCHE, PROSTITUTION, SANG, VIOLENCE

Ces promesses maudites, tome 1
par Lexi Ryan

THESE HOLLOW VOWS

Illustration de couverture : © 2021 by Luisa J. Preißler
Conception graphique / couverture française : Eilean Books
sous la direction de Volodymyr Feshchuk

Composition et mise en pages : PCA

ISBN : 978-2-38565-026-1
Dépôt légal : octobre 2024

1re édition — 1er tirage

PEFC
PEFC/14-38-00277
Certifié PEFC
www.pefc.fr

Achevé d'imprimer en Slovaquie par Novoprint SLK en août 2024,
sur du papier issu de forêts gérées durablement.

Lexi Ryan

Ces promesses maudites

Texte intégral

Traduit de l'anglais
par Hélène Collon

PAL

À Brian
Ils sont tous pour toi

1

Des ombres fraîches glissent sur ma peau moite ; accueillantes, elles me font comme un déguisement. Je pourrais savourer l'obscurité, m'étendre avec délectation sous les étoiles et laisser l'air nocturne dénouer mes muscles contractés, harassés, mais pas question de perdre cette soirée à me reposer, à jouir de plaisirs fugaces. C'est l'heure des espions et des voleurs. *Mon* heure.

J'insère deux épingles à cheveux dans la serrure. Mes doigts abîmés les survolent comme des cordes de violon. C'est un chant auquel je me suis exercée mille fois, un hymne que j'ai déjà joué dans les moments de plus profond désespoir. Mieux vaut élever une prière à l'agilité des doigts, aux ombres et au camouflage qu'aux dieux de l'ancien temps. Mieux vaut cambrioler que mourir de faim.

Au loin résonne le chant des grenouilles ; leur chœur masque presque le réjouissant déclic de la serrure qui cède. La porte de service du manoir de Creighton Gorst s'ouvre devant moi.

Ce soir, Gorst est occupé ailleurs. J'y ai veillé. Mais je scrute les abords immédiats, au cas où il serait là quand même, lui ou un membre de sa domesticité. En général, les riches s'entourent en permanence de gardes, mais quelques-uns, dont Gorst, sont plus paranoïaques : ils ne laissent même pas le premier cercle de leur personnel s'approcher de leur chambre forte sans eux. Aussi, il y a des mois que j'attends le moment propice – un soir comme celui-ci.

Je descends à pas de loup l'escalier de pierre menant à la cave. À chaque marche la température baisse, mais ma peau est comme réchauffée par l'adrénaline et l'excitation d'avoir franchi le mur d'enceinte de Gorst, et j'apprécie cette fraîcheur soudaine.

Au pied de l'escalier, par terre, un luminéral détecte mes mouvements et s'allume. Je le désactive en balafrant d'un coup de couteau sa partie centrale, plus molle ; tout à coup règne le noir complet ; c'est à peine si je distingue ma main. *Tant mieux*. De toute façon, je préfère me déplacer dans l'obscurité. J'y suis plus à l'aise.

Je longe le mur à tâtons jusqu'à sentir sous mes paumes l'acier froid de la porte de la chambre forte, que j'explore du bout des doigts : trois serrures, pas trop compliquées. Elles ne résistent pas à ma lame et mes épingles à cheveux. En moins de cinq minutes la porte s'ouvre et je me détends. Ouf ! Je pourrai payer mon dû. Cette fois, tante Vivias ne pourra pas nous infliger d'amende.

Malheureusement, mon sourire triomphant est de courte durée face aux symboles gravés dans la pierre du seuil. L'exaltation du succès reflue.

La chambre forte de Gorst est protégée par des répulsignes.

Évidemment.

Un rupin parano au point de se priver de gardes – on n'est jamais trop méfiant – se retrouverait vite sans le sou sans un peu de magie pour défendre sa fortune.

La mission de ce soir est risquée ; je ne peux me permettre de l'oublier un instant. Je ne vole que ceux qui ont plus qu'il n'en faut, mais la richesse va avec le pouvoir – notamment celui de faire exécuter les voleuses prises sur le fait.

Je m'écarte et sors de ma besace une limastre. Sa peau lisse et humide glisse entre mes doigts, mais je la guide vers mon poignet. Elle s'y attache en m'arrachant une grimace et puise dans une veine un filet de sang. Sa peau se met à luire et le sol apparaît à mes pieds. Je préfère nettement les ténèbres, mais il faut que je voie ces symboles. Je m'accroupis et en suis du bout du doigt les tracés et contours, qui me confirment leur forme, donc leur vocation. *Astucieux. Très astucieux…*

Ce ne sont pas ces runes qui m'empêcheront de pénétrer dans la chambre forte. Mais une fois qu'elles m'auront laissée passer, elles m'y retiendront prisonnière jusqu'à ce que le maître des lieux vienne me régler mon compte. Un voleur ordinaire exclusivement formé à reconnaître les runes protectrices jugerait ces répulsignes défectueux en réussissant à passer outre. Erreur : il s'en retrouverait prisonnier. Heureusement, je suis loin d'être ordinaire.

Je me creuse la tête pour découvrir le contre-sort approprié. Je ne suis pas mage. J'aurais pu et aimé l'être, mais le destin en a décidé autrement, et au lieu de cela je passe mes journées à récurer des planchers et faire le ménage chez mes cousines pourries gâtées. N'ayant ni le temps ni les moyens de suivre la formation, je ne pourrai jamais recourir aisément à la magie en dispensant charmes, potions et rites. J'ai déjà de la chance d'avoir un ami qui m'a appris ce qu'il pouvait. Notamment comment ressortir de cette chambre forte une fois que j'y aurai prélevé ce dont j'ai besoin.

Je reprends le couteau passé à ma ceinture et en passe la lame en travers de ma paume du côté opposé à la limastre, en serrant les dents – la douleur me donne le tournis et fait le vide dans ma tête. Je vacille. Mon corps aspire à s'évanouir. Ce serait un tel soulagement !

Respire, Abriella. Tu dois respirer. Le courage ne remplace pas l'oxygène.

Le souvenir de la voix de ma mère m'oblige à gonfler mes poumons. Mais qu'est-ce que j'ai, ce soir ? En temps normal, je tiens mieux le coup face au sang et à la douleur. Seulement voilà : après une journée entière de travail sans même une pause, je suis affamée et à bout de forces. Et déshydratée.

Le temps presse.

Je trempe le bout de mon doigt dans le sang qui s'amasse dans ma paume et dessine avec soin les runes du contre-sort par-dessus celles du seuil, puis j'essuie mes mains sur mon pantalon et j'observe attentivement mon œuvre.

Je m'interdis de retenir mon souffle en franchissant le seuil plusieurs fois, pour m'assurer que mes runes fonctionnent. Puis je m'avance dans la chambre forte de Creighton Gorst en m'éclairant grâce à la limastre. Et là, je pousse un hoquet étranglé.

Elle est plus vaste que ma chambre à coucher. Les parois sont tapissées d'étagères supportant des sacs pleins de raqons, des pierreries en tout genre et des armes qui luisent de mille feux. J'ai tellement envie de rafler tout ce que je peux que j'en ai des fourmillements dans les mains, mais je résiste. Si je me laisse emporter par la convoitise, Gorst verra qu'on s'est introduit chez lui. Si ça se trouve, je le sous-estime et il s'en rendra compte de toute façon ; cet ivrogne est peut-être capable d'évaluer au raqon près le magot amassé grâce aux plaisirs de la chair et autres divertissements. Mais avec un peu de chance, il ne saura jamais que quelqu'un est passé outre ses runes.

Je le savais cousu d'or, mais je ne m'attendais pas à pareille abondance. L'alcool et la prostitution enrichissent leur homme, bien sûr, mais à ce point… Je parcours les étagères du regard et tends instinctivement la main vers ce qui explique cette fortune : une liasse de titres de propriété, chacun concernant une vie humaine.

Mais j'interromps mon geste, car il en émane une chaleur magique.

Dans une autre vie, j'aurais adoré être une puissante mage rien que pour annuler ces contrats-là. J'aurais vaincu la magie liant ces vies aux êtres malfaisants comme Gorst et consacré toutes mes ressources à la libération de ces filles avant qu'on me rattrape et qu'on m'exécute. Même sans les aptitudes nécessaires pour neutraliser la magie contenue dans ces documents, j'ai toutes les peines du monde à les laisser où ils sont. Quelque chose me pousse quand même à tenter le tout pour le tout.

Arrête. Tu ne peux pas les sauver.

Je choisis plutôt une étagère tellement chargée qu'on ne repérera pas tout de suite l'absence d'un sac de pièces, avec un peu de chance. Je cherche un éventuel marquage – en vain, Gorst devrait me payer pour lui apprendre à mettre *vraiment* son pécule à l'abri ! Je soulève un sac et jette un coup d'œil à l'intérieur : il contient assez de raqons pour payer notre dû de ce mois, et peut-être même le prochain.

Avec toutes ces richesses, si je prends plus de pièces que nécessaire, s'en rendra-t-il compte, au moins ?

J'examine à nouveau les rayonnages et sélectionne deux autres sacs, nichés derrière d'autres trésors entassés n'importe comment. Gorst est un être méprisable, je ne l'ignorais pas, mais les fortunes de cet acabit, les gens de Bellecontrée n'en voient qu'en faisant affaire avec les faë. Soudain, ces actes de propriété magiques prennent un autre sens. Il est déjà très grave que Gorst plie ces personnes à sa volonté et qu'elles passent leur vie à essayer vainement de rembourser leur dette ; mais si en plus il traite avec les faë, alors il les expédie dans un autre Monde, un monde qui n'est pas le nôtre et où elles sont réduites en esclavage. *Si ce n'est pire.*

Il y a trois piles de contrats. Je ne peux me risquer à les toucher, mais je me force à les inspecter. *Un jour* je rachèterai ma liberté ; dès que ma sœur ne dépendra plus de moi, je reviendrai ici. Je trouverai un moyen. Un jour.

Mes yeux tombent sur la pile la plus proche de la porte et je vois le nom sur le contrat du dessus. Je le relis, ainsi que la date à laquelle le dû est à régler en totalité – une fois, deux fois, trois fois. Chaque fois mon cœur se serre un peu plus. Je ne crois pas aux anciens dieux, mais je leur élève quand même une prière muette en voyant ce nom, cette écriture enfantine, et la date de demain soulignée d'un trait que la fillette a tracé avec son propre sang.

Soudain, j'entends un bruit de pas en haut de l'escalier, un fracas de lourdes bottes d'homme, puis une voix grave. Je ne distingue pas les mots prononcés, mais c'est inutile : je dois filer au plus vite.

Je plaque contre mon flanc ma besace alourdie par mon larcin et détache la limastre de mon poignet ; elle résiste, avide de sang.

« Patience », lui dis-je dans un souffle en la posant par terre.

Elle franchit les runes du seuil non sans lécher mon sang au passage du bout de sa langue minuscule.

Les pas retentissent à nouveau au-dessus de moi. Puis un rire et un bruit de verres qui s'entrechoquent. Il n'est donc pas seul. Mais avec un peu de chance, ils seront trop ivres pour me voir ressortir.

« Vite, vite », je presse la limastre.

Il faut que je referme la chambre forte, mais si je laisse mon sang sur les lieux, Gorst va voir que quelqu'un est venu. Pire, il peut en donner une goutte à un mage, qui remontera jusqu'à moi.

Les voix se rapprochent, les pas résonnent à présent dans l'escalier.

Je n'ai plus le choix. J'arrache la limastre à son sanglant festin et la glisse dans ma besace.

Je verse l'eau de ma gourde sur les pierres avant de refermer la porte de la salle des coffres.

« Je vais chercher une autre bouteille », clame Gorst au sommet de l'escalier. Une voix que je ne connais que trop bien. Il y a un mois je faisais encore le ménage dans son lupanar ; je passais la serpillière et récurais les toilettes... jusqu'à ce qu'il tente de me faire faire un tout autre genre de travail.

Ces neuf dernières années, j'ai observé deux règles dans ma vie : ne pas voler les gens qui m'emploient à des tâches honnêtes, ne pas travailler pour ceux qui me volent. Ce soir-là j'en ai ajouté une troisième : ne jamais travailler pour ceux qui veulent me faire chanter et me contraindre à la prostitution.

Chaque fois qu'une botte racle le sol, Gorst se rapproche un peu plus de moi, mais j'enchaîne les gestes sans me précipiter, sans trembler.

Je referme la première serrure. *Clic.*

Raclement.

Deuxième serrure. *Clic.*

Raclement.

Troisième...

« Mais ! Qu'est-ce que... ? »

Clic.

« Décidément, ces luminéraux ne valent pas un clou », grommelle-t-il, parvenu au bas de l'escalier.

Respirant à peine, je me plaque contre le mur, profitant de l'obscurité épaisse.

« Alors, tu viens, oui ou non ? »

Une voix féminine cette fois, en haut des marches. Elle glousse.

« On a retrouvé l'autre bouteille, Creighton. Allez, viens !

— J'arrive. »

Je compte ses pas tandis qu'il remonte en trébuchant à demi, et rejoins en catimini le pied de l'escalier. Gorst est bel et bien saoul. La chance est de mon côté.

Aux aguets, j'épie leur progression à travers le manoir jusqu'à ce que je n'entende plus rien dans les quartiers des domestiques, au-dessus de ma tête ; désormais, le bruit ne provient plus que de l'avant du bâtiment. Je ne peux pas prendre le risque de rouvrir la salle des coffres pour ôter les dernières traces de sang. Pas ce soir.

Je remonte les marches en silence et refais tout le chemin en sens inverse.

Une fois à l'air libre je sens ma tension se dissiper, mais, sous le ciel nocturne, dans la fraîcheur ambiante, la fatigue me tombe dessus d'un coup. Je ne vais pas m'arrêter en si bon chemin, mais pour cette semaine j'ai atteint mes limites, et je ne peux faire plus longtemps abstraction de mon corps.

Il faut que je dorme. Que je mange. Et peut-être même, demain matin, que je prenne quelques minutes pour regarder Sébastian s'entraîner dans la cour derrière chez tante Vivias. Ça me fera plus de bien que dormir ou manger.

L'adrénaline me fouette les sangs et je me décide à conclure mon expédition. Les ombres me guident jusqu'à l'orée du parc du manoir ; serpentant entre arbres et massifs, je contourne les flaques de clair de lune comme s'il s'agissait d'un jeu.

Le portail est grand ouvert, mais même si mes muscles las me supplient d'aller au plus facile, je me refuse à courir le risque : je sors ma corde de ma besace et la lance par-dessus le mur d'enceinte. Les fibres entaillent mes pauvres mains, mes bras protestent, mais je me hisse sur le faîte.

Je saute à terre de l'autre côté et me reçois avec souplesse sur les genoux. Ma sœur dit que je suis comme un chat parce que, depuis toujours, je saute du haut des arbres ou des toits sans me faire mal. Moi, je me vois plutôt comme une ombre ; je passe inaperçue et suis plus efficace qu'on ne croit.

Je suis à dix minutes de marche de chez moi, mais je ploie sous le poids de mon butin. Il serait si simple de rendre son dû à tante Vivias, de me mettre au lit et de dormir douze heures...

Mais après ce que j'ai vu sur la pile de contrats, dans la chambre forte, je ne peux pas.

Alors je prends plutôt la ruelle menant à l'atelier de couture où travaille Jasalyn, ma sœur. À l'angle de la taverne de Gorst, en me glissant derrière une poubelle qui déborde, j'atteins la porte de ce qu'on appelle ici les « logements familiaux » de la ville. Vaste plaisanterie. Sur trois étages, le bâtiment compte douze deux-pièces, plus une salle de bains et une cuisine partagées par étage. C'est un toit sur la tête, et bien des gens sont plus mal lotis que nous, mais comparé à la belle demeure de Gorst, il y a de quoi être dégoûtée.

Par la porte entrouverte de mon amie Nik, j'entends quelqu'un pleurer. Par l'entrebâillement je distingue sa fille, Faon, tassée contre le mur. Elle se balance, les épaules secouées de sanglots. Faon a le même teint sombre et les mêmes boucles brunes que sa mère. Un jour, cette dernière m'a dit que sa vie avait changé du tout au tout à la naissance de sa fille ; à compter de ce jour, elle n'avait plus songé qu'à être la meilleure mère possible, même s'il fallait pour cela faire des choses qu'elle aurait interdites à Faon.

Je pousse la porte. Elle sursaute.

« Chut, tout va bien, ce n'est que moi ma petite chérie, dis-je en m'accroupissant. Où est ta maman ? »

Elle relève la tête. Les larmes ruissellent sur ses joues. Ses sanglots s'accentuent, elle tremble de tous ses membres, vacillant sur place comme pour résister à d'invisibles rafales.

« Il ne me reste plus de temps », articule-t-elle.

Inutile de lui demander ce qu'elle veut dire. Je ne le sais que trop bien. À ce moment-là j'entends des pas derrière moi et découvre Nik qui se tient là, les bras croisés. L'horreur se peint sur ses traits.

« Elle a fait ça pour me sauver », déclare-t-elle d'une voix rauque, comme si elle avait pleuré, puis séché ses larmes au prix d'un gros effort. « Elle a emprunté de l'argent à Gorst pour acheter un remède au guérisseur.

— Tu allais mourir ! s'emporte Faon en essuyant ses larmes avec colère. Je n'avais pas le choix ! ajoute-t-elle à mon intention.

— Si. Il fallait m'en parler. Je ne t'aurais pas laissée signer. »

Je cherche la main de mon amie et la serre bien fort. C'est ça, le désespoir… Plus de « choix judicieux » qui tienne. Et Nik le sait mieux que quiconque.

« Je vais prendre ta place, mon chou. Compris ? poursuit Nik avec une détermination impassible qui me fend le cœur.

— Et moi, qu'est-ce que je vais devenir ? » s'enquiert la petite.

Malheureusement, j'ai l'âge de savoir qu'en prenant sa place, Nik la condamnerait à un sort encore pire. À Bellecontrée, personne ne veut d'une bouche supplémentaire à nourrir. Ceux qui auraient les moyens de faire la charité sont trop avares pour cela.

« Tu peux la prendre avec toi, Brie ? me demande Nik. Tu sais que je ne te demanderais jamais ça si j'avais le choix. Prends-la. »

Je secoue négativement la tête. Je voudrais bien, mais si tante Vivias apprend que Faon vit dans la cave avec nous, les conséquences seront terribles, et pas seulement pour Jas et moi. Pour Faon aussi.

« Tu dois trouver quelqu'un d'autre.

— Il n'y a personne d'autre, et tu le sais », réplique Nik, mais sans amertume ; seulement de la résignation.

« Combien doit-elle ? »

Nik détourne les yeux en faisant la grimace.

« Trop.

— Mais *combien ?*

— Huit mille raqons. »

Aïe. Deux mois de loyer à tante Vivias, même en comptant les « amendes. » Je ne sais pas combien j'ai pris dans la chambre forte de Gorst, mais il y a de bonnes chances pour que ça suffise.

Faon rive sur moi les grands yeux qui lui ont valu son prénom en m'implorant de la sauver. Si je ne le fais pas, c'est la mort pour la mère et peut-être pour la fille. Dans le meilleur des cas, Faon finira bonne à tout faire chez une dame riche. Au pire… Je refuse d'y penser.

Nik avait aspiré à autre chose pour sa fille. Une chance d'être quelqu'un, de s'élever au-dessus de sa condition. Si je ne verse pas mon dû à tante Vivias ce mois-ci, je reviendrai à la case départ. Notre dette est trop énorme, nos existences trop dépendantes de la véritable sorcière entre les pattes de qui nous sommes tombées à la mort de notre oncle Devlin. Le contenu de ma besace ne va pas nous sauver, Jas et moi, mais il peut faire toute la différence pour Faon et Nik.

J'en retire deux sacs de pièces.

« Tiens. »

Nik ouvre de grands yeux.

« Où as-tu trouvé ça ?

— Peu importe. Prends-les. »

Bouche bée, Nik examine le contenu des sacs puis secoue la tête.

« Mais, Brie… Tu ne peux pas faire ça.

— Bien sûr que si. »

Elle me dévisage longuement ; je lis son dilemme dans ses yeux : d'un côté le désespoir, de l'autre la peur que lui inspire son affection pour moi. Pour finir, elle m'attire à elle et me serre dans ses bras.

« Je te revaudrai ça. Un jour. Je ne sais pas comment, mais je te le promets.

— Tu ne me dois rien, je réponds en me dégageant, pressée de rentrer faire ma toilette et surtout de me coucher. Tu ferais la même chose pour Jas et moi. »

Ses yeux s'emplissent de larmes. L'une d'entre elles roule sur sa joue, gâchant son maquillage. Sa gratitude se mue en inquiétude lorsqu'elle découvre ma main entaillée.

« Qu'est-ce qui t'est arrivé ? »

Je serre le poing pour dissimuler la plaie.

« Ce n'est rien. Je me suis coupée.

— Tu parles ! Ça risque de s'infecter. Viens avec moi, ajoute-t-elle en indiquant la chambre. Je vais te soigner. »

Sachant qu'elle ne me laissera pas filer si facilement, je lui emboîte le pas. Il n'y a de place que pour une commode branlante plus l'unique lit, au bord duquel je m'assieds en la regardant fermer la porte et rassembler le nécessaire.

Elle s'accroupit à ma hauteur et me badigeonne la paume de pommade.

« C'est en te procurant cet argent que tu t'es blessée. »

Comme ce n'est pas une question, je ne prends pas la peine de mentir.

« Ça va aller ? » insiste-t-elle.

Le baume pénètre sous ma peau. Je m'efforce de me tenir tranquille. Les bords de la plaie se referment déjà, mais ça démange.

« Oui, j'ai juste besoin de manger et de faire un petit somme. »

Ses yeux sombres dardent sur moi un regard incrédule.

« Un *petit somme* ? Tu es au bout du rouleau, Brie. Même le *coma* ne suffirait pas à te remettre d'aplomb. »

Je ris – ou du moins j'essaie : ça ressemble davantage à un miaulement pathétique tant je suis morte de fatigue.

« Encore un paiement pour ta tante ?

— Demain. »

Je frémis à cette idée. J'ai dix-sept ans, mais je suis liée par un contrat de nature magique, et à ce rythme, je resterai endettée envers tante Vivias jusqu'à la fin de mes jours. Quand ma sœur et moi avons signé pour nous infliger cette servitude, il y a neuf ans, l'oncle Devlin venait de mourir alors que notre mère nous avait abandonnées. Les paiements mensuels que demandait tante Vivias nous semblaient alors raisonnables (et nettement préférables au sort incertain des orphelines), mais nous étions petites, nous ne comprenions rien aux choses telles que les intérêts, le piège insidieux des pénalités de retard… De la même manière que Faon n'a pas vraiment compris le contrat qu'elle a signé avec Gorst.

« Et à cause de nous, reprit Nik en prenant un peu de gaze, tu vas à nouveau te retrouver à court.

— Ça en vaut la peine », je murmure.

Nik ferme les yeux.

« Ce monde… c'est vraiment n'importe quoi. »

Impossible que Faon nous entende, sauf si elle écoute à la porte, mais Nik poursuit tout bas :

« Je connais quelqu'un qui pourrait te donner du travail.

— Quel genre ? » je m'enquiers en fronçant les sourcils.

Aucun travail ne peut me rapporter la somme nécessaire. À part, évidemment…

« Autant travailler pour Creighton Gorst, si c'est ça.

— Sauf qu'il prélèverait la moitié de tout ce que tu gagnerais, rétorque Nik en bandant ma main avec un sourire sans joie. Mais il y a des faë qui paient très cher la compagnie – pour ne pas dire plus – d'une ravissante humaine si on se lie à eux. Beaucoup plus que ce que pourrait te payer Creighton.

— Les faëries ? » dis-je d'un air dégoûté.

J'aimerais encore mieux avoir affaire aux clients de Creighton et leurs mains baladeuses que de remettre mon sort entre leurs mains. Jadis, les humains croyaient que les faëries veillaient sur eux. Avant de fendre le ciel et d'ouvrir les Passages, les faë se manifestaient au crépuscule sous forme d'esprits – tout juste des ombres, des silhouettes au milieu des arbres évoquant des êtres vivants. Les humains leur donnaient le nom d'« anges. » Ils priaient à genoux pour que les anges restent près d'eux, les protègent, veillent sur leurs enfants lorsqu'ils étaient malades. Mais quand les Passages se sont ouverts et qu'ils se sont retrouvés parmi nous pour de vrai, les « anges » ne nous ont pas protégés du tout.

Car les faë ne sont *pas* des anges. Ce sont des démons venus nous exploiter, voler nos nourrissons, réduire les humains en esclavage ou les utiliser pour la reproduction de leur espèce. Ils ont dupé des milliers d'entre nous qui, après avoir signé, ont dû passer leur vie à combattre dans leurs guerres de faë. Il a fallu que les Sept Mages d'Elora – les plus puissants de ce Monde – joignent leurs forces pour qu'on réussisse à condamner les Passages. Depuis, les faë ne peuvent s'approprier un être humain qu'en l'achetant ou s'il leur offre librement sa vie. Une protection magique que les ingénieux faëries ont appris à contourner de mille manières – en pratique, elle ne met à l'abri que les riches et les puissants.

« C'est mieux que rien », disent ceux qui défendent les Sept. Ou : « C'est un début. » Pire : « Si les gens ne veulent pas être vendus aux faë, ils n'ont qu'à éviter de s'endetter. »

« Pourquoi paieraient-ils alors qu'il leur suffit d'ensorceler les femmes pour qu'elles fassent tout ce qu'ils veulent ? je demande.

— Chut ! Pas si fort ! » Nik s'assure que la porte est bien fermée. « Il ne faut pas croire tout ce qu'on raconte. La personne dont je te parle peut…

— Non, c'est hors de question. Je trouverai un autre moyen. » S'il y a une chose dont je suis sûre, c'est que jamais je ne ferai confiance aux faë.

« Je me fais du souci pour toi, reprend Nik. Dans ce monde, notre seul pouvoir est notre autonomie. Ne laisse personne te mettre au pied du mur. Ne laisse pas ton désespoir choisir à ta place. »

Comme Faon. « D'accord, je te le promets. » Mais ce vœu sonne creux, comme si ma voix me trahissait : je sais d'ores et déjà que c'est un mensonge. Je travaille tout le temps et je vole tout ce que je peux sans risquer de me faire prendre ; pourtant, je ne m'en sors pas.

Même si j'étais d'accord pour vendre mon corps, ce qui n'est pas le cas, je ne veux absolument rien avoir à faire avec les faë. Quel que soit le montant qu'ils m'offrent. Il y a plus important que l'argent, dans la vie. Plus important même que la liberté. Par exemple, s'occuper de ses deux petites filles et ne pas les abandonner pour s'enfuir avec son amant faë.

* * *

« Je t'entends, petite », dit tante Vivias à l'instant précis où je pose la main sur la poignée de la porte menant à l'escalier de la cave.

Je me mords les doigts. J'aurais dû entrer par la porte donnant directement sur le sous-sol. Il est plus de minuit et je n'ai plus la force d'exécuter la tâche qu'elle veut encore me confier. Je baisse la tête et fais une petite révérence. « Bonsoir ma tante.

— Bonsoir. Demain c'est la pleine lune.

— Oui ma tante.

— Tu as mon paiement ? »

Les yeux toujours baissés, j'ai la vue sur sa main posée sur sa hanche ; chaque doigt s'orne d'une bague étincelante qui, à elle seule, couvrirait largement le paiement de ce mois-ci. Je ne relève toujours pas la tête. Je ne veux pas qu'elle lise la peur dans mes yeux. Je ne lui ferai pas ce plaisir. « Je vous le remettrai demain, ma tante. »

Elle reste si longtemps muette que j'ose enfin soutenir son regard. Les sourcils froncés, elle manipule les rangées de pierres précieuses qui composent son collier. « Si tu n'as pas l'argent aujourd'hui, quelle chance que tu l'aies demain ? »

Pas beaucoup. Mais je refuse de l'admettre tant que le délai officiel n'est pas écoulé. Chaque fois que nous sommes en retard pour payer, notre contrat est prorogé d'autant et les paiements revus à la hausse. Un cercle vicieux dont nous avons l'impression d'être prisonnières à jamais. « Je vous paierai demain, ma tante.

— Abriella ! » Un cri perçant dans la cage d'escalier. C'est ma cousine Cassia ; je me retiens de grimacer. « Mes robes n'ont pas été lavées !

— Il y a des robes propres dans votre chambre. Je les ai repassées ce matin.

— Aucune ne convient. Je n'ai rien à me mettre pour dîner demain soir.

— Et il faut faire ma chambre ! » intervient Stella, sa sœur, aussi chouchoutée qu'elle – car bien sûr, il ne faudrait surtout pas que je travaille plus pour l'une que pour l'autre… « La dernière fois qu'elle l'a nettoyée, elle a fait si vite que maintenant c'est tout crasseux. »

La Vivias hausse les sourcils. « Tu as entendu, petite ? Au travail. »

Le sommeil devra attendre encore quelques heures. Je me redresse et me dirige vers les chambres de mes cousines.

2

À la seconde où j'entre dans notre chambre du sous-sol, Jas se jette dans mes bras.

« Brie ! Tu es là ! » Chez nous, c'est à peine plus grand qu'un placard ; il n'y a de place que pour le lit. Quand tante Vivias nous y a transférées, j'ai trouvé ces murs en pierre nue étouffants, mais depuis, on s'est approprié l'espace. Une tapisserie confectionnée par Jas est suspendue au-dessus de notre couche, et nos rares bibelots – cailloux insolites, morceaux d'étoffe brillants qui n'ont de valeur qu'à nos yeux – ornent le dessus de la commode boiteuse.

Je serre Jas de toutes mes forces dans mes bras en respirant sa bonne odeur de linge propre. Elle n'a que trois ans de moins que moi, mais sera toujours la toute petite fille que j'ai sauvée de l'incendie.

Jas se dégage et me sourit. Elle a de lumineux yeux noisette et ses cheveux châtains bien lisses sont coiffés en chignon. Elle est tout le contraire de moi, toute en douceur et en joliesse, comme son tempérament joyeux, là où je ne suis qu'angles et opiniâtreté, avec une crinière couleur de flamme pareille au brasier dévorant que je porte en moi.

« Je t'ai entendue parler là-haut. Je serais bien venue à ton secours, mais je travaillais aux nouvelles robes de Stella et Cassia, précise-t-elle en indiquant les vêtements accrochés au portemanteau dans un coin de la chambre.

— Les quatre-vingts autres ne leur suffisent donc pas ?

— Ça ne suffira *jamais* ! » s'exclame-t-elle d'une voix suraiguë imitant celle de nos cousines.

Je ne m'en serais pas crue capable, vu ma fatigue, mais j'éclate de rire. Qu'importent les épreuves d'aujourd'hui et les nouvelles amendes à prévoir demain, je suis heureuse d'être chez nous. Avec Jas, que je trouve inhabituellement gaie pour l'heure tardive.

« Qu'est-ce qui te réjouit à ce point ? demandé-je en plissant les yeux de curiosité.

— Tu n'as pas entendu la nouvelle ? » Jas ferait une très mauvaise joueuse de poker… Vu son grand sourire, la nouvelle doit être enthousiasmante.

J'ai trimé toute la journée et, à part ma visite chez Nik et Faon, je n'ai parlé à personne. Les gens pour qui je travaille tiennent à ce que la domesticité passe le plus possible inaperçue. « Non, qu'est-ce que c'est ? »

Elle en fait presque de petits bonds sur place. « Demain, la reine Arya ouvrira les portes de la Cour du Soleil. Elle permet aux humains de se rendre sans risque en Faërie pour assister aux réjouissances au château.

— Ah ? En quel honneur ?

— Elle veut une fiancée humaine pour son fils ! »

Je ne cache pas mon agacement. « Ben voyons ! » Les faë sont doués pour bien des choses, mais pas pour la reproduction et bien évidemment, sans progéniture, leur lignée s'éteindrait – surtout vu le nombre d'immortels tués pendant la Grande Guerre faë. *Bon débarras, d'ailleurs.*

« Vraiment, tu n'en as pas du tout eu vent ? Les filles ne parlaient que de ça aujourd'hui à l'atelier. Un bal faërie. On est inondées de commandes de robes neuves !

— Rappelle-moi de ne pas m'approcher des Passages, alors. »

Mon ton sarcastique la fait glousser. « Mais enfin, Brie ! C'est la Cour seelie ! Les faëries *bienveillants* ! Ceux de la lumière et de la joie.

— Qu'est-ce que tu en sais ? je rétorque sèchement. Rien ne dit qu'ils sont bien intentionnés. »

Son sourire s'efface. *Quel trouble-fête !*

La dernière chose que j'ai envie de faire, c'est de chercher la bagarre. « Excuse-moi. Je suis fatiguée. *Très fatiguée.*

— Tu as vu tes mains ? dit-elle en passant son pouce sur mes articulations crevassées, ma peau à vif à cause des produits ménagers. Tu veux vraiment qu'on reste confinées dans ce sous-sol toute notre vie ?

— Les gens qui veulent partir pour cette Cour nourrissent une pulsion de mort, Jas. Tu sais aussi bien que moi qu'il n'existe pas de faëries *bienveillants*. Juste différents degrés de malveillance et de cruauté.

— Comme chez les humains, donc. » Elle lâche ma main. « Je vous ai entendues parler, tante Vivias et toi. Je sais bien que le prochain paiement est dû sous peu, et malgré tous tes efforts pour me cacher la vérité…

— Je ne veux pas que tu te fasses du souci, c'est tout. » En vérité, je tiens par-dessous tout à ménager ma sœur, avec sa douceur, son optimisme, sa gaieté – ma sœur qui m'aime alors que je suis odieuse, grincheuse. Je ne la mérite pas.

« Je connais le contrat aussi bien que toi. Elle n'arrête pas d'ajouter des amendes, et à moins d'un miracle, on ne pourra jamais lui échapper.

— Et le miracle sur lequel tu comptes, c'est la générosité des faëries ? Autant opter pour les jeux d'argent clandestins et tenter notre chance aux cartes. »

Elle se tourne vers la robe bleu lavande accrochée dans un coin de la chambre et entreprend de lisser l'étoffe du décolleté profond. « Une des filles avec qui je travaille a une cousine dont l'amie est tombée amoureuse d'un seigneur faë d'Or. Elle revient régulièrement rendre visite à sa famille. Elle est très heureuse !

— Tu ne vois donc pas qu'il s'agit toujours d'une "amie d'amie" ? je lance en m'efforçant de ne pas être trop cassante cette fois. Ceux qui racontent ce genre d'histoire ne connaissent jamais *pour de vrai* les personnes en question, censées avoir touché le gros lot auprès de gentils faëries. »

Elle se retourne vers moi, les sourcils froncés. « Il y a plus de faëries bienveillants que de mauvais, comme chez nous. »

Je ne suis pas convaincue. « Admettons, mais là tu me parles d'un *bal*, genre robes de soirée et tout le tralala. Même en tenant compte de tes illusions sur les faëries, d'après toi, il faudrait que j'aille séduire je ne sais quel snobinard de noble prince, c'est ça ? Je préfère me pendre par les ongles de pied. »

Elle s'assied au bord du lit en levant les yeux au ciel. « Tu n'es pas obligée, mais *moi*, je veux y aller. »

Je connais bien cet entêtement. Elle ira que je le veuille ou non. Il y a si peu de place que je n'ai même pas à bouger pour me laisser choir sur le lit à côté d'elle. Étalée sur le dos, je contemple le plafond. « Ça ne me plaît pas du tout.

— J'étais sûr que vous ne seriez pas encore couchées, toutes les deux. »

Jas et moi nous retournons d'un bloc. En voyant la carrure de Sébastian occuper tout l'encadrement de la porte, je sens le peu d'adrénaline qui me reste circuler à toute vitesse dans mes veines. Mon rythme cardiaque s'accélère, mon sang s'échauffe, mon attirance pour lui me serre le cœur comme dans un poing. Sébastian est juste un ami, jamais il ne verra autre chose en moi que la vilaine bagarreuse que je suis. Malheureusement, j'ai beau le réprimander chaque fois que je vois Sébastian, mon cœur refuse de m'écouter.

Il baisse la tête et s'appuie contre le chambranle. Ses yeux vert océan parcourent la pièce comme s'il n'était pas déjà venu cent fois. La Vivias nous a forcées à emménager ici peu de temps après la mort de l'oncle Devlin, prétendant que notre intimité y serait mieux préservée. Mais nous avons compris tout de suite que nous confiner dans cette chambre sombre et froide, sans fenêtres, avec ses murs de pierre et juste assez de place pour un lit double et une commode, était une manière de nous ordonner de rester à notre place.

Le plafond est bas, mais Jas et moi ne sommes pas très grandes, ça ne nous gêne pas. À cause de sa haute taille, Sébastian, lui, s'y est cogné plus d'une fois. Heureusement, ça ne l'empêche pas de venir nous voir. Il descend en douce depuis deux ans, au début de son apprentissage avec le mage Trifen, dans la maison voisine. C'est lui qui déverrouille la porte et nous fait discrètement passer de quoi boire et manger quand nos cousines nous enferment à double tour sans raison, par pure cruauté.

« Non, on n'est pas encore au lit, je lui réponds en bâillant malgré le regain d'énergie que je ressens en sa présence, mais ça ne va pas tarder.

— Qu'est-ce qui "ne te plaît pas du tout" ? » s'enquiert-il en se rembrunissant tout à coup. De quoi parliez-vous ?

— Jas veut se fiancer à un prince faërie ou je ne sais quoi », dis-je en me poussant pour lui faire de la place sur le lit.

Les joues de ma sœur s'empourprent. « Brie ! » proteste-t-elle.

Sébastian prend place entre nous deux et referme la porte d'un coup de pied. Puis il murmure une incantation en claquant des doigts et s'autorise un petit sourire d'autosatisfaction en entendant le verrou se mettre en place tout seul. *Esbroufe de mage,* me dis-je intérieurement.

Mes cousines ne se sont pas privées de brocarder l'amitié de Sébastian. La première fois qu'elles l'ont surpris chez nous, elles nous ont fait chanter pendant des mois ;

mais je sais bien qu'en fait elles sont jalouses, furieuses que Sébastian, simple apprenti mage, ne daigne même pas les regarder. Il n'a peut-être ni fortune ni relations, mais ce handicap est largement compensé par son physique – haute taille, carrure impressionnante, cheveux d'un blanc éclatant coiffés en catogan, yeux pareils à la mer déchaînée. C'est le plus bel homme que j'aie jamais vu.

En toute objectivité, bien sûr.

Or, Sébastian s'en va après-demain poursuivre son apprentissage ailleurs ; je ne pourrai plus guetter impatiemment ses visites de fin de soirée, seule chose qui éclaire mes journées (avec Jas bien sûr). Il s'est déjà absenté par le passé, mais cette fois, c'est pour plusieurs mois, et j'appréhende beaucoup la séparation.

« Mais non, je ne veux pas être la fiancée d'un prince faërie, proteste Jas, ce qui me ramène à la discussion en cours. C'est juste que… » Elle secoue la tête. « Non, ce n'est pas ça.

— Ah oui ? fais-je en haussant les sourcils. Alors pourquoi veux-tu aller là-bas ? » En la voyant baisser les yeux sur ses mains, une brusque révélation me coupe littéralement le souffle. « Tu espères retrouver maman !

— Si les histoires qu'elle nous a racontées sont vraies et que le faërie dont elle était amoureuse était un noble, ils assisteront forcément à ce bal, tous les deux.

— Et alors ? Tu crois qu'en nous voyant, elle comprendra tout à coup qu'elle n'est pas une bonne mère ? Je te rappelle qu'elle nous a *abandonnées.*

— Elle savait qu'on ne serait pas en sécurité en Faërie. »

Je lui jette un regard noir. Elle lève les mains en signe de protestation. « Elle était face à un choix terrible, et je ne prétends pas qu'elle ait pris la bonne décision. Je suis même prête à reconnaître qu'elle a agi égoïstement. Tout ce que je dis, c'est qu'elle reste notre mère, et que si elle savait la vie qu'on mène, avec le contrat de tante Vivias… » Elle secoue à nouveau la tête. « Je ne sais pas. Peut-être qu'elle n'a pas d'argent. Que le seigneur qu'elle aimait tant, à l'en croire, n'avait ni fortune ni terres, rien qui puisse nous tirer de là. Ou alors elle croit que nous sommes heureuses, qu'on s'occupe bien de nous. »

J'en ai mal au cœur. Je ne sais pas comment Jas peut garder autant *d'espoir* ; la vie que nous menons aurait pourtant dû le détruire entièrement. « Si elle se souciait vraiment de nous, est-ce qu'elle n'aurait pas pris de nos nouvelles, en neuf ans ?

— Si c'est ça, retournons sa culpabilité à notre avantage. Elle se sentira peut-être obligée de nous venir en aide. Tentons au moins le coup. On ne peut pas continuer à vivre comme ça. » Elle prend ma main bandée et se rembrunit. « Surtout toi. »

Je ravale mes objections. Elle a raison de dire que notre situation doit changer, mais je ne suis pas pour chercher des solutions chez les faëries. Je me tourne vers Sébastian. « Tu ne dis pas grand-chose. »

Il se relève et tente d'arpenter la chambre entre le lit et la porte, mais il n'y a pas beaucoup d'espace. Sans son visage crispé par l'inquiétude, ce serait presque comique. « C'est trop dangereux.

— Pourtant, il y aura des centaines d'humaines mourant d'envie de se fiancer à un prince faërie, s'exclame Jas.

— "*Mourant*", c'est le mot », je marmonne. Mais en fait, elle a raison. Bien sûr, çà et là on se gaussera des filles qui veulent aller au bal, mais elles seront deux fois plus nombreuses à revêtir leurs plus beaux atours et faire la queue pour devenir une princesse faërie.

« La reine d'Or est très puissante », intervient Sébastian en plaçant ses mains derrière sa tête – sa posture habituelle quand il réfléchit. « Dans son palais, elle usera de ses pouvoirs magiques pour protéger les humaines, mais je n'aime pas l'idée de vous savoir fouiner toutes les deux en Faërie à la recherche de votre mère. Il y a là-bas trop de créatures avides de vous enlever à la première occasion pour assouvir leurs abjects appétits. »

Je pouffe de rire sans détacher mon regard du plafond, puis roule sur le côté pour regarder ma sœur. « Tu te rappelles quand Cassia s'est infiltrée en douce à la cérémonie du solstice organisée par la reine d'Or et qu'un gobelin lui a volé tous ses cheveux ? »

Jas rit à son tour. « Le crâne chauve, elle n'a pas supporté ! Et tu te souviens des perruques que lui a achetées tante Vivias le temps que ça repousse ?

— Atroces. » Je soupire. Parler de ma cousine en ces termes fait peut-être de moi quelqu'un de superficiel et vachard, mais tant pis, je m'en fiche. Elles nous pourrissent la vie depuis le début. Ce sont des filles cruelles qui veulent du mal à tout le monde et ne pensent qu'à elles. Difficile de ne pas se réjouir quand, de temps en temps, il arrive malheur à ce genre de personnes.

« Je pensais à des créatures autrement plus dangereuses que les gobelins », reprend Sébastian. Il sait bien que les gobelins ne nous font pas peur. Ce sont des messagers qui passent librement d'un monde à l'autre – seules créatures à pouvoir le faire. Nous sommes habituées à eux. Même tante Vivias en a un. Il habite sous l'escalier du premier étage. C'est un petit être cupide qui rançonne les gens après avoir découvert leurs secrets et détient une quantité malsaine de cheveux humains.

« Je sais », dis-je. Il a raison, pour les habitants de Faërie. Faë maléfiques, bêtes sauvages, monstres inimaginables… il y a une raison si les deux mondes restent soigneusement séparés. Peut-être est-ce aussi pour ça que notre mère ne nous y a pas emmenées ?

Sébastian poursuit un ton plus bas : « Si un faërie de la Cour d'Ombre vous mettait le grappin dessus…

— *“Avec les yeux d’argent, on ne s’attache ni ne s’entend”* », Jas et moi récitons en chœur. Les faë d’Ombre sont si dangereux qu’on l’enseigne aux enfants sous forme de comptines.

« Eh bien moi, je crois qu’on devrait prendre le risque, insiste Jas. Je sais, c’est dangereux, mais je n’ai quand même pas une confiance aveugle dans la protection de la reine. J’ouvrirai l’œil et je retrouverai maman.

— Tu crois vraiment pouvoir la trouver au milieu de la foule qui va s’amasser pour l’occasion ? je lui demande.

— Ça ne fait qu’un château à inspecter au lieu de tout un royaume – ou tout un Monde, rétorque-t-elle. Et même si on ne la trouve pas, imagine les trésors sur lesquels on pourrait mettre la main, Brie. »

En fait, presque tout ce que je sais de Faërie vient des histoires que maman nous racontait pour nous endormir. *Il était une fois une princesse faërie toute d’or parée qui tomba amoureuse du roi d’Ombre. Mais leurs deux royaumes se faisaient la guerre depuis des siècles et leurs parents étaient des ennemis jurés…*

Le reste provenait des légendes connues de tout un chacun – des bribes de vérité mêlées de superstitions que les humains se transmettaient de génération en génération. Une de ces bribes concernait la reine seelie et les pierres précieuses qu’elle entassait jalousement. C’est à cela que Jasalyn fait allusion.

« Si tu crois que ses sentinelles vont te laisser approcher de ses trésors, tu as perdu la tête, intervient Sébastian, à qui mon léger sourire n’a pas échappé.

— Elles ne vont *laisser* personne approcher, réplique Jas d’un ton mesuré en me regardant avec insistance. Mais je connais une personne et une seule capable d’explorer les terres de la reine en passant inaperçue.

— Impossible », commente Sébastian, l’air incrédule.

Je souris. « Peut-être, mais ce serait *amusant* d’essayer. »

Il se tourne vers moi en haussant les sourcils, puis regarde Jas d'un air réprobateur. « Ah, c'est malin ! Tu vois ce que tu as fait ?

— Elle a raison, je réplique. J'en serais capable. » C'est vrai, la perspective de dévaliser un noble faë m'excite davantage que l'éventualité de retrouver ma mère, et alors ?

« Vous oubliez une possibilité, toutes les deux. » Sébastian se laisse glisser jusqu'au pied du mur et, une fois assis par terre, cale ses coudes sur ses genoux avant de nous dévisager tour à tour.

« Quoi donc ? » s'agace Jas.

Il me regarde dans les yeux et je vois bien à quel point il est inquiet. Je serre la main de Jas. « Il veut dire que maman est peut-être morte. Que c'est pour ça qu'elle n'est jamais revenue.

— On peut toujours espérer, dit-elle avec un haussement d'épaules. Ce serait sa seule excuse pour ne pas être revenue nous chercher. » Elle énonce cette phrase avec une telle légèreté que je pourrais presque y croire, si je ne la connaissais pas aussi bien. Seulement voilà, je la connais mieux que personne, et non, elle n'a *pas* l'espoir que notre mère est morte. Elle préférerait lui pardonner de nous avoir abandonnées pendant les années les plus formatives de notre vie plutôt qu'accepter de ne jamais la revoir.

Pour ma part, je ne pratique pas l'espoir. Jamais. L'espoir, on y prend goût et, pour finir, on ne peut plus s'en passer. On se repose sur lui. Or, dans un monde aussi cruel, je ne prends pas le risque de me fier à ce genre de béquille.

« Ce serait bien de savoir, j'admets. Mais je ne suis toujours pas convaincue qu'un séjour en Faërie soit dans notre intérêt. On est humaines, après tout. Même maman, avec sa vision romantique des faë, nous a bien prévenues que ce Monde était dangereux. »

Jas se mord la lèvre. Mais ses yeux dardent des regards en tous sens. « N'empêche, il y a quand même une possibilité pour que…

— Je ne peux rien décider maintenant. » J'ai trop résisté au sommeil, je suis écrasée d'épuisement. Je bâille, m'étire de tout mon long puis me roule en boule. « Soufflez les bougies s'il vous plaît. Ou pas, je m'en fiche. Moi, je dors.

— Abriella ! Jasalyn ! appelle Cassia depuis le haut de l'escalier. Il y a un insecte dans ma chambre !

— Je m'en occupe, dit Jas en m'étreignant le bras. Dors.

— Merci mon chou », réponds-je sans ouvrir les yeux. J'ai vaguement conscience de l'entendre sortir et monter les marches. Sébastian souffle doucement les bougies.

« Bonne nuit, Brie, dit-il tout bas.

— Bonne nuit », je marmonne, à moitié endormie.

Je sens une main se poser sur mon front et lisser mes cheveux. Puis ses lèvres me chatouillent l'oreille. « Ne va pas à ce bal. »

Je souris. C'est gentil de sa part de s'en faire pour moi… « Ne t'inquiète pas, je ne veux rien avoir à faire avec ces gens. »

Un baiser. Sur mon front – très bref, le temps d'un souffle.

J'ouvre les yeux à temps pour voir la silhouette de Sébastian s'éloigner en direction de la porte du sous-sol.

C'est malin… Je suis bien réveillée, maintenant.

* * *

Le tintement des raqons me donne la nausée. Tous les mois, depuis neuf ans, Jas et mois comptons notre pécule pour verser notre dû à tante Vivias. Parfois, c'est suffisant. Il arrive même qu'on ait plus que le nécessaire

– un peu d'avance pour le mois suivant. Mais souvent – trop souvent – c'est l'inverse. Alors nos futurs paiements augmentent, les amendes s'ajoutent ; sans ce que je réussis à chiper par-ci, par-là, jamais on ne réussirait à réunir péniblement la somme.

« Combien y a-t-il ? » demande Jas d'une voix tremblante.

« Il manque mille sept cents raqons. »

Jas chancelle sous le choc. Elle sait bien ce que ça signifie, et ça me désespère. Je voudrais lui épargner ça. J'ai besoin qu'elle reste optimiste, puisque moi je n'y crois plus. Et l'idée que ce monde tue l'espoir en elle me fait mal.

« Il faut qu'on aille en Faërie », me dit-elle doucement.

Je secoue la tête. « Sébastian a raison. C'est trop dangereux.

— Pour les humains, oui. » Elle détache son regard des raqons sur le lit et me regarde dans les yeux. « Mais si on se fait passer pour des faëries ? On pourrait acheter au mage Trifen des potions de sortilège elfique, pour ressembler à deux nobles faëries. Ça nous protégerait, non ? »

Les pièces de monnaie filent entre mes doigts ; leur cliquetis est une torture. Nous nous tuons à la tâche pour nous libérer de ce contrat, mais le précipice se creuse impitoyablement sous nos pieds. Il faut absolument qu'on trouve une solution.

« D'accord, tentons le coup », j'acquiesce.

Voyant son sourire éclatant, je me dis qu'en réalité, je n'avais aucune chance. J'aime énormément ma petite sœur, et si elle doit se persuader d'avoir contribué à nous libérer en partant à la recherche de maman, alors qu'il en soit ainsi.

« Il va nous falloir des robes neuves, s'exclame-t-elle. Pour ne pas détonner, tu comprends ! » ajoute-t-elle devant ma mine déconfite. Elle attrape un coupon de mousseline sous le lit et glapit d'allégresse. « Il y a si longtemps que je rêve de te faire une robe !

— N'en fais pas une habitude, dis-je sans retenir mon sourire.

— Le prince Ronan n'aura d'yeux que pour toi – que tu le veuilles ou non. »

Je me mets en sous-vêtements et laisse Jas m'envelopper dans la mousseline prévue pour les nouvelles tenues des cousines. Elle pique ses épingles, et alors que le tout commence à ressembler à une robe, on frappe à la porte.

Trois coups. Un silence. Deux coups. Le code de Sébastian.

« Entre ! » lançons-nous à l'unisson. Les mains de Jas font une pause sur ma taille.

Nous nous tournons d'un même mouvement vers la porte. Dès qu'il me voit, Sébastian se cache les yeux, affolé. « Pardon ! Pardon !

— Mais je suis présentable, voyons ! dis-je en riant de ses joues empourprées. Entre donc !

— Et referme la porte, ajoute Jas tout bas. Il ne faudrait pas que tante Vivias rapplique. »

Après un bref hochement de tête, Sébastian s'exécute. « Ça te va drôlement bien », me dit-il d'une voix un peu étranglée, comme s'il ne savait pas bien comment m'adresser son compliment. Ce qui peut se comprendre : je ne crois pas qu'il m'ait jamais vue autrement qu'en tenue de travail ou avec le pantalon noir que j'affectionne pour mes expéditions nocturnes.

« Merci. » J'examine le fin tissu marron épinglé sur mon corps. Il dit ça pour me faire plaisir, c'est tout. En fait, non, ça ne me *va* pas très bien. J'ai juste l'air godiche.

« Attends un peu de voir la vraie robe, dans le tissu que j'ai en tête – un velours très fin, couleur émeraude *intense*, déclare Jas en me souriant. Tu seras étourdissante. »

À mon tour de rougir. Je reste tête baissée pour que Sébastian ne s'en aperçoive pas.

Je n'en reviens pas moi-même : me voilà tout excitée à l'idée de cette robe ! Comme Jas sait que je n'aime pas ça parce que ça m'empêche de bouger librement, elle a conçu un pantalon ample qui peut passer pour une jupe quand je me tiens sans bouger. Le haut sera un corsage moulant, un peu trop décolleté à mon goût. Le genre de tenue que nos cousines paieraient cher pour avoir. Ou plutôt, elles gémiraient en suppliant jusqu'à ce qu'on la leur donne.

« C'est pour quelle occasion ? » s'enquiert Sébastian.

Jas se remet à ajuster les coutures de la mousseline sur mes hanches et, une épingle entre les lèvres, me laisse répondre.

Je me sens brusquement coupable en me remémorant le doux baiser de Sébastian sur mon front hier soir et sa recommandation de ne pas aller à ce bal. « Nous n'avons pas le choix, Sébastian, dis-je avec douceur. S'il y a la moindre chance de…

— Tu ne parles pas sérieusement ? » Son regard se pose tantôt sur Jas, tantôt sur moi. Mais c'est à moi qu'il s'adresse. « Je te rappelle que tu *détestes* les faë. Tu ne vois pas que c'est peine perdue ? Et ne me dis pas que tu veux dévaliser la reine ; je te le dis tout de suite : c'est la mort assurée.

— Je serai prudente. » Sa déception me fait de la peine. « Mais il *faut* qu'on fasse quelque chose. »

Il me regarde fixement en contractant la mâchoire. Ses yeux couleur de haute mer lancent des éclairs de contrariété. Juste au moment où je me dis qu'il va ajouter quelque chose, il tourne les talons et s'en va, fulminant.

Je veux me lancer à sa poursuite, mais Jas me retient. « La robe !

— Aide-moi », je miaule avec désespoir. Je ne sais pas ce que je vais dire à Sébastian. Maintenant que j'ai promis à Jas qu'on irait à ce bal, je ne peux pas me dédire, mais il est le roc auquel je m'arrime depuis deux ans et je ne supporte pas l'idée de le savoir en colère.

Jas se dépêche d'enlever les épingles qui retiennent encore la fine cotonnade. J'enfile vite fait un pantalon et un débardeur et je m'élance dans l'escalier et me voilà bientôt dans la cour que tante Vivias partage avec le mage Trifen.

Une tache blanche à la périphérie de mon champ de vision : assis sur les marches à l'entrée de la cour, Sébastian est occupé à affûter la pointe de son bâton.

Mon cœur fait toujours un bond dans ma poitrine quand je le vois – et pas un petit sursaut de rien du tout : c'est comme s'il dévalait une colline sans fin. Contrairement à mes cousines, j'ai été trop occupée à *survivre* à l'adolescence pour penser à tomber amoureuse et soupirer après tel ou tel garçon. Puis Sébastian est venu habiter à côté de chez nous et dès que je l'ai vu, j'ai ressenti quelque chose de différent… au creux de mon estomac. Et même dans mes poumons. Et partout sur ma peau.

La première fois qu'il m'a souri, c'est comme si ma poitrine s'ouvrait en deux et que mon cœur voulait lui sauter dessus pour ne plus le lâcher. J'ai réussi à surmonter ma gaucherie, on est devenus amis, et depuis, on se voit presque tous les matins. On ne passe pas beaucoup de temps ensemble – juste assez pour qu'il illumine ma matinée. Et je dois dire que son sourire m'a bien aidée à supporter les jours sombres.

Mais pour l'heure, il ne sourit pas.

Je m'assieds à côté de lui en remontant mes genoux contre ma poitrine avant de les entourer de mes bras et je reste sans rien dire pendant de longues minutes. Il continue sous mes yeux à aiguiser dangereusement son bâton. Nous laissons les oiseaux de la cour faire la conversation à notre place.

Je ne suis pas très douée pour les sentiments. Mon truc, c'est le travail et l'action. La seule personne à qui j'aie dit ce que je ressentais, c'est Jas. Personne n'a jamais suffisamment compté à mes yeux pour justifier que je me confie.

« Je te demande pardon », dis-je enfin. Mais ça ne suffit pas, et ça ne dit rien du fond de ma pensée : Jas et moi sommes au pied du mur, j'apprécie qu'il se soucie de notre sort, et je ferai tout ce qui est en mon pouvoir pour revenir. Ne serait-ce que pour le revoir.

Enfin il relève la tête et j'ai l'impression que ses yeux voient à travers moi. « As-tu la *moindre* idée du danger que courent les humains au royaume de Faërie ?

— Oui, bien sûr, mais…

— Alors n'y va pas ! »

Je brûle de le toucher, de caresser la ligne de sa mâchoire, d'étreindre ses avant-bras musclés. Il n'a jamais laissé entendre qu'il ressentait la même chose pour moi, alors je ne me permets pas ce genre de familiarités. N'ayant pas le courage d'affronter un rejet, je me suis toujours tue. Je n'en ai même pas parlé à Jas. « Si notre dette augmente encore, on ne s'en sortira jamais. Même en l'état, il faudrait un m… »

Il ferme les yeux de toutes ses forces. Je sais bien qu'il souffre de ne pouvoir nous aider. Il nous a déjà donné de l'argent, mais il n'est qu'apprenti. Il n'a pas les moyens ne serait-ce que de nous soulager un peu.

Il rouvre les paupières et me regarde longuement. Si longuement que j'en ai le feu aux joues et des fourmillements partout ; j'attends, le souffle court, que ses lèvres douces s'approchent des miennes.

« Écoute, patiente encore un peu, lâche-t-il enfin. Un jour, je mettrai fin à votre contrat. Je vous libérerai de cette marâtre. »

Je sais qu'il y croit, mais…

« Je te promets qu'il ne nous arrivera rien. » Mais ce n'est pas ce qu'il veut entendre. Je me remets sur pied et j'essuie mes paumes moites sur mon pantalon. J'ai été bien bête de croire qu'il m'embrasserait… Ce n'est pas le moment de nourrir ce genre de pensées, alors qu'on est en désaccord sur un sujet aussi crucial. « Bon, il faut que je me prépare pour aller travailler. »

Je lis dans ses yeux quelque chose de tout à fait nouveau. Du désespoir.

Je m'éloigne, car c'est un sentiment que je ne connais que trop.

Je n'ai pas fait trois pas qu'il lance : « Et s'il n'était pas ce que tu crois ? »

Je me retourne. Il s'est levé à son tour. « Qui ça ?

— Le prince Ronan. Imagine que tu finisses par… t'apercevoir qu'en fait, il a tout pour te plaire ? »

Je secoue la tête. « Bast, ce n'est pas pour devenir une princesse faërie que je vais là-bas. Ce n'est pas mon genre.

— Certes, mais… s'il ne correspondait pas à l'idée que tu t'en fais ? S'il était nettement *mieux que ça* ? »

Je croise les bras. « Tu crains que je tombe amoureuse d'un *faërie* ? » *Tu as peur que je t'oublie ? Aucune chance, je t'assure. J'en suis incapable.*

« Écoute, Abriella…

— Quoi ? »

Il déglutit avec peine. « Jure-moi que tu ne prendras aucun risque. Au bal, tu seras effectivement sous la protection de la reine, mais si tu t'aventures plus loin sur ses terres, cette protection ne s'appliquera plus.

— Je sais comment ça marche, Sébastian. Oui, je te le jure. »

D'un seul pas, il réduit à néant la distance entre nous, pose deux doigts sur ma joue et range une mèche folle derrière mon oreille. Je suis figée sur place par la sensation de sa peau calleuse sur la mienne.

Un rire discordant fend l'air quelque part derrière moi. Je me retourne vivement. Cassia se tient dans la cour, les poings sur les hanches. Ses cheveux forment une artistique cascade de boucles blondes et ses seins débordent presque de sa robe couleur menthe. « Moi qui croyais te trouver en larmes, Abriella ! Je vois qu'au contraire, tu ne perds pas de temps à la pleurer ! »

Qu'est-ce qu'elle raconte encore, celle-là ?

Sébastian pose une main rassurante sur mon bras. Je préfère traiter par le mépris les inepties de ma cousine jalouse.

« Maintenant que tu n'as plus ta petite sœur dans les jambes, tu peux enfin mettre le grappin sur le séduisant apprenti, hein ? »

Je lève les yeux au ciel. « Qu'est-ce que tu me chantes là ? »

Elle sourit et ses yeux bleus se mettent à briller. « Comment, tu n'es pas au courant ? Comme tu es trop en retard sur tes paiements, maman en a eu assez. Bakken vient d'emmener Jasalyn chez les marchands faëries. » Un geste théâtral. « Pouf ! Partie ! Plus de Jasalyn. »

3

J'entre en trombe dans le bureau de la Vivias. La porte heurte si violemment le mur que les tableaux manquent de se décrocher. « Où est-elle ? »

Ma tante ne sursaute même pas. Elle pose son stylo et tapote sa chevelure brune tirée en chignon impeccable, qui reste épaisse et brillante grâce au sortilège qu'elle lui applique. « Oh, bonjour Abriella. Félicitations pour ta liberté nouvelle.

— *Non !* » je jette. Mais je vois alors un petit tas de cendres sur un coin de sa table de travail : tout ce qui reste d'un contrat magique une fois racheté. « Pourquoi avez-vous fait ça ?

— Il fallait bien que je limite mes pertes, tôt ou tard. » Elle croise les bras et se laisse aller contre le dossier de son fauteuil. « J'aurais pu prendre cette décision il y a des mois, mais j'attendais de voir si tu réussirais à me rembourser. »

C'est comme si on avait vidé mes poumons et qu'on m'enserrait dans un étau pour m'empêcher de les remplir. Je m'en rends compte à présent : j'ai espéré que Cassia mentait. Espéré de toutes mes forces…

Tante Vivias a un geste négligent, comme s'il s'agissait juste de savoir qui va préparer le dîner, et non pas de la vie de ma sœur. « Jasalyn s'en sortira très bien en Faërie. Je suis sûre qu'elle va conquérir tout le monde là-bas, de la même manière qu'elle a conquis les gens d'ici.

— Vous l'avez condamnée à *l'esclavage* ! Ils vont la faire trimer jusqu'à ce que mort s'ensuive, la torturer pour s'amuser ou... » Je ne suis pas capable de poursuivre, d'énumérer les possibilités atroces qui me viennent à l'esprit. *Ce n'est pas possible !*

« Il n'y a vraiment pas de quoi en faire toute une histoire. C'est même ce qu'elle pouvait espérer de mieux comme avenir, vu la situation où vous vous êtes fourrées. Que voulais-tu qu'elle fasse ? Qu'elle passe sa vie à récurer les planchers comme toi ? Qu'elle se vende à des hommes en quête de plaisirs vulgaires ?

— Il fallait me prévenir ! J'aurais pu...

— Quoi ? *Voler* la somme qui te reste à me rembourser ? » À son expression, je comprends qu'elle connaît mon secret. « Même toi, tu en es incapable, Abriella. Franchement, tu as de la chance que j'aie fermé les yeux pendant toutes ces années. J'aurais pu te dénoncer, vu le nombre de larcins que tu as commis.

— Mais vous ne l'avez pas fait. Vous avez accepté mon argent sans vous soucier de sa provenance. Ce contrat injuste vous a rapporté des *milliers* de raqons par mois, et pourtant, vous avez vendu Jasalyn quand même ! » Ma rage menace à chaque instant de déborder.

« Ne sois pas ridicule. Ils l'abreuveront de vin faërie et elle aura l'impression que tout ça n'est qu'un rêve. »

Je me sens littéralement trépider. J'ai envie de lui arracher ses bijoux et de les broyer, de les réduire en poudre de mes propres mains. Je voudrais hurler, fulminer jusqu'à me réveiller et me rendre compte que c'était juste un horrible cauchemar.

« Aujourd'hui, le sacrifice de Jasalyn t'a délivrée de ta dette ; tu devrais te réjouir.

— Où l'ont-ils emmenée ? Dites-le-moi ! » Je la retrouverai. Je passerai ce Monde entier au peigne fin s'il le faut, pour qu'on me rende ma sœur.

« Peut-être va-t-elle tomber amoureuse d'un seigneur faërie, coupe-t-elle sans prêter attention à ma demande. Peut-être vivra-t-elle heureuse "jusqu'à la fin de ses jours", comme dans les fables que ta mère aimait tant vous conter. » Le dégoût suinte de chacun de ses mots. Tout en elle me répugne, et pour rien au monde je ne voudrais lui ressembler en quoi que ce soit, mais nous avons une chose en commun : cette aversion, ce jugement impitoyable. J'en veux terriblement à ma mère de nous avoir abandonnées, de nous avoir confiées à son frère pour rejoindre son amoureux faërie. De nous avoir condamnées à une existence qui nous a menées à cette impasse.

« Si elle meurt, j'espère que son sort vous hantera jusqu'à votre dernier souffle, dis-je tout bas. Et s'il lui arrive quelque chose, je souhaite que vous souffriez deux fois plus.

— Voilà que tu parles comme *eux* maintenant, à proférer des malédictions et maudire les honnêtes gens !

— Les honnêtes gens ne vendent pas les petites filles aux faë. »

Elle pousse un caquètement d'hilarité. « As-tu oublié dans quel monde nous vivons, Abriella ? Les risques dont je vous ai protégées en vous gardant sous mon toit ? Non, vraiment, il se peut que de vous deux, ce soit ta sœur qui ait le plus de chance. Tu devrais regretter de ne pas être à sa place. Et maintenant, débarrasse le plancher, conclut-elle avec un geste en direction de la porte. Va donc profiter de ta liberté. Mais à moins de me signer un contrat de logement à effet immédiat, tu devras trouver un endroit où dormir. »

Il faudrait me payer cher, au contraire, pour que je passe une nuit de plus ici, mais je ne me donne pas la peine de répondre. Je tire la porte derrière moi et dévale l'escalier du sous-sol.

Notre chambrette est pareille à elle-même. La boîte à couture de Jas gît, ouverte, au pied du mur. Elle devait être en train de travailler quand Bakken est venue la chercher. Le patron de ma robe est plié au pied du lit. Je le serre contre moi malgré les piqûres d'épingle.

Puis je m'affale sur le lit et m'y roule en boule. Je suis trop épuisée, trop assommée pour pleurer, mais j'ai les yeux qui piquent. *Alors c'est pour de vrai. Elle n'est plus là.*

Un déclic en provenance de la porte, qui s'ouvre en grinçant puis se referme sans bruit. Je sens *sa* présence sans avoir besoin de m'en assurer. Le matelas se creuse. Sébastian se laisse tomber à côté de moi, couché sur le côté. Il me fait face et relève délicatement mon menton jusqu'à ce que nous nous regardions dans les yeux. « Alors c'est vrai ? » dit-il en essuyant mes larmes du bout du doigt.

Je ne réponds pas, hypnotisée par ses prunelles bleues comme la mer sous l'orage et le pli soucieux de son front, plus éloquent que toutes les paroles.

« Brie ?

— Oui, c'est vrai. Tante Vivias a vendu Jas », j'ajoute en m'efforçant de contenir le tremblement de ma voix.

Il ferme les yeux et laisse échapper un juron tout bas. « Un an, chuchote-t-il, la mâchoire contractée. Encore un an et j'aurais pu te libérer moi-même.

— Tu n'as rien à te reprocher, Bast. La fautive, c'est la Vivias et elle seule. »

Il pousse un long soupir et rouvre les yeux. Il détache ma main de la mousseline pour la prendre dans les siennes. « Je t'en prie, promets-moi de ne pas partir à sa recherche. Je ne supporte pas l'idée de ce qui pourrait t'arriver en Faërie.

— Et ce qui lui arrive à elle en ce moment même ?

— Laisse-moi tenter ma chance. Il y a peut-être une solution… »

Mais il part demain pour son apprentissage, alors je ne vois pas ce qu'il pourrait faire pour Jas. Je hoche tout de même la tête.

Sébastian lâche ma main et parcourt du regard la chambre que j'ai partagée avec ma petite sœur pendant neuf ans. « Où vas-tu aller ? »

Je ne possède pas grand-chose. Je peux faire mon balluchon et déguerpir avant le coucher du soleil. « Nik me doit un service. J'habiterai chez elle. » *Jusqu'à ce que j'échafaude un plan pour aller récupérer Jas.*

Nik va être atterrée ; peut-être même se culpabiliser. Mais au fond de moi, je suis sûre que même sans le défaut de paiement d'aujourd'hui, ça n'aurait été que partie remise. L'argent que j'ai donné à Nik n'aurait pas pu sauver Jas des griffes de cette sorcière sans âme.

« Je suis désolé, reprend-il en me dévisageant.

— Moi aussi.

— J'ai promis au mage Trifen de l'assister avec son prochain client. Ça va aller si je te laisse un moment ? Je reviens tout à l'heure. »

J'acquiesce en silence et une nouvelle larme m'échappe. Sébastian la regarde rouler sur ma joue et en suit le parcours du bout du pouce. La sensation est si douce que j'ai envie de nouer mes bras autour de sa taille, de me blottir contre lui, d'enfouir mon visage contre sa poitrine, faire comme si de rien n'était.

Au lieu de cela je lui dis au revoir, soulagée de le voir s'en aller si ça peut me permettre de réfléchir à un plan.

* * *

Parvenue au logis du gobelin domestique de la Vivias, sous l'escalier, je toque doucement à la porte tout en défaisant mes cheveux.

Les gobelins adorent les cheveux, les dents et les ongles des humains ; ils les collectionnent comme on dit que la reine seelie collectionne les pierres précieuses. Si j'ai une chance de soutirer des informations à Bakken ce sera grâce à mes cheveux. Espérons qu'en lui en refusant la plus petite mèche pendant des années je n'aurai fait qu'aiguiser son appétence.

Il ouvre la porte dès le deuxième coup et une vague odeur de fruit gâté s'échappe de la petite pièce. Bakken est le type même du gobelin domestique : petit, ventru, bras et jambes maigrichons, lèvres minces cachant mal ses dents pointues. Ses yeux globuleux s'écarquillent d'avidité en se posant sur ma chevelure. Je ne la détache presque jamais, et en tout cas pas devant un gobelin. « Bien le bonjour, Fille du Feu. Que puis-je pour toi ? »

Je ne relève pas le surnom qu'il m'a donné le jour où nous avons emménagé chez notre oncle, quand je l'ai vu pour la première fois. Il m'attrape les mains et lorgne la cicatrice que je porte au poignet – unique trace des brûlures qui auraient dû me tuer jadis. J'ai eu un choc en constatant qu'il avait connaissance de l'incendie auquel j'ai miraculeusement échappé enfant, alors que moi, je ne savais rien de lui. J'ignorais alors que les gobelins faisaient commerce d'histoires, de secrets, de renseignements en tout genre. Les gobelins vivent de ce qu'ils savent.

« Mène-moi à ma sœur. »

Il cligne plusieurs fois des yeux comme pour se donner le temps de trouver une réponse, puis secoue la tête. « Ça ne marche pas comme ça.

— Cassia dit que c'est toi qui l'as emmenée à la foire aux marchands. Il faut que tu me dises qui l'a achetée… comment je peux la sauver. » Mon cœur bat trop vite et j'ai du mal à ne pas regarder par-dessus mon épaule pour m'assurer que tante Vivias est toujours dans son bureau. Elle serait très fâchée que je parle avec Bakken et trouverait sûrement le moyen de me le faire payer – ou de me l'interdire par pure méchanceté. Or, si je ne le sollicite pas maintenant, l'occasion ne se représentera peut-être plus. « S'il te plaît.

— Il y a un prix à payer. » Il passe sa langue pointue sur ses lèvres et se rapproche de moi. Il inspecte les environs avant de m'attirer dans sa pièce minuscule et referme la porte. Aussitôt il passe un de ses longs ongles effilés dans mes cheveux, en partant de l'oreille et en descendant jusqu'à l'épaule. J'en ai la chair de poule tellement il me dégoûte, mais je me maîtrise. Il lâche un gloussement de joie. « Fascinante rousseur. Comme si tes cheveux avaient pris la couleur des flammes, ce jour-là.

— Conduis-moi auprès des individus qui ont acheté Jasalyn.

— Mais pourquoi ? dit-il en plissant le front.

— Parce que… je veux la leur racheter. » Il faudra que je fasse une nouvelle expédition dans la cave de Gorst pour réunir la somme. Et peut-être que je la vide entièrement. Mais ça en vaut la peine.

« Tout ne se ramène pas à l'argent, mortelle, rétorque Bakken, les yeux plissés, la tête penchée sur le côté. Dans le monde qui est le tien, tu devrais te réjouir d'avoir une bouche de moins à nourrir. Pourtant tu sembles… abattue. C'est curieux. »

Les bras le long du corps, je serre les poings. Les gobelins sont connus pour leur faculté de circuler entre les Mondes et d'y collecter des informations, pas pour leur compassion. « *Alors ?* Où est-ce ?

— Renonce, Fille du Feu. Redoute plutôt le sort qui t'attend en Faërie.

— Je *veux* retrouver ma sœur. Dis-moi où tu l'as emmenée. Je t'en prie.

— Et que me donneras-tu en échange ? »

La réponse me brûle la langue comme un morceau de fruit aigre qu'on est impatient de recracher : « *Ce que tu voudras* » ; malheureusement, les gobelins prennent tout au pied de la lettre. Je dois faire attention à ne pas promettre plus que je peux donner. « Une mèche de cheveux.

— Hmm… Je préférerais la chevelure *entière.* » Il tend la main, mais la retire aussitôt sans me toucher. « Elle ferait une magnifique écharpe. Que veux-tu que je fasse d'une seule mèche ?

— Ce serait déjà mieux que *rien du tout* », j'insinue.

Il sourit, mais je lis la cupidité dans ses yeux. Il en meurt d'envie… « Montre-moi ce que tu es prête à me donner. »

Je saisis une mèche entre deux doigts, à hauteur d'yeux. « À partir de là… » À une époque, les cheveux de Jas étaient coiffés en dégradé de manière à encadrer son visage ; ça mettait en valeur ses yeux et ça lui allait très bien. Mais je ne dois pas montrer à Bakken que je m'en sépare de bon cœur. Il risquerait de m'en demander davantage.

« Bon, ça ira », dit-il. J'ai à peine le temps de reprendre mon souffle qu'une lame apparaît dans sa main. Il sectionne la mèche d'un coup.

Je réprime un hoquet de surprise. « Maintenant, parle.

— Je l'ai emmenée au carreau des marchands pour la présenter à l'émissaire du roi. Ils ont fait à tante Vivias une offre impossible à refuser. »

Le roi ? Mon sang se glace dans mes veines et la sensation se propage jusque dans mes os. « Quel roi ?

— Son Altesse Royale le roi Mordeus, qui a acheté fort cher la vie de ta sœur. »

Non ! Ce n'est pas possible ! J'aurais peut-être pu récupérer Jas, moyennant finances ou pas, si elle avait été achetée par un faërie lambda, mais un roi faë… et Mordeus, en plus – le souverain unseelie, roi de l'Ombre en personne ! Les mortels considèrent les Seelie comme étant les « bons » faë, mais le royaume unseelie est extrêmement dangereux pour nous ; c'est pour ainsi dire la mort assurée. Mordeus a la réputation de torturer par plaisir des créatures de toutes sortes. Les humains n'en reviennent presque jamais, ou bien ils ne sont plus que l'ombre d'eux-mêmes ; catatoniques, des coquilles vides. D'un autre côté, ce roi-là possède un nombre incalculable d'esclaves humains. Avec un peu de chance, si Jas venait à manquer à l'appel, il ne s'en rendrait même pas compte.

« Les jeunes humaines se valent toutes, aux yeux de ces faë. Pourquoi n'en a-t-il pas acheté une qui *souhaite* se rendre en Faërie ?

— Parce qu'il voulait spécifiquement Jasalyn Kincaid, sœur de la Fille du Feu et fille de la belle mortelle qui…

— Oui, je sais qui est ma sœur, merci », je coupe. Ma parole, c'est un cauchemar ! Cette histoire ne tient pas debout. « Pourquoi justement Jasalyn ?

— Il ne m'appartient pas de discuter les choix du roi. Peut-être veut-il en faire sa reine. » Son expression serait presque rêveuse s'il n'avait en même temps l'air aussi… *affamé*. « Peut-être aime-t-il ses beaux cheveux châtains.

— Si ce n'est pas l'argent qui l'intéresse, alors quoi ? Que puis-je lui proposer en échange ? »

Il tapote ses incisives du bout d'un ongle long et sale. « La seule chose qui intéresse le roi Mordeus, c'est de garder son trône.

— Mais puisqu'il est roi, pourquoi craindre de le perdre ?

— Parce que… certains prétendent qu'il n'est *pas* le roi, justement – enfin pas *vraiment*. Il y a longtemps, Mordeus a soustrait le trône à son frère ; alors il redoute le jour où son neveu, le prince Finnian, fils du roi Obéron et héritier légitime du royaume des Ombres, rentrera d'exil pour revendiquer la couronne. Ses sujets aussi attendent ce jour ; certains lui ont prêté allégeance et se battront pour qu'il reste au pouvoir. D'autres pensent que la Cour unseelie se meurt à cause de sa perfidie et ne retrouvera sa grandeur que si l'héritier de droit prend enfin place sur le trône, coiffé de la couronne d'Obéron. »

En temps normal, je me moquerais bien des intrigues faëries, mais je mémorise ces informations au cas où. « Quel rapport avec ma volonté de ramener Jas ? »

Un sourire découvre ses dents pointues et jaunies. « Ne sous-estime pas le roi Mordeus. Il ne fait jamais rien par hasard. Toutes ses décisions sont motivées par le goût du pouvoir. »

Décidément, je n'y comprends rien. Jasalyn n'a jamais eu affaire aux faë, que je sache. Quel pouvoir le roi peut-il bien vouloir s'arroger en asservissant ma sœur ? Y a-t-il un rapport avec notre mère ? Mais non, ça n'a pas de sens. Si, pour une raison que j'ignore, le roi avait agi à sa demande, elle l'aurait prié de lui amener ses *deux* filles, non ? Pas juste la plus jeune ! Et pourquoi se soucierait-elle de nous maintenant, au bout de neuf longues années ? « Emmène-moi auprès de ma sœur, je t'en supplie. »

Bakken regarde fixement ma mèche de cheveux coupée et la caresse amoureusement. « Le royaume unseelie est plein de périls pour une humaine, fût-elle Fille du Feu. Il vaut mieux que tu oublies ta sœur et que tu profites de ta liberté nouvellement acquise.

— C'est exclu. »

Il range ma mèche dans sa poche. « Je ne peux t'y emmener, mais moyennant une autre mèche, je peux te *dire* où elle est. »

Je n'hésite pas une seconde avant de lui présenter une mèche symétrique à la première.

Il la coupe aussitôt, le regard fou. « À minuit, le Passage de la rivière va s'ouvrir pour la cérémonie célébrant la naissance du Prince seelie. Tu peux l'emprunter pour entrer à la Cour seelie et, de là, chercher le Passage secret de la reine menant à la Cour de la Lune. Celui-là ne s'ouvre qu'une fois par jour, aux douze coups de minuit. »

Voilà qui me surprend. « Pourquoi la reine seelie a-t-elle un Passage vers la Cour unseelie ? Je croyais que les deux étaient ennemies jurées. »

C'est à peine si Bakken me prête attention, occupé qu'il est à caresser sa nouvelle mèche. Il me répond distraitement, comme on fredonne un air entendu mille fois. « Jadis la reine n'était qu'une princesse. Amoureuse d'Obéron, roi des Ombres, elle a fait un grand sacrifice pour aller le retrouver en secret. Son royaume était en guerre contre la Cour de la Lune depuis des siècles ; jamais ses parents ne lui auraient permis ces visites. »

Je fronce les sourcils. C'est l'histoire que nous contait ma mère le soir – la princesse d'Or et le roi des Ombres. « Je pensais que ce n'était qu'une légende. Mais c'est vrai ?

— D'après toi, d'où naissent les légendes, si ce n'est de la vérité ? »

Je regrette d'avoir un peu oublié les contes de maman ; mais c'était il y a longtemps et pendant des années je n'y ai pensé qu'avec amertume. Je chasse ces vagues souvenirs pour me concentrer sur l'urgence du moment. « Où est-il, ce Passage ?

— Tu le trouveras dans sa pièce-penderie d'enfant, une grande armoire marquée d'une aile sur chaque porte. Elle n'a jamais pu se résoudre à s'en défaire. »

Bon. Il ne me reste plus qu'à me rendre à la Cour seelie, chercher le passage secret de la reine, pénétrer dans le lieu le plus dangereux de Faërie, trouver ma sœur et l'arracher aux mains d'un roi assoiffé de pouvoir. *Un jeu d'enfant*.

Soudain Bakken me regarde, puis sort de sa poche un bracelet en fils d'argent qu'il me présente dans sa paume ouverte. « Tiens. Prends-le. Personne d'autre que toi ne le verra ni ne le sentira à ton poignet. »

J'ai entendu parler de ces bracelets de gobelin, mais je n'en avais jamais vu. Les brins argentés sont si fins que je les distingue à peine, mais brillent à la lumière de la bougie.

« Chaque fil représente une histoire qu'on raconte en Faërie. Les histoires ont un pouvoir, Fille du Feu. Si tu as besoin de moi, brise un fil et j'apparaîtrai.

— Ah oui ? » Je manipule doucement les fils avant de regarder Bakken dans les yeux. « Et tu m'aideras ?

— Oui. Sauf si tu es en danger de mort. Là, je ne pourrai rien pour toi, donc inutile de m'appeler si tu es sur le point de te faire dévorer par je ne sais quel monstre. Mais s'il te faut une information, ou si tu dois te déplacer dans le royaume, je viendrai à ton secours.

— À quel prix ? »

Son sourire est plus sournois que rassurant.

« Rien qu'une mèche de cheveux. Ou quelques dents, si tu préfères. »

Je prends le bracelet d'une main tremblante. « Que se passera-t-il si je casse un fil accidentellement ?

— Les fils de gobelins ne se cassent pas *accidentellement*. Il faut qu'il y ait une intention derrière. »

Je l'enfile et il s'ajuste comme par magie à mon poignet. « Je te remercie, Bakken. » Je rouvre la porte et m'apprête à sortir dans le couloir. Mais il m'arrête.

« Fille du Feu ! s'écrie-t-il. N'oublie pas que le roi d'Ombre est malin. Il est capable de t'amener à mettre en jeu ton propre destin. »

Mettre en jeu mon propre destin ? Qu'est-ce que ça signifie ? *Maudites devinettes faëries* ! « Je ne crois pas au destin, Bakken. Tout ce qui me préoccupe, c'est ma sœur.

— Certes. Et le roi ne l'ignore pas, crois-moi. »

4

« Il faut que tu parles de ton plan à Sébastian, déclare Nik, accotée au mur de la maison du mage Trifen.

— C'est pour me dire ça que tu m'as amenée ici ? »

En partant de chez tante Vivias ce matin, je suis allée tout droit chez Nik, qui a patiemment écouté mon récit affolé et mon ébauche de plan, avant d'insister pour que je la suive chez le mage afin d'acheter une potion somnifère. Si je suis son raisonnement, le Passage ne s'ouvrant qu'à minuit, il faut que je me repose avant – sinon je ne serai bonne à rien.

Maintenant le soleil décline et j'ai l'impression que le temps passe à la fois trop vite et trop lentement. Si ça ne tenait qu'à moi, je serais déjà en Faërie à chercher ma sœur, mais j'ai peur de ne pas être assez forte, assez ingénieuse une fois sur place. J'ai si peur d'échouer...

« Je t'ai amenée ici pour la potion, réplique-t-elle en tapotant son sac, mais je crois que tu devrais lui parler. Il peut peut-être t'accompagner.

— Il me gênerait en essayant de me protéger. Et de toute façon, il s'en va demain. Je ne vais tout de même pas lui faire manquer une étape de son apprentissage. »

Elle se redresse, l'air soucieux. « Je n'aime pas l'idée de te savoir toute seule là-bas. D'ailleurs, je n'aime pas l'idée de te savoir là-bas tout court.

— Que ferais-tu à ma place ? Si c'était Faon qu'on avait vendue au roi unseelie ? »

Les yeux brillants de larmes, elle me répond : « J'irais sans hésiter, bien sûr.

— Donc, tu comprends que je n'ai pas le choix.

— Je comprends surtout que dans ta vie, il y a beaucoup de choses que tu as faites parce que tu n'avais pas le choix. » Elle médite un instant et reprend en jouant avec une de ses boucles brunes : « Il faut que je te demande quelque chose.

— Vas-y. »

Elle regarde tout autour de nous, bien que nous soyons toutes seules, et reprend en baissant la voix : « L'argent que tu nous as donné pour racheter le contrat de Faon… tu l'as volé à Gorst ? »

Mon cœur se serre. Comment peut-elle être au courant ? « Est-ce que j'ai l'air assez bête pour ça ?

— Réponds-moi franchement. »

Je masse ma nuque, où toute la tension accumulée ces dernières vingt-quatre heures semble s'être nouée. « Il vaut mieux que tu n'en saches rien, non ? » J'ai du mal à croire que l'expédition remonte seulement à hier soir. Il s'est passé tant de choses depuis… Mon monde a basculé.

Elle fait la moue. « *Quelqu'un* s'est introduit chez Gorst, a réussi à entrer dans sa chambre forte malgré ses protections magiques et s'est servi dans ses coffres. Il est fou de rage.

— J'imagine.

— Cette personne a laissé un peu de son sang sur place, ajoute-t-elle à mi-voix. Son mage ne va pas tarder à savoir à qui il appartient. »

Et merde. Obnubilée par le reste, j'ai oublié cette histoire de sang. « Gorst est le cadet de mes soucis.

— Ah oui ? Vraiment ? Alors il faut espérer que la magie n'opère pas trop vite, sinon tu n'auras pas le temps de franchir le Passage.

— Brie ! lance alors Sébastian depuis l'entrée de la ruelle, près de la cour.

— On en reparlera », dit Nik avec un petit sourire triste. Elle étreint mon poignet avant de faire un pas en arrière. « Rendez-vous chez moi. D'ici là, fais attention à toi.

— Merci, Nik. » Je prends une profonde inspiration et je fais face à Sébastian. Comme toujours, je tressaille intérieurement en le voyant. Il porte une tunique blanche et un pantalon en cuir foncé qui moule ses cuisses puissantes ; sa chevelure blanche luit d'un discret éclat doré sous le soleil couchant.

« Maître Trifen dit que tu me cherches. »

Je ravale mon émotion. J'ai envie de lui expliquer mon plan, de le prévenir qu'on ne se reverra peut-être plus jamais. Je n'aime pas l'induire ainsi en erreur, mais je ne vois pas d'autre solution. « Je voulais te voir avant ton départ. »

Il serre bien fort mes mains. « Je ne serais pas parti sans te dire au revoir.

— Je sais bien. » Je le dévore du regard en mémorisant chaque détail de son visage. Sous cette lumière, ses yeux sont plus bleus que verts. *Dire que je ne les reverrai peut-être plus…*

Il sort de sa poche une chaînette où se balance un pendentif en cristal. « Tiens, j'ai fait quelque chose pour toi.

— Oh, merci Bast… » C'est une chaîne en argent toute simple aux maillons délicatement ouvrés, mais le cristal est d'une eau très pure. « C'est… je n'ai jamais rien vu d'aussi beau.

— Alors vous serez bien assortis. » Sa voix s'enroue et la tendresse poignante qu'exprime son regard me donne mauvaise conscience. « C'est une amulette. Elle te protégera, puisque je ne peux pas être là pour m'en charger. Promets que tu ne t'en sépareras jamais.

— Promis. » Je la passe autour de mon cou et le pendentif scintillant vient se nicher entre mes seins. Je l'enserre dans ma main. « Quand pars-tu ?

— Demain à la première heure. » Il regarde le ciel comme pour s'assurer qu'il ne sera pas en retard.

« Merci pour l'amitié précieuse que tu m'as toujours témoignée. Je ne sais pas si j'aurais tenu le coup sans toi ces deux dernières années.

— Ne parle pas au passé, implore-t-il. Ne fais pas comme si tu ne devais jamais me revoir. »

Je baisse les yeux sur ses bottes noires tout éraflées plutôt que de lui montrer la vérité qu'ils trahissent sans doute.

« J'ai encore tant de choses à te dire…

— Par exemple ? »

Il ne me quitte pas des yeux. « À propos de moi, de mon passé… »

Je fais mine de répondre, puis je me ravise. Il n'a jamais mentionné sa famille devant moi. En fait, il a toujours évité d'évoquer sa vie d'avant – avant qu'il ne s'installe à Bellecontrée –, et je n'ai jamais insisté.

« Je ferai tout mon possible pour te revoir, dit-il doucement. Mais ce soir, je ne suis pas encore prêt à te quitter. » Je sens sur moi la chaleur de ses grandes mains. Bien des fois j'ai imaginé ces mêmes gestes ; pourtant, rien ne se rapproche de la sensation réelle – ses mains calleuses se glissant sur ma nuque et dans mes cheveux tandis que ses yeux se posent sur ma bouche. « As-tu quelque chose à me dire ? Y a-t-il une chose que je doive savoir avant de partir ? »

Veut-il parler de mes sentiments pour lui ? Ou a-t-il deviné qu'à minuit je passerai dans un autre Monde, risquant tout dans l'espoir improbable de sauver ma sœur. « Sébastian, tu es mon meilleur ami… »

n'ai pas le temps de finir ma phrase. Sa tête s'incline, èvres trouvent les miennes ; tout contre lui, je défaille emi. Un frisson me parcourt et je reviens à moi ; pareil une décharge électrique, il crépite entre nous. J'ai l'impression qu'il pourrait illuminer tout Bellecontrée, et même tout Elora.

Puis il effleure mes lèvres de sa langue et je la sens qui s'insinue entre elles. Je lui rends son baiser avec toute la fougue dont je suis capable. Avec tout ce que je suis. Je sens son inquiétude à sa façon de m'embrasser. De son côté, sent-il mon effroi ? Il faut que je sauve ma sœur, mais en même temps, je ne veux pas mourir. Ni perdre Sébastian.

La confusion de mes sentiments est encore accentuée par son baiser. Lorsqu'il s'écarte, la tête me tourne, j'ai l'impression de perdre l'équilibre. Il y a deux ans que je suis amoureuse de lui, mais pendant tout ce temps j'ai cru que ce n'était pas réciproque. Et maintenant que nous allons être séparés – peut-être pour toujours – je me rends compte que je me suis trompée. J'ai l'impression tout à coup d'être le jouet du destin.

« Attends-moi », chuchote-t-il.

Je n'en ferai rien. Je ne peux pas. Mais ses paroles me font un bien fou et je me sens coupable. Je ne peux pas me laisser distraire de mon but par mes sentiments pour lui. La seule chose qui compte est de rejoindre Jas.

* * *

« *Brie !* » Une voix chuchote à mon oreille tandis que la jument galope toujours plus vite en nous emportant, maman et moi, vers la plage. « Brie, ils arrivent. »

Mon cœur bat à tout rompre, le vent chahute mes cheveux fous. Maman s'agrippe aux rênes et sa bague de fiançailles mord dans mon petit doigt.

« Brie ! » Le vent devient torride, l'air s'emplit de fumée qui me pique la gorge. « Abriella, réveille-toi ! »

Les yeux me brûlent, j'avance à quatre pattes. La fumée âcre s'insinue dans mes poumons, le feu danse tout autour de moi. La chaleur lèche ma peau. Les flammes jaillissent, roussissant mes jambes nues. Jasalyn cligne des yeux au milieu de la fumée et me sourit. Je la prends vivement dans mes bras, mais elle est trop lourde pour mes bras maigres et nous retombons sur le lit. Comme j'essaie de raffermir mon étreinte, elle se désintègre et il n'en reste qu'un tas de cendre.

« Brie ! » Quelqu'un me secoue sans ménagement.

Je me force à ouvrir les yeux. À gonfler mes poumons.

La chambre est sombre et froide. Pas de feu, juste une bougie dont la flamme palpite sur la table de chevet. Nik s'accroupit près de moi. Elle porte toujours la robe moulante revêtue pour son rendez-vous avec son client.

« Qu'est-ce qu'il y a ? » Après la potion qu'elle m'a fait boire après dîner, le sommeil menace de m'entraîner à nouveau dans les profondeurs du cauchemar.

« Gorst est là, il te cherche. »

Une main plaquée sur ma bouche, je bondis sur pied. Faon est pelotonnée de son côté du lit, son lapin en peluche serré contre sa poitrine.

Je frémis d'horreur à l'idée que Gorst dévaste le foyer de cette petite à cause de moi.

Un coup frappé à la porte. Un bruit de tonnerre qui paraît ébranler toute la pièce. Je fais volte-face et regarde Nik en ouvrant de grands yeux affolés. « Trouve un moyen de gagner du temps. Je vais passer par la fenêtre. »

Elle opine. En fait, elle a pris les devants. « J'ai mis une de mes robes dans ta besace. » Les coups contre la porte reprennent. « Elle n'est pas aussi belle que celles de Jas, mais elle t'aidera à te mêler aux autres filles qui vont au bal.

— Merci, dis-je en la serrant dans mes bras. Je te revaudrai ça.

— Ouvrez ou on défonce la porte, prévient une grosse voix.

— J'arrive ! » crie Nik en maîtrisant sa peur. Elle reprend à mon intention : « Les Passages vont s'ouvrir dans moins d'une heure. Fais attention et reviens-nous vite, tu m'entends ? Faon a besoin de sa tante Brie. »

Les yeux pleins de larmes, je préfère me contenter d'un signe de tête avant d'épauler ma besace.

Nik se dirige vers la porte d'entrée en faisant sonner ses pas sur le plancher. Sa terreur cède la place à un air bravache. « Qui êtes-vous pour frapper à ma porte en pleine nuit ? »

Je referme silencieusement la porte de la chambre, ramasse les oreillers et couvertures qui m'ont servi de lit sur le sol et les remets bien proprement sur le lit.

« On nous a informés qu'Abriella Kincaid logeait ici, répond la voix d'homme.

— Eh bien, on vous aura mal informés. Il n'y a que moi et ma fille. »

D'un coup de pied, j'expédie sous le lit le matelas d'appoint et souffle la bougie. L'obscurité qui recouvre la chambre de son manteau est comme un baume apaisant sur mes nerfs à vif.

« Si ça ne vous dérange pas, on préférerait s'en rendre compte par nous-mêmes. »

Nik feint d'être outrée. « Évidemment que ça me dérange ! Ma petite dort. »

Je sors par la fenêtre. À peine ai-je le temps de la refermer qu'un rai de lumière pénètre dans la chambre, en provenance de l'autre pièce. Je remonte la ruelle en courant puis j'en emprunte une autre, zigzaguant sans cesse, suivant un itinéraire qu'ils ne devineront jamais. La nuit est claire sous la pleine lune et j'évite les rues principales, préférant les allées étroites entre les bâtiments. Je m'efforce de rester invisible : je rase les murs, je me cache derrière les poubelles si nécessaire, et je cours, je cours à perdre haleine, en nage, les poumons en feu. Je ne m'arrête qu'une fois à l'abri dans les bois, à la lisière de la ville.

Je vois déjà au bord de la rivière une file de jeunes filles qui gloussent à qui mieux mieux, tout excitées, baignées de clair de lune, certaines en robes de bal sophistiquées, d'autres en cotonnades toutes simples – sous doute ce qu'elles possèdent de plus joli. Toutes attendent l'ouverture du Passage en scrutant la rive comme si c'était une planche de salut. *Les idiotes.*

Évitant les femmes et le clair de lune, je me dirige vers un bosquet dense, un peu plus loin. J'enlève à tâtons les vêtements qui collent à mes bras et mes jambes trempés de sueur et je déballe la robe de Nik. Le tissu est fin et soyeux. Je l'enfile et elle coule sur ma peau comme de l'eau fraîche.

Je referme mes doigts sur le pendentif de Sébastian. J'ignore comment fonctionnent les amulettes, mais en tout cas, j'ai échappé aux hommes de Gorst. Si elle me permet d'entrer sans encombre en Faërie, peut-être ne l'enlèverai-je plus jamais.

Je me blottis contre un arbre, sous couvert d'obscurité, tandis que la lune monte dans le ciel, jusqu'à ce que me parviennent des éclats de rire et des exclamations d'allégresse.

« Ça y est, c'est ouvert !

— Le Passage est ouvert !

— La reine d'Or nous invite chez elle !

— Le prince Ronan nous attend ! »

Je dissimule le porte-bonheur sous ma robe et sors lentement de l'ombre pour prendre ma place dans la file. Nous attendons notre tour. Je serre les poings pour résister à l'envie de lisser mes cheveux et d'éponger mon front. Si je garde la tête baissée, elles ne s'apercevront peut-être pas que ma tenue n'est pas aussi raffinée que la leur.

Je ne suis pas comme elles. Moi, je n'ai jamais voulu être une princesse faërie, jamais rêvé de danser un jour avec les immortels lors d'un de leurs fameux bals. Mais ce soir, je reconnais que j'ai de la chance. Une fois que j'aurai franchi le Passage, les sbires de Gorst ne pourront plus rien contre moi.

J'en suis là de mes pensées lorsque je vois la jeune femme qui me précède atteindre l'extrême bord de la rive, s'engager au-dessus du vide qui surplombe le cours d'eau d'au moins cinq pieds, et… disparaître aussitôt.

« Vas-y, dit celle qui me suit. C'est ton tour, maintenant. Tu ralentis la file.

— Je… saute et c'est tout ?

— Mais non, voyons ! s'esclaffe-t-elle. Tu tomberais dans l'eau. Il faut suivre le Passage qui l'enjambe. Mais il faut *croire* à son existence, sinon ça ne marche pas. »

Je regarde, atterrée, le courant qui file à toute allure en contrebas ; j'ai l'impression que la peur me grimpe sur le dos et m'alourdit.

« Avance, insiste-t-elle. Qu'est-ce qui peut t'arriver, au pire ?

— Tomber à l'eau, couler à pic, être entraînée par les rapides et me noyer ? »

Elle éclate de rire, comme si je venais de dire quelque chose d'hilarant. « Allez, avance, maintenant.

— Il suffit d'y croire, c'est tout ? » Ben voyons. *Comme si c'était si simple.*

« Mesdames, l'une d'entre vous a-t-elle vu une jeune fille rousse avec une cicatrice au poignet ? s'enquiert quelqu'un plus loin dans la file. C'est une voleuse, il y a une récompense pour la première qui nous aidera à la retrouver. »

La femme derrière moi regarde ma main.

Je presse ma paume sur mon amulette et fais un pas. Je ne me contente pas *d'enjamber* la rive. Je m'élance dans le vide.

5

J'atterris rudement sur les genoux ; mes molaires claquent et la douleur irradie dans mes jambes. Le ciel est dégagé, illuminé par la lune. Je me relève tant bien que mal et me retourne vers la rivière… qui n'est plus là. Le bosquet non plus. Les seuls arbres sont à bonne distance. Çà et là des femmes surgissent de nulle part – un flot ininterrompu de nouvelles arrivantes en provenance de Passages disséminés sur tout le territoire d'Elora.

Ça y est, j'y suis. Je suis en Faërie. J'ai réussi.

Une indéniable énergie vibre sur ma peau. Comme si l'air était différent ici, une toile d'araignée électrique prête à piéger les humaines comme des mouches.

Je scrute les visages proches pour repérer la fille prête à me dénoncer en échange de la récompense, mais en vain. De toute façon, elle ne pourrait plus grand-chose contre moi de ce côté-ci du Passage. Je ne vois que des jeunes femmes qui se hâtent joyeusement vers une passerelle d'or menant à un grand château. L'horizon est hérissé de hautes flèches d'or qui s'élancent vers le ciel et les murailles chatoient au clair de lune. Exactement comme dans les contes de sa mère : les murs du palais y étaient en quartz et les sols en marbre, et le ciel nocturne pareil à une immense couverture piquetée d'étoiles.

Petites, Jas et moi rêvions de ce royaume. C'était un jeu. Dans notre imagination, nous décidions de nous enfuir en Faërie par le Passage du solstice pour aller chercher notre mère. Nous nous racontions qu'elle était folle de joie de nous revoir et énumérions les innombrables raisons pour lesquelles elle n'était jamais revenue. Puis les années ont passé, et maman ne venait toujours ni nous voir ni nous libérer de notre contrat. Alors j'ai peu à peu perdu tout intérêt pour ce jeu ; je ne voulais plus penser à elle ni aux raisons de son abandon. Je ne voulais plus en parler ; imaginer les retrouvailles me donnait mal au ventre.

Mais maintenant, je ne peux m'empêcher de me demander si elle est là, quelque part dans le royaume, si elle a survécu à ses périls pendant toutes ces années. Si elle est… heureuse.

Je suis encore à bonne distance de la passerelle et des portes du château, mais même ici, les femmes se pressent tout autour de moi, impatientes. J'avais prévu qu'il y aurait foule, mais pas à ce point… Elles jouent des coudes pour passer les unes devant les autres et leur fougue m'attriste autant qu'elle m'incite à rester sur mes gardes.

« Vous savez, vous ne rentrerez jamais dans cet état », me dit tout à coup celle qui me suit.

Je me retourne, crispée par la méfiance. « Comment ça ? »

Elle me détaille des pieds à la tête, puis tire un mouchoir de son sac à main. J'ignore de quoi j'ai l'air, mais elle, elle est absolument radieuse avec sa robe jaune canari à corselet ajusté et jupe évasée, et ses cheveux noirs dont les boucles parfaites retombent jusque sous ses épaules.

Pour la première fois depuis que Nik m'a réveillée, tout à l'heure, j'inspecte ma tenue. Ma robe en soie est d'un rouge vif qui s'accorde presque à mes cheveux. Mais elle pend sur ma poitrine et moule mes hanches osseuses avant de s'évaser aux genoux. Le fin tissu souligne les arêtes de mon corps sous-alimenté, depuis les hanches saillantes jusqu'au ventre creux. Sur Nik, sa simplicité doit être sensuelle et provocante. Sur moi, cette robe est pathétique et mal fichue. En temps normal, je ne me soucie guère de mon apparence physique, ce genre de choses superficielles et vaines, mais à côté de cette femme resplendissante, j'ai un peu honte.

« Ne vous inquiétez pas, je vais vous aider, reprend-elle en me tendant le mouchoir. Vous allez d'abord faire un brin de toilette. »

J'ai les bras couverts de taches et de traînées de boue. Lors de ma fuite dans les ruelles j'ai pensé avant tout à passer inaperçue et à sauver ma peau. Pas à rester propre. « Merci. » Je prends le carré de tissu doux et me décrasse comme je peux. « J'étais si pressée d'arriver jusqu'ici que je n'ai pas fait attention. » Sous les salissures apparaît progressivement le lacis d'égratignures hérité de ma cavale à travers les taillis. J'offre décidément un piètre spectacle. « Pourquoi dites-vous qu'on ne me laissera pas entrer ? Ils n'admettent pas tout le monde ? »

Elle fouille à nouveau dans son sac et en sort une fiole d'onguent. « Malgré ses dimensions respectables, le château de la reine ne suffirait pas à contenir toutes les femmes venues tenter leur chance auprès du prince. » Elle me reprend le mouchoir, y verse un peu d'onguent opaque, puis tamponne une vilaine éraflure sur mon épaule. La peau guérit sous mes yeux et reprend sa teinte ivoire.

« Je suis navrée, mais je ne pourrai pas vous rémunérer pour vos bons soins. »

Elle sourit et continue à appliquer son baume sur mon bras. « Je n'aurai pas besoin d'argent une fois fiancée au prince Ronan. » Elle me lance un clin d'œil, comme si c'était une plaisanterie compréhensible par moi seule. « Je m'appelle Pretha. »

Je marque une pause gênée en me demandant ce que j'ai fait pour mériter tant de gentillesse. « Et moi Abriella.

— C'est un très joli prénom, commente-t-elle en attaquant l'autre bras.

— Merci. » Je parcours du regard la file d'attente qui s'étire devant nous, interminable. « Alors comment choisit-on celles qui pourront entrer ?

— La majeure partie de ces femmes seront renvoyées dans leurs foyers avant même d'avoir mis un pied dans le château. Les gardiens postés devant la grande porte font un premier tri en se basant sur l'apparence seule. » Elle doit lire l'aversion sur mon visage, car elle ajoute : « Oui, c'est superficiel, n'est-ce pas ? Mais ils veulent pour leur prince une belle fiancée humaine en pleine santé. »

La file avance lentement et, si je suis impatiente de me lancer dans mes recherches, ce répit n'est pas pour me déplaire. Je n'avais pas envisagé l'éventualité qu'on me refuse l'entrée.

« Voilà », dit-elle en passant du baume sur la dernière griffure de mon poignet. « Et maintenant… puis-je m'occuper de votre visage ? » Elle exhibe un petit miroir qu'elle tourne vers moi.

Ma figure ne vaut guère mieux que mes bras avant le baume, mais au-delà de la saleté et des égratignures je vois des joues creuses et des cernes sous les yeux. L'expression *en pleine santé* me décrit assez mal.

Pretha me débarbouille à petites touches, en s'aidant d'un tissu propre, puis trouve des produits de beauté dans son sac apparemment sans fond, souligne mes yeux d'un trait de khôl, m'enduit les cils de mascara, donne de la couleur à mes pommettes et parachève le tout par un rouge à lèvres assez sombre. Quand je me regarde à nouveau dans le miroir, je ne reconnais que mes boucles rousses. « Vous êtes une artiste », je constate en tapotant mes cernes devenus invisibles. « Vous êtes sûre que vous n'avez pas eu recours à la magie ? »

Elle rit. « Il n'y a pas de mal à ajouter un peu de magie à votre beauté naturelle. »

J'aurais logiquement dû m'attendre à ce qu'elle brandisse ensuite une brosse à cheveux, mais quand elle entreprend de démêler ma tignasse, j'éclate tout de même de rire. « Si cette brosse réussit à discipliner mes boucles, vous méritez d'intégrer le cercle des Sept d'Elora.

— Oh, je ne me risquerais pas à estomper votre beauté naturelle. C'est ce qui attirera l'attention du prince. » Elle rassemble mes cheveux dans une barrette en cristal et les arrange soigneusement de part et d'autre de mon visage.

J'essaie de sourire comme une jeune fille désireuse avant tout de se faire remarquer du prince. Mais en vérité, une fois à l'intérieur du château, je ferai tout le contraire.

Quand elle a fini d'arranger mes cheveux, elle recule d'un pas et me contemple. « Bien, au tour de la robe maintenant ! »

La file progresse très lentement. La lune poursuit sa course à travers le ciel. À ce rythme, on y sera encore au lever du soleil. Voire plus tard. « Ah bon ? Vous avez du fil et des aiguilles dans vos poches pour me confectionner une tenue plus recherchée ? je plaisante.

— Oh non, sourit-elle. Je suis piètre couturière. »

Le mot me fait l'effet d'un coup de poing à l'estomac ; mon sourire s'efface. « Moi aussi. »

Elle fronce les sourcils. Ma réaction ne lui a pas échappé. « J'ai dit quelque chose qui vous a froissée ?

— Non non, ne vous en faites pas. C'est juste que ma sœur était… *est* couturière. C'est tout. »

Son regard se radoucit. « Je suis désolée. Que lui est-il arrivé ?

— Elle a été vendue comme esclave. »

Je surprends un éclair dans ses yeux et, l'espace d'une seconde, je m'attends à ce qu'elle explose de colère par compassion pour moi, mais l'éclair s'éteint aussitôt. « Et c'est pour ça que vous êtes là ? »

Je soupire. J'aurais bien besoin d'une amie, mais je ne peux prendre le risque de révéler mes plans à une inconnue. « Je suppose que toutes les filles ici rêvent de ce qu'elles pourraient accomplir grâce au pouvoir et aux privilèges des princesses faëries.

— Hmm... » Elle ouvre la main, révélant une poignée d'épingles. « Je peux ?

— Je croyais que vous n'étiez pas douée pour la couture ? » Je la regarde épingler le tissu à la hauteur de ma taille. Je tourne lentement sur moi-même pour lui permettre de continuer dans mon dos.

« En effet, mais la femme qui a ensorcelé ces épingles l'est, elle. » Elle pique la dernière, bouclant ainsi le cercle, et claque des doigts.

Aussitôt, la robe n'est plus celle que j'ai enfilée dans la forêt, mais une vraie robe de bal. Jamais je n'ai porté de vêtement aussi beau. Si ça se trouve, même Jas n'a jamais rien fabriqué de tel. J'esquisse quelques pas. La jupe ample balaie l'herbe autour de mes pieds ; l'ourlet est semé de minuscules boutons de rose qui remontent sur un côté comme si le tissu lui-même était une espèce de treillis magique. Le caraco moulant cache un corset qui fait pigeonner ma poitrine quasi inexistante sous le décolleté en cœur où niche mon amulette.

Je suis béate d'admiration. Pretha doit me tapoter l'épaule pour me signaler qu'entre-temps, nous avons franchi la passerelle. Nous sommes enfin arrivées aux portes du palais.

J'ignore à quoi m'attendre, mais je découvre une pelouse luxuriante où se déroule une garden-party entre créatures en tout genre. Des faëries ressemblant à des papillons, aux ailes translucides et au minuscule corps humanoïde, volettent parmi l'assistance ; leur léger bourdonnement rappelle le son d'une flûte apporté par la brise. Des faë de feu à peau rouge et yeux de charbon ardent dansent autour d'un feu de joie en faisant tournoyer à vive allure des partenaires humaines. J'ai peine à les suivre du regard ! Des faë-elfes de haute noblesse se faufilent dans la foule ; sans leurs oreilles pointues et leur grâce éthérée, ils pourraient presque passer pour des humains – ce qu'ils n'aimeraient pas du tout, d'ailleurs.

« On approche. » Pretha étreint ma main et, contre toute attente, je ressens une bouffée d'affection pour elle.

« Pourquoi êtes-vous aussi gentille avec moi ?

— Peut-être parce que moi aussi j'ai besoin d'une présence amie. »

Comment a-t-elle deviné ? Personne ne pense cela de moi ! En général, on me trouve plutôt froide et distante. Une solitaire qui entend le rester. « Quoi qu'il en soit, merci, merci pour tout. » Confuse, je contemple une fois de plus ma robe. Elle est superbe. Avec un peu de chance, elle me permettra d'entrer, mais ensuite ? Comment me faufiler discrètement à travers le palais dans cette tenue ?

« Elle ne vous plaît pas, constate Pretha, sans bouderie ni posture défensive, mais à la limite de la curiosité.

— Oh si ! Seulement, je n'ai pas l'habitude des jupes longues. Toute ma vie on m'a dit de me méfier si j'allais en Faërie, alors si je dois m'enfuir en courant...

— Pas bête, commente-t-elle en relevant le menton.

— Je dois vous paraître bien ingrate...

— Tu vois les épingles piquées dans le tissu à ta taille ? Il suffit que tu en enlèves une pour que le sortilège disparaisse. La robe reprendra alors son aspect initial. »

Je passe mes doigts en haut de la jupe et localise une épingle. « Parfait. Merci. »

Des heures durant nous parlons de tout et de rien tandis que la file d'attente avance peu à peu vers le palais. J'engrange le plus d'information possible sur ce qui m'entoure, au mépris de mes pieds douloureux et de mon estomac qui gargouille, pour mieux épier les faë du jardin et les sentinelles qui patrouillent dans tout le périmètre.

Ces portes sont incontournables, mais mes chances de les franchir s'amenuisent à mesure que nous nous en rapprochons. Le soleil est haut dans le ciel et j'ai vu des dizaines de filles se faire évincer, renvoyer via le Passage encadré de sentinelles. Seul un petit nombre d'entre elles sont admises.

« Bonne chance », souffle Pretha quand mon tour est venu.

Le faë posté à l'entrée a les oreilles pointues et les yeux bleu vif. Il me jauge du regard, hausse les épaules et me fait signe d'entrer. Je me retourne vers Pretha.

« Comment m'acquitter de ma dette envers vous ?

— Bah, répond-elle en souriant. Je trouverai bien un moyen d'ici notre prochaine rencontre ! »

Je franchis le seuil et un autre faë me prend par le bras pour me guider vers une galerie étincelante. Je suis éblouie par les lustres et les parquets luisants.

Je me risque à lancer un coup d'œil par-dessus mon épaule pour voir si ma nouvelle amie me suit, mais découvre à sa place un visage inconnu. Pretha aurait-elle été refusée ? Je me sens terriblement coupable. Après tout ce qu'elle a fait pour moi, ce serait injuste ! J'aurais dû la laisser passer en premier, persuader les gardes de ne pas la renvoyer…

« C'est tout droit. Profitez bien de la cérémonie », me dit assez sèchement celui qui m'escorte. Je n'ai pas le temps de répondre. Déjà il lâche mon bras et rebrousse chemin.

J'avance de quelques pas et découvre, stupéfaite, une salle de bal grande comme un quartier entier de Bellecontrée. Le soleil matinal entre à flots par d'immenses fenêtres allant du sol en marbre miroitant jusqu'au plafond, qui est d'une hauteur vertigineuse. Humains et faëries vont et viennent en se mêlant les uns aux autres. Je me fonds dans la foule en regardant autour de moi.

« Quelle idée de vendre Jasalyn avant qu'elle ait pu finir ma robe ! » dit une voix geignarde – et familière – quelque part dans mon dos. *Cassia !*

Mon cœur s'emballe. *Oh non ! Pas elles !*

« Au moins, tu avais quelque chose de décent à te mettre. Moi, j'ai dû soudoyer une des filles de l'atelier pour qu'elle me fasse cette robe, et elles ont bien failli m'envoyer promener. »

Cassia et Stella sont au bal aussi, évidemment... C'était pour ça qu'elles ont tant insisté pour que Jas leur fasse des robes neuves. Je ne suis pas sûre que ces idiotes croient pouvoir devenir des princesses faëries.

Je zigzague dans la foule en gardant la tête baissée et m'éloigne promptement. Je ne veux même pas imaginer ce qui se passerait si elles me repéraient. Elles feraient des pieds et des mains pour me faire jeter dehors, hilares à l'idée que je veuille sauver Jas.

Dans ma hâte, je heurte un individu de haute taille. Je m'excuse sans lever la tête et sans ralentir.

« Ça va ? Vous ne vous êtes pas fait mal ? » Sa voix est grave et mélodieuse. Je ne peux m'empêcher de me retourner.

C'est un faërie large d'épaules au teint brun clair – mais pas un faërie ordinaire. Il est d'une beauté renversante. Sa chevelure sombre aux boucles tout en désordre encadre sa mâchoire carrée, ses prunelles argentées brillent comme le clair de lune, bordées d'épais cils noirs. Si c'était un humain, je lui donnerais une vingtaine d'années, mais quelque chose dans son maintien, la dureté de son visage, fait qu'il paraît plus âgé – *beaucoup* plus âgé. Il me dévisage ; ses lèvres pleines et sensuelles dessinent une moue. Puis il m'offre sa main :

« Voulez-vous danser, noble dame ?

— Hein ? Ah non. » Il faut que je reste concentrée. Je ne dois pas me laisser distraire de ma mission par ce beau faë.

Il ouvre de grands yeux, comme si on ne lui avait encore jamais rien refusé. Avec son physique, je n'en serais pas autrement surprise. « Bon... Alors une petite promenade dans le parc, peut-être ?

— Laissez-moi tranquille. Je ne suis pas intéressée, et... »

Tout à coup, j'entends rire mes cousines. Elles arrivent ! « Bon, d'accord, dansons », dis-je en fourrant ma main dans la sienne.

Ses lèvres frémissent, mais il m'entraîne vers la piste de danse. « Avec plaisir. »

Au fond de la salle, sur une estrade, un orchestre au complet joue une mélodie poignante. Je ne la reconnais pas et j'ai bien du mal à suivre le rythme.

Le faë mène la danse en me regardant dans les yeux. Les lustres brillent, orbes de lumière suspendus au-dessus de nos têtes et caressés par une brise légère. Je ne sais pas pourquoi, mais la cadence, nos oscillations simultanées me rappellent la sensation de liberté que je ressens quand je me déplace seule dans le noir. C'est à la fois relaxant et enivrant. Ça me monte à la tête, je voudrais que ça ne s'arrête jamais. Aussi, quand il me regarde en murmurant « Quelle beauté ! », je sens tous mes soucis s'envoler.

L'orchestre entame un nouveau morceau et un autre faërie vient me prendre par la main avant que le premier ait pu me reconduire en bord de piste.

Quel mal y a-t-il à m'autoriser une deuxième danse avant de risquer le tout pour le tout pour retrouver ma sœur ? Je peux bien me faire plaisir, imaginer une vie où je n'ai pas à me bagarrer constamment pour survivre, une vie comme celle de ces faëries, passée à danser, boire du vin, rire de choses sans importance ? ...

Mon corps et la musique ne font plus qu'un et tandis que le tempo accélère, que les archets volent de plus en plus vite sur les cordes, et les doigts du flûtiste sur les clés, mes muscles anticipent chaque note, chaque phrasé. Je passe d'un partenaire à un autre et je me sens aussi gracieuse que les faë. Je danse, danse, danse jusqu'à perdre haleine, jusqu'à en avoir les poumons en feu et les pieds endoloris.

Les visages de mes cavaliers successifs deviennent flous, mais je ne me soucie plus de savoir qui ils sont, faë ou humains ; la danse me soulève. Toute à la musique et à ce moment magique, je ne pense plus ni à mes problèmes ni à ma misérable vie.

Je souris. Il y a des mois que je ne me suis pas sentie aussi légère. Mes hanches oscillent en mesure, mes épaules ondulent, alanguies. Je ne me suis rendu compte de rien, mais j'occupe à présent le centre de la piste, où je me laisse conduire par un faërie après l'autre. Je lève les bras en l'air, je les remue en cadence. Le fardeau de mes responsabilités ne pèse plus sur mes épaules. Je suis libre pour la première fois depuis des années. Peut-être pour la première fois de ma vie. Cette danse *est* la liberté.

Quelqu'un me met un verre en main et je contemple le vin sans cesser de me mouvoir. Je me sens si bien ! Grâce à ce vin, je me sentirai encore mieux... Il suffit de boire...

Simultanément, une vague pensée se fait jour dans ma tête. À propos de ce vin, justement. Que suis-je censée me rappeler ? Je porte quand même le verre à mes lèvres. Je veux continuer à danser, à ressentir cette joie, cette délicieuse *liberté*. Tout à coup, quelqu'un éloigne le verre, je me retrouve enserrée dans des bras puissants et on m'entraîne hors de la piste.

Je me débats, je résiste, je voudrais retourner là-bas, là où est ma place – retrouver la musique, le rythme, le balancement rassurant des hanches, le flou du mouvement, les arpèges de plus en plus rapides…

« Ça suffit, souffle une voix mâle à mon oreille.

— Non ! » fais-je d'un ton suppliant.

Il me tire par la main, loin des danseurs et de la merveilleuse mélodie, vers une galerie calme, à l'écart de la salle de bal. Tout au bout, derrière une fenêtre, le soleil sombre derrière l'horizon et baigne le paysage d'une lumière jaune-orangé, presque crépusculaire.

La musique desserre son emprise sur moi, je reprends mes esprits. Telles des gouttes d'eau emplissant peu à peu une coupe, mes pensées se remettent en ordre.

Jas. Je dois sauver Jas.

Je suis prisonnière de l'étreinte d'un faërie qui me plaque les bras le long des flancs. Il est trop grand, trop fort, je ne peux pas lutter.

« Essayez de reprendre haleine », me dit-il à l'oreille.

Je me dégage vivement. C'est le faërie aux yeux d'argent avec qui j'ai dansé en premier. « Est-ce que… ? » Je m'oblige à inspirer profondément et je fixe, incrédule, la fenêtre au bout du couloir. « Est-ce que c'est le coucher du soleil ? »

Il s'esclaffe et me regarde en plissant les yeux. « Vous n'avez pas vu passer le temps ? »

Catastrophée, je me maudis intérieurement. J'aurais dû faire plus attention, mais voilà : je me suis laissé enivrer par la musique. J'ai perdu des *heures* au lieu de fouiller le château pour arriver jusqu'à Jas. Et j'ai failli boire du vin faërie. *Quelle idiote !* « Pas de problème, tout va bien.

— *Maintenant* oui », rétorque-t-il. Puis, en désignant mon poignet : « Intéressante, cette cicatrice, dites-moi. »

Je pense à Jas avec un serrement de cœur. Elle disait que ma cicatrice était « ma lune et mon soleil », car elle est en forme de croissant d'un côté et, de l'autre côté, en forme d'astre rayonnant. « J'ai échappé à un incendie quand j'étais petite. J'ai eu beaucoup de chance. » Je me retiens d'aller plus loin. Je n'ai pas à lui révéler quoi que ce soit – mais son charme est tel que je suis tentée de baisser ma garde.

Il semble obnubilé par mon poignet. « Mais, est-ce que c'était... ? » Puis il tourne la tête vers le bout du couloir et se tend tout à coup. « La reine vient par ici ! »

Je ne sais si c'est une mise en garde de sa part ou si, au contraire, il ne faut pas rater ça. Je fais un geste en direction de la salle de bal. « Je vous en prie, retournez-y. »

Ses yeux lancent des éclairs. « Il ne faut pas qu'elle voie votre cicatrice. »

Quoi ? Qu'est-ce qu'il veut dire ? Malheureusement, je n'ai pas le temps de le lui demander : il me fait une profonde révérence – il se plie en deux devant moi, lui, un noble faë ! Ces manières cérémonieuses sont pourtant réservées aux personnes de haut rang. Puis il s'éclipse et retourne se mêler à la foule des danseurs. J'ai envie de lui emboîter le pas pour exiger des explications à propos de ma cicatrice, mais je ne veux pas me risquer dans la salle de bal, entendre à nouveau cette musique... je ne dois pas perdre davantage de temps.

Je retire une épingle de ma robe, qui redevient le simple vêtement de soie que je portais en arrivant, et je me dissimule dans un coin d'ombre, soulagée de ne plus être en sa présence, même si je n'ai pas oublié ce que j'ai éprouvé en dansant dans ses bras ni son expression lorsqu'il a dit *Quelle beauté !* De quoi parlait-il ? De la musique ? De la danse ? Pourquoi ai-je envie de croire qu'il parlait de moi ? Qu'est-ce que ça peut bien me faire ?

Soudain, j'entends un pas lourd qui se dirige vers moi. Une dizaine de sentinelles font leur apparition, escortant une elfe en grande tenue coiffée d'une étincelante couronne d'or. Malgré moi, je reste bouche bée devant Arya, la reine d'Or, qui règne sur la Cour du Soleil. Ses cheveux brillent comme de l'or filé, son teint resplendit tel le reflet du soleil matinal dans l'eau claire. Ses yeux, en revanche... ne collent pas avec le reste de sa personne. Ses prunelles bleues devraient être à couper le souffle, elles aussi, mais à ma grande surprise, je les trouve inexpressives et n'y lis que de la solitude.

Il était une fois une princesse faerie toute d'or pur qui s'éprit du roi d'Ombre...

Le roi lui aurait-il fendu le cœur ?

Je me reprends. Le faë aux yeux d'argent a raison : il ne faut pas que la reine et ses gardes me voient. Je dois rester cachée et, dès que possible, explorer secrètement le palais pendant que tout le monde est au bal.

Soudain, je me rends compte que mes mains... ne sont plus là. Pas plus que mes jambes ou le reste de mon corps. Il n'y a plus que de l'ombre. J'en agite une devant mon visage : rien. Suis-je devenue... invisible ?

Je recule contre le mur de ma cachette et... je passe à travers ! Je me retrouve dans des cuisines inondées de soleil où l'effervescence règne.

« Dites donc, qu'est-ce que vous faites là, vous ? » me lance d'un ton peu amène un nain tout en muscles affublé d'une toque de chef. Il a un groin à la place du nez et des cornes en ivoire s'incurvent sur sa tête.

Je me relève et regarde, interloquée, le mur que je suis presque sûre d'avoir *traversé.*

« Tu viens voler à manger dans ma cuisine ? » crie le nain. Il me donne des coups de cuiller à pot dans le dos et me brûle par la même occasion. « Hors d'ici, sauvageonne !

— Bien monsieur », je balbutie. Je repère l'issue la plus proche et émerge précipitamment dans une autre galerie. Des bougies palpitent à intervalles réguliers dans leurs appliques murales, mais je ne vois pas de fenêtres et l'ombre ne manque pas. J'y plonge une main tremblante… qui disparaît aussitôt.

Est-ce une réaction étrange au royaume de Faërie ? Mon don pour me fondre dans l'obscurité devient-il ici la faculté de disparaître complètement ?

Des voix sortent d'une pièce un peu plus loin dans le couloir ; je m'enfonce encore plus dans les ténèbres en espérant me confondre avec elles et je tends l'oreille.

« Mais c'est *ce soir* que le prince est attendu, dit une voix mâle.

— Je comprends bien, sire, répond une autre plus flûtée. Mais le prince Ronan n'est pas encore de retour. Et comme vous ne l'ignorez pas, il n'est guère pressé de rentrer, et encore moins de choisir sa future épouse.

— Eh bien *trouvez-le* ! reprend la première voix. Si vous m'obligez à rapporter de mauvaises nouvelles à la reine, je risque d'être d'une humeur exécrable. »

Le palais regorge de femmes prêtes à offrir leur vie au prince seelie, et il ne se donne même pas la peine de se montrer ? Absurde ! Typique des faëries, ces égotistes.

Les deux hommes sortent de la pièce et viennent vers moi. Des faë de haute taille, gracieux, pleins de noblesse, en uniforme jaune et gris – ils doivent faire partie de la garde rapprochée de la reine.

Je me terre dans l'ombre en priant pour être aussi invisible à leurs yeux qu'aux miens. L'un d'eux me frôle. Je retiens mon souffle.

Ils tournent au bout du couloir. Ouf ! Je respire. Je jette prudemment un coup d'œil dans la pièce. Deux bureaux, des piles de livres, des cartes murales… mais c'est la fenêtre qui retient mon attention. Le soir tombe déjà !

Il faut que je déniche cette fameuse armoire. J'ai déjà perdu trop de temps.

* * *

Je finis par la trouver au fin fond d'une espèce de débarras, dans un coin reculé du sous-sol. C'est une très grande armoire aux portes décorées d'ailes jaunes.

Le palais est vaste, grouillant de faë et bien trop éclairé pour une fille dont l'unique talent s'épanouit exclusivement dans les ombres. Rares sont les corridors ou les pièces désertes. Je rôde quand même partout où je peux, en furetant dans les coins. J'aurais pu m'épargner des heures de recherches inutiles si j'avais commencé par les pièces de rangement, mais vu les dimensions du château, c'est un miracle que j'aie enfin trouvé l'armoire.

Il fait sombre et frais, ici, au sous-sol ; je suis si fatiguée que j'ai envie de me rouler en boule dans un coin et de dormir une semaine. Je suis debout depuis près de vingt-quatre heures et après les danses faëries qui m'ont fait perdre la tête, j'ai des courbatures partout. Mais je ne peux pas m'arrêter maintenant. Il faut encore que je me rende à la Cour unseelie. Le prénom de ma sœur résonne inlassablement dans ma tête ; il me rappelle ce qui est en jeu et me donne la force de continuer.

J'ouvre toutes grandes les portes de la garde-robe, mais en fait, je ne sais pas ce que je cherche. En apparence, c'est un meuble ordinaire, un vulgaire placard. Bien sûr, je ne m'attendais pas à découvrir, lumières clignotantes, les mots « *Passage magique ! À franchir à minuit pour rejoindre ta sœur !* » Mais j'espérais quand même un signe, un mode d'emploi. Or, rien qui me saute aux yeux. Bakken a mentionné les ailes, mais il existe peut-être d'autres armoires correspondant à cette description. Et si la reine avait fini par détruire le Passage ? Si j'avais devant moi une banale armoire ?

J'ouvre tous les tiroirs, je passe mes mains sur les côtés… Ni porte, ni compartiment caché, ni double fond. Peut-être suffit-il d'entrer et *d'y croire*, comme pour le Passage de la rivière…

Mais entrer où ? Et comment ?

Un rire rauque derrière moi. Je fais volte-face.

Tout d'abord je ne vois rien, puis une boule de lumière faërie suspendue en l'air s'approche de moi. Un faë de haute taille sort de l'ombre. Je reconnais aussitôt ses prunelles d'argent.

Ma main se porte instinctivement à ma ceinture pour y chercher la dague… qui ne s'y trouve pas. Sachant qu'on ne me laisserait pas entrer armée dans le palais, je me suis aventurée sans arme dans ce Monde dangereux. Si j'avais eu deux sous de jugeote, ma première étape aurait été l'armurerie royale ; ensuite seulement je me serais mise en quête du Passage de l'armoire. Ou plutôt non : j'aurais demandé à Bakken comment aller directement à la Cour unseelie. Si je ne trouve pas très vite le Passage, je vais devoir passer une journée entière au château avant qu'il se rouvre.

Il ne me reste plus beaucoup de temps.

« Vous m'avez suivie ? demandé-je au faë d'un ton impérieux.

— Une fascinante humaine qui se présente au bal du prince Ronan et s'éclipse discrètement pour explorer le château ? Évidemment que je vous ai suivie. »

Pas si discrètement que ça, on dirait…

« Je suis extrêmement intrigué », ajoute-t-il.

Toutefois, il semble moins intrigué qu'agacé. Je me fige sur place, craignant qu'il appelle les sentinelles, ou m'attrape et me jette aux oubliettes, quelque chose comme ça. Mais il ne bouge pas d'un pouce et je m'aperçois un peu tard qu'en réalité cette créature aux prunelles argentées et aux cheveux noirs ne fait pas partie de la noblesse dorée faë. *Avec les yeux d'argent, on ne s'attache ni ne s'entend…* Il vient plutôt de la Cour de la Lune. « Qui êtes-vous ? »

Un petit gloussement. « Je pourrais vous poser la même question. »

Je soutiens son regard, la tête haute. S'il n'est pas de cette Cour, la Cour de la reine, il ignore sans doute que je n'ai pas ma place ici. « Je suis une des suivantes de la reine Arya, on m'a envoyée ici chercher quelque chose.

— Vous ne ressemblez pourtant à aucune de ses suivantes.

— Ah bon ? Vous les connaissez toutes ?

— Il semblerait que non. En revanche, poursuit-il en me jaugeant du regard, je crois connaitre toutes ses humaines.

— Eh bien, vous n'êtes pas aussi savant que vous le pensez. » Je *sais* qu'il ne faut pas parler aux faëries. Il faudrait que je m'enfuie. Pourtant, je suis attirée vers lui – quelque chose m'incite à m'en rapprocher au lieu de prendre mes jambes à mon cou. Une sensation de puissance ronronne dans mes veines – un reste de l'ivresse ressentie en dansant avec lui.

Personne ne m'avait dit que les humains avaient des pouvoirs ici, en Faërie. Pourquoi ?

Il me fait un sourire ironique et, de près, j'ai une conscience encore plus aiguë de sa carrure et de sa haute taille. Il porte un pantalon en tissu d'excellente qualité et une tunique assortie qui semble être en velours, mais il est charpenté comme un guerrier. Et moi qui suis totalement sans défense...

Tu peux passer à travers les murs, Brie ! Tu n'es pas prisonnière.

Forte de ce savoir, je me laisse inspecter de pied en cap comme si je n'avais rien à cacher.

« Quitte à vous faire passer pour une suivante d'Arya, vous devriez vous renseigner sur la couleur de leur toilette. » Les soubresauts discrets de son torse trahissent son hilarité. « Ou savoir qu'elle ne prendrait jamais à son service une fille plus belle qu'elle. »

Mes joues s'empourprent et je me retiens de baisser les yeux. Il m'a déjà fait ce compliment pendant que nous dansions ! Ce faë exquis me trouve belle, moi ? Certes, les cosmétiques magiques de Pretha embelliraient n'importe qui, mais s'il veut me faire croire que je surpasse la reine, c'est qu'il cherche à m'embobiner.

« Qu'est-ce que vous me voulez ?

— Avant tout, savoir qui vous êtes.

— Je viens de vous le dire.

— Vous n'êtes certainement pas demoiselle de compagnie, et j'ai assez vécu pour reconnaître une voleuse au premier coup d'œil. Mais je ne vois pas ce que vous viendriez dérober ici. Que cache donc cette armoire ? »

Je croise les bras, bien décidée à garder le silence.

« Peut-être cherchons-nous la même chose, vous et moi. Auquel cas nous pourrions nous entraider. Alors dites-moi donc après quoi vous courez, belle voleuse ? »

Je brûle de tout lui dire. Ce faë est si séduisant... il serait facile de lui révéler ce qu'il veut savoir. Puis je me reprends juste à temps. Bien sûr qu'il a du charme ! C'est un faë. Pire, un unseelie, donc naturellement doté d'une beauté qui n'a d'égale que sa mortelle cruauté.

Il a sans doute le pouvoir de me faire parler. Je ne peux pas prendre ce risque. Le souffle me manque. Je suis prise au piège, clouée sur place par son regard scrutateur auquel rien ne semble échapper.

Soudain, les cloches du palais se mettent à sonner, ébranlant les murs. *Les cloches !*

« Quelle heure est-il ?

— Minuit. Pourquoi, vous êtes attendue ? » demande-t-il sans ciller.

Je plonge mon regard dans le sien et, l'espace d'un instant, je ne sais plus pourquoi je suis pressée de partir. Je n'ai jamais vu d'yeux comme les siens. Argentés, mouchetés de blanc, ils sont extraordinaires, comme le reste de sa personne. Captivants. Sa beauté hors du commun est de celles qui vous mettent en transe. Donc dangereuse.

Les cloches continuent à sonner. *Six, sept, huit coups.*

Je vacille. « Il faut que je m'en aille. » *Neuf, dix.*

Il inspire et ses narines se dilatent. « Permettez-moi de vous aider. »

Onze.

Affolée, je me rue dans la garde-robe.

Douze.

Je me jette contre la paroi du fond, mais… je ne passe pas à travers. Je tombe en plein sur un lit à baldaquin en ébène qui trône, massif, au milieu d'une chambre à coucher élégamment décorée. Autour de moi, une demi-douzaine de sentinelles, sabre au clair.

Je regarde autour de moi, prise de panique. *Où suis-je ?*

Un des gardes s'avance. « Abriella Kincaid, veuillez nous suivre. Sire Mordeus vous attend. »

6

Je me fige sur place, terrorisée. Ces gardes arborent des muscles puissants et des cornes recourbées, et leur langue fourchue jaillit toutes les trois ou quatre secondes, comme celle des grenouilles. J'ai beau savoir que les beaux elfes de la noblesse faë sont aussi dangereux que les autres créatures, celles-ci me donnent envie de m'enfuir, me cacher !

Je voudrais disparaître, me changer en ombre comme tout à l'heure, mais apparemment mes pouvoirs se sont envolés. Une main griffue enserre mon poignet. Je retire vivement mon bras : « Stop !

— On ne fait pas attendre le roi.

— Je ne lui parlerai que si personne ne porte la main sur moi. »

La sentinelle qui me tient par le poignet s'esclaffe, indifférente à ma menace, et deux de ses congénères s'avancent pour m'attraper par l'autre bras.

« Lâchez-moi ! » Mes airs bravaches cèdent vite la place à mon effroi. « Lâchez-moi et je promets de vous suivre. »

Deux gardes échangent un regard de surprise amusée. Le troisième glousse : « Elle croit sans doute qu'on peut lui faire confiance. »

Ils m'entraînent dans un couloir faiblement éclairé, sans relâcher leur emprise. Mon épouvante croît à chaque pas.

Ils vont m'amener devant le roi, qui va me jeter aux oubliettes. On va me réduire en esclavage comme tant d'humains avant moi. Mais surtout, je ne pourrai pas sauver Jas…

On me pousse dans une pièce bien éclairée. Des globes de lumière se balancent au-dessus de ma tête au rythme de la musique de danse. Des faëries en tout genre dansent au clair de lune sous un vaste dôme en verre.

La Cour de la Lune est d'une beauté à peine concevable, et les êtres assemblés sous mes yeux n'ont rien à voir avec ceux que m'a montrés mon imagination enfiévrée. Moi qui m'étais figuré de grands feux de joie dédiés aux sacrifices humains, des tortures dans tous les coins, des cris de souffrance à vous glacer les sangs ! Je découvre au contraire un *bal* aussi charmant que l'autre, celui de la Cour d'Or, et si mon escorte est terrifiante, dans leurs beaux atours ces elfes faë sont d'une élégance qui vaut bien celle des nobles de la reine.

Les sentinelles m'entraînent de force. J'ai l'impression qu'on m'attend. L'assistance se tait peu à peu et s'écarte devant nous, révélant, au fond de la pièce, un trône d'ébène lustré sur une estrade. Debout à côté, les bras croisés, un faë qui ne peut être que le roi Mordeus.

Même à cette distance, je distingue ses prunelles argentées rivées sur moi. Planté sur ses jambes écartées, il irradie l'assurance, l'arrogance, le pouvoir et la certitude que tout lui est dû. Ses cheveux noirs sont noués sur sa nuque, hormis deux tresses blanches encadrant sa mâchoire carrée et ses pommettes hautes. Sans la lueur de cruauté qui brille dans ses yeux, je l'aurais trouvé très beau…

J'en frémis. Voilà donc le faë qui a acheté ma sœur comme si c'était un vulgaire objet. Un seigneur qui ne recule devant rien pour s'approprier ce qu'il veut.

Il lève la main. La musique cesse. La foule garde un silence total. Le roi fait un signe de l'index : « Qu'on me l'amène. »

Les gardes me traînent si vite vers l'estrade que mes pieds n'arrivent pas à suivre.

« Abriella, Fille du Feu, énonce-t-il en laissant courir sur toute ma personne un regard cupide et calculateur. On ne m'avait pas dit que la voleuse humaine était aussi jolie. »

J'ai envie de le griffer, de lui cracher dessus. Cet être malfaisant a-t-il eu le temps de faire du mal à Jas, voire pire ? Il doit lire dans mes pensées, car, tandis que les gardes me propulsent à ses pieds d'une bourrade, le voilà qui rit.

Je fais mine de me redresser, mais une sentinelle me donne un coup à l'arrière des genoux. Je m'effondre sur le sol de marbre froid. « Incline-toi devant Sa Majesté le roi des Ombres, Seigneur de la Nuit, souverain des Étoiles. »

Des élancements douloureux parcourent mes jambes ; j'essaie de me relever et découvre que j'en suis incapable. Une force immatérielle m'oblige à m'agenouiller devant le tyran.

Ma colère flambe, ardente comme l'incendie de mes cauchemars. L'espace d'une seconde, tout devient noir – la pièce est emplie de ténèbres si épaisses que je ne vois plus rien.

Puis, tout à coup, elles se dissipent. Est-ce une démonstration de pouvoir de la part du roi ? Veut-il en imposer à la petite humaine de rien du tout que je suis ?

« Impressionnant », déclare-t-il en me regardant, souriant. « Très impressionnant. »

Fait-il l'éloge de ses pouvoirs magiques ? Je relève la tête. Ils peuvent m'obliger à me mettre à genoux, mais il n'est pas dit que je courberai l'échine devant leur roi.

« On disait que ce n'était pas possible, enchaîne ce dernier. Que nul humain ne pouvait se déplacer dans le palais d'Or sans être repéré. Mais moi, *je savais.* Vous n'êtes pas comme les autres.

— Où est ma sœur ? » je réplique entre mes dents serrées par une rage contenue à grand-peine.

Le sourire du souverain pourrait passer pour affable – un air rassurant d'ami qui vous veut du bien ; mais le sourire le plus chaleureux ne saurait adoucir son regard glacial. « En sécurité. Pour le moment.

— Pourquoi l'avez-vous enlevée ? Vous êtes un roi faërie. Vous pouvez avoir qui vous voulez, mille femmes se battraient pour avoir la chance de vivre à vos côtés. » *Les idiotes*, ajouté-je intérieurement.

Lit-il dans mes pensées là aussi ? En tout cas, il glousse tout bas. « Ce n'est pas après votre sœur que j'en ai, ironise-t-il.

— Alors pourquoi… ?

— C'est *vous* que je veux. »

Je me débats contre d'invisibles entraves. « Ça n'a pas de sens.

— Vraiment ?

— Si c'est moi que vous vouliez, pourquoi l'avoir achetée, *elle* ?

— Seriez-vous venue à moi si je vous l'avais demandé ? Auriez-vous agi selon mes vœux si c'était votre contrat que j'avais racheté au lieu du sien ? » Il rive ses yeux brillants aux miens avec une telle intensité que je le sens fouiller jusqu'aux tréfonds de mon âme. « Non, une fille comme vous n'aurait jamais daigné m'aider, fût-ce pour sauver sa peau. En revanche, dès lors que la vie de votre sœur en dépendait vous n'aviez plus le choix.

— Vous dites que vous avez besoin de moi, vous, un roi faërie. Pourquoi ? Je ne suis qu'une mortelle.

— Abriella, vous le savez très bien : vous êtes *beaucoup* plus que cela, répond-il en jouant avec l'extrémité d'une de ses tresses. Vous avez pu vous aventurer dans le château de la reine, parcourir ses galeries. Vous avez trouvé son Passage et su l'emprunter sans être découverte.

Même moi, Seigneur de la Nuit, je dois m'avouer épaté. Aussi, je pense que vous êtes la seule à pouvoir vous acquitter de la mission que j'ai à vous confier.

— Pas question », je réplique durement – pour le regretter aussitôt. Tant qu'il détient ma sœur, je suis effectivement à sa merci. Si cette fameuse *mission* est le seul moyen de faire pression sur lui, je dois lui faire croire que je ferai ce qu'il me demandera. « Libérez d'abord ma sœur. Renvoyez-la chez nous et ensuite, nous pourrons parler de cette mission.

— Chez vous ? Vous voulez dire dans votre cave moisie sous la maison de la marâtre ? » Il rit à nouveau et, cette fois, toute l'assistance l'imite. *Je hais tous ces gens !* « Et vous voudriez me faire croire que si je libère votre sœur, vous me prêterez gratuitement assistance ?

— Et moi ? Je dois vous croire sur parole ? Vous la relâcherez si je vous aide ?

— Naturellement. Mais de toute façon, vous n'avez pas le choix. Faisons un pacte. En échange de vos services, je laisserai partir votre sœur. Je la renverrai dans votre Monde saine et sauve. Une fois que vous m'aurez rendu ce que la Cour d'Or m'a volé.

— Pourquoi ne le faites-vous pas vous-même, vous, le tout-puissant Seigneur de la Nuit ? »

Il sourit et, une fois de plus, je suis ébranlée par son inquiétante beauté.

« Merci pour le compliment, mais je ne vais tout de même pas abandonner le trône pour me changer en garçon de courses.

— Alors dépêchez un de vos gardes, dis-je en désignant d'un mouvement de tête une des créatures qui m'escortent.

— Ce n'est pas une tâche pour un faërie, m'informe-t-il en joignant le bout de ses doigts d'un air impatient. Le fils de la reine Arya cherche une fiancée

– une fiancée *humaine*. Je suis sûr que le prince Ronan vous trouvera à son goût.

— Qu'est-ce que le prince a à voir avec… ? »

Il me fait taire d'un geste. Littéralement. J'articule la suite de ma phrase, mais ma bouche ne produit aucun son. Je porte une main à ma gorge et fusille le roi du regard avec toute la haine dont je suis capable.

« Demain, reprend-il, le prince sélectionnera douze jeunes femmes – les potentielles promises qui resteront au palais d'Or. Vous vous débrouillerez pour en faire partie et infiltrerez la cour de mon ennemi. Tout en vous efforçant de conquérir le jeune Ronan, vous récupérerez certains biens qui m'appartiennent et que la reine détient depuis trop longtemps. » Il sourit à nouveau. « Il vous faudra donc gagner les faveurs du prince ainsi que sa confiance. Les objets magiques dérobés ici, à la Cour d'Ombre, sont au nombre de trois ; vous devrez me les rapporter si vous voulez sauver votre sœur. »

D'un seul coup, l'invisible bâillon magique s'évapore. « Vous êtes fou. J'ignore tout de l'art de conquérir un faërie. Et même si je le savais… » *J'en frémis*. L'idée de séduire un faërie me retourne l'estomac. « Qu'est-ce qui vous fait croire qu'il me choisira, moi, sur ces centaines de prétendantes ? »

Il rit. « Vous devez comprendre, humaine, que dans mon royaume, il n'y a pas de coïncidences. Dès que vous vous présenterez devant lui, il fera tout pour vous garder auprès de lui. Et vous donnera accès aux objets volés.

— Je suis incapable de feindre d'être éprise d'un faërie !

— Vous voulez retrouver votre sœur, oui ou non ? » jette-t-il. Son sourire s'évanouit, laissant deviner un tempérament dangereusement volatil.

Mal à l'aise, je reprends : « Qu'est-ce qui me prouve que vous la détenez réellement ? Que ce n'est pas une ruse ? »

Il tire de sa poche un petit échantillon de tissu rose qu'il me lance en disant : « Voilà. C'est tout ce que je peux faire. »

Je ramasse prestement le bout de tissu, qui provient de la tenue de couturière de Jas, en retenant mes sanglots. « Je veux la voir.

— Confier mon bien le plus précieux à la meilleure voleuse d'Elora ? Ce serait une folie. Toutefois… Le premier objet que vous déroberez pour moi vous permettra de voir votre sœur. C'est un miroir magique où on peut voir tout ce qu'on veut.

— Et je suis censée me fier à un miroir ? »

Il hausse les sourcils comme pour dire : *Et moi, je suis censé me fier à vous ?*

« Laissez-moi voir ma sœur. Ensuite on envisagera cette mission. » Et s'il mentait ? S'il la torturait en ce moment même ? Si elle était déjà morte ? Cette pensée me fait bouillir de rage. « Avec le mal que vous vous êtes donné pour me faire venir jusqu'ici, le moins que vous puissiez faire est de m'amener jusqu'à elle. Ce point n'est pas négociable.

— Vous pensez être à même de négocier ? »

Une fois de plus, je tire sur mes liens cachés mais ils ne font toujours pas mine de céder. Alors je crache en direction du roi. Ses yeux lancent des éclairs, la colère dilate ses narines. Il lève sa main ouverte et me lance une boule de ténèbres. Je tente de l'esquiver, mais je ne suis pas assez rapide. Dès qu'elle m'atteint, je me retrouve d'un coup dans une pièce vivement éclairée qui sent vaguement le moisi et l'urine. Ma robe légère ne me protège pas des dalles glaciales. Je me relève en claquant des dents.

Où suis-je ?

Ni portes ni fenêtres. Apparemment du moins. Quatre murs de pierre comme le sol, et un éclairage qui semble provenir du plafond. La Cour d'Ombre se sert-elle de *lumière* pour torturer ses prisonniers ?

Tremblant de rage et de froid, je fais le tour de la pièce en appuyant sur les parois et en cherchant des interstices. Mais je ne trouve rien. Pas moyen de sortir d'ici.

Je frissonne et tente de voir si la source de la lumière cache une trappe. Ce doit être une sorte de cachot, mais je ne vois toujours qu'une clarté aveuglante. « Il y a quelqu'un ? » Ma voix se répercute sur la pierre nue.

Pas de réponse.

« J'exige de parler au roi ! »

Toujours rien.

Je donne un coup de pied dans un mur et pousse un cri de douleur. « Sortez-moi de là ! »

Pas de réponse.

Je regarde fixement mes mains en leur ordonnant de disparaître, comme au château, mais ici il n'y a pas d'ombre où me cacher, pas d'obscurité à exploiter pour m'évader.

Je me laisse glisser au pied du mur et passe mes bras autour de mes jambes. Je suis morte de fatigue. Je n'ai pas dormi dcpuis l'arrivée des hommes de Gorst chez Nik, où j'ai pu profiter de quelques heures de sommeil seulement, et une journée entière s'est écoulée depuis que j'ai franchi le Passage de la rivière.

Je n'ai même plus la force de pleurer ; la colère l'a entièrement consumée. Mon équipée m'a épuisée, mais je refuse de m'avouer vaincue. Je n'aurai pas fait tout ce chemin pour rien !

Je pose ma tête sur mes genoux et ferme les yeux. J'imagine ma sœur roulée en boule dans une pièce semblable à celle-ci, pleurant jusqu'à ce que le sommeil la gagne. Je repense à la tendresse dans les yeux de Sébastian quand il m'a remis le pendentif. Quand il rentrera à Bellecontrée, que pensera-t-il en voyant que je ne suis pas là ?

* * *

Je suis en deux endroits à la fois. Deux personnes en même temps. Une jeune fille recroquevillée contre le mur du cachot de Mordeus après avoir échoué à sauver sa sœur, et la petite protectrice de 8 ans qui se blottit contre celle-ci sous les couvertures et la nourrit d'espoir à la becquée pour qu'elle ne sombre pas dans la mélancolie.

Les rêves peuvent être décidément étranges. Je sais que je rêve, mais je ne veux pas me réveiller. Car Jas est là, avec moi. Et tant que nous sommes ensemble, il ne peut rien lui arriver.

Nous sommes dans la chambre que nous partagions avant la mort de l'oncle Devlin, au premier étage de sa maison. Elle pleure et j'essuie ses larmes. Ce soir, maman lui manque. À moi aussi, mais mon malheur ne ferait qu'aggraver le sien ; alors je le contiens et j'écarte doucement les mèches châtains qui retombent dans ses yeux.

« Maman me manque, dit-elle entre deux sanglots.

— Je suis sûre qu'on lui manque aussi, tu sais, fais-je à voix basse. En ce moment même, elle doit chercher un moyen de venir nous chercher. »

Jas renifle. « Tu me racontes une histoire, dis ? »

Alors je rassemble mes souvenirs. Un conte où il est question de châteaux faëries et de nobles elfes. Je sens qu'il a une grande importance, mais j'ai de plus en plus l'impression de me voir et de m'entendre de loin. Je ne distingue même plus mes propres paroles. C'est comme une voix indistincte dans une pièce voisine.

Jas saisit ma main et je comprends que le suspense est à son comble. « Et ensuite ? m'interroge-t-elle.

— Ensuite, le cruel souverain attendit que la princesse des Ombres revienne au château. » J'avais oublié cette histoire ; notre mère ne nous l'a racontée qu'une fois – la veille de son départ pour Faërie. « Le faux roi savait qu'elle pouvait commander aux ombres, mais pas que le grand cœur et l'amour infini de la princesse lui coûteraient son trône. »

Jasalyn ferme les yeux et l'approche du sommeil adoucit ses traits. Je ne sais pas si elle rêve déjà ou si elle est en train de s'assoupir. Elle dit : « *Le prince t'aidera à me retrouver.* »

Un battement. Mon regard se tourne vers la pénombre au pied du lit. Le faë aux yeux d'argent est là, mais disparaît bientôt tel un précieux souvenir qui s'efface.

« Qui vous a raconté cette histoire ? » s'enquiert-il, plus ombre que chair et os.

Je lui souris, bizarrement réconfortée par son apparition, provoquée par la phrase de ma sœur. Je suis en sécurité ici, sous le regard intense de ce faërie, pourtant un étranger pour moi. Je me sens moins seule. *Le prince t'aidera à me retrouver.* Je me lève et borde Jas dans le lit. « Notre mère nous en a raconté beaucoup.

— Alors pourquoi vous sentez-vous aussi impuissante ? »

Soudain la chambre se mue en cellule de pierre glaciale sans porte ni fenêtre dans le château du roi malfaisant, et je me souviens. *Je suis prisonnière. Ceci est un rêve.* « Parce que je le suis. »

Quelque chose comme de la colère flamboie dans ses yeux argentés et je me retrouve tout à coup sous un vaste ciel étoilé. La lune brille comme un fanal rassurant derrière mon épaule.

Le faërie au regard d'argent se précise peu à peu, comme renforcé par le clair de lune. Ses boucles brunes retenues à l'arrière de sa tête révèlent un visage creusé d'inquiétude. « On n'est désarmé que si on croit l'être. » Il m'examine avec un petit sourire méprisant et je distingue dans ses prunelles le reflet des étoiles. « Il ne nous reste pas beaucoup de temps.

— C'est-à-dire ?

— Il ne vous laissera partir ni l'une ni l'autre tant que vous n'aurez pas accepté son pacte. Je vous aiderai à retrouver votre sœur. Venez à moi.

— Vous êtes un Unseelie. Pourquoi voudrais-je de votre aide ? Si ça se trouve, vous travaillez pour lui. »

Il s'emporte. « Jamais ! Je le jure sur mes pouvoirs magiques. » Soudain, il cille et tourne la tête. « On vient. »

Il disparaît et, autour de moi, une lumière vive dissipe les ténèbres épaisses.

« Debout, Fille du Feu. » L'ordre est suivi d'un caquètement sec. J'ouvre les yeux.

Un gobelin se tient au milieu de ma cellule, souriant ; ses doigts crochus se tendent vers mes cheveux et ses yeux globuleux brillent d'excitation. Mal réveillée, encore perdue dans le monde du rêve, j'ai peine à me concentrer sur lui.

Pourquoi ai-je rêvé de ce faërie ? Il semblait tout à fait réel. Si seulement c'était plutôt Sébastian, ou Jasalyn, qui m'avait conseillée en rêve… Quelqu'un que je connais en tout cas !

Le gobelin me tire de mes pensées en me tendant la main pour me relever. « Le roi espère qu'après une bonne nuit de sommeil, vous aurez changé d'avis. Allons-y. »

Mon instinct me souffle de refuser, mais à quoi bon ?

J'accepte sa main osseuse et nous nous matérialisons dans la salle du trône ; je suis à nouveau accroupie devant Mordeus, qui fait les cent pas dans la salle déserte. Malgré le soleil matinal entrant par la verrière et les hautes fenêtres, elle me paraît plus grande et plus froide.

« Alors, la mortelle a-t-elle réfléchi à mon offre ? » demande-t-il au gobelin. Il y a de la dureté dans son regard – le souverain ne tolère pas l'insubordination.

J'en ai mal au ventre. Je m'oblige à inspirer profondément. Je me méfie des faëries, surtout de celui-là, mais je me fie à mes rêves. « *Je le jure sur mes pouvoirs magiques* », a dit le faërie aux yeux d'argent. Il me semble me rappeler que d'après ma mère, les faëries ne peuvent pas se renier quand ils ont prêté serment sur leurs pouvoirs. J'ai dû puiser cette information dans les profondeurs de mon subconscient : elle est pertinente.

Je me relève péniblement et me retrouve aussitôt captive des mêmes liens invisibles. Je me retiens de répondre par un grognement rageur. « Je me suis ravisée », préféré-je répondre.

Feindre de vouloir épouser le prince pour infiltrer le château, dérober des objets magiques, libérer ma sœur… tout ça, j'en suis capable.

« Si je récupère les trois objets et que je… » J'hésite sur la formulation. « … que je vous les rends » ? Je n'ai aucune envie de « donner » quoi que ce soit à un faërie pour qui les jeunes humaines ne sont que de simples objets achetables. Instinctivement, je reformule ma phrase. « … que je les *restitue à la Cour unseelie*, vous ferez raccompagner ma sœur jusqu'au lieu de mon choix dans le Monde humain. » Ce n'est pas une question. Telles sont mes conditions.

Il me lance un regard furibond, mais il sait qu'il a gagné. « Vous avez ma parole, Fille du Feu.

— Jurez sur vos pouvoirs. »

Son expression se durcit brièvement, mais il retrouve vite son aménité feinte. « Qui vous a appris cela ?

— C'est de notoriété publique. Sinon je ne pourrai pas me fier à vous.

— Comme vous voudrez. Avec une restriction : si vous mettez qui que ce soit au courant de notre transaction quand vous serez à la Cour seelie, le pacte ne tiendra plus et j'offrirai votre sœur à mes gobelins pour le solstice. Compris ? »

À qui veut-il que j'en parle ? La seule personne que je connaisse dans ce Monde est Jasalyn. « Compris.

— Alors marché conclu, dit-il en souriant. Une fois que les objets auront réintégré ma Cour, à leur juste place, je ferai raccompagner votre sœur en toute sécurité jusqu'au lieu de votre choix dans le Monde humain.

— Vivante », j'ajoute sèchement. « *En toute sécurité* » devrait logiquement suffire, mais on n'est jamais trop prudente. Il pourrait imaginer je ne sais quelle ruse.

« Vivante. Je le jure sur mes pouvoirs. » Il claque des doigts et un miroir à monture d'argent apparaît dans sa main. « Voici une réplique du Spéculaire. Quand vous trouverez l'original, remplacez-le par elle afin que la reine ne s'aperçoive de rien.

— Et dans le cas contraire ?

— Seul un être de sang unseelie peut voir la différence.

— Et où trouverai-je ce miroir ?

— Tout ce que je sais, répond-il, c'est qu'Arya l'a caché quelque part à la Cour seelie. Il vous faudra chercher, mais puisque vous avez su trouver son Passage secret, ce ne devrait pas être trop difficile. Et maintenant, conclut-il en me tendant le faux miroir, vous pouvez vous relever. »

Et en effet, les liens invisibles se sont évanouis. Je me remets sur pied et m'aperçois alors que je serre toujours dans ma main le bout de tablier de Jas. Je m'empare du miroir en m'efforçant de ne pas trembler. « Faut-il que je vous le rapporte en empruntant le Passage, une fois que je m'en serai emparée ?

— Non, il a été… désactivé. » Le gobelin de Mordeus éclate de rire et le roi lui lance un coup d'œil ironique. « Mon gobelin viendra vous chercher le moment venu. »

Je n'aime pas beaucoup qu'on fasse des plaisanteries à mes dépens, mais j'ai déjà laissé ma fierté l'emporter sur la raison hier, et ça m'a fait perdre des heures précieuses. Si ça me permet de sauver ma sœur, ils peuvent bien rire tout leur saoul. « Et les deux autres objets ?

— Une chose à la fois, petite. D'abord le miroir. » Il tape dans ses mains et un trio d'elfes se matérialise à mes côtés. Elles ont le même teint pâle que le roi et de courtes chevelures bleu clair. « Habillez Abriella comme il convient pour la Cour seelie. Qu'elle passe pour la promise du prince. Puis ramenez-la au palais d'Or. »

Les trois faë inclinent la tête en signe d'obéissance. « Bien, Votre Majesté », répondent-elles à l'unisson. L'une me prend par le bras et je les suis vers une porte au fond de la salle.

« Abriella », lance le roi. Je le regarde dans les yeux. « Quand vous serez présentée au prince Ronan, dites-vous bien que vous avez besoin de lui. Conservez sa confiance, sinon vous ne pourrez pas infiltrer sa cour. »

Il tend la main et entre ses doigts écartés une boule de ténèbres se déploie telle une tache d'encre. « Du moment que vous ne perdez pas de vue ce qui est en jeu, tout se passera bien. » La boule change et montre tout à coup une image de Jasalyn et moi assises par terre chez tante Vivias, en pyjamas ; elle doit sortir du lit. En voyant son sourire, je ne peux m'empêcher de m'approcher, même si ce n'est qu'une illusion produite par Mordeus.

Lequel ajoute alors : « Ou plutôt *qui* est en jeu, devrais-je dire. »

7

« Il y a forcément un autre moyen », dis-je en m'éloignant du gobelin venu me chercher à ma porte. On m'a fait prendre un bain, puis les servantes m'ont apprêtée comme une poupée. Et maintenant, Mordeus envoie sa créature m'escorter jusqu'au palais de la reine. Et je n'ai guère confiance en elle – elle a déjà dû s'essuyer deux fois la bouche devant moi tellement elle salivait.

« Le roi Mordeus a détruit il y a longtemps le Passage de son frère Obéron vers les terres seelies », m'informe une des femmes de chambre.

« Je peux peut-être prendre une calèche, ou… un cheval ? »

Elles échangent un regard étonné. « Nos étalons les plus rapides mettraient une semaine, milady. »

Au début, je devais me retenir de pouffer quand elles m'appelaient comme ça (une première !), mais il y a des heures qu'elles s'affairent autour de moi, maintenant ; je m'y suis presque habituée.

Le gobelin grommelle puis me tend la main. Je comprends tout de suite. Non seulement ces êtres peuvent aller et venir à leur guise entre les Mondes, mais leurs déplacements sont instantanés. Il leur suffit de décider. Outre le savoir qu'elles engrangent, c'est leur plus grand pouvoir. Mon regard tombe sur mon bracelet. Bakken m'a assuré qu'il n'était visible que par moi et j'en ai eu la confirmation pendant le bain. Je suis tentée de m'en servir. Je préférerais me fier à lui qu'à ce gobelin inconnu, mais il vaut mieux en économiser les brins – et honnêtement, je répugne à me séparer encore d'une mèche de cheveux. Je suis quand même censée séduire un prince, et mes boucles folles sont mon meilleur atout. Alors je prends mon courage à deux mains. « D'accord, allons-y. »

Au toucher, la peau du gobelin est semblable à du cuir, mais je n'ai guère le temps de m'appesantir : tout disparaît autour de moi, mais pas comme quand il m'a arrachée à ma cellule pour me ramener devant le roi. Cette fois, j'ai l'impression de me déplacer à la fois vers le bas, vers le haut et sur le côté, puis je m'immobilise d'un coup et ma tête bascule vers l'arrière. Je me retrouve entourée de parterres de fleurs soigneusement entretenus ; devant moi, le palais doré de la reine luit doucement dans la lumière du soir.

« Je vous laisse ici », annonce le gobelin en lâchant ma main.

Je n'ai pas le temps de lui demander comment le rappeler quand j'aurai récupéré le miroir. Il a déjà disparu.

Le château est en proie à la même effervescence que lors de mon arrivée en Faërie. Humains et faëries de tout acabit s'affairent devant les portes et dans la cour d'entrée. Je caresse l'amulette cachée entre mes seins et me mets en route vers la passerelle. Les servantes m'ont interrogée à propos de ce pendentif et voulaient le troquer contre un collier de perles, mais j'ai refusé, bien entendu. J'ignore si la magie de Sébastian marche dans ce Monde-ci, mais de toute façon la sensation du cristal sur ma peau me réconforte.

C'est avec un serrement de cœur que je pense à Sébastian, et je m'apitoie un instant sur mon sort. Je ferme les yeux et me remémore son baiser, ses yeux verts. J'ai du mal à croire qu'il y a deux jours encore, ma dette envers tante Vivias et mon attirance pour l'apprenti du mage étaient mes seuls sujets de préoccupation.

Je ne sais pas si je reverrai Sébastian un jour, mais si j'ai cette chance, j'espère qu'il me pardonnera ce que je vais devoir faire pour gagner la confiance du prince Ronan.

« Brie ? C'est toi ? »

Je me retourne vivement en entendant cette voix si familière. Sébastian vient à grands pas vers moi, comme si mes pensées avaient provoqué son apparition ! Je suis si soulagée que c'est tout juste si je ne tombe pas à genoux à la vue de son beau visage. Il porte un pantalon en cuir marron foncé avec un gilet assorti, et un long sabre pend dans son dos. Comme si c'était une journée ordinaire à Bellecontrée et qu'il partait étudier chez le mage Trifen. Mais à ce moment-là, je vois ses oreilles pointues, son teint éclatant, son visage anguleux… il ressemble trait pour trait au noble faë que j'ai vu danser au château de la reine hier soir.

Il a dû demander un filtre au mage ; je l'avais envisagé moi-même, mais sans avoir les moyens de m'offrir une chose pareille, ni le temps de voler la somme nécessaire.

« Bast… » dis-je tout bas.

Il me serre dans ses bras. La chaleur de son corps m'apporte un réconfort que je croyais ne jamais plus ressentir. « C'est vraiment toi ! »

Ses traits parfaits expriment un mélange d'admiration et de contrariété. « Si j'avais su que tu pouvais te faire passer pour un faërie ! dis-je en promenant le bout de mes doigts sur ses pommettes bien dessinées. Ce halo magique est très bien imité. Si je ne te connaissais pas, je m'y serais laissé prendre. »

Il déglutit avec peine et je vois sa pomme d'Adam monter et descendre. « Quand j'ai appris que les hommes de Gorst te cherchaient, je suis allé trouver Nik. C'est elle qui m'a annoncé que tu étais partie. Elle n'a pas voulu me dire où, mais ce n'était pas nécessaire. Je savais bien que tu te mettrais en quête de Jas. » Il m'attire à nouveau à lui et pousse un long soupir. « J'ai passé la Cour seelie au peigne fin toute la journée, en vain. Où étais-tu donc passée, Brie ? »

Je sors l'amulette de sous la robe et la lui montre. « Tout va bien. Tu vois ? »

Il passe ses fortes mains le long de mes bras et m'examine sous toutes les coutures. Après avoir tressé mes cheveux et les avoir rassemblés en chignon sur ma tête, les suivantes unseelies m'ont vêtue d'une robe sans manches en coupons superposés de satin jaune qui moule ma silhouette depuis le décolleté plongeant jusqu'à mes pieds, chaussés de mules également jaunes. Quand on m'a postée devant la glace, je me suis trouvé des allures de tulipe géante ! Mais les servantes m'ont assuré que le prince me trouverait irrésistible, et je n'avais pas de raison de me méfier d'elles.

Mais de toute évidence, le prince Ronan n'est pas le seul à avoir un faible pour les tulipes. Sébastian me contemple, frappé de mutisme. Il me regarde avec insistance, comme pour se convaincre que je suis indemne. « Tu es… » Il frotte sa main sur sa nuque en me décochant un sourire juvénile. « Comment as-tu pu passer inaperçue jusqu'ici ? »

Je rougis du compliment. « Je me suis débrouillée.

— Je me suis fait un sang d'encre.

— Tout va bien, ne t'en fais pas. » Je brûle de lui avouer la vérité, mais je repense à ce qu'a dit le roi : est-ce seulement aux Seelies que je dois cacher notre accord, ou à tout le monde sans distinction ? Juste aux Seelies, je crois, mais imaginons qu'un d'entre eux surprenne mon aveu… Que se passerait-il ? « Tu n'aurais pas dû partir à ma recherche. Et ton apprentissage ? »

Il me dévisage en caressant ma joue. « Rien ne compte plus que toi. »

Je pose ma tête contre sa poitrine et l'étreins de toutes mes forces. C'est peut-être un aveu de faiblesse, mais je lui suis si reconnaissante d'être là ! Parce que je suis lasse. Parce que j'ai peur.

Parce que j'ai honte.

Honte d'avoir envie de rentrer chez moi, de laisser derrière moi cet endroit et ces affreuses créatures, honte de me dire *Si seulement je n'étais pas la seule à pouvoir sauver ma sœur…*

Le roi a raison : je suis une voleuse hors pair. Rien n'est hors de ma portée. Mais de là à ravir le cœur d'un prince faërie… Je ne sais même pas par quel bout commencer !

Je devrais me réjouir que le roi n'exige pas pire, mais non : je crains plutôt de courir à l'échec. J'aurais préféré, pour voler ces objets magiques, m'aventurer dans les contrées sauvages du royaume unseelie et affronter de terribles monstres – auxquels j'aurais échappé, naturellement. J'aurais eu davantage confiance dans mes talents dans ce domaine. Mais non, il va falloir feindre de séduire un faërie et concurrencer d'autres femmes pour parvenir à mes fins… Même avec la plus jolie des robes, je m'en sens incapable.

Sébastian pose sa grande main sur ma joue. « Dis-moi où tu étais. »

Je secoue la tête. Je ne peux pas lui parler du roi. Le risque est trop grand. « Je cherchais Jas. Et mes recherches m'ont entraînée… hors des terres de la reine. »

Il secoue la tête, les yeux clos. « Mon amulette ne peut pas te protéger des pires dangers de la Cour d'Ombre. Dangers que tu ne peux même pas imaginer. Si un faë unseelie t'avait vue, il aurait pu te capturer. Te réduire en esclavage. Voire pire. »

Ma décision l'affecte et j'en suis désolée. Mais comment lui expliquer ? Si quelqu'un sait à quel point Jas compte pour moi, c'est bien lui. « Je ne rentrerai pas sans elle.

Mais toi, tu devrais y retourner. Ce n'est pas ton combat, Sébastian. »

Il parcourt du regard les luxuriants jardins qui nous entourent. « Il me faudrait plus de temps », marmonne-t-il pour lui-même.

Je pose une main sur son bras, consciente de sa force et de sa chaleur sous mes doigts. « Pour ?

— Ce que j'aurais dû faire il y a des mois. On se promène un peu ? »

Je regarde vers le château. Il faut que je me présente au prince avant qu'il ait choisi ses douze prétendantes.

« Juste un petit moment », insiste Sébastian en rangeant une mèche de mes cheveux derrière mon oreille. « Tu veux bien faire ça pour moi ? » Son sourire est un rayon de soleil sur mon cœur glacé. Je ne peux pas lui refuser une chose si simple…

Il cueille un lis orangé en bouton qui s'épanouit sitôt dans sa main. Je ne cache pas ma surprise. « Je ne t'avais jamais vu faire ça.

— Ma mère aime beaucoup ces fleurs. Quand je te quittais pour rentrer au pays, mon meilleur ami se moquait toujours de moi parce que je les regardais trop. Il savait qu'elles me rappelaient tes cheveux ; mais en fait, il n'y a de comparaison possible. » Il pique le lis dans mes cheveux et je ferme les yeux un instant. Le contact de ses doigts rugueux me fait frémir de la tête aux pieds. Je m'en veux d'aspirer à ses caresses, ses regards appuyés, ses mots doux alors que Jas a besoin de moi.

« Tu ne m'as jamais parlé de ta famille. J'aurais dû te poser plus de questions.

— Je ne t'en ai pas laissé l'occasion. » Il repositionne une dernière fois la fleur orangée dans mes cheveux puis laisse retomber sa main. « J'ai grandi dans un milieu privilégié, dans une famille détenant beaucoup de pouvoir. Je n'étais pas toujours très sûr de son affection. »

Je suis surprise. Tout le monde n'a pas la chance d'être apprenti d'un mage, mais en général, pour les puissants, cette vocation est indigne de leur rang. « Quel genre de pouvoir ?

— Celui des gouvernants. Celui que, pour ma famille, je dois exercer à mon tour. » Il observe ma main au creux de sa paume. Le halo magique a aiguisé certains de ses traits, mais ses cals sont toujours là. « Bientôt », ajoute-t-il.

Je me rembrunis et serre le poing. « Mais alors, pourquoi étudies-tu pour être mage ?

— Leurs capacités sont utiles, et... pour tout dire, j'avais besoin de m'éloigner un peu. »

C'est alors que je comprends. « Quand tu disais aller poursuivre ton apprentissage ailleurs, ce n'était pas vrai. Tu rentrais chez toi, en réalité. »

Il hoche la tête. « Je voulais te demander de partir avec moi, mais la vie que j'avais à te proposer ne serait pas à ton goût. »

Mon cœur s'envole de joie et se contracte de douleur en même temps. « Comment ça ? » Je suis donc si difficile, à ses yeux ? Ou alors on ne pouvait pas emmener Jas, et il savait que jamais je n'abandonnerais ma sœur.

« Je n'en reviens toujours pas que la Vivias l'ait vendue. »

Je repose ma joue sur sa poitrine en me délectant de sa chaleur, de sa force. Sébastian ne peut ni sauver Jas ni m'éviter la tâche qui m'attend, mais son étreinte reste consolatrice. Au fond de moi, j'aimerais remettre mes soucis entre ses mains fiables, me dire qu'il va tout arranger... « Tu n'y es pour rien.

— Peut-être, mais j'aurais dû te dire ce que je ressentais pour toi. Maintenant, j'ai peur qu'il soit trop tard. » Je suis son regard : un groupe de gardes vêtus de jaune et gris venant du palais approchent d'un bon pas. *Jaune comme ma robe,* je songe tout à coup. Une des couleurs des armoiries de la reine.

Je me retourne vers Sébastian. Il regarde ma bouche.

Je pose ma main sur sa joue en guise d'invite. Lentement, si lentement que c'en est presque douloureux, il approche ses lèvres des miennes. Son baiser très doux s'accentue lorsque je passe ma main dans ses cheveux pour l'attirer à moi. Le temps s'arrête. Le soleil s'immobilise sur l'horizon, les oiseaux se taisent, la brise cesse de caresser les fleurs. Il n'existe plus rien au monde que sa bouche et la mienne ; le cœur serré, je m'efforce de mémoriser chaque seconde. L'instant est parfait. Et c'est peut-être notre dernier baiser.

Comment pourrais-je séduire le prince alors que c'est *cet homme-là* que j'ai toujours aimé ?

Sébastian se dégage. Je défaille, mais le monde retrouve lentement ses contours.

« Je t'en prie, pardonne-moi, souffle-t-il.

— Tu n'as rien à te faire pardonner. » J'en sourirais presque. « Je suis pratiquement sûre que c'est *moi* qui t'ai embrassé.

— Son Altesse Royale le prince Ronan est demandé en salle du trône », déclare un garde, tout près de nous.

Je fais un bond en arrière. Le prince est là ? M'a-t-il vue embrasser Sébastian ? Si oui, comment lui faire croire que j'ai des vues sur lui, maintenant ?

Tu es imprudente, Brie. Reprends-toi.

Mais il n'y a personne d'autre que les gardes, Sébastian, et moi. Les premiers regardent le second avec insistance. Lui ne me quitte pas des yeux.

« Faites excuse, sire, reprend un des nouveaux venus, mais il est temps. Vous êtes attendu au château. La désignation des prétendantes aurait dû commencer il y a plusieurs heures.

— Dites à ma mère que j'arrive », lance-t-il. Mon esprit en proie à la confusion la plus totale tente de comprendre ce qui se passe.

La sentinelle se dandine, mal à l'aise, puis regarde ses congénères. « Mais… Votre Altesse…

— Laissez-nous maintenant », coupe Sébastian.

J'ai vaguement conscience du bruit de leurs pas qui s'éloignent sur les dalles de l'allée, mais je ne peux détacher mes yeux de mon ami. « Ta *mère* ? » dis-je en battant des paupières. *Prince Ronan. Ils l'ont appelé « prince Ronan ». Et « Votre Altesse ».* « Bast, je ne comprends pas. Quel halo magique as-tu invoqué ? Pourquoi te prennent-ils pour le prince ? »

Il serre doucement le bout de mes doigts. « Parce que je le suis. »

Je recule précipitamment. « Ce n'est pas drôle.

— Comprends-moi, Brie. Vu ta haine pour les êtres de mon espèce, je ne pouvais pas te le dire. J'aurais bien voulu, mais…

— Non ! dis-je en secouant frénétiquement la tête. Non, tu es un humain normal. Tu ne peux pas être un…

— Je t'en prie, laisse-moi t'expliquer. »

J'ai reculé sans m'en rendre compte et je suis à présent dans l'ombre d'un saule.

« Brie ? » Il tourne sur lui-même en jurant tout bas. « Abriella ? S'il te plaît… »

Je regarde mes mains… qui ne sont plus là. Je ne sais pas pourquoi, mais je suis invisible – redevenue ombre comme dans la galerie du palais.

Sans me poser plus de questions, je prends mes jambes à mon cou. Je traverse les jardins, laisse derrière moi les portes du château et, sans ralentir l'allure, me retrouve entourée d'un épais brouillard. Malgré mes poumons en feu et mes jambes douloureuses, je ne m'arrête pas, même quand l'impossible perfection du domaine royal cède la place à une espèce de ruine. Puis la magie cesse d'agir et mes bras et jambes réapparaissent. Si je ralentis, c'est que le brouillard est devenu impénétrable comme un nuage d'orage ; le soleil est si bas sur l'horizon que ses ultimes doigts de lumière effleurent à peine l'horizon.

Je m'appuie contre un pilier en marbre brisé et me laisse glisser à terre. Enfin je m'aperçois que je pleure. Mes joues sont trempées de larmes, ma respiration entrecoupée de sanglots.

Il m'a menti ! Menti sur sa véritable nature !

Dévaliser un prince trop gâté ne me gênait pas, et pour sauver ma sœur j'étais prête aussi à berner un faërie, certaine que mon cœur resterait fidèle à ses premières amours. Sauf que le prince Ronan n'est pas juste un faërie. Il est Sébastian ! Comment feindre de lui pardonner ? De vouloir *l'épouser* ?

Quand vous serez présentée au prince Ronan, dites-vous bien que vous avez besoin de lui. Conservez sa confiance, sinon vous ne pourrez pas infiltrer sa cour.

Les paroles prononcées ce matin par le roi résonnent dans ma tête. Il ne m'a pas dit *gagner,* mais *conserver* la confiance du roi. Et hier, il a bien précisé qu'il n'y avait pas de coïncidences en Faërie. *Voilà* pourquoi il m'a choisie, *moi,* pour cette mission. Parce qu'il *sait.* J'ignore comment, mais Mordeus sait ce qui existe entre Sébastian et moi et s'en sert pour me faire chanter.

Ça me désespère. Dois-je dissimuler mon chagrin, feindre de lui pardonner son mensonge ? Si je joue cette comédie, je ne serai plus jamais la même. Mais ai-je le choix ? J'ai fui parce que j'ai cédé à l'affolement, mais si j'avais réfléchi, je serais restée avec le prince ; je me serais justement servie de ce qu'il y a entre nous pour parvenir à mes fins. Car je donnerais *tout* pour sauver Jas. Mon orgueil. Mon cœur. Ma vie.

Il faut y retourner. Convaincre Sébastian que je passe l'éponge. Alors je chasse mes larmes et rebrousse chemin en direction du palais.

Tout à coup, une silhouette en robe à capuche surgit du brouillard. Aussitôt sur mes gardes, je reconnais bientôt ses yeux. Une vague de soulagement me submerge ; en refluant, elle ne laisse que de l'épuisement. *Je connais cette personne.*

Mais une autre silhouette, haute, menaçante, avec des yeux rouges qui me considèrent avec hostilité sous le rebord de la capuche, fait son apparition derrière la première. J'essaie de la prévenir, mais je n'en ai pas le temps : le sommeil m'engloutit et je m'affale au sol.

8

Je me réveille en sursaut. Quelqu'un m'a jetée sur son épaule comme un vulgaire sac de blé et m'emmène je ne sais où. Je réprime une exclamation terrifiée et m'oblige à inspirer profondément trois fois de suite afin de calmer mon cœur affolé. *Ne fais pas de bêtises, Brie.*

Ma parole, j'ai laissé toute mon intelligence derrière moi en fuyant la sécurité relative de la Cour seelie sans plan d'action et sans armes. Résultat : je me suis fait capturer.

Si j'en juge aux grosses mains plaquées à l'arrière de mes cuisses et à sa haute stature, l'individu qui me trimballe est de sexe masculin. En revanche, c'est une *femme* que j'ai vue juste avant de perdre connaissance – une femme en qui j'avais confiance.

« Ouvre la porte, grommelle mon ravisseur. Elle ne va pas tarder à se réveiller.

— Quelle brute tu fais », répond devant nous une voix mélodieuse. *La belle Pretha, qui m'a aidée à entrer au château.* Je suis sûre que c'est elle, mais elle a quelque chose de différent. Même jolis yeux noisette, même beaux cheveux noirs, mais maintenant elle a les oreilles pointues et sa peau émet le halo éthéré des nobles faë. « Tu n'étais pas obligé de l'estourbir.

— Je ne sais pas bien m'y prendre avec les mortelles hystériques », réplique-t-il en me déplaçant légèrement sur son épaule.

La porte s'ouvre et j'entends une musique assourdissante. Tout en me gardant de bouger, pour ne pas alerter mon ravisseur, je jette un coup d'œil alentour quand il franchit le seuil. Nous sommes dans une taverne, pas très différente de celle de Gorst à Bellecontrée – hormis la clientèle. Ça pue la mauvaise bière et le tintamarre me fait mal aux oreilles. Partout des couples dansent. Une fine sylphide aux ailes translucides, vêtue d'une ébauche de robe, laisse un troll glisser une pièce d'or entre ses seins. Un jeune elfe en tenue d'équitation caresse les cheveux drus du colosse faë contre lequel il se colle. Faë mâles et femelles s'agitent dans tous les coins, y compris sur les comptoirs, ou s'enroulent autour de mâts prévus à cet effet, sous les vivats de l'assistance. Appuyée contre le mur, sur ma gauche, une faë de feu à la poitrine opulente, moulée dans une combinaison en cuir noir, pince les fesses de Pretha au passage.

Celle-ci lui donne une tape sur la main. « Je travaille !

— À ta place, je ne négligerais pas ses avances, plaisante mon ravisseur avec un petit rire. Tu sais ce qu'on dit des faë de feu.

— Kane, tu es un porc », s'époumone Pretha.

Elle se fraie un passage entre la foule des danseurs enfiévrés, puis se retourne brusquement et surprend mon regard furtif. « Mais on dirait que notre jeune amie se réveille. » Elle ressemble trait pour trait à la femme qui m'a offert son amitié il y a peu, en effet, mais il n'y a pas que ses oreilles qui ont changé. À présent, une sorte de tatouage à filaments argentés orne son front comme les lignes de fracture d'un miroir brisé.

Inutile de faire semblant plus longtemps, je me tortille pour échapper à l'étreinte du faë. « Posez-moi par terre ! »

Pretha me lance un clin d'œil. Elle passe entre deux gardes postés de part et d'autre d'une lourde porte.

Je découvre un bureau chichement meublé que seuls éclairent, par les fenêtres, les réverbères de la rue.

Le faë me dépose sur mes pieds. Mes yeux s'adaptent à la pénombre. Il est en tout point terrifiant. Plus grand et plus fort que la moyenne des hommes et des faë (surtout si l'on compte les cornes qui se recourbent vers l'arrière de sa tête), il a des épaules et des bras de lutteur. À la place du blanc des yeux on ne voit que du noir, autour de pupilles rouges. Sa longue chevelure et sa barbe sont rousses et une de ses oreilles pointues porte un anneau.

« Je crois que tu lui plais, Kane, ironise Pretha. Ou alors tu la terrorises tellement qu'elle en a perdu l'usage de la parole.

— Ainsi vous l'avez trouvée », intervient une voix suave derrière moi, irrésistible.

Je réprime un petit cri en découvrant, à demi affalé sur une méridienne, un faë aux boucles noires coiffées en queue-de-cheval comme dans mon rêve, un livre entre les mains, une jambe tendue et l'autre repliée. La pièce a beau être vaste, il semble occuper toute la place par sa seule présence, sa carrure imposante et ses yeux d'argent perçants.

Mon ravisseur me pousse dans le dos. Je trébuche et tombe à genoux pour la deuxième fois en deux jours devant un faërie d'Ombre aux allures menaçantes.

Décidément, je déteste ce Monde.

« Elle fuyait le château, déclare Pretha.

— *Traîtresse !* je lui lance avec un regard furibond.

— Je vous avais bien dit que nous nous reverrions sous peu, Abriella, dit-elle avec une petite révérence ironique.

— Qu'est-ce que vous me voulez ?

— Eh bien… » Elle reprend, mécontente : « Pourquoi fait-il si sombre ici ? » Elle claque des doigts et toutes les appliques murales s'illuminent. « Voilà qui est mieux. » Elle se retourne vers moi avec un sourire satisfait.

« Ce que je veux, c'est vous aider. De ce côté-là, rien n'a changé depuis hier.

— Vous vous êtes fait passer pour humaine ! » Ma voix trahit involontairement ma colère noire. Pretha a beau être presque une étrangère, à mes yeux sa faute vaut celle de Sébastian. Tous deux m'ont blessée et ça me fait du bien de me défouler sur quelqu'un. « Sale menteuse ! »

Le faë rit sur son divan. « Elle est bien bonne, celle-là, de la part d'une humaine cherchant à se faire passer pour une suivante d'Arya ! »

Je le regarde avec méfiance. Que cet étrange faë se manifeste à nouveau dans ma vie, voilà qui ne me plaît pas du tout – et j'apprécie encore moins de l'avoir vu en rêve.

En Faërie, il n'y a jamais de coïncidences…

« Je crois qu'elle ne contrôle pas son pouvoir », reprend Pretha en s'avançant gracieusement vers moi pour venir replacer une mèche de mes cheveux derrière mon oreille d'un geste plein de tendresse.

Je m'écarte vivement. « Ne me touchez pas !

— Ni ses émotions, visiblement. » Elle reporte son regard désapprobateur sur le faë allongé. « Je pense qu'en fait, elle est amoureuse du prince d'Or. »

Le feu me monte aux joues. Je ne supporte pas que ces faëries spéculent ainsi sur mes sentiments. « Vous ne savez rien de moi.

— Tss tss. Laissez-la tranquille, Pretha, dit le faë. Je prends la relève.

— Mais… Finn ! » proteste-t-elle en se hérissant.

Finn. Enfin j'apprends le nom de cet énigmatique elfe aux yeux d'argent.

« Laisse-nous maintenant. » Son ton s'est radouci, mais reste plein d'autorité. Aucun doute, c'est lui qui commande ici.

Pretha fait mine de se rebiffer, puis hoche brièvement la tête et sort de la pièce, la brute cornue sur les talons.

Je les suis du regard.

« La soirée a été difficile ? » s'enquiert le faë comme si de rien n'était, comme si nous prenions simplement le thé en bavardant – comme si ses acolytes ne m'avaient pas assommée pour me traîner jusqu'ici.

Ça me met hors de moi. « Qui êtes-vous ? À part un Unseelie qui se permet d'enlever les gens ? Vous vous rendez compte, j'espère, que personne ne sera disposé à verser de rançon en échange de ma libération ? »

Il hausse les sourcils. « Vous en savez plus sur moi que moi sur vous. Que savez-vous d'autre ? »

Dangereux. Ce faërie est dangereux. Il faut que je cesse de provoquer son hostilité et que je m'enfuie d'ici. « Rien. Je ne sais rien du tout. »

Il relève le menton d'un air de défi. « Par curiosité, qu'est-ce qui vous fait croire que je suis un Unseelie ?

— Vos yeux.

— Mais encore ?

— Tout le monde sait que les Unseelies ont les yeux argentés. *Avec les yeux d'argent, on ne s'attache ni ne s'entend* », dis-je sur le ton chantant que nous adoptions enfants pour réciter ce dicton sans âge. *Que j'aurais mieux fait de respecter à la lettre,* j'ironise intérieurement.

« Pff… Jamais rien entendu d'aussi ridicule. On vous a vraiment raconté que la totalité des habitants de la Cour unseelie avait les mêmes yeux que moi ?

— Pourquoi ? Ce n'est pas vrai ?

— Non. Seules quelques personnes sont dans ce cas. »

Je repense aux sentinelles de Mordeus. Avaient-elles les yeux argentés ? Je ne m'en souviens pas. Et Pretha ? Est-elle unseelie ? Elle a les yeux noisette. Quant à Kane, cette effrayante combinaison rouge et noir…

« Suis-je libre de m'en aller ? »

Il ouvre de grands yeux faussement innocents. « Pour aller où ? Vous n'êtes pas sûre de vouloir rejoindre votre cher ami, tout en regrettant de vous être enfuie si vite. »

Les lèvres pincées, je lui lance à mon tour un regard de défi. « Vous pouvez lire mes pensées ? »

Un rire sans joie. « Nul besoin de cela pour deviner ce qui vous tourmente, même si je reconnais que ce serait un talent fort utile. En fait, c'est sur votre visage que je lis à livre ouvert. Vous ne savez pas si vous pourrez jouer le rôle que Mordeus vous a confié. »

Je me demande ce qui le lie à Mordeus. Est-il à son service ? « Que savez-vous à ce propos ?

— J'en sais suffisamment. » Il pousse un profond soupir, se déplie et va vers un petit bar d'angle de l'autre côté de la pièce. Je profite de ce qu'il me tourne le dos pour l'observer. Sa présence est effectivement écrasante, mais pas seulement en raison de sa stature ou de sa musculature. Ce Finn a une aura de chef, le genre à monopoliser l'attention. Quel peut être son pouvoir spécial, pour se trouver ainsi à la Cour seelie, lui, un Unseelie ?

Il débouche une bouteille et emplit deux verres d'un liquide pétillant blond pâle. Son arôme fruité me met l'eau à la bouche, mais je refuse. Pas question d'accepter un verre de vin de la part d'un individu de sexe masculin dont je viens à peine de faire la connaissance – étranger égale danger ! Alors en plus un *faërie* ! Il me prend vraiment pour une idiote.

Il hausse les épaules avec indifférence et pose le verre qu'il me destinait sur une longue table entre les fenêtres. Il boit le sien, les yeux clos. « Votre cher prince d'Or vous a fait de la peine, je sais ; mais si vous voulez sincèrement sauver votre sœur, il faut faire ce que Mordeus vous a demandé. »

C'est ce qu'il m'a déjà dit en rêve. « Vous êtes un Unseelie. Pour vous, il est donc normal que je prête assistance à votre roi.

— Ce n'est pas *mon* roi ! » dit-il avec force. Sa voix claque comme un coup de fouet dans la pièce. « Et ça ne le sera jamais, ajoute-t-il un ton plus bas.

— Qu'est-ce que vous faites à la Cour d'Or ? Je croyais que les Unseelies n'étaient pas les bienvenus en terre seelie.

— Je vous propose un marché. Je répondrai à votre question si vous répondez à la mienne. »

L'idée même me met sur mes gardes, mais je suis trop fatiguée, trop malheureuse pour m'inquiéter des manigances de ce faërie avec son *marché*. « Dites toujours.

— Que savez-vous du faërie qui vous a donné votre pouvoir magique ?

— Quel pouvoir magique ? » demandé-je en fronçant les sourcils.

Il boit une nouvelle gorgée de vin et rive sur moi son regard changeant. « Certes, il y a bien longtemps que je ne me suis plus aventuré dans le Monde des humains, mais vous n'allez tout de même pas me faire croire qu'ils sont à présent capables de passer à travers les murs et de se transformer en ombres ?

— C'est juste une réaction bizarre à cet endroit imprégné de magie.

— Je ne sais pas ce qui m'intrigue le plus, commente Finn, ce mensonge ou votre sincère *envie* d'y croire. » Ses lèvres esquissent un sourire sans joie. Un sourire de dégoût. « Pourtant, vous êtes au courant depuis longtemps. Le pouvoir que vous possédez dans ce Monde-ci n'a rien de nouveau pour vous. Il y a longtemps que vous vous en servez. »

Je laisse échapper un petit rire. « Si vous le dites.

— Vous êtes une voleuse. Une bonne. »

Comment ces faë peuvent-ils en savoir autant sur moi ? « Admettons que j'aie des pouvoirs – simple hypothèse ! Qu'est-ce qui vous fait dire qu'on me les a *donnés* ? »

Il me regarde en plissant les yeux et répond tout bas : « Les humains n'ont de pouvoirs magiques que si une créature elle-même magique, et suffisamment puissante, les leur a conférés.

— Les sorcières en ont, pourtant. Ainsi que les mages.

— Non. Sorcières et mages *utilisent* la magie. Sous forme de symboles, de sorts, de potions. Certains humains en sont en effet capables, mais ils ne *possèdent* pas de pouvoirs. Contrairement à vous. Vous, vous êtes une humaine qui se mue en ombre et traverse les murs sans sorts, ni potions, ni rites. La magie fait partie intégrante de vous, et la seule explication est que vous la tenez d'une créature faërie.

— J'ignore d'où ça me vient », suis-je obligée d'avouer. Car il a raison. Au fond de moi, je savais bien avant de venir en Faërie que ma capacité à me mouvoir dans la nuit et dans l'ombre n'était pas normale. Je suis sur le point de lui en dire davantage, mais je me ravise. Ces êtres ont amplement prouvé par le passé qu'on ne pouvait se fier à eux. « À votre tour. »

Il contemple longuement son verre de vin. Va-t-il enfin me répondre ? Puis : « Mordeus est mon oncle. »

Le jour se fait dans mon esprit. Bakken a dit que l'héritier légitime du Trône d'Ombre s'appelait le prince Finnian. Ce serait donc ce Finn-là ? « Vous êtes le prince. » Ce n'est même pas une question. Ça explique tout – son maintien, la déférence qu'on lui témoigne, son air d'être la personne la plus importante de la pièce, que je sois ou non tentée d'y croire ; tout, chez lui, dénote la haute aristocratie, *la puissance*.

Il relève les yeux. « Vous aurez peut-être remarqué la ressemblance. »

Les yeux argentés. Tous les faë d'ombre n'en ont pas parce que c'est réservé à la famille royale !

« Si je ne suis pas dans ma Cour, c'est que ce cher oncle Mordeus veut ma mort, figurez-vous. Charmant, vous ne trouvez pas ?

— Pourquoi, qu'est-ce que vous lui avez fait ? »

Un petit grognement amusé. « Je me suis contenté de naître ; ça suffit à compromettre son accession au pouvoir, chose qu'il appelle de ses vœux depuis que son père a légué la couronne au *mien*. La raison de ma présence à la Cour seelie ? Disons que c'est temporaire, et… *confidentiel*. Je préfère les terres des Faë Sauvages à celles de la reine d'Or, mais une certaine affaire y requiert mon intervention. »

Mille questions se bousculent dans ma tête, mais l'une d'entre elles revient obstinément au premier plan. « Pourquoi me dites-vous tout ça ? Qu'attendez-vous de moi ?

— Je sais que Mordeus détient votre sœur, et je sais ce qu'il exige de vous en échange de sa libération. » Il boit un peu de vin. « Je veux vous apprendre à vous servir de votre pouvoir et à vous défendre dans ce Monde. Je veux vous aider. »

Ça aussi, il me l'a dit dans mon rêve. *Je vous aiderai à retrouver votre sœur. Venez à moi.*

« Vous me l'avez déjà dit, mais pourquoi devrais-je vous croire ? » Je recule insensiblement vers la porte. « Vous et vos semblables m'avez enlevée, amenée ici contre mon gré, et je devrais vous faire confiance ? »

Ses prunelles argentées lancent des éclairs et ses lèvres se compriment. « Vous avez bien choisi de vous fier à Mordeus.

— Je n'avais pas le *choix*. Mais au moins je comprends ce qu'il attend de moi et pourquoi. Je suis censée croire que vous tenez à aider une jeune humaine par pure grandeur d'âme ? »

Il fait un pas vers moi, l'air menaçant. La colère se lit sur son beau visage. « Vous aider, c'est agir en faveur de ma Cour. Tant que nos objets magiques ne l'auront pas réintégrée, chacun de ses membres sera affaibli. Tant que la reine d'Or… » Il est en colère, mais paraît aussi souffrir. Il reprend plus calmement : « Disons que mes sujets resteront vulnérables aussi longtemps que l'équilibre des pouvoirs entre les Cours ne sera pas rétabli.

— Et je suis censée gober ça ? Alors que vous êtes là à boire du bon vin dans vos beaux habits dans une taverne de la Cour seelie ? Pauvre, pauvre prince en exil qui se bat *de toutes ses forces* pour détrôner Mordeus. »

Le verre à vin se brise en mille morceaux dans sa main ; je me fige, terrorisée. J'ai failli oublier à quel point il est dangereux. Il se frotte les mains, provoquant une pluie d'éclats de verre mêlée de gouttelettes de vin. « Acceptez mon aide, mortelle.

— Je n'en ai pas besoin. »

Il me jauge brièvement. Inquiète, je vois les ténèbres commencer à sourdre de mes mains comme de l'encre qui se répand dans une flaque d'eau. « Êtes-vous appariée à quelqu'un ? » s'enquit-il.

Comme si j'étais du genre à me subordonner à un faërie, comme ils le font entre eux ! Donner à *qui que ce soit* pareil ascendant sur moi, renoncer à mon libre arbitre ! *Jamais*.

« Une personne de votre Monde, peut-être ? Un ou une amie, un amant ? »

Je suis tentée de rétorquer vertement que les humains ne se livrent pas à ce genre de rite absurde. Je ne sais même pas si ça marcherait, et encore moins *comment*. Mais je me retiens. Tout ce que je sais de cet « appariement » chez les faëries, c'est qu'il implique une forme de protection mutuelle. Si Finn croit que je suis liée de cette manière à quelqu'un, il ne tentera peut-être pas de me retenir ici…

« Alors ? C'est pourtant simple, comme question, insiste-t-il.

— Non, mais je choisis *simplement* de ne pas y répondre. »

Il marmonne quelques mots inaudibles. Je devine ses efforts pour ne pas laisser éclater sa colère. « Vous devez comprendre que ce lien n'est pas sans conséquences et ne se défait pas si facilement. »

Cet âne bouffi de suffisance va-t-il sérieusement m'infliger une leçon de morale ? Je croise les bras d'un air obstiné : « Si je sors d'ici, vos amis vont-ils se lancer à mes trousses ?

— Vous avez l'intention de rejoindre le fils de la reine, finalement ? »

Sa question me fait l'effet d'un coup de poing. *Le fils de la reine Arya.* Le prince Ronan.

C'est-à-dire *Sébastian.*

Ça fait si mal que je ferme les yeux au souvenir de cette trahison – sur laquelle je ne peux me permettre de m'appesantir pour l'instant.

En les rouvrant, je constate que d'impénétrables ténèbres ont englouti mes mains. C'est un rappel bienvenu : *j'ai ce pouvoir. Je ne suis pas prisonnière ici.*

Finn se rapproche pour m'observer comme si j'étais une sorte d'insecte captivant et ses lèvres dessinent un sourire narquois.

Je fais un pas vers une zone d'ombre entre deux appliques murales en essayant de toutes mes forces de disparaître, mais à ce moment-là la porte s'ouvre.

« Des nouvelles du palais, annonce Pretha en laissant le battant se refermer derrière elle. Le prince Ronan a remis à demain le choix des prétendantes. Il faut nous dépêcher de la ramener là-bas.

— Pas sûr qu'elle veuille coopérer. » Il y a du défi dans sa voix, comme si j'étais une gamine qu'on manœuvre en la prenant à contre-pied.

Je colle mon dos contre le mur en pensant très fort à le traverser, à m'enfuir d'ici. Mais en vain. Comment ai-je donc fait, les autres fois, pour me servir de mon pouvoir ?

Pretha s'approche. « Vous n'y arriverez pas seule.

— Vous vous trompez. » Je me suis débrouillée seule toute ma vie. Je ne vois pas pourquoi il en irait différemment aujourd'hui. Telle la flamme vacillante d'une lampe, je vais et viens entre l'ombre et mon corps matériel.

Pretha prend peur et demande à Finn : « Qu'est-ce qu'elle fait ? »

Une ombre. Je dois devenir une ombre. Ma main disparaît et réapparaît tour à tour. Mais le mur est toujours aussi solide derrière moi.

« Finn ! Elle va nous échapper ! » s'écrie Pretha, les yeux écarquillés.

L'ombre. Cette fois, ma main disparaît et mon bras l'imite aussitôt. Je me fonds dans le mur et le traverse en trébuchant. Ma robe s'accroche dans un rosier devant la taverne, démontrant une fois de plus la supériorité du pantalon. Je me relève prestement ; les épines déchirent le tissu et me griffent les jambes.

J'entends Finn et Pretha se disputer à travers la vitre fêlée, mais leurs voix sont assourdies et je ne comprends que la conclusion, un « On la laisse partir » sans réplique aboyé par Finn.

Je ramasse mes jupes et je détale. Mais je ne sais pas où je suis et le brouillard épais m'empêche de repérer le château.

Quand j'ai fui après les révélations de Sébastian, la forêt était devant moi ; maintenant, elle est sur ma gauche. Dans l'autre sens, je ne reconnais rien.

La forêt. Je pourrais m'y cacher. Me changer en ombre, devenir néant, disparaître le temps de retrouver le chemin du palais. *Puisqu'il faut que j'y retourne.*

Si Sébastian a retardé le moment de choisir ses prétendantes, le plan peut encore marcher. Il me reste une chance de sauver Jas.

Ces bois sont plus sombres que ceux de Bellecontrée, la canopée est très dense et les lumières des maisons plus faibles que dans mon pays surpeuplé. Un cri affreux perce la nuit, suivi d'un hurlement triomphal. Je n'ai jamais eu peur du noir, mais je ne me fais pas d'illusion : cette obscurité-là, il *faut* en avoir peur. Qui sait quelles créatures vivent sous ces arbres ? Mes ombres peuvent me dissimuler, mais me protégeront-elles ?

La chaleur estivale a disparu en même temps que le soleil ; je scrute frileusement la forêt en attendant que mes yeux s'accoutument à l'obscurité.

Un nouveau hurlement, plus proche cette fois. Un frisson de terreur parcourt mes muscles. *Le pouvoir que vous possédez dans ce Monde-ci n'a rien de nouveau pour vous. Il y a longtemps que vous vous en servez.*

Les humains normaux ne voient pas dans le noir comme moi. Je le savais, c'est vrai. Simplement, je ne voulais pas me l'avouer – m'avouer qu'il y a une part de faërie en moi.

Malheureusement, savoir qu'on possède un outil, ce n'est pas savoir s'en servir. J'ignore totalement où je suis, dans quelle direction se trouve le château. Et je ne sais pas non plus comment utiliser mon pouvoir pour me défendre contre les créatures de ces bois.

Un grondement sourd retentit à quelques dizaines de pas. Je virevolte, terrifiée. Deux prunelles bleues mouchetées d'or luisent dans les ténèbres. Un loup noir s'approche, les crocs dénudés.

9

Non, pas un loup. Tapie contre le sol, la bête est quand même aussi haute que moi. Elle avance lentement, pas à pas.

Je n'ai pas d'autre arme que mon maigre pouvoir, et elle connaît ces bois bien mieux que moi. Où me cacher ?

Un chêne déploie ses branches au-dessus de ma tête, mais celles qui sont à ma portée sont trop fragiles pour supporter mon poids. À quelques pas se dresse un érable à la ramure plus solide. En prenant mon élan, j'ai peut-être le temps de sauter et de grimper sur une branche basse.

Avec un grognement grave, l'animal se rapproche encore, noir comme la nuit, une promesse de mort dans les yeux.

Respire à fond et vas-y, Brie !

Je fonce puis vire à gauche aussi vite que le permet ma robe. La bête s'élance aussitôt, avec une vélocité stupéfiante pour sa taille. Je saute, les bras tendus et, au même moment, je sens son haleine chaude sur ma nuque. Le bout de mes doigts effleure une branche. Je l'agrippe et l'écorce blesse ma peau.

Les doigts recourbés comme des griffes, je cherche une meilleure prise, mais en vain – je glisse, tombe… Le temps s'écoule au ralenti. Le sol se rapproche, l'animal claque des mâchoires… Je décoche un coup de pied dans l'espoir de les disloquer, mais c'est à peine si elles bougent. Les crocs se plantent dans mon mollet, déchirent ma chair.

La douleur est lancinante. Je pousse un grand cri. *C'est trop pour moi. Je ne suis pas armée pour ce Monde.*

Soudain, deux autres grognements sourds résonnent derrière la bête et deux loups lui sautent dessus. L'espace d'un instant, je veux croire qu'ils me défendent, mais je délire, la douleur m'égare ; sans doute défendent-ils leur territoire.

Ou alors ils ont senti la chair fraîche.

Je profite de cette attaque coordonnée contre la bête pour tenter de me relever, mais dès que je prends appui sur ma jambe blessée, je m'écroule à nouveau.

Je m'accroche au tronc de l'érable et me remets laborieusement sur pied. Un affreux rugissement s'élève dans la forêt. Les loups se détournent, marquent un temps d'arrêt puis font demi-tour et filent sans demander leur reste, me laissant seule avec le monstre noir.

La bave aux lèvres, celui-ci avance, insuffisamment ralenti par les morsures sanguinolentes sur son échine. Je bats en retraite en essayant de ne pas m'appuyer sur ma jambe et m'effondre à nouveau en criant de douleur.

La bête fait un bond, les mâchoires béantes, prête à me saisir à la gorge. Mais au dernier moment, une rafale la soulève du sol et la projette contre un arbre à l'autre bout de la clairière.

Elle glapit et s'abat sur le sol de la forêt en poussant un ultime cri.

« Abriella ! » Sébastian, hors d'haleine, me ramasse comme si je ne pesais pas plus lourd qu'une plume et me serre dans ses bras. « Brie, ça va ? »

Je hoche la tête sans répondre, la joue contre son torse, mais non, ça ne va pas. Je souffre tellement que je n'y vois plus rien ; je suis assaillie de nausées, mais ce n'est rien à côté du découragement. Quel fiasco ! Je ne suis décidément pas à la hauteur de ce Monde malfaisant.

« Mais tu es blessée ! » Il me décale un peu dans ses bras et veut examiner ma jambe, mais je me dérobe. « Attends, ne bouge pas », dit-il d'un ton apaisant. Il pose la main sur ma blessure et la douleur disparaît.

Je tremble de tous mes membres malgré mes efforts pour me calmer.

Il lisse mes cheveux en dégageant mon visage et je m'aperçois alors que c'est *lui* qui tremble. « J'ai voulu te laisser du temps, mais j'ai eu tort, j'aurais dû te suivre. Pardonne-moi de ne pas être venu plus tôt. »

Je ne réponds pas tout de suite. Il a l'air… effondré. Malgré le mensonge, ça reste Sébastian. Il a trahi ma confiance et j'ai mal, mais mes sentiments ne se sont pas volatilisés quand j'ai su qui était sa mère et quel pouvoir magique il possédait – un pouvoir sans commune mesure avec les enseignements du mage Trifen. « Ça va aller, ne t'en fais pas. »

Il caresse ma joue et je vois que ses doigts sont tachés de sang. « Je te ramène au palais, mes thaumaturges vont s'occuper de toi. »

Je ne souffre plus, mais je me sens bizarre, en équilibre instable au bord de l'existence. Est-ce la magie de Sébastian ou la morsure de la bête ? En tout cas je ne peux pas rester comme ça. J'ai besoin de ses thaumaturges, en effet. J'opine en lançant un dernier regard au cadavre.

« Pardon de ne pas être venu plus vite, répète Sébastian. Je suis désolé. »

Nous sortons de la forêt et débouchons bientôt dans une clairière où attend un étalon blanc baigné de clair de lune. Sébastian me dépose avec douceur et révérence sur son dos et quand il monte à son tour, derrière moi, je savoure sa force et la chaleur réconfortantes de sa peau à travers la tunique. En fermant les yeux, j'arrive à m'imaginer que nous sommes à nouveau à Bellecontrée, que rien n'a changé.

Il passe un bras autour de ma taille, saisit les rênes de l'autre main et nous partons au galop.

Le souffle de Sébastian dans mon oreille, le battement de son cœur contre mon dos, l'allure du cheval... mes paupières s'alourdissent. Sans la fermeté de son étreinte, je glisserais à terre. Mes muscles ne veulent plus m'obéir. Je me fonds dans la tiédeur de Sébastian, sa présence protectrice, même si je m'en veux de ma faiblesse.

À l'approche du palais, je renonce à garder les yeux ouverts.

Sébastian place mes mains sur l'encolure du cheval. « Accroche-toi là. » Puis il met pied à terre et me tend les bras. Même semi-inconsciente et blessée, je vibre au contact de son corps. Outre le cuir de son pantalon et de son gilet, il répand une odeur de sel marin. Il franchit en courant les portes du château tandis que je ballotte dans ses bras.

« Est-ce que je vais mourir ? » dis-je, mais sans insistance – je suis trop lasse.

« La bave du Barghest ralentit ton cœur. Si on ne t'administre pas très vite l'antidote... » Il accélère l'allure. Je laisse mes yeux se fermer. Je ne trouve plus en moi la force de m'alarmer. J'entends vaguement des gens aller et venir autour de nous, des pas rapides claquer sur les dalles, des portes s'ouvrir et se fermer...

« Elle a été attaquée par un Barghest dans la forêt, s'écrie Sébastian. Appelez le thaumaturge, vite ! »

Je rouvre les yeux le temps de voir des portes s'ouvrir devant nous. Sébastian me dépose sur un grand lit à baldaquin. Les draps blancs et moelleux me semblent tout droit sortis d'un rêve. Je me tourne sur le côté et me recroqueville. Plus rien ne m'importe. Je veux juste dormir.

Je revois le visage souriant de Jasalyn et le chagrin me transperce. Je murmure :

« Demande pardon à Jas de ma part.

— Ne dis pas ça », proteste Sébastian en me saisissant par l'épaule.

Pourtant, il doit bien savoir que je dis vrai… J'ai l'impression de sentir le poison circuler dans mes veines. Je veux parler, mais je n'en ai plus l'énergie.

Promets-moi que tu la retrouveras.

Mais mes lèvres refusent de former ces mots. Sébastian serre encore mon épaule. « Tiens bon, Brie. »

J'ignore combien de temps je reste à osciller entre éveil et sommeil. J'entends Sébastian parler à une ou peut-être plusieurs personnes, leur ordonner de faire je ne sais quoi, se mettre à crier parce qu'elles n'obéissent pas assez vite.

« Elle a perdu beaucoup de sang, déclare une voix. La toxine se répand dans son corps. Elle n'est peut-être même plus capable de boire.

— Abriella… » dit Sébastian. Je sens à nouveau sa main sur mon épaule. Tiède. Forte. Mon seul repère. Même après ce qu'il m'a fait.

« Abriella, il faut que tu boives cette potion. »

Le contact du verre contre mes lèvres. Un liquide tiède coule sur ma langue, déborde sur mon menton.

« Bois, nom de nom ! Il le faut ! »

Je m'étrangle à demi et réussis enfin à avaler, mais bientôt les forces me manquent et je m'affaisse dans ses bras.

« C'est bien, chuchote-t-il.

— Je dois soigner sa jambe avant qu'elle perde trop de sang », reprend la voix que je ne connais pas.

« Allez-y, alors, vite ! » dit sèchement Sébastian.

Des mains brûlantes sur ma peau. Des mains qui guérissent et me ramènent loin en arrière. Présent et passé se confondent. *La voix de maman. La voix de Sébastian. Un carillon tintant dans le vent à minuit. Des promesses prononcées par un inconnu.*

Ma chambre cernée par le feu. Mon corps enveloppant Jasalyn et la protégeant des flammes qui menacent de me dévorer vive.

Je perçois, à peine consciente, la voix de maman.

Je t'en prie, sauve-la.

Il y a un prix à payer.

Je paierai. Je voudrais ouvrir les yeux, lui dire que tout ira bien, mais je n'y arrive pas. Son silence désespéré est rompu par un sanglot qui me brise le cœur. *Il doit y avoir un autre moyen.*

Je fais cela pour toi.

Les sanglots de ma mère emplissent mes oreilles. Puis mon engourdissement se dissipe sous la chaleur des mains qui guérissent mes brûlures.

La douleur, cinglante, aveuglante. Une douleur terrible.

Une sensation de fraîcheur et d'apaisement gagne peu à peu tout mon corps. La vie se remet à couler dans mes veines, propulsée par les battements de mon cœur, et gagne mes bras puis mes jambes.

J'entrevois ma mère, à la fois soulagée et abattue. Comme si elle venait de vendre une partie d'elle-même.

* * *

En ouvrant les yeux, je m'attends presque à voir ma mère à mon chevet telle qu'elle était le jour où je me suis réveillée, il y a de cela neuf ans, guérie de mes brûlures. Mais ce n'est pas elle qui est assise dans ce fauteuil, près de ce lit qui n'est pas le mien. C'est Sébastian, avec ses oreilles pointues et sa délicate grâce faë. Il est couvert de sang et ses paupières sont closes.

« Bast ? » J'ai la gorge en feu, la voix rauque.

Il se réveille en sursaut et me scrute en poussant un long soupir. « Ne t'en fais pas, dit-il doucement en posant sa main sur la mienne. Tu vas t'en sortir. Je suis là. »

Il est là. Je me maudis, mais ça fait un bien fou de laisser cette certitude m'envahir. Au moins pour l'instant, pour ce combat-ci, je ne suis pas seule. « Merci, je réponds d'une voix éraillée. J'ai dormi longtemps ?

— Quelques heures seulement. Comment te sens-tu ?

— Ça va aller. » La vue du sang sur ses vêtements me retourne l'estomac. Quant à moi, je porte une chemise de nuit bleu clair propre en coton très doux.

Sébastian suit mon regard. « Nous avons essayé de sauver ta robe, mais elle était ensanglantée et déchirée par endroits.

— C'est toi qui m'as changée ? » Une question absurde, étant donné tout le reste, mais l'idée qu'il ait pu me déshabiller, laver le sang qui maculait ma peau…

Il secoue négativement la tête, puis saisit ce que je sous-entends par là. « Non, une servante. Je n'ai pas… Ce n'était pas… enfin, je n'aurais jamais… »

Sans la lassitude qui m'accable, je rirais de voir son cou et son visage s'empourprer. « Je ne me faisais pas de souci pour ça », dis-je avec douceur. Il a si bien pris soin de moi… « Et toi, tu es blessé ?

— Non, non, répond-il en indiquant sa tunique tachée. C'est ton sang, l'attaque du Barghest. Heureusement, mon thaumaturge était là quand nous sommes arrivés. »

Soudain, tout se met à tourner. Je ferme bien fort les yeux en attendant que le vertige passe, mais l'odeur du sang emplit mes narines et à la vue des taches écarlates, je revis les événements de la forêt. La créature aux allures de loup géant qui se jette sur moi… « Un *Barghest* ? C'est comme ça que ça s'appelle ?

— Certains disent "Dogues de Mort".

— Ils viennent de la Cour unseelie ?

— Il y en a dans toutes les Cours, mais certains Unseelies puissants aiment en avoir pour familiers ; ce sont des animaux qui ont été magiquement liés à eux et exécutent les ordres sacrilèges qu'ils leur donnent. »

Est-ce Mordeus qui m'a envoyé ce Barghest ? Non, ce n'est pas logique. S'il veut que je lui rapporte les objets volés, pourquoi me tuer par l'intermédiaire d'un monstre mentalement lié à lui ? Finn, en revanche… Finn l'a-t-il lancé à mes trousses parce que je refusais de collaborer ? « Celui-ci en particulier était-il lié à un Unseelie ?

— Je l'ignore, dit Sébastian.

— Sans l'irruption de ces loups… » Sous-entendu : *à l'heure qu'il est je serais morte.* Flairant à nouveau l'odeur de mon sang, je dois enfouir mon visage dans l'oreille pour réprimer la nausée. « Excuse-moi, mais… Pourrais-tu te changer aussi ? »

Il jure à voix basse et jaillit de son fauteuil. « Naturellement. Excuse-moi. » Il me tourne le dos et déboutonne sa tunique.

Je reprends : « Il faut qu'on parle de la suite. »

Il me regarde par-dessus son épaule. « D'abord, tu dois te reposer. »

Je secoue la tête et me redresse en position assise. Il y a neuf ans que je ne m'étais pas laissée aller à une telle faiblesse. C'est comme ça depuis que je suis arrivée en Faërie, et il faut que ça s'arrête. « Ça va aller, je t'assure.

— Tu es encore convalescente. Tu as été grièvement blessée. Tu dois te ménager. » Il se retourne, offrant à mon regard son torse nu et… sa beauté.

J'ai à nouveau la tête qui tourne.

Je voudrais haïr celui qu'il est vraiment, maintenant que je le sais, mais je continue à le trouver aussi attirant qu'au premier jour, quand je l'ai découvert dans la cour du mage Trifen.

Je me contrains à détourner les yeux de sa peau hâlée et de ses bras sculptés. « J'ai assez récupéré pour parler. » Je l'entends ouvrir un tiroir ; il enfile une tunique propre.

Je regarde le tissu souple et blanc draper la perfection de sa peau dorée. Je suis furieuse que mon attirance pour Sébastian n'ait pas disparu en même temps que ma confiance, quand j'ai su la vérité.

Il régnait déjà la plus grande confusion dans mes émotions avant qu'il me tire d'affaire dans la forêt, mais maintenant, c'est un véritable désastre.

Il se réinstalle dans son fauteuil près du lit et se penche en avant, les coudes sur les genoux. « D'accord, alors parlons, si c'est ce que tu veux.

— Tu m'as sauvé la vie », je commence avec difficulté. Le souvenir de la terreur éprouvée affleure encore à la surface. Je le refoule aussitôt. « Je t'en remercie.

— Pardon de n'être pas venu plus tôt.

— Je ne m'attendais pas à ce que tu viennes. »

Il réagit comme si je l'avais giflé puis baisse la tête. « Je sais que tu n'aimes pas ce que je suis, mais ça ne change rien à ce que je ressens pour toi. »

Ses paroles me font mal. « Ce qui ne me plaît pas, c'est que tu m'aies *menti* pendant tout ce temps. »

Sa mâchoire se contracte. Il soupire, lisse en arrière sa crinière blanche et y noue un lien en cuir. « À quel moment aurais-je dû te le dire ? Personne ne devait savoir à Elora – on m'aurait cloué au pilori. Puis on est devenus amis et je t'ai fait confiance, mais entre-temps tu m'as dit ce que tu pensais de mon Monde et de mes semblables… C'était peut-être de l'égoïsme de ma part, mais je ne supportais pas l'idée de renoncer à toi.

— Tu pensais me le dire un jour ? Ou me mentir indéfiniment ? C'est pour ça que tu m'as suppliée de ne pas partir à la recherche de Jas ? Parce que tu ne voulais pas que j'apprenne la vérité ?

— Non, j'avais l'intention de tout t'avouer. J'ai failli le faire mille fois, d'ailleurs. Mais c'est pour des raisons loyales que je voulais t'empêcher de franchir le Passage : c'est dangereux pour toi, ici, tu vois bien. » Il baisse les yeux sur ma jambe, et j'ai beau être guérie, vêtue de propre et enfouie sous les couvertures, il revoit les dégâts causés par le Barghest, je le sais. « Tu comprends maintenant pourquoi je suis terrifié de te savoir arpentant mon Monde à la recherche de ta sœur ? »

Je soutiens son regard. « Je ne l'abandonnerai pas.

— Et je ne te le demande pas. Ce que je te demande, c'est de me laisser la trouver, *moi.* » Comme je ne réponds pas, il prend ma main et presse mes doigts contre sa paume. « Je me suis libéré pour la journée. Quand tu auras dormi un peu, je te ramènerai chez toi.

— Non ! fais-je en retirant ma main d'un coup sec.

— Tu aurais pu y rester. En quoi ta mort aurait-elle été utile à Jas ? Une fois que je l'aurai retrouvée, devrai-je lui apprendre qu'elle a perdu sa seule parente ?

— Écoute, Bast... » Je me reprends : « Pardon, je veux dire : « *Écoutez, prince Ronan.*

— S'il te plaît, non... » Il quitte son fauteuil pour venir se percher au bord du lit et je sens sa cuisse tiède contre mon flanc. « Appelle-moi Sébastian, comme tu l'as toujours fait ; ça reste le prénom que je préfère. Personne ne m'appelle prince Ronan, à part mes serviteurs et mes sujets. »

Le modeste apprenti après qui j'ai soupiré pendant deux ans a des *serviteurs* et des *sujets*.

Je prends mon élan. *Rappelle-toi le marché conclu avec Mordeus et ce que tu es venue faire ici.* « D'accord... alors écoute, *Sébastian*. Je ne peux pas rentrer chez moi. Les hommes de Gorst sont à mes trousses, je n'y serais pas en sécurité. Je t'en prie, laisse-moi rester ici. Je ferai attention. Ne m'oblige pas à repartir. Je n'ai plus rien à faire là-bas. » Même sans les sbires de Gorst, jamais je ne repartirai sans ma sœur ; mais si je mets l'accent sur ma sécurité plus que sur ma mission, peut-être acceptera-t-il ma requête.

« Je ne peux pas te protéger hors des murs du palais. » C'est pourtant ce qu'il a fait ce soir. Contre toute attente, il a été là quand j'avais besoin de lui.

« Je comprends.

— Écoute-moi… »

Je sens qu'il cherche désespérément un autre argument pour me renvoyer dans mon Monde. Je parcours du regard sa somptueuse chambre à coucher comme si je la voyais pour la première fois, comme si je n'avais pas exploré ce palais dans ses moindres recoins. Car j'y suis déjà venue – simplement, je ne savais pas que c'était la sienne. « C'est grand, ici, je ne te gênerai pas. Tu ne peux pas me trouver une petite place ? Imaginer un prétexte pour que j'aie le droit de rester ? » Il réfléchit. J'ai l'impression d'entendre les rouages tourner dans sa tête. J'attends en retenant mon souffle.

« Il n'y a qu'une solution, dit-il enfin, et je pense qu'elle ne va pas te plaire. »

Je me compose une expression intéressée, mais je sais déjà ce qu'il va me proposer. Et c'est exactement ce qu'il me faut. « Je t'écoute.

— Ce matin je choisirai douze femmes désireuses de rester ici, au palais. De… de m'épouser », achève-t-il avec dégoût. Il s'attend à ce que je riposte. Ignorant tout de mon pacte avec Mordeus, qui nécessite que j'aie accès à son château, il croit que ça va provoquer une violente réaction de ma part.

« Que faut-il que je fasse ?

— Te familiariser avec les mœurs de la cour, assister à quelques dîners chichiteux et autres soirées. » Il sourit timidement et, l'espace d'une seconde, semble si vulnérable que j'oublie sa véritable identité. « Faire semblant d'avoir des vues sur moi. »

J'aimerais bien être obligée de « faire semblant », mais je ressens trop d'émotions contradictoires. « Si je me comporte en potentielle promise, je peux rester au palais ?

— Oui. Dans l'aile réservée aux invités, avec les autres jeunes filles.

— Et pendant que je suis là… » Autrement dit : pendant que je chercherai les objets magiques de Mordeus. « … toi, tu chercheras Jas ?

— Oui. Je la chercherai que tu restes ou non. » Il caresse ma main. « Tu as ma parole. »

Je contemple un long moment sa main sur la mienne en feignant de réfléchir à son offre. En réalité, il me sera déjà pénible d'assister au choix de l'élue, mais en plus, ma présence ici me remettra constamment à l'esprit sa trahison et mes sentiments pour lui, aussi malencontreux soient-ils. Mais tout ça se justifiera quand je rendrai ses objets au roi d'Ombre et que je pourrai ramener Jasalyn chez nous. Je finis par répondre : « Je décide de rester. » Devant son air perplexe, j'ajoute : « Quoi ? Qu'est-ce qu'il y a ?

— Quand tu t'es enfuie hier, j'ai cru que tu ne voudrais plus rien avoir à faire avec moi. J'ai cru t'avoir perdue à jamais. Alors si, finalement, tu restes… Je me dis que c'est trop beau pour être vrai. »

Je me force à sourire, mais en mon for intérieur, j'ai honte. En restant pour m'acquitter de ma mission, ce n'est pas n'importe quel prince que j'abuse ; c'est mon ami. Bien sûr, j'ai de bonnes raisons de lui mentir ; il en avait aussi. Et je souffre maintenant que je connais la vérité. Je m'ébroue comme pour me débarrasser de cet inextricable écheveau d'émotions.

« La nuit porte conseil, poursuit-il. Repose-toi, réfléchis bien. Je ne pourrai pas te laisser filer à la recherche de Jas. Peux-tu comprendre ça ?

— Tu veux dire que je serai prisonnière ?

— Tu seras *protégée* », rectifie-t-il. Sous la caresse légère de ses doigts dans ma paume, je suis parcourue d'un frisson sensuel. Le conditionnement, l'habitude… Moi je *sais*, mais mon corps, lui, ne comprend pas que Sébastian est une tout autre personne. « Je te connais, tu n'es pas du genre à t'effacer, laisser les autres agir à ta place, mais je ne céderai pas sur ce point. Ce serait trop dangereux. Si tu me promets de me laisser faire, je te garderai ici aussi longtemps que possible.

— Entendu. Je te remercie, Sébastian. »

Il me borde dans le lit, mais je vois bien qu'il a la tête ailleurs. « Et maintenant, dors. »

10

Je rêve de l'incendie. De Jas, encore toute petite, dans mes bras. De ma mère suppliant un inconnu de me soigner et de ses larmes lorsqu'il accepte. Je rêve d'une nuit noire où je ne discerne que les crocs du Barghest qui me saute à la gorge. Je rêve d'yeux argentés, de Jas à 5 ans m'ordonnant de compter pendant qu'elle cherche une cachette. *N'ouvre pas les yeux ! Le prince t'aidera à me retrouver.*

À mon réveil, je ne suis plus dans les appartements de Sébastian. Des flots de lumière entrent par de hautes fenêtres. Deux servantes s'affairent. L'une, au pied du lit, dispose sur un plateau les ingrédients du petit déjeuner, l'autre remplit la baignoire dans la salle de bains attenante.

Est-ce Sébastian qui m'a transférée ici, ou en a-t-il chargé un gobelin ? *Peu importe !* Pourtant, après mon sauvetage de la veille, il a encore dû me transporter ici dans ses bras, pendant mon sommeil. Il m'est très – trop – facile d'imaginer de la tendresse dans son regard tandis qu'il se penche pour déposer un baiser sur ma joue. Je m'attarde plus que de raison sur cette image, mais je finis par la chasser. *Ce n'est pas pour ça que je suis là.*

Je m'assieds dans le lit. La servante est occupée à arranger des lis orangés dans un vase. Elle se tourne vers moi. *C'est une humaine.* Rondelette, elle porte une ample robe bleue toute simple. Sa tresse blonde, brillante et soyeuse, me fait penser que ma crinière doit être toute en broussaille après cette nuit de sommeil agité dans un lit inconnu.

« Bonjour, mademoiselle Abriella. Je m'appelle Emmaline, et voici Tess. Mademoiselle préfère-t-elle déjeuner tout de suite, ou après son bain ? »

Je pose la main sur mon estomac gargouillant. Il y a une éternité que je n'ai rien absorbé de solide, et même si j'ai l'habitude de jeûner, mes limites sont dépassées. « Je vais déjeuner d'abord, merci. »

Elle rayonne comme si je venais de lui faire un cadeau. « Vous avez bien raison. »

Tess sort de la salle de bains en s'essuyant les mains sur son sarrau beige. *Des jumelles*. Même tresse blonde, même sourire qu'Emmaline. « Le prendrez-vous au lit ou à table ?

— À table, ce sera très bien. » Je m'assieds au bord du lit et m'étire en bâillant. Hier soir en m'endormant, j'étais faible et épuisée, mais ce matin, je me sens bien pour la première fois depuis des jours – peut-être des mois. Le thaumaturge n'a pas dû se borner à soigner la morsure du Barghest. « Vous avez du café ?

— Naturellement. Le prince nous a informées de vos préférences », répond Tess. Elle réprime un sourire et les deux sœurs échangent un regard lourd de sous-entendus. « Comme pour les lis orangés…

— On s'est renseignées, ajoute Emmaline avec des airs de conspiratrice. Il n'a pas commandé de fleurs pour les autres jeunes filles.

— Elles n'ont pas non plus de chambre particulière », renchérit Tess en me lançant un clin d'œil.

Je découvre la table du petit déjeuner avec une surprise et une joie non feintes. Je caresse délicatement un pétale soyeux de lis en revoyant avec émotion Sébastian placer une de ces fleurs sur mon oreille. Cette émotion n'est pas la bienvenue. Je ne veux plus rien ressentir pour lui. Mais je ne sais pas si j'en suis capable...

Je m'assieds à la table dressée sous les fenêtres en prenant le temps de savourer la chaleur du soleil sur mon visage. J'ai toujours été trop nocturne pour aimer le matin, mais je me sens si reposée après cette longue nuit de sommeil que je céderais presque à l'optimisme.

Je devrais m'inspirer du tempérament solaire de Jasalyn. Elle serait fière de moi.

Je porte ma tasse à mes lèvres. Son contenu ne ressemble guère au liquide marronnasse et aqueux qu'on appelle « café » chez nous. Il est plus épais, avec un arrière-goût irrésistible et des arômes mêlés, comme si j'y goûtais aussi le soleil qui a mûri les grains de café, mais également les baies qui ont poussé dans le buisson voisin. Jusqu'ici je n'aimais ce breuvage que pour son effet ; maintenant, j'ai l'impression de le savourer pour la première fois tel qu'il doit être. Mais ce délice ne réussit pas à me distraire du festin qui m'attend : un plat plein de pâtisseries et de baies multicolores, une jatte de yaourt crémeux, une assiette de fromages et de viandes séchées. Je choisis un gâteau si léger qu'il s'effrite et dois réprimer un gémissement d'aise en le sentant fondre sur ma langue. Tandis que mes servantes continuent à s'activer, je mange avec délectation.

Ou plutôt je m'empiffre – j'ai l'impression que je vais éclater. Puis je m'aperçois que les deux femmes se tiennent à présent derrière moi.

« Votre Altesse », prononcent-elles en chœur.

Elles s'inclinent profondément devant Sébastian, qui leur sourit avec un bref hochement de tête. Moi qui croyais qu'en Faërie les esclaves humaines étaient droguées, abruties, traitées comme des accessoires qu'on jette après usage ! Si ces jumelles sont représentatives du sort réservé ici aux êtres de mon espèce, je me suis trompée du tout au tout.

Si ça se trouve, rien n'est conforme à mes idées préconçues, dans ce Monde-ci.

« Bonjour Tess, bonjour Emmaline, dit Sébastian. Comment allez-vous ?

— Bien, Votre Altesse, dit l'une en se redressant.

— Heureuses de faire la connaissance de Lady Abriella », renchérit l'autre.

Non, décidément, ces femmes ne traitent pas Sébastian en geôlier. On dirait deux tantes en adoration devant leur neveu préféré ! De son côté, il leur réserve le sourire charmeur qui a déjà fait fondre la moitié de Bellecontrée.

« Pourriez-vous nous laisser seuls un instant, mesdames ?

— Naturellement », s'exclament-elles, toujours à l'unisson avant de faire encore la révérence et de s'éclipser.

Sébastian attend que la porte se referme. « Comment te sens-tu ce matin ? ». Il m'enveloppe d'un regard inquisiteur et je me sens mal à l'aise dans ma chemise de nuit ; hier soir, j'étais trop fatiguée pour cela.

« Tout va bien. Je suis réveillée depuis une demi-heure à peine. Je me sens comme neuve. »

Il acquiesce. Ça ne le surprend pas. Il savait que je ne risquais plus rien. Sinon il ne m'aurait pas laissée sans surveillance. Ce n'est donc pas pour ça qu'il est là. « Et ce dont on a parlé hier soir… Tu es toujours d'accord ? »

J'opine en retenant mon souffle. *Pourvu qu'il ne me renvoie pas chez moi ! Qu'il ne m'empêche pas de sauver Jas…*

« Très bien, dit-il, l'air résolu. Alors tu vas te présenter devant nous, ma mère et moi, cet après-midi, et déclarer ta volonté de… » Il s'éclaircit la voix.

« … de t'épouser ? » j'achève à sa place.

Il me fait signe que oui. « Je connais ta position, évidemment, mais pas ma mère.

— Je comprends. »

Il se met à arranger les lis en évitant mon regard. « J'ai un service à te demander.

— Parle. »

Il attend un long moment pour répondre. Je me mets à jouer distraitement avec mes couverts en argent. Enfin il déclare d'une voix grave et basse : « Je voudrais que notre histoire reste secrète. Ma mère ne doit pas savoir que nous nous connaissons. Ça influencerait son jugement. »

Vu qu'on n'a aucun avenir ensemble, de toute façon, ses paroles ne devraient pas me faire souffrir. Mais j'éprouve quand même un pincement de cœur. « Tu ne veux pas qu'elle sache d'où je viens ? Elle n'apprécierait pas d'apprendre qu'au lieu d'habiter une belle maison, je faisais le ménage chez les autres ? » Et qu'à part dévaliser les gens et me rendre invisible dans l'obscurité, je ne sais pas faire grand-chose…

« Elle ne doit pas deviner la vraie raison de ta présence. » Il se retourne enfin vers moi. Un ouragan de tracas couve dans le vert océan de ses yeux. « Ce n'est pas raisonnable, je le sais, je n'ai pas envie de te voir partir, Brie. J'aime t'avoir à mes côtés. »

Si tu cessais de me dire des choses gentilles, tu me faciliterais la tâche. « Tu crois qu'elle m'autorisera à rester ?

— J'insisterai. Tout ira bien. » Il me prend la main et passe son pouce à l'endroit où bat mon pouls. J'ai une conscience aiguë de sa caresse, mais ô surprise, quand je regarde mon poignet, ma cicatrice a disparu. « Qu'est-ce que tu as fait ? je m'écrie.

— Chut ! Ce n'est qu'un charme temporaire », s'empresse-t-il.

Je me rembrunis. J'y tiens, à cette cicatrice. Elle me rappelle qui je suis, d'où je viens, ce que je suis prête à sacrifier pour ceux que j'aime. Elle représente mes seules véritables qualités. « Il le faut vraiment ?

— Je le crains », dit-il avec regret.

Quelle mère empêcherait son fils d'épouser une jeune fille à cause d'une petite cicatrice de rien du tout ? « Entendu, je comprends.

— Il faut que je te laisse, mais nous nous reverrons très vite. N'oublie pas : il ne faut pas dire que nous nous connaissons déjà. Ne dis rien de ta vie à personne. Les gens d'ici peuvent connaître ton nom, savoir que tu viens de Bellecontrée, mais c'est tout. »

J'acquiesce en silence et le regarde partir, le cœur serré.

Je n'ai jamais désiré ce que je m'apprête à briguer. Et pourtant je ne m'en sens pas digne. Je me demande pourquoi ?

* * *

Je joue donc mon rôle de jeune humaine excitée par la perspective d'épouser un prince faërie.

On me baigne, on me frotte, on m'épile et on m'hydrate abondamment la peau. Tess et Emmaline m'interrogent sur ma contrée d'origine, me demandent ce que je pense de Sébastian, ce que ça fait d'avoir retenu son attention. Je m'efforce d'agir en humaine normale qui sait ce que c'est que le confort, moi qui ai toujours dû me contenter de veiller à celui des autres. J'affecte de ne rien savoir du prince – son goût pour le grand air dès que le soleil perce, l'ondulation des muscles de son dos quand il manie l'épée… Pour elles, je feins d'ignorer la sensation de ses lèvres douces sur les miennes ; pour moi, j'oublie mon envie de l'éprouver à nouveau.

La matinée tout entière est irréelle. Mes femmes de chambre font comme si j'étais une jolie princesse venue de quelque terre lointaine, et non une petite voleuse humaine qui a vécu neuf ans dans un sous-sol. Je dois reconnaître que leurs attentions sont… agréables. Moi qui ai l'habitude de tout faire pour passer inaperçue, pour paraître ordinaire, je savoure leurs compliments extatiques sur mes cheveux, ou sur mes yeux noisette – que j'ai toujours trouvés sans originalité.

Elles me présentent une demi-douzaine de robes de coupes et de couleurs différentes, toutes plus belles les unes que les autres. Jas se serait pâmée comme devant des œuvres d'art sans prix, mais moi, je préférerais un pantalon. Si j'en avais eu un hier j'aurais eu une chance d'échapper au Barghest. Mais bon, pour paraître devant la reine, il me faut une tenue digne d'une fiancée potentielle.

« Chignon partiel ou total ? » demande Emmaline. Elle laisse retomber ma masse de boucles et cache un gloussement ravi derrière sa main. « De toute façon, quelle que soit la coiffure, je suis sûre que le prince vous trouve charmante. »

Je m'observe dans le miroir, pensive. « Pourquoi riez-vous comme ça quand vous dites que je plais au prince ou qu'il vous demande de faire ceci ou cela pour moi ? Ce n'est pas courant, chez les faë ? »

Les jumelles échangent encore un regard appuyé. « Ce n'est pas ça, répond Tess. Disons que le prince… »

Emmaline secoue imperceptiblement la tête avec un sourire contrit. « On ne devrait pas vous le dire…

— S'il vous plaît.

— Ça ne peut pas faire de mal », souffle Tess.

Emmaline réprime un sourire puis, n'y tenant plus : « Notre prince a longtemps hésité à choisir une fiancée. Il a fini par se conformer à la tradition, mais sans s'impliquer dans aucune des étapes. Si la cérémonie a pris tant de retard, c'est à cause de lui et lui seul.

— Il ne s'est même pas montré au bal le premier soir, renchérit Tess. Si on en croit la rumeur, il aurait déclaré à sa mère qu'il n'était pas prêt. Elle aurait tout de même décidé de déclencher le processus. Au bout du compte, il a dû s'y plier mais en restant… distant.

— … jusqu'à votre arrivée, achève Emmaline en épinglant une boucle de cheveux à l'arrière de ma tête. Depuis, ça l'intéresse beaucoup ! Il semble avoir arrêté son choix… *"Veillez à ce qu'on serve du café à Abriella. N'oubliez pas de présenter des robes à Abriella. Pourriez-vous s'il vous plaît ajouter un bouquet de lis sur le plateau de son petit déjeuner ?"*

— Il vous a aussi réservé les plus beaux appartements, précise Tess.

— Et les femmes de chambre les plus gentilles », dis-je avec douceur.

Les jumelles partent d'un petit rire enchanté, mais ce n'est pas pure flatterie de ma part. Je suis sûre qu'il les a choisies exprès. Sébastian s'est mis en quatre pour moi et je ne suis pas sûre de le mériter.

Je reste immobile le temps qu'elles finissent de me coiffer. Elles relèvent tout le haut de ma chevelure en y piquant des épingles et laissent retomber le reste de mes boucles folles en les enduisant d'un gel spécial afin de les discipliner. Le résultat est parfait.

Ces jeunes femmes recherchent mon amitié. Leur bonté toute simple m'emplit de culpabilité car, dans les jours qui viennent, je vais devoir les berner, mais pour le moment je chasse ces idées noires. À compter de cet instant, je mets tout en œuvre pour dénicher les reliques de Mordeus et libérer Jas.

Même s'il faut pour cela abuser de la gentillesse de ces servantes.

Et jouer de la confiance aveugle de Sébastian.

11

« Lady Abriella Kincaid de Bellecontrée, annonce l'huissier à l'entrée de la salle du trône. Sa Majesté la reine Arya de la Cour seelie et Son Altesse Royale le prince Ronan vont vous recevoir. »

Par-dessus mon épaule, je quête un peu d'assurance auprès de mes dames de compagnie. Comme je l'espérais, elles me renvoient un sourire réconfortant. Je m'arme de courage, ramasse ma jupe blanche et emboîte le pas à mon guide.

Les gardes royaux en jaune et gris forment une haie de la porte jusqu'à l'estrade où la reine trône dans une robe jaune qui brille au soleil. La couronne ornée de pierreries posée sur son crâne a l'air assez lourde pour faire ployer n'importe quelle nuque, mais la souveraine garde la tête haute. Debout à ses côtés, Sébastian parle à une sentinelle armée. Il a fière allure, avec son uniforme gris acier et son écharpe de velours jaune.

Le lieu est intimidant en lui-même : trop vaste pour si peu de personnes, trop raffiné pour une fille comme moi. Chaque pas me coûte. Mais c'est le but, et je m'en rends bien compte. Si on estime ne pas mériter un tel apparat, on n'est pas non plus digne d'être une princesse seelie.

Arrivée au pied de l'estrade, je fais une profonde révérence. Je préférerais que Sébastian me regarde – j'ai besoin de me sentir rassurée, d'une manière ou d'une autre, de savoir qu'il veillera à ce que je reste à la cour et que tout ira pour le mieux. Mais il est absorbé par sa conversation avec le soldat. « Votre Majesté, dis-je en me relevant. Je vous remercie de me recevoir. »

Alors seulement Sébastian me regarde. Il bat des paupières. Il n'a pas dû m'entendre annoncer, car il semble surpris. Il laisse lentement courir son regard sur moi, et partout où il s'attarde ma peau brûle. Il n'a jamais vu mes cheveux si savamment coiffés, ni mes yeux soulignés d'un trait de khôl et encore moins mes lèvres rehaussées d'un rouge profond. Ses yeux parcourent mes épaules nues, la naissance de mes seins, le décolleté profond de mon bustier pailleté d'or et d'argent. Je m'empourpre. Ses lèvres s'entrouvrent. Il est visiblement pris de court. Maintenant, c'est tout mon corps qui est en feu.

Mes suivantes ont bien choisi ma toilette. *Moyennant assez de soie blanche, on peut vous donner des allures de mariée !* Je combats mon envie de savourer l'admiration de Sébastian. Pas facile de garder à l'esprit que tout a changé entre nous… Il n'est pas un gentil jeune homme un peu pataud en apprentissage chez le mage. Ni moi une jeune innocente cherchant à entrer dans une famille royale faërie.

« Redites-moi votre nom », demande la reine.

Je détache avec peine mon regard de son fils. « Abriella Kincaid. » Sans le *lady* de l'huissier. Je n'ai décidément rien d'une lady. Et en mentant sur mon identité, je crains d'offenser une faërie que je ne peux me permettre de mécontenter.

« Abriella. Quel joli prénom ! Je vous félicite d'être arrivée jusqu'ici. Comme vous avez pu le constater, beaucoup tentent leur chance en vain. Encore aujourd'hui, certaines vont rentrer chez elles. Mais dites-moi, pourquoi souhaitez-vous épouser mon fils ? »

J'ouvre la bouche, mais me ravise aussitôt. Je me suis préparée à cette question, naturellement, mais ma réponse toute prête me paraît soudain superficielle.

Sébastian semble retenir son souffle. Je le regarde dans les yeux en imaginant un monde parallèle où il est encore celui que j'ai toujours connu, sans identité secrète – une réalité où, devenu mage, il me présente à sa famille.

« Je ne prétendrai pas bien connaître votre fils, réponds-je – ce qui coïncide avec le rôle que je suis censée jouer, tout en étant vrai. Mais j'ai rencontré bien des représentants de la gent masculine, jeunes et vieux, puissants ou non, poursuis-je d'une voix mal assurée, mais Seb… le prince Ronan est le seul auprès de qui, dès le premier sourire, j'ai eu l'impression de ne pas être comme les autres, le seul qui me procure une sensation de sécurité par sa seule présence. »

La reine émet un petit rire et regarde son fils. « Ma foi, elle paraît très éprise. » Puis elle lève les yeux au ciel. La mimique est juvénile, humaine ; j'en oublie presque son statut d'immortelle. « *Toutes* les jeunes filles ressentent la même chose, mon petit. Ne soyez pas si sûre d'être différente. »

Sébastian ne cache pas son malaise, mais se tait. Impossible de la détromper puisqu'elle doit tout ignorer de notre passé commun.

Elle le consulte en haussant un sourcil interrogateur. « Eh bien, mon fils, qu'en penses-tu ? »

Sébastian s'éclaircit la voix avant de répondre : « J'ai pu m'entretenir avec Abriella, et je souhaite qu'elle reste à la cour. Je… je me plais en sa compagnie. »

La reine le gratifie d'un petit sourire ironique, comme pour dire : *Celle-ci ? Tu es sûr ?* « Tu te risquerais à épouser une jeune fille qui ne pourra peut-être pas te donner d'enfants ?

— Mère… la met en garde Sébastian sans hausser le ton.

— C'est qu'elle est tout de même un peu maigre. » Elle m'observe en pianotant sur les accoudoirs du trône. Puis elle me regarde et je suis frappée par ses yeux inexpressifs. Et tristes. Peut-être est-ce l'effet de l'immortalité. Toutefois, j'ai le sentiment qu'il y a autre chose. « Nous attendons de la femme de mon fils qu'elle porte ses enfants. Avez-vous au moins des règles régulières ?

— Je vous demande pardon ? dis-je en blêmissant.

— Je parle de votre cycle menstruel. Est-il interrompu à cause de... » Un geste indiquant ma silhouette. « ... la malnutrition ? »

Je suis sur le point d'avouer mon ignorance, mais Sébastian vient à mon secours : « Lady Abriella n'a pas l'habitude de parler ouvertement de cela, Mère. Elle vient d'une province d'Elora où les femmes sont censées taire ce genre de chose. »

Je me demande *in petto* dans quelle autre province d'Elora ne règne *pas* cet interdit. Partout, les filles apprennent à redouter leurs règles, à ne jamais en parler, à camoufler jusqu'à leur existence. Avec leur cortège de désagréments – le moindre n'étant pas, justement, le risque pour la grossesse alors qu'il n'y a jamais assez à manger –, la menstruation passe pour un fléau, et non pour un signe de bonne santé.

« Elle a abdiqué tout droit à l'intimité en postulant pour devenir ta femme.

— Oui, je lâche précipitamment. Oui, mon cycle menstruel est... normal. » J'ai les joues en feu. J'avais raison au moins sur *un* point : cette tradition de la Cour seelie est fondée sur la fécondité des humaines. En tant que femme, ma valeur propre réside exclusivement dans ma capacité à leur donner une descendance. J'ai du mal à garder le sourire, mais je m'applique.

« C'est bien vrai ? insiste la reine. Si je demande à mon thaumaturge de vous examiner et que vous avez menti...

— Mère, je vous en prie. Si l'alimentation de Lady Abriella souffre de lacunes, je suis sûr qu'on peut y remédier durant son séjour au palais. »

La reine frôle le poignet de Sébastian, mais son regard scrutateur reste rivé sur moi. « Mon fils a du cœur, sa future femme aura beaucoup de chance. Il tient cela de son père. Castan, mon cher époux, était plein de bonté et de compassion. Très aimé de notre peuple. Bien, pour le moment, vous pouvez rester, Abriella. Mais veillez à bien profiter de vos repas ! Je recommanderai à mon thaumaturge de vous rendre visite d'ici quinze jours. À supposer que mon fils ne se soit pas lassé de vous d'ici là, bien sûr, ironise-t-elle.

— Bien, Votre Majesté », dis-je en faisant la révérence. Je n'ose pas regarder Sébastian avant de me laisser escorter par les huissiers. J'ai trop peur que mon soulagement trahisse ma fourberie.

* * *

Une fois la porte de ma chambre fermée à clef, je relève ma manche et casse un filament de mon bracelet.

Bakken surgit de nulle part, maussade, l'air méfiant.

J'ai laissé mes femmes de chambre me préparer pour la nuit et attendu qu'elles s'en aillent, mais depuis que la reine m'a autorisée à rester, je brûle d'entamer mes recherches. Pendant le dîner, je me suis rappelé le bracelet ; peut-être n'aurai-je pas à chercher le miroir, après tout ?

Bakken ne réagit pas tout de suite, mais son visage s'éclaire une fois qu'il m'a examinée sous toutes les coutures. « Où est ma récompense, Fille du Feu ? »

Je prends le couteau dérobé ce soir à table et m'en sers pour couper une mèche de mes cheveux. Bakken me l'arrache aussitôt des mains pour la fourrer dans son gousset. « La prochaine fois, ne m'appelle pas de l'intérieur du palais. Je n'y suis pas le bienvenu.

— Il me faut le Spéculaire. » Je récupère sous mon matelas la reproduction du miroir. « Il ressemble à ça, et la reine est censée l'avoir volé aux Unseelies pendant la guerre.

— Il est dans le salon d'hiver jouxtant sa chambre. »

Pendant la nuit que j'ai passée à fouiller le château, à aucun moment je n'ai pu accéder aux appartements de la reine. Ils sont trop éclairés et trop bien surveillés.

Bakken ressort ma mèche de cheveux pour la humer longuement, comme un drogué.

Je veux lui demander comment entrer malgré les gardes, mais il disparaît sur un claquement de doigts, aussi soudainement qu'il était apparu. Je me mords le poing pour ne pas pousser un hurlement rageur.

J'ai gâché un filament de bracelet et une mèche de cheveux pour rien.

J'entrouvre ma porte, histoire de jeter un œil dans le couloir. L'aile des invitées est silencieuse, faiblement éclairée par des globes lumineux suspendus dans les airs entre chaque porte. Je sors et referme la mienne sans bruit.

Nulle trace des onze autres prétendantes rencontrées ce soir au dîner et dont je longe à présent les chambres. Sébastian est-il en compagnie d'une d'entre elles ? Je fais taire ma jalousie et me concentre sur ma mission.

J'aurai peut-être à me muer en ombre pour traverser certaines parties du château, mais je préfère attendre. Je ne contrôle pas bien mon pouvoir, et une fille surgissant soudain de l'ombre éveillerait forcément les soupçons – plus qu'une banale prétendante se baladant en pleine nuit, mais sans se cacher.

Le temps de passer de cette aile du palais à celle des appartements royaux, mes pieds nus sont gelés – je n'ai pas pensé à chausser mes pantoufles.

Les appartements de Sébastian étant à gauche en haut du grand escalier, je prends à droite, mais je dois vite battre en retraite : la galerie menant à sa chambre est baignée de soleil. Ou plutôt non, ce n'est pas la lumière du soleil car, par la fenêtre au bout du couloir, je vois bien qu'il fait nuit. On a ensorcelé les murs pour qu'ils brillent comme l'astre du jour. De plus, des gardes royaux y sont postés à intervalles réguliers. Même si je maîtrisais parfaitement mes ombres, elles ne me serviraient à rien ici – il y a de la lumière partout.

« Brie ? » Je me retourne. Sébastian ! Il lorgne ma chemise de nuit blanche, mes pieds nus, puis me regarde dans les yeux, en garçon bien élevé. « Tu cherches quelque chose ? »

Oui, un miroir magique volé par ta mère à la Cour unseelie. Tu veux bien aller me le chercher ? Si seulement c'était aussi facile…

Je soupire et lui sers le mensonge que j'ai préparé. « Je n'arrive pas à dormir. J'espérais trouver les cuisines pour demander une tisane bien chaude, mais… je me suis perdue », j'achève avec un haussement d'épaules et un regard circulaire.

Comment pourrait-il tomber dans le panneau ? On ne m'a pas fait officiellement visiter le château, mais je me doute quand même que ce n'est pas le chemin des cuisines. Elles ne sont même pas à cet étage !

Mais Sébastian me fait trop confiance. Il me sourit d'un air compatissant. « Moi non plus je ne peux pas dormir. Viens, on va la prendre ensemble, cette tisane. »

Nous nous dirigeons sans un mot vers les cuisines, qui sont vastes et désertes. Sébastian y entre tout droit et va poser une bouilloire sur un fourneau. Avant-hier, je suis entrée ici involontairement, en passant à travers le mur ! Les paillasses étaient alors couvertes de plats – de quoi nourrir des centaines de personnes – et des domestiques y circulaient en tous sens. Ce soir, il n'y a que nous deux.

« Quelque chose te tracasse ? Ça ne va pas ? » je m'enquiers en m'adossant à un des plans de travail.

Il verse l'eau bouillante dans deux grandes tasses et m'en tend une en fronçant les sourcils. « Pourquoi me demandes-tu ça ?

— Tu m'as à peine adressé la parole en descendant jusqu'ici, mais surtout, j'ai été surprise de ne pas te voir ce soir au dîner.

— Si, si, ça va. Je suis juste préoccupé, je te demande pardon. Je rentre juste d'un rendez-vous avec mes contacts à la Cour unseelie. » Il me regarde et je lis de l'inquiétude dans ses yeux. « Ils n'ont toujours pas trouvé trace de Jas. »

Pas de place pour la déception : la panique me saisit aussitôt, mes poumons sont enserrés dans un étau. « Tu as des espions à la cour de Mordeus ? » Sait-il que j'y étais hier ? Est-il au courant de notre pacte ? Si ses espions le lui ont dit, le roi va-t-il revenir sur sa promesse ?

Sébastian se contente de hausser les épaules, mais je devine qu'il y a en effet des informateurs là-bas. *Évidemment !* « Je ne comprends pas ce qu'il lui veut », fait-il tout bas.

Donc, il ne sait rien. « Et tes informateurs non plus ?

— Ils ne savent rien d'utile. » Une pause, puis : « A-t-il tenté de te contacter ?

— Non. Tu crois que tu pourrais nous mettre en relation ? » C'est la question que je lui poserais si je lui avais dit la vérité dès le départ. Il me révélerait peut-être un détail sur l'endroit où se trouve Jas ? Ou alors il serait intéressé par une forme ou une autre de…

— Non, s'emporte Sébastian. Non, non et non ! Même si je le jugeais digne de confiance, et *ce n'est pas le cas,* je ne saurais trop insister là-dessus, jamais je ne te laisserais satisfaire ses demandes. » Il passe une main dans ses cheveux en jurant tout bas. « Ça se complique. »

Il est sincèrement embêté de ne pouvoir m'aider, je le vois bien. Après sa trahison, je ne pourrai peut-être plus jamais lui faire confiance, mais pour l'heure il fait tout ce qu'il peut pour retrouver ma sœur, on ne peut pas lui reprocher ça. « Merci, dis-je – et c'est le moins que je puisse faire. Merci d'avoir essayé. »

Il veut me répondre, mais se ravise et regarde obstinément sa tisane. « Comment s'est passé le dîner ? »

Je réprime un sourire. « C'était… très intéressant. Grands dieux, Bast, ces filles m'écorcheraient vive si ça pouvait les rapprocher de toi, je crois. » Onze jeunes femmes ravissantes aux yeux brillants d'espoir, éclatantes de santé, transportées à l'idée d'être l'élue… « Tu vas vraiment épouser une parfaite inconnue ? »

Il déglutit avec peine. « J'espère qu'elle ne le sera plus le moment venu.

— Tu ne réponds pas à ma question. » J'essaie de m'exprimer sur un ton insouciant, mais je lis toute sa lassitude dans ses yeux.

Il boit une gorgée de liquide brûlant. « C'est la tradition.

— Quoi ? Choisir ton épouse comme on choisirait une jument reproductrice pour tes écuries ? » Mes efforts pour être gentille n'auront pas duré longtemps…

« C'est peut-être détestable de ton point de vue, mais il est important pour nous de perpétuer la lignée royale. Je n'ai ni frères ni sœurs, mes grands-parents et arrière-grands-parents ont été tués pendant la Grande Guerre faë. Ma mère et moi sommes les derniers Seelies de sang royal. Mes ancêtres ont eu le luxe de se marier par amour en priant pour avoir des enfants, mais ce n'est pas mon cas. Le privilège de la naissance est assorti de responsabilités. »

Je n'aime pas le tour que prend la discussion. Parce que j'ai du mal à dissimuler mes sentiments et que je voudrais ne rien ressentir du tout. « Si tu avais le choix, tu préférais épouser une faë, une aristocrate peut-être ? »

Il pose sa tasse, prend appui à son tour contre le plan de travail et croise les bras. « Franchement, ce que je préférerais, c'est de ne pas avoir à penser au mariage. Je n'ai que 21 ans ; c'est considéré comme très jeune chez nous. Normalement, j'aurais dû avoir encore une bonne décennie avant d'y penser ; seulement voilà, je ne vis pas dans un monde normal. Il est même assez mal en point. Et c'est à moi que revient la tâche écrasante de le remettre d'aplomb. Finalement, j'aimerais mieux rester à Bellecontrée en faux apprenti de mage. Mais je prends au sérieux mon devoir envers mon peuple. Quoi que j'en pense par ailleurs, je n'ai pas le droit d'attacher au mariage et à l'appariement les mêmes connotations romantiques que ma mère à mon âge.

— L'appariement revient à asservir quelqu'un… Qu'y a-t-il de romantique là-dedans ? »

Il prend l'air interloqué. « Comment ça, “asservir” ?

— C'est bien l'appariement qui vous permet de retenir vos esclaves prisonniers, non ?

— Mais non. Aucun de mes serviteurs ne m'a été apparié. Certes, des faë se sont jadis servis de l'appariement pour asservir des humains à vie, mais ce n'est pas son but premier. Chez les faëries, la cérémonie d'appariement se confond avec celle du mariage depuis des temps immémoriaux. Ses origines sont pures. Les faë appariés pour la vie ressentent en permanence leur présence mutuelle. C'est une forme exacerbée d'empathie grâce à laquelle tu peux savoir s'il ou elle est en danger, en souffrance. Les époux faë appariés savent à tout instant ce dont l'autre a besoin. Tu ressens son chagrin ou son bonheur comme si c'étaient les tiens. C'est quelque chose de très beau, en fait.

— Mais quand vous vous appariez à une humaine ou un humain ?

— Les premiers faëries à s'apparier avec des humains ne savaient pas que l'effet produit était différent. Mais tu as raison. Les humains n'étant pas des êtres magiques, le lien fonctionne à sens unique. L'humain n'a pas conscience de ce que ressent son partenaire faë.

— ... qui peut alors le dominer », je complète. Je préfère que ce soit dit. « Je ne peux pas l'admettre.

— Ce n'est pas ce que tu imagines. L'humain conserve son libre arbitre ; mais des faëries dépourvus de respect pour ce lien s'en sont servis pour dominer des humains, je le reconnais.

— Ça ressemble fort à de la contrainte, à mes yeux.

— Et pourtant non. » Il reprend en se massant la nuque, méditatif : « Imagine par exemple que je veuille que tu t'endormes. Si nous étions appariés, je ne pourrais pas t'y obliger ; en revanche je pourrais faire l'équivalent mental du geste d'éteindre la lumière et de te border dans un lit douillet. Tu aurais toujours le choix de fermer ou non les yeux.

— Et si ta future femme ne veut pas de l'appariement ? »

Il me gratifie d'un sourire triste et me caresse la joue, faisant naître des picotements sur ma peau. « Tu dois être la seule personne sous ce toit qui refuserait de s'apparier à moi. »

Et après ? Faut-il que je m'en excuse ? Que je change d'avis parce qu'il m'a menti ?

Il n'attend manifestement de réponse, car le voilà qui enchaîne : « L'appariement peut aussi être un lien magnifique entre faëries et humains. Ça permet de protéger et défendre une personne qui fait partie de toi. C'est un don qui fait de toi le ou la meilleure partenaire possible en augmentant ta compréhension de ce que... *désire* l'autre. »

Ses yeux s'égarent dans le décolleté de ma chemise de nuit et mes joues s'empourprent.

« Je vois que c'est très important pour toi. »

— Oui, c'est vrai. Après avoir mis mes enfants au monde, mon épouse boira la Potion de Vie et l'appariement sera entre nous le même qu'entre deux faëries.

— Qu'est-ce que la Potion de Vie ?

— L'acte magique par lequel nous transformons les humains en faë, qui deviennent alors immortels. Tu en as sûrement entendu parler. »

C'est le cas, mais j'y voyais une des mille légendes destinées à convaincre les humains de se fier à ces profiteurs de faëries. « Et si ta promise ne veut pas devenir une faërie ?

— J'hésiterai à l'épouser. Il me serait pénible de voir et sentir mourir mon appariée sachant que moi, j'ai encore des siècles d'existence devant moi. » Il se redresse. « Je te ramène à ta chambre. Tu dois te lever tôt demain. »

12

La vie au palais me fait un drôle d'effet. *Normalement,* ce devrait être comme un rêve devenu réalité : jour après jour on est aux petits soins pour moi, on me présente des mets délicieux, on me vêt de robes magnifiques... Je n'ai pas renoncé à demander des pantalons, mais au milieu de tout ce luxe, je n'en ai pas vraiment besoin. Pour couronner le tout, je passe mes nuits dans un lit bien chaud sous de moelleuses couvertures.

Je n'ai jamais connu cette vie-là, et je ne pensais jamais la connaître ; mais je n'arrive pas à y prendre plaisir. Chaque jour qui passe sans que j'aie réussi à trouver le miroir magique est un jour de captivité supplémentaire pour ma sœur. Le roi dit qu'elle est en sécurité, mais qu'entend-il par là, au juste ? Qu'est-ce que la sécurité, pour lui ?

J'en suis à ma cinquième nuit au château et, malgré les splendeurs qui m'entourent, j'ai des fourmis dans les jambes. Je prends mes repas avec les autres prétendantes, on me donne des leçons de danse, on m'enseigne interminablement l'histoire de la Cour seelie et les crimes des Unseelies sans foi ni loi. Bref, je m'emploie à jouer la comédie tout en mettant à profit tout mon temps libre pour chercher à pénétrer dans les appartements de la reine. J'observe les gardes, les allées et venues des domestiques...

Pour le moment je suis dans une impasse ; mais j'accumule un savoir qui, avec un peu de chance, facilitera ma prochaine mission. Plus tôt je m'en acquitterai, plus vite je pourrai ramener Jas à la maison.

Je contemple les jardins par la fenêtre de ma chambre. Les lis orangés qui tournent leur corolle vers le soleil me font penser à Sébastian. « A-t-on des nouvelles du prince ? Va-t-il bientôt rentrer ? » je demande à mes femmes de chambre. À leur grand désespoir, il n'est presque jamais là – on se demande où il trouve le temps de choisir sa future épouse.

« Oh, mais il n'est pas parti, m'informe Tess en tirant mes cheveux vers l'arrière pour les natter. Il passe la journée avec les autres filles. »

La jalousie m'étreint. « Ah bon ? Y a-t-il une favorite ? »

Mon expression doit me trahir, car elle sourit à mon reflet dans la vitre. « Tss... Vous n'avez pas de souci à vous faire. Tout le monde sait bien que sa préférée, c'est vous. »

Pourtant, nous n'avons pas échangé un mot depuis cette tisane dans les cuisines. Mais après tout, pourquoi gâcherait-il son précieux temps avec moi puisque je ne veux pas l'épouser ? Je devrais d'ailleurs m'en féliciter, ainsi j'ai plus de temps pour mes recherches. Mais j'ai du mal à renier les sentiments que j'ai secrètement nourris pour lui pendant deux ans.

« Je suis sûre qu'il vous consacrera du temps, à vous aussi, reprend Tess en attachant une natte avant de s'atteler à une autre. De toute façon, il doit savoir que vous n'êtes pas disponible aujourd'hui.

— Ah bon ?

— Vous allez rencontrer votre préceptrice. »

Je me rembrunis. « Et pourquoi ai-je besoin d'une préceptrice ?

— Toutes les prétendantes en ont une. Si le prince vous choisit pour épouse, vous devrez être préparée. Elle mettra la touche finale à vos habitudes, vos manières.

Vous devez être raffinée. Elle s'occupera de vous sur le plan personnel.

— Vous ne pouvez pas le faire vous-mêmes ? » J'aime bien mes servantes, je me suis accoutumée à elles. Je n'ai pas envie qu'une autre personne veille sur moi.

J'entends Emmaline rire dans la salle de bains, où elle nettoie la baignoire. « Mais nous ne sommes pas des *ladies*, nous, commente-t-elle en passant la tête par l'encadrement de la porte. Juste de simples servantes.

— Je parie que vous sauriez m'apprendre les mêmes choses qu'elle. »

Les jumelles échangent un regard amusé ou étonné, je ne sais pas – les deux, peut-être. « Quoi qu'il en soit, elle ne va pas tarder. Elle s'appelle Eurélody et officie auprès des historiens de la reine depuis plus d'un siècle. Vous avez de la chance qu'on vous l'ait attribuée. »

Plus d'un siècle. Alors elle connaît peut-être l'emploi du temps de la reine, la date de ses déplacements. Si je parviens à lui soutirer discrètement des informations…

« Avez-vous besoin de quoi que ce soit avant que nous nous retirions ? demande Emmaline.

— Non, ça ira très bien, merci. »

Je ne sais pas pourquoi, constatant que Sébastian ne venait pas, j'ai cru qu'il était absent. Je l'ai peut-être blessé avec mes commentaires sur les sacro-saintes traditions de sa Cour.

Ou alors, plus simplement, il essaie de se trouver une fiancée.

« Alors, on est perdue dans ses pensées ? » dit tout à coup une voix douce dans mon dos.

C'est une petite faërie aux formes rebondies, aux joues roses et aux oreilles pointues, bien sûr. Ses ailes transparentes passent tout juste par la porte. Je m'oblige à sourire. Ce n'est pas sa faute si je n'ai aucune espèce d'intérêt pour son enseignement. « Bonjour, vous devez être Eurélody. Je suis Abriella. »

Elle m'examine rapidement, paraît juger ma tenue correcte et se retourne vers la porte. « Parfait. Allons un peu dehors, voulez-vous ? »

J'en soupirerais d'aise. Je ne m'en étais pas rendu compte, mais les murs du palais me rendent claustrophobe. Après avoir failli mourir dans la forêt, je n'ai pas osé désobéir à Sébastian, qui m'a ordonné de ne pas sortir ; toutefois, j'imagine qu'en compagnie d'Eurélody je ne risque rien.

Déjà elle s'engage dans le couloir ; je n'ai d'autre choix que de la suivre. « Où allons-nous ? »

Elle ne prend pas la peine de ralentir ni de tourner la tête. « Si vous voulez devenir princesse, il faut bien que vous rencontriez vos futurs sujets. »

* * *

La calèche est pourvue de coussins confortables, et grâce aux tentures masquant partiellement les fenêtres, Eurélody et moi, assises face à face, voyageons avec une certaine discrétion. Nos genoux se touchent presque et, tandis que je contemple le paysage qui défile, je sens bien qu'elle ne me quitte pas des yeux. Je ne me donne pas la peine de faire la conversation et elle non plus. Je préfère fixer mon attention sur le moutonnement des collines verdoyantes, la forêt qui se profile au loin avec, tout au fond, les montagnes. J'ai beau être bien placée pour savoir combien ces bois sont dangereux, je ne peux m'empêcher d'admirer leur beauté. En terres seelies, au printemps, tout est d'un vert éclatant. Est-ce aussi le cas des terres unseelies, ou bien les faë d'Ombre vivent-ils dans un perpétuel hiver ?

Parvenues à bonne distance du palais, nous quittons la route pour entrer dans un curieux village. La calèche cahote sur les pavés avant de s'arrêter brusquement. Je suis secouée en tous sens.

« Nous sommes arrivées », déclare Eurélody.

Des maisons à colombages se succèdent le long des rues où des faëries de toutes sortes proposent leurs marchandises aux passants. Une bonne odeur de pain frais et de pâtisseries du jour émane d'un étalage tout proche, un commerçant fait goûter son vin à un client, d'autres vendent des fleurs, de beaux tissus, des bijoux…

Il y a un marché comme celui-ci à Bellecontrée. Il y a bien longtemps, ma mère nous y emmenait quand elle allait faire des courses pour la famille aisée qui l'employait. Des bougies, des vêtements, des œuvres d'art pour décorer les murs de leur vaste demeure… Si nous étions bien sages, elle nous achetait un bonbon chacune. Moi, je m'imaginais que c'était pour nous que nous faisions des achats parce que nous avions les moyens de nous offrir de pareils trésors.

« Comment s'appellent ces petites faëries, là-bas ? » je demande en montrant de minuscules créatures qui volettent çà et là grâce à leurs ailes de papillon.

« Chut ! » Elle m'entraîne par le bras vers une rue adjacente bordée de maisons quasi identiques, s'arrête devant la troisième et monte les marches vers la porte d'entrée. Celle-ci s'ouvre en grinçant. Eurélody m'attire à l'intérieur et se jette aussitôt sur le battant pour le refermer. « Les *faëriens* n'aiment pas qu'on les qualifie de *petits*.

— Ils sont pourtant…

— … plus puissants qu'ils en ont l'air, et rancuniers avec ça ! Vous n'imaginez pas à quel point. On les dit parfois *malfaësants* – ils n'apprécient pas ! Or, si on offense un *aérien*, on peut se faire attaquer par des fourmis rouges ou un essaim d'abeilles qui vous fonce droit dessus !

— Ils ne sont pas tous rancuniers à ce point, déclare une voix grave. Certains sont même tout à fait dociles. »

Je bats promptement en retraite vers la porte à la vue du personnage qui fait irruption dans la pièce mal éclairée. *Kane* ! Le faërie cornu aux yeux rouges qui m'a livrée à Finn !

Je me détourne vivement et adresse un sourire hypocrite à ma préceptrice – il ne faut surtout pas qu'à la cour de la reine Arya, on sache que je fréquente l'ennemi ! « Et si on s'en allait ? »

Eurélody me sourit à son tour. L'air se met à miroiter autour d'elle, sa peau elle-même chatoie… et tout à coup ce n'est plus Eurélody, mais *Pretha !* Décidément, cette faërie prend bien des aspects différents…

« C'est vous ! » j'enrage.

Pour toute réponse, elle me fait une révérence gracieuse. « Vous me faites bien de l'honneur en vous rappelant mon nom, Abriella.

— *Quid* d'Eurélody ?

— Elle a quitté le service de Sa Majesté il y a longtemps, mais je me manifeste de temps à autre sous son aspect pour pouvoir accéder facilement au château. La reine a tant de gens à son service… Elle n'a même pas remarqué que sa vieille érudite ne faisait plus guère de recherches ! »

Je jette un coup d'œil à la porte. La calèche appartient-elle à Pretha ou à la reine ? Si je prends mes jambes à mon cou, pas sûr que le cocher accepte de m'emmener. « Donnez-moi une bonne raison de ne pas rentrer au palais et révéler votre véritable identité. »

Elle lève les yeux au ciel et s'adresse à Kane : « Le prince Ronan a beau la trouver très intelligente, différente des autres…, si c'était vrai elle voudrait connaître *toutes* les raisons de ne rien dire à la reine, pas juste *une*.

— Le prince est jeune et aveuglé par la beauté d'Abriella, répond-il. Le soir où elle s'est enfuie de la taverne, elle a bien montré qu'elle n'était pas si futée que ça – loin de là.

— M'insulter ne vous mènera à rien, vous savez – à part dans les cachots du palais. »

Mais ils se moquent bien de ma menace. Pretha se défait prestement de sa toge, la suspend à une patère près de la porte et rajuste le gilet de cuir auquel est fixé un fourreau. « Je ne suis pas votre ennemie, Abriella.

— Pourtant, la dernière fois, quand je vous ai faussé compagnie, un Dogue de Mort a failli me faire un sort. Dois-je croire à une coïncidence ?

— Tu crois que c'est *moi* qui ai envoyé le Barghest à tes trousses ? » La résille argentée qui orne son front semble palpiter tant elle est outragée.

« Que ce soit vous, Finn ou Kane, quelle différence ?

— Pourquoi ferait-on une chose pareille ? grogne ce dernier.

— Parce que j'ai refusé de marcher dans votre combine ? Je ne suis pas complètement idiote. Je sais très bien que les Unseelies ont parfois un Barghest pour animal de compagnie. »

Kane laisse échapper un rire qui ressemble à un aboiement puis s'éloigne en secouant la tête. « Je vais annoncer à Finn qu'elle est là – et qu'elle nous prend pour des meurtriers flanqués de monstres puissants et cruels qui font leurs quatre volontés. Excellente façon d'inaugurer notre collaboration, je pense qu'il sera d'accord.

— Où êtes-vous allée pêcher cette idée ? me demande Pretha sans lui prêter attention. C'est le prince qui vous a dit que nous vous avions envoyé ce Barghest ?

— Ce n'était pas nécessaire.

— Vous vouliez fuir et on ne vous en a pas empêchée, reprend-elle en fronçant les sourcils. Je vous ai suivie jusqu'à la forêt, mais Finn m'a interdit de vous serrer de trop près. Il voulait juste s'assurer que vous arriveriez saine et sauve à destination.

— Ah oui ? Et vous lui avez dit que j'avais failli me faire tailler en pièces ?

— Oui. Heureusement que ces loups sont venus faire diversion, dit-elle en inclinant la tête.

— Dites plutôt : heureusement que *le prince* m'a sauvé la vie !

— Je vois que vous avez déjà pardonné ses mensonges à votre prince d'Or », déclare alors Finn en émergeant d'un couloir plongé dans l'ombre. Absorbée par mon dialogue avec Pretha, je ne l'ai pas entendu arriver. Mais peut-être n'aurais-je rien entendu même si j'avais prêté l'oreille… « Je vous avais bien dit qu'il lui faudrait moins d'une semaine. Vous me devez cinq ors chacun.

— On ne te doit rien du tout, réplique Kane en revenant dans l'entrée. La petite n'a pas répondu à la question.

— Si elle ne faisait pas confiance à ce garçon, jamais elle ne serait montée dans la calèche avec Pretha ce matin, rétorque Finn.

— Elle peut très bien lui faire confiance sans lui avoir pardonné, intervient Pretha. Ce sont des sentiments distincts. »

Incroyable ! Ils ont parié sur le temps qu'il me faudrait pour pardonner à Sébastian ! *Quelle grossièreté !* « Contente que vous trouviez ça amusant », dis-je d'un ton cinglant.

Le regard argenté de Finn se durcit et scintille comme une mare gelée au clair de lune. « Je vous assure que je ne suis pas le moins du monde amusé. Plutôt… impatient. Sachant que mon oncle détient votre sœur, je suis surpris que vous ne le soyez pas vous-même. Mais vous vous contentez sans doute de profiter de la vie de château et de vous préparer à votre avenir de *princesse* auprès de ce garçon.

— Comment osez-vous ? » Mais je recule aussitôt. Deux paires d'yeux argentés brillent dans le couloir derrière lui. Deux loups de belle taille s'avancent lentement et s'immobilisent de part et d'autre de Finn.

Ce dernier claque des doigts. Les loups s'assoient, reniflent en me regardant et poussent de petits gémissements. Leurs plaies ont guéri depuis le soir de la forêt, mais aucun doute, ce sont les mêmes bêtes qui ont attaqué le Barghest.

Leur poil gris argenté était souillé de sang quand ils se sont enfuis. Aujourd'hui, il est propre et lustré. Ils sont beaucoup plus gros que dans mon souvenir ! Plus petits que le Barghest, bien sûr, mais quand même impressionnants. Même assis, ils m'arrivent aux épaules.

Je regarde Finn. « Ils sont à vous ?

— D'une certaine manière, oui, répond-il en en grattant distraitement un derrière l'oreille.

— Je vous l'ai dit, nous ne sommes pas vos ennemis, Abriella. »

Cette nuit-là, je m'étais dit que les loups avaient peut-être pour but de mettre le Barghest hors d'état de nuire puis de s'en prendre à moi. Mais en les voyant à présent haleter au pied de leur maître, tout contents de l'attention qu'il leur porte, je comprends qu'en fait, ils m'ont sauvée.

« Ils se sont bien remis ?

— Oui, avec l'aide de mon thaumaturge.

— Comment s'appellent-ils ?

— Dara et Luna. » Les bêtes dressent les oreilles en entendant leur nom.

« Je peux ? » Consciente des regards qui pèsent sur moi, je m'avance imperceptiblement et leur tends une main prudente. Finn émet un ordre à voix basse. Les loups s'approchent lentement. « Merci. » Je me mets à genoux et leur donne le dos de mes mains à flairer. « Vous m'avez bien défendue, merci. »

Ils me lèchent les mains, puis fourrent leur truffe au creux de mes paumes comme deux gros chats.

Je lis une certaine confusion dans le regard de Finn, mais ça ne dure pas : elle est bien vite remplacée par son habituel éclat d'acier. « Pourquoi ont-ils agi ainsi ?

— Parce que je le leur ai demandé.

— C'était risqué. Ils auraient pu être tués. »

Finn ne nie pas. Il croise les bras et cale son épaule contre le mur. « Ils sont d'une loyauté totale, et dès lors qu'ils vous ont défendue une fois, ils peuvent recommencer. »

Pretha pousse un soupir exagéré. « Mais ça vaudrait mieux pour tout le monde si vous évitiez de vous enfuir une fois de plus, en obligeant *encore* les gens à vous sauver la vie.

— Peut-être qu'elle aime être sauvée par son prince, glousse Kane. Il a fait une entrée très remarquée au palais en la portant dans ses bras, au pas de course – le héros volant au secours de la demoiselle en détresse. »

Mes joues s'échauffent. Je suis furieuse qu'on m'ait vue dans cette posture, mais je ne me fatigue pas à leur demander comment ils sont au courant. Apparemment, les gens s'espionnent tous les uns les autres, ici. Je me retourne vers Finn : « Qu'est-ce que vous attendez de moi ?

— Je vous l'ai déjà dit, répond-il d'une voix un peu éraillée, comme s'il était infiniment las. Nous voulons t'aider.

— Pourquoi, alors que je me suis engagée auprès du roi qui veut votre mort ?

— Auprès du *faux* roi, vous voulez dire », coupe Kane d'une voix dure.

Finn claque à nouveau des doigts et ses loups reviennent docilement à ses pieds. « Les objets volés que vous recherchez affaiblissent ma Cour. Mes sujets souffrent, je dois leur venir en aide.

— Même si ça implique de renforcer la position du... de votre oncle ? » Il y a anguille sous roche...

« Mordeus, reprend Finn sur un ton calme qui contraste avec l'emportement de Kane, ne peut consolider son pouvoir sans la couronne.

— Et où est-elle, cette couronne ?

— Elle a disparu de la Cour de la Lune, et ce depuis trop longtemps. » Une pause, puis : « Je suppose que vous n'avez pas encore trouvé le miroir ?

— Je sais où il est, mais je n'ai pas encore pu me le procurer, suis-je bien obligée d'admettre.

— Et vos pouvoirs, avez-vous essayé de vous en servir ? Vous savez, ceux qui vous permettent de passer à travers les murs et de franchir les obstacles magiques comme s'ils n'existaient pas ? » ironise-t-il.

Crétin.

« Comment pourraient-ils lui être utiles puisqu'elle ne sait pas les contrôler ? » lance Pretha, que Finn fait taire du regard.

« Non, je réponds enfin. Pretha a raison. Je ne les maîtrise pas suffisamment. Mais le problème n'est pas là. Le miroir est sous bonne garde et il y a trop de lumière tout autour. Ces pouvoirs ne me seraient d'aucun secours.

— Elle ne sait vraiment rien ! s'esclaffe Kane.

— Cessez de parler de moi comme si je n'étais pas là ! Qu'est-ce que je devrais savoir ?

— Que vos pouvoirs sont immenses, m'informe Pretha. Vous n'avez pas idée à quel point.

— Si je vous disais, complète doucement Finn, que vous pouvez recourir à votre pouvoir en toutes circonstances, matérialiser une obscurité totale à même d'engloutir la lumière de la reine jusqu'à la dernière goutte ?

— Qu'en savez-vous ?

— Nous vous avons observée.

— Alors, qu'en dites-vous, Brie ? insiste Pretha. Allez-vous enfin nous laisser vous aider ? »

J'ignore si je peux faire confiance à Finn et ses sbires, mais le fait est que je ne peux me permettre d'être prise sur le fait. Je n'ai pas le droit d'échouer. Après un ultime coup d'œil aux deux loups, je prends ma décision.

« Pour aujourd'hui, je coopère. Dites-moi ce que j'ai besoin de savoir pour échanger les miroirs.

— Avant tout, vous ne devez pas vous en servir. Ce n'est pas un jouet pour jeunes humaines, compris ? »

Bien sûr. Je ne suis qu'une vulgaire humaine indigne du précieux Spéculaire. *Cause toujours*. « Vous devriez plutôt m'apprendre à utiliser mes pouvoirs pour pénétrer dans le salon d'hiver de la reine.

— Comment ? Vous ne nous aviez pas dit qu'il se trouvait dans le *salon d'hiver* !

— Eh oui. Et la galerie qui mène à ces appartements de la reine est littéralement *inondée* de lumière. Je suppose que c'est aussi le cas de ce salon.

— La lumière sera le cadet de vos soucis. »

Pretha prend l'air préoccupé. « S'il se trouve dans le salon sacré, la reine et le prince sont les seules personnes à pouvoir le déplacer.

— Sinon ?

— Sinon rien, sauf que vous ne pourrez pas l'emporter. Les objets du salon d'hiver royal sont inamovibles, qu'on emploie la force brute ou la plus grande délicatesse. Apprenez, princesse, que dans notre Monde, la vraie magie est liée au libre arbitre. Il y a des choses qui ne peuvent être que librement cédées ; le plus puissant des faë, la plus douée des voleuses ne saurait s'en emparer.

— Existe-t-il un contre-sort ?

— Il y a *toujours* un contre-sort », intervient Kane.

Finn regarde Pretha, qui secoue négativement la tête. « Je n'en connais pas, dit-elle, mais je peux me renseigner. En attendant, il faut trouver un autre moyen. »

Mais moi, je n'ai pas le temps d'attendre le résultat de ses recherches. *La reine et le prince sont les seules personnes à pouvoir déplacer les objets contenus dans le salon d'hiver...* « Pas grave. Je sais ce qu'il faut faire », dis-je tout bas. Franchement, pourquoi n'y ai-je pas pensé plus tôt ?

« Tuer la reine ? propose Kane en portant la main à sa dague. Je me porte volontaire. »

Finn regarde son... complice ? son homme de main ? avec commisération. « Elle te ferait tailler en pièces et clouer au pilori dans la cour du château juste pour faire un exemple.

— Bon, reprends-je en soupirant. Si c'est le seul moyen, je vais demander au prince Ronan d'aller me le chercher.

— Vous ne parlez pas sérieusement ? dit Kane. Vous croyez qu'il va vous le donner de son plein gré ? Un objet aussi précieux ?

— Eh bien oui. » Je ploie déjà sous le sentiment de culpabilité. « Il a des sentiments pour moi et veut se faire pardonner son mensonge. »

Le sourire de Pretha s'élargit. Elle hoche la tête. « Les solutions les plus simples sont souvent les meilleures. D'ici là, on va vous instruire, et je vais chercher le contre-sort, au cas où vous seriez quand même obligée de voler le miroir.

— Demandez-le-lui gentiment, princesse, conclut Finn. Croyez-moi, il vaut mieux éviter la manière forte. »

13

Je retrouve Sébastian sur le toit de la plus haute tour, en train de s'entraîner sur un ring, torse nu et luisant de sueur à la lumière du couchant.

Il boxe contre un autre faë dans la même tenue ; j'essaie de mémoriser sa chevelure dorée, le tatouage qui orne son cou et son épaule avant de descendre dans son dos, mais je n'arrive pas à détacher mes yeux de Sébastian. Pire, je suis incapable d'articuler quelques mots pour l'informer de ma présence.

Ce qui me rend muette, ce n'est pas seulement son physique, mais aussi le souvenir de notre passé à Bellecontrée, quand je faisais semblant de lire dans la cour pour mieux le regarder s'entraîner. Quand il me surprenait à l'épier, il me lançait un clin d'œil discret. Très banal, tout ça… Pourtant, ça me mettait dans tous mes états. Jas et lui étaient les seuls rayons de soleil dans mon existence pénible et sans joie, et maintenant que j'ai l'impression de les avoir perdus tous les deux, je voudrais tant pouvoir me raccrocher à lui…

Enfin il m'aperçoit et fait signe à son adversaire que le moment est venu de faire une pause. Il attrape une serviette et s'éponge le front. « Tout va bien ? »

Ta langue, Brie, retrouve ta langue. « Oui, ça va. Je… Je sollicite un entretien. Mais si le moment est mal choisi, je peux attendre. » Je réprime une grimace. J'ai cru que ce serait une bonne idée de venir le chercher ici, mais tout à coup, je trouve ça présomptueux. Hormis le fait que, bien sûr, je préfère la discrétion, vu ce que je m'apprête à lui demander. « Mais je ne voulais pas abréger votre séance.

— Non non, on avait presque fini. » Il remplit un verre d'eau et me le tend. Je décline et il le boit d'un trait. Je regarde, captivée, le mouvement de sa glotte.

Ma fascination n'échappe pas à l'autre faë. Il rit sous cape, me décoche un clin d'œil entendu et, enfilant une chemise sombre, me dit : « De toute façon, Ronan allait perdre. Il s'est trop ramolli pendant son séjour dans le Monde humain !

— Je te rappelle que tu as perdu trois manches sur cinq. À ta place, je ne ferais pas tant le fier.

— Avant ton départ, je les aurais perdues toutes les cinq. » Il sourit en me tendant la main. « Je m'appelle Riaan. Et vous devez être la captivante Abriella qui ravit le cœur des princes et dont j'ai tant entendu parler ! »

Le feu me monte aux joues devant le portrait qu'il fait de moi – sans compter celui que Sébastian a dû lui en donner ! – mais je réussis quand même à le saluer d'un signe de tête. « Enchantée, Riaan. Boxez-vous souvent ensemble ?

— Pas autant qu'avant, ce garçon est trop occupé… À préparer son accession au trône. À choisir une épouse. » Il me gratifie d'un regard lourd de sous-entendus, puis : « Il devrait juste ramper à vos pieds jusqu'à ce que vous consentiez à dire oui. »

Une repartie me brûle les lèvres, mais je me retiens, au cas où je me trahirais.

« Riaan est mon plus vieil ami, précise Sébastian.

— Avec moi ton secret ne risque rien », renchérit Riaan d'un air complice. Il se verse à son tour un verre d'eau et le lève en me regardant, comme pour me saluer ironiquement, avant de s'engager dans l'escalier. Sébastian et moi nous retrouvons seuls sur le toit.

« Je n'aurais pas dû interrompre votre entraînement », je répète en repensant à ce que vient de dire Riaan. Il me serait plus facile d'en vouloir à Sébastian si je ne connaissais pas ses sentiments pour moi. Tout ce qui vient me les rappeler met ma résistance à rude épreuve.

Il balaie ma remarque du geste. « Non, je t'assure, on avait presque fini. Ma mère lui a demandé de l'accompagner dans le nord du royaume cet après-midi.

— Pourquoi, qu'est-ce qu'il y a là-bas ?

— Un autre palais. »

J'éclate de rire.

« Qu'est-ce qu'il y a ?

— Tu dis ça comme Jas parlerait d'une *autre robe* pour mes cousines archigâtées. » Je contemple les terres s'étendant à perte de vue autour du château d'Or. « Je ne peux déjà pas imaginer posséder un endroit comme celui-ci, alors deux… »

Je constate que Sébastian s'est rembruni. « Oui, c'est absurde, n'est-ce pas ? Un luxe pareil alors que tant de gens souffrent à Elora. Avant de m'installer chez le mage Trifen, je ne savais pas…

— Pourquoi es-tu venu, au fait ? Tes pouvoirs magiques sont bien supérieurs à ce que les humains rêveraient d'avoir. Alors pourquoi cet apprentissage avec un humain ?

— La magie humaine est différente et je n'ai pas la prétention de croire qu'elle me serait inutile. » Il se tourne à son tour vers le paysage à nos pieds et son regard se perd dans le lointain. « Je vais avoir besoin de tous les atouts si je veux être le meilleur souverain possible pour mon peuple.

— Quand est-il prévu que tu montes sur le trône ?

— Les dieux seuls le savent, répond-il en secouant la tête, mais je veux être prêt. » Il remplit à nouveau son verre, le boit puis reprend : « Mais tu n'es pas venue jusqu'ici pour me parler de ça.

— Non, en effet. Il s'agit de tout autre chose. Mais tout à coup... ça me paraît absurde. »

Voyant mon embarras, il me sourit : « Dis-moi. »

Je triture nerveusement une de mes boucles. « Je réfléchissais aux moyens de retrouver Jas, et je me suis rappelé les légendes sur le fameux miroir magique capable de te montrer les gens que tu veux voir.

— Le Spéculaire ? dit-il, étonné.

— Je ne connaissais pas son nom, mais ce doit être ça, oui. » Je souris à mon tour, histoire de masquer au mieux mon mensonge. « On pourrait peut-être s'en servir pour retrouver Jas ?

— On ne sait jamais à l'avance ce qu'on va voir dans le Spéculaire. Il est souvent imprévisible. »

Je t'en prie, va me le chercher. Je t'en supplie. « Ça vaut quand même le coup d'essayer, non ? C'est un objet magique très ancien. Je suis... curieuse », j'ajoute en retenant mon souffle.

Cela le fait rire. « C'est la petite voleuse qui parle – non, ne fais pas cette tête, c'était un compliment ! Mais je ne peux pas te laisser pénétrer par effraction dans le salon d'hiver de ma mère juste pour assouvir ta curiosité ! Je vais voir ce que je peux faire. »

* * *

« On ne va pas s'étonner, au palais, de me voir si souvent partie ? je demande à Pretha, le lendemain, tandis qu'elle me fait entrer chez Finn sous l'apparence d'Eurélody.

— Non, on va penser que tu vas étudier chez ta vieille préceptrice. Finn a grassement rétribué sa famille en échange de cette maison. » Elle referme la porte, se tortille un peu… Ses ailes disparaissent ; elle ressemble de nouveau à la créature que je connais sous le nom de Pretha.

« C'est votre… véritable apparence ? je m'enquiers.

— Ça ? » Son visage s'éclaire. Elle est d'une grande beauté. Est-elle la femme ou la compagne de Finn, ou bien… ? Je chasse cette pensée. Qu'importe, après tout ? « Oui, m'informe-t-elle.

— Quand vous avez vos ailes, vous pouvez voler ? »

Pour toute réponse, elle s'esclaffe et me fait signe de la suivre dans la pénombre vers le fond du couloir. « Ça dépend de la forme que j'adopte. Pas avec celle d'Eurélody, vu qu'elle-même ne peut pas voler. Mais oui, bien sûr. Parfois. Sachant que les métamorphoses complètes demandent beaucoup d'énergie. »

Nous franchissons une grande porte à deux battants et entrons dans une immense bibliothèque aux murs tapissés de livres sur deux étages. Au centre, un trio de faë converse à voix basse autour d'une table. J'identifie Kane, et les deux autres doivent être les créatures qui montaient la garde devant le bureau de Finn à la taverne. Ce dernier n'est pas là, semble-t-il, mais ses loups sommeillent dans l'ombre au fond de la pièce.

« Salut ! » lance Pretha. Les faë se redressent en nous entendant arriver.

Kane s'empare d'un manuscrit posé sur la table – une carte, peut-être ? –, le roule et le passe à sa ceinture, dans son dos. « Ah, la princesse est de retour », grommelle-t-il.

Je tique. « Si vous n'avez pas envie de me voir, pourquoi votre prince envoie-t-il Pretha me chercher ?

— Ne faites pas attention à Kane. Il a mauvais caractère. »

Il la regarde d'un air furibond et les deux autres laissent fuser un petit rire. Pretha désigne celui qui a la peau foncée, de courtes dreadlocks et une résille argentée sur le front, comme elle. « Abriella, je vous présente Tynan ». L'interpellé sourit et me tend la main. « Et voici Jalek », reprend-elle en indiquant l'autre faë qui, lui, a la peau très claire, des cheveux blancs coupés à ras et des yeux vert sombre. Lui ne me tend pas la main. Il se contente d'un bref hochement de tête et recule insensiblement, comme pour ne pas m'approcher de trop près.

Je m'éclaircis la voix. « Euh, ravie de faire votre connaissance.

— Elle ment mal, grogne Jalek. On est sûrs qu'elle est capable de duper le prince ?

— Tais-toi donc, rétorque Pretha. Au contraire, la Cour de Finn ne saurait avoir de meilleure alliée qu'Abriella. »

La Cour *de Finn* ? Je hausse les sourcils et lâche : « Vous n'êtes pas unseelie ? »

Elle grimace et échange un regard avec Tynan. « Pas de naissance, non. » Elle soupire, puis ajoute : « Je suis née chez les Faë Sauvages, mais j'ai prêté allégeance à Finn il y a longtemps.

— Et vous trois ? demandé-je.

— Pure souche unseelie, répond Kane en se frappant la poitrine.

— Mais rassurez-vous, enchaîne Tynan. Tous les Unseelies ne sont pas aussi laids. »

Kane fait un geste obscène et Jalek réprime un sourire.

Pretha reprend sans leur accorder la moindre attention : « Tynan est un Faë Sauvage comme moi, et Jalek un Seelie de naissance. Il y a très longtemps, il était courtisan auprès du père de la reine d'Or.

— Cette vieille ganache, marmonne Kane.

— J'aimerais mieux être vieux et malin que jeune et bête », remarque Jalek sans me quitter des yeux, comme pour guetter ma réaction.

Je n'en reviens pas. J'ai toujours cru que les faë vouaient une loyauté sans faille à leur Cour d'origine, mais apparemment, Finn a rassemblé autour de lui une petite bande de marginaux. « Et vous travaillez tous pour Finn ?

— Pour le bien de tous les habitants de Faërie », rectifie Pretha, qui ramène sa longue chevelure sur son épaule et entreprend de la tresser. « C'est Finn qui mène la charge, donc en effet, nous travaillons pour lui. Ou plutôt *avec* lui. »

Jalek braque sur moi son regard vert plein de vivacité. « Avez-vous passé du temps avec la reine Arya, au palais ? »

Je secoue la tête. Je ne l'ai pas revue depuis le jour où je me suis présentée devant elle en déclarant vouloir épouser son fils. « Non, elle n'est pas souvent là. »

Jalek et Tynan échangent un regard. Kane marmotte quelques mots incompréhensibles.

« Vous n'avez pas mieux à faire ce matin ? » lance Pretha avec un regard appuyé. Au lieu de se hérisser face aux ordres d'une représentante du sexe féminin, les trois faë hochent la tête et se dirigent vers la sortie. À Elora, les femmes n'ont pas de pouvoir ; je ne peux m'empêcher d'admirer Pretha.

Tynan s'immobilise sur le seuil. « Misha et Amira ont demandé à rencontrer Finn. Amira veut que tu sois présente. J'ai pensé qu'il valait mieux te prévenir. »

Le sourire de Pretha vacille, mais elle se reprend. « Merci. »

Il laisse les portes battantes se refermer derrière lui.

« Qui sont Misha et Amira ? je m'enquiers.

— Le roi et la reine des Faë Sauvages. Ils jouent un rôle essentiel pour notre mission depuis une vingtaine d'années. »

Dans ce cas, pourquoi a-t-elle l'air bouleversée ?

Remise du choc, elle me demande : « Et ce miroir ? Vous avez posé la question au jeune prince ?

— Oui, il va s'en occuper.

— Bien, fait-elle avec un mince sourire. Et maintenant, si on reprenait votre formation ? »

14

« Encore une fois », dit Pretha.

C'est mon troisième jour d'apprentissage, nous travaillons depuis cinq heures et j'en ai par-dessus la tête de ces trois mots. Excepté une brève pause déjeuner, nous avons passé tout notre temps dans cette bibliothèque, où elle me houspille pour que j'améliore mon pouvoir : créer de l'ombre. J'ai commencé par en faire apparaître des gouttelettes au bout de mes doigts, et maintenant je peux en tenir une boule au creux de ma main. Mais malgré l'infinie patience de mon instructrice, ça s'arrête là : je ne peux ni commander à cette noirceur ni la stabiliser durablement, et encore moins en faire quelque chose d'*utile*.

Je me concentre sur ma paume et, en silence, j'ordonne à la boule d'apparaître. Mais dès que je la crée, elle enfle démesurément, déborde, coule entre mes doigts comme du sable et s'évanouit.

« On s'applique ! » peste une voix dans mon dos.

Je pivote, surprise. À part la brève confrontation avec les trois faë, le premier jour, Pretha et moi sommes toujours seules ici. Mais il semble que cet après-midi, Finn me fasse l'honneur de sa présence.

« Pardon ? Vous pouvez répéter ?

— Finn ! s'exclama Pretha. Comme c'est gentil de venir nous… »

Il lui coupe la parole d'un brusque mouvement de tête. « Pas aujourd'hui, Pretha. Laisse-nous. »

Elle m'adresse un sourire contrit. « S'il vous malmène, résistez, me dit-elle tout bas.

— Pretha, *laisse-nous, maintenant* », répète Finn avec un calme glacial.

Son visage se ferme. Elle se tourne vers lui, mais continue de s'adresser à moi : « Ne le prenez pas mal. Il est comme ça depuis vingt ans. »

Je la regarde partir. Si j'avais deux sous de bon sens, je lui emboîterais le pas. Mais je n'en fais rien. Finn ne m'effraie pas. J'ai sans doute tort, mais... ce n'est pas un hasard si la boule de ténèbres s'est mise à croître dans ma main quand il a fait son apparition. J'ignore pourquoi et comment, mais mon pouvoir réagit à sa présence. En ce moment même je le sens vibrer, m'adjurer de le déchaîner.

Dès que nous sommes seuls, je lance sans aménité : « Qu'est-ce que vous me voulez ?

— Je vous l'ai dit : vous ne vous appliquez pas suffisamment. Vous ne vous concentrez pas assez sur votre magie et si vous n'arrivez pas à la maîtriser, votre prince énamouré va vous surprendre à fureter dans son palais. »

Je fais la fière, mais comment lui en vouloir ? Il a raison. De toute évidence, mes capacités vont bien au-delà de ce que j'aurais pu soupçonner dans le Monde humain, mais j'ignore comment les contrôler. Jusqu'ici, les exercices avec Pretha n'ont eu pour résultat que m'épuiser. En revanche, si j'essaie en présence de Finn...

« C'est ce que vous voulez ? reprend-il. Abandonner votre mission et vous installer confortablement dans votre nouvelle vie ? »

Quel culot ! « Et vous ? Vous ne proposez pas de m'apprendre ? Pourquoi ?

— Vous avez une manière assez manipulatrice de demander de l'aide.

— Je... » Il est tellement arrogant que j'en bégaie. Je serre les poings puis reprends plus calmement : « C'est vous qui avez insisté pour m'aider. Pourtant, vous laissez faire Pretha.

— C'est une excellente instructrice. Vous devriez lui être reconnaissante, princesse.

— Pourquoi m'appelez-vous tout le temps comme ça ? Je ne suis pas une princesse.

— Quelques moments tendres, quelques suaves promesses… Peu de choses vous séparent du moment où vous serez officiellement la fiancée de ce garçon, tout le monde le sait. »

Je me retiens d'argumenter. Peu importe ce qu'il pense de moi ou de mes relations avec Sébastian. Tout ce qui compte, c'est de remettre les objets magiques au roi pour récupérer Jas.

Mais je vois bien que son but est de me pousser à bout. « Le luxe du palais d'Or n'est pas à la hauteur de ce qu'a toujours imaginé votre petit cœur de mortelle ?

— Qu'est-ce qui vous fait croire que mon *cœur de mortelle* a imaginé quoi que ce soit ? je rétorque avec un sourire méprisant.

— Les mortelles ne rêvent-elles pas toutes d'épouser un beau prince faërie ?

— Espèce de mufle ! » Une boule d'ombre se forme dans ma main. Je l'enferme entre mes doigts. « Les autres peut-être, mais pas moi ! Je n'ai jamais voulu venir ici, j'y ai été forcée quand le roi de *votre Cour* a acheté ma sœur.

— Ainsi Pretha se trompe ? Vous n'avez pas de sentiments pour le prince ?

— Je… » J'en ai eu. J'en ai encore. Mais c'est compliqué et ça ne le regarde pas. La boule d'ombre palpite sous l'effet de ma colère. « Je n'ai aucun désir de devenir une princesse faërie. Si j'avais su que c'était un faë, on ne serait même jamais devenus amis. Et il le savait. »

Finn tourne lentement autour de moi. J'ai l'impression d'être un cheval à vendre face à un maquignon qui m'évalue sous tous les angles. « Vous avez bien dû lui pardonner ce mensonge, si vous espérez l'épouser et vous apparier à lui.

— Je n'espère nullement l'épouser ! » La boule mouvante continue de grossir. Je suis obligée de desserrer mes doigts. « Ni être une princesse, et encore moins m'apparier à un faërie – ou avec *qui que ce soit* ! »

Il cesse de tourner en rond autour de moi et me regarde bien en face. « Donc, vous n'êtes liée à personne ?

— Ça ne vous regarde pas, mais la réponse est non, dis-je en levant les yeux au ciel. Je ne le supporterais pas. »

Ses épaules s'affaissent. On dirait qu'il est soulagé, mais j'en doute. Pourquoi ce prince unseelie se soucierait-il de moi ? « Tôt ou tard, le prince finira par vous demander de vous apparier à lui.

— Il sait ce que je pense de vous, les faëries, et de votre façon de contrôler les humains via cet appariement. Il n'en est pas question. » Même si je voulais, je ne pourrais pas m'apparier avec Sébastian : il saurait en permanence où je suis. Or, je dois passer le palais au peigne fin !

« Mordeus vous le demandera aussi. N'oubliez pas : ça ne peut se faire qu'avec votre consentement. Et si vous tenez à votre vie de mortelle, ne faites pas ça. Ne faites *jamais* ça.

— C'est une menace, Finn ?

— Une mise en garde, princesse.

— Il n'est pas question d'appariement dans le pacte que j'ai conclu.

— Pour le moment… Mais méfiez-vous de lui et de ses manigances. Il est retors. »

Parce que lui, Finn, ne l'est pas, peut-être ? Et les siennes de manigances, alors ?

Il soupire. « Je peux essayer de vous aider. Mais en vérité, ni Pretha ni moi ne savons rien de la magie des mortels et de son fonctionnement dans votre cas précis.

— Pourquoi “dans mon cas précis” ?

— Parce que vous *êtes* différente, voyons. » Il attrape mon bras, trace une ligne invisible allant du pli du coude au poignet et s'arrête à la boule d'ombre que je tiens. Un frisson court dans mon dos.

Il me regarde dans les yeux. Ses lèvres s'entrouvrent. A-t-il ressenti la même chose que moi, cette énergie qui palpite entre nous, cette conscience aiguisée qui me donne la sensation inédite d'être plus vigilante, plus vivante ? *Mais non, c'est juste l'effet de la magie*. En tout cas, je veux le croire. Mais je mens très mal, fût-ce à moi-même.

Il répète son geste. Je maîtrise ma respiration. Je voudrais qu'il me lâche maintenant. Il suffirait sans doute que je le lui demande, mais je ne veux pas qu'il voie l'effet qu'il me fait.

« Que se passerait-il si je vous entaillais la peau ? lâche-t-il enfin.

— Je me mettrais à saigner.

— Oui. Et à mesure que la plaie guérirait, votre organisme reconstituerait la quantité de sang perdue. En revanche, si la blessure est trop étendue, trop profonde, si vous perdez trop de sang et que celui-ci ne se régénère pas assez vite pour circuler dans vos veines, faire fonctionner correctement vos organes, vous mourrez.

— Je le sais bien ! » je proteste.

Il me lance un regard noir et trace une nouvelle ligne invisible à l'intérieur de mon avant-bras. « Eh bien chez les faë, la magie est comme le sang.

— Je ne comprends pas. Vous ne saignez pas ? » J'ai du mal à y croire. J'ai déjà vu Sébastian saigner ; j'ai moi-même pansé ses petites coupures à plusieurs reprises.

« Si, nous saignons, mais c'est la magie contenue dans notre sang qui nous guérit et nous maintient en vie, et non le sang proprement dit. Notre magie nous *donne* la vie. » Ses yeux s'attardent sur ma bouche. Je retiens mon souffle.

Il lâche mon bras aussi soudainement qu'il l'a saisi, se tourne vers la fenêtre et attache ses cheveux sur sa nuque comme s'il se préparait au combat. « L'analogie n'est pas parfaite, mais je n'en ai pas de meilleure. La magie n'est pas infinie. Elle est liée à notre source de vie. Nous devons connaître nos limites pour ne pas y puiser à l'excès. Mais la magie faërie doit se régénérer de la même manière que le sang. La quantité que nous pouvons perdre et reconstituer sans nous affaiblir dépend de notre pouvoir.

— Et si vous dépensez trop de pouvoir trop vite, comme quand on saigne abondamment ?

— Nous perdons connaissance avant de faire trop de dégâts ; en revanche, si la magie est dépensée violemment, délibérément, d'un seul coup… » Je lis de la souffrance dans ses beaux yeux.

« … un faërie pourrait mourir de s'en être servi ?

— C'est un choix. Un acte magique de grande envergure et très cher au cœur de celui qui le commet peut être vu comme digne du risque encouru.

— Vous pensez que je pourrais mourir, *moi*, si j'utilisais trop de magie trop vite ?

— Vous n'avez même pas commencé à explorer les limites de votre pouvoir », assène-t-il en m'observant attentivement.

L'ombre qui s'arrondissait dans ma main éclate comme une bulle et se désintègre.

Il me regarde d'un air dégoûté. « Avec un tel don, je ne comprends pas que vous vous en serviez si peu. Votre pouvoir est vaste comme l'océan et vous vous limitez à ce que vous pouvez tenir dans votre main.

— Je fais ce que Pretha m'a demandé !

— À mon arrivée, vous étiez en train d'échouer, fulmine-t-il.

— Mais enfin, qu'est-ce que vous me voulez ? » Je me raccroche à mon irritation. Cette animosité entre nous est plus confortable que les… *autres* réactions qu'il suscite en moi. « Vous êtes là pour m'aider ou pour me rabaisser ?

— Très bien, déclare-t-il en croisant les bras. Montrez-moi ce que vous savez faire, alors. Et s'il vous plaît, épargnez-moi vos vulgaires poignées de ténèbres. *Impressionnez-moi.* » J'écarte les bras en signe d'impuissance, mais il s'énerve : « Cette pièce est à moitié plongée dans l'ombre ! Il y a de quoi faire. Ne réfléchissez pas trop, montrez-moi, c'est tout. »

Je m'éloigne de la partie éclairée, me concentre et essaie de disparaître. Je ne réussis qu'à effacer brièvement mes doigts. Pourtant, je sens le pouvoir couver dans mon sang ; je le sens toujours quand Finn est près de moi, impatient de se libérer.

« Vous luttez contre votre pouvoir. Laissez-le plutôt venir à vous. »

Je regarde fixement ma main en m'efforçant… de ne pas me forcer. Mais l'ombre se remet à osciller. Je pousse un grognement exaspéré. « C'est de pire en pire.

— J'ai une idée, dit-il en regardant à nouveau par la fenêtre. Suivez-moi. »

Il se dirige alors vers une porte donnant sur l'arrière que je n'ai jamais franchie – Pretha et moi en empruntons une autre. Nous traversons un patio et nous engageons dans une ruelle obscure contournant plusieurs maisons. Finn finit par s'arrêter et je m'aperçois que nous sommes dans un grand cimetière. Il ne fait pas encore complètement noir. Les monuments funéraires alignés me paraissent très beaux, bien qu'un peu macabres, évidemment. « Qu'est-ce qu'on fait là ? »

Finn détache ses yeux d'un vol de corbeaux qui tournoient au-dessus de nous et répond : « À vous de me le dire. »

Parce que c'est à l'air libre que je me sens le mieux et parce que, bizarrement, j'ai davantage confiance en moi à l'approche de la nuit. « La nuit nourrit mon pouvoir magique, c'est ça ?

— On peut dire ça comme ça. Que ressentiez-vous en l'invoquant, par le passé ?

— De la colère ? Du désespoir ? Je ne sais pas. » Je me sens bête et je n'aime pas ça. « Pourquoi ? La colère peut aider à mobiliser la magie ?

— Oui, pourquoi pas. Ce n'est pas une émotion très puissante, mais elle peut servir de catalyseur pour les actes magiques de moindre importance. En revanche, si vous voulez accéder à la pleine étendue de vos pouvoirs, ça ne suffira pas.

— Vous allez sans doute me dire qu'il faut aussi de *l'amour*, c'est ça ? » fais-je en levant les yeux au ciel.

Ses prunelles argentées brillent et à ma grande surprise, Finn esquisse un sourire. Et pour une fois, ce n'est pas pour se moquer de moi ! Il est vraiment… très beau. Malgré moi, je note ses pommettes hautes, ses yeux envoûtants, ses lèvres pleines qui s'entrouvrent imperceptiblement quand il me regarde. Bref, quand on est une personne normalement constituée, on ne peut que le trouver éblouissant.

« Disons que le maniement d'un pouvoir magique à son comble procure un peu la même sensation que l'amour. Mais en réalité, ça ressemble davantage à… » Il ferme les yeux et remue les doigts en prenant une profonde inspiration. « À l'espoir.

— Dans ce cas, je suis fichue. »

Il me dévisage en se balançant sur place. « Pourquoi donc ?

— Parce que je n'ai aucun espoir. C'est une perte de temps. C'est même dangereux.

— Vous vous trompez. Le vrai danger est de ne pas espérer, au contraire.

— Et si on n'a aucune raison d'espérer ? »

Ses lèvres frémissent. Son sourire moqueur est de retour. « Est-ce que vous vous mentez à vous-même, ou seulement à moi ?

— Je ne mens pas. »

Il glousse. Cet idiot se moque encore de moi ! « Alors pourquoi chercher stoïquement ces objets unseelies dans une Cour d'hypocrites ? Pourquoi vous escrimer à développer votre pouvoir ici avec nous ?

— Pour retrouver ma sœur. »

Il me présente ses paumes comme pour dire : *Vous voyez bien…*

« Ce n'est pas pareil. J'agis selon une logique, et non par désespoir.

— Pourquoi l'espoir serait-il un dernier recours ? » Il me prend la main et la même connexion que tout à l'heure s'établit entre nous, irréfutable, tandis que le ciel assombri s'emplit d'étoiles.

L'obscurité apaise ma nervosité ; or, je comprends soudain qu'elle n'émane pas de la voûte céleste, mais d'une sorte de bulle autour de nous. « C'est vous qui faites apparaître cette noirceur. C'est magnifique !

— Non, ça vient de vous, dit-il presque tristement. Ce que vous voyez n'est pas l'effet de mon pouvoir, mais du vôtre. Moi je ne suis qu'un vecteur, un instrument ouvrant la voie, puisque vous persistez à l'obstruer. »

Je lève une main. Elle se confond avec les ténèbres environnantes. À mesure que je me mêle à la nuit, que je *deviens* les ténèbres, je constate que je les contrôle mieux.

« Vous sentez ? » demande Finn. Je vois qu'il me scrute comme pour chercher à déchiffrer un secret. Et en effet, je sens. Chaque fois que ses yeux d'argent se posent sur moi, c'est comme une caresse. Il reprend d'une voix rauque : « Vous sentez votre potentiel vibrer dans votre sang ? »

Je le regarde à mon tour, ébranlée. C'est ça que je ressens quand il me touche ? Mon *potentiel* ? Ça ressemble plutôt à… du désir charnel. Mais je préférerais passer la nuit dans les oubliettes de Mordeus que de l'avouer, aussi je me borne à hocher la tête.

Il lâche ma main et la bulle de nuit noire disparaît, remplacée par la lueur dorée du couchant.

Finn contemple à nouveau les corbeaux qui décrivent des cercles dans le ciel. « Il faut rentrer maintenant.

— Pourquoi ? » Je n'en ai pas envie.

« Vous voyez ces oiseaux ? »

Comme pour lui répondre, un corbeau pousse un croassement retentissant qui perce la sérénité de la brise nocturne.

« Oui. Et alors ?

— Quand ils se rassemblent comme ça, c'est que les Sluagh sont proches.

— Les quoi ?

— Les esprits des morts qui n'ont pas pu passer de l'autre côté et sont restés coincés dans l'entre-deux.

— Des spectres ? »

Il fait la grimace tout en continuant d'observer les corbeaux. Je me demande ce qu'il voit. On dirait qu'il cherche des réponses dans leurs tournoiements. « En quelque sorte. Des défunts maudits, des faë tués trop tôt à qui il reste trop de pouvoir. Condamnés à errer en ce monde jusqu'à ce que leur mort soit vengée. Il y a des gens qui attirent des innocents dans des pièges mortels rien que pour amadouer l'âme courroucée des Sluagh. »

Je frissonne et lui demande, mal à l'aise : « Ils se regroupent toujours dans les cimetières ?

— Ils rôdent autour de l'endroit où ils ont été assassinés. Et si vous voulez éviter la démonstration par l'exemple, nous ferions mieux de rentrer sans attendre. »

15

Ce soir, un petit vent frais entre par ma fenêtre. Après la forte chaleur de la journée, ça fait du bien.

J'ai prétexté une migraine pour couper au dîner avec les autres filles. La séance avec Finn m'a mentalement épuisée mais j'aurais bien tenu deux heures de plus avant d'aller me coucher. La vérité est que je n'ai aucune envie de voir les prétendantes se pâmer servilement devant Sébastian. Ni le voir, lui, flirter avec elles et leur sourire comme il me souriait naguère, et encore moins imaginer qu'il puisse avoir un avenir avec l'une d'elles.

Tandis que je contemple le ciel piqueté d'étoiles, on frappe doucement à ma porte. *Trois coups. Une pause. Deux coups.*

Le signal habituel de Sébastian. Ça me fait sourire. « Entre. »

Il passe la tête par l'entrebâillement. « Tu es seule ?

— Oui, les femmes de chambre se sont retirées pour la nuit. »

Il s'avance dans ma chambre. Il porte un pantalon en cuir brun-roux et une tunique blanche échancrée qui laisse voir son torse hâlé. Ses cheveux blancs tombent sur ses épaules, et mon cœur se serre devant son sourire : j'aspire à des choses auxquelles je ne peux ni ne dois prétendre.

Il exhibe ce qu'il tenait d'une main derrière son dos : un miroir à main en argent en tout point semblable à celui que je cache sous mon lit. « C'est… c'est vraiment *le* miroir ?

— Oui, le fameux Spéculaire. » Il me le tend.

Mes doigts entrent en contact avec le métal froid. Mon cœur s'accélère. *Je me rapproche de toi, Jas.*

« Tu as l'air… très impressionnée », constate-t-il.

Je détourne les yeux de mon reflet dans la glace. « Comment ne pas l'être ?

— Je suis surpris, enchaîne-t-il avec un sourire timide. Toi qui dis toujours tant de mal de mon Monde… Je ne m'attendais pas à ce que tu t'intéresses à nos objets magiques. »

Hum. Tu n'as pas tort. « Eh bien, disons que plus mon séjour ici se prolonge, plus j'essaie de le comprendre ? » Malgré moi, une inflexion interrogative trahit mon hésitation.

Il observe un long silence. Je lui souris, mal à l'aise, et au moment où je me détourne, il lâche : « Tu trouves donc ça si pénible ?

— Quoi donc ? »

Il embrasse du geste la chambre, le palais, peut-être sa Cour tout entière. « D'être ici. Je sais que tu ne voulais pas venir, mais es-tu vraiment si… *malheureuse* ?

— Je ne pourrai pas être heureuse tant que Jasalyn ne sera pas en sécurité.

— Non, bien sûr. Je comprends. »

Je suis vraiment ignoble. « Je m'excuse, je ne voulais pas… »

L'air torturé, il me répond : « Permets-moi d'en douter. » Je veux protester, mais il m'interrompt. « Bon, tu veux l'essayer ? » dit-il en désignant le miroir. Inconsciemment, je serre l'objet contre moi.

J'observe à nouveau mon reflet. Ce soir, j'ai demandé à mes servantes de laisser mes cheveux dénoués ; disparue la coiffure sage due à leurs efforts pour les discipliner pendant la journée. Je constate que mon visage a changé depuis mon arrivée dans ce Monde, il y a maintenant neuf jours ; l'effet d'une alimentation plus nutritive et de bonnes nuits de sommeil complètes. Mes cernes ont presque disparu, mes joues se remplument. Je profite de mon séjour ici. Et Jas, pendant ce temps ? Je redoute la réponse. « Comment ça marche ?

— Le Spéculaire te montre ce que tu veux voir. Théoriquement, en tout cas. Je ne crois pas qu'un mortel s'en soit jamais servi. » Son regard s'adoucit. Il m'encourage du geste. « Dis-lui ce qu'il doit te montrer.

— Montre-moi Jasalyn », fais-je dans un souffle.

Un miroitement magique. Mon reflet s'efface. On dirait que le miroir vibre dans ma main. Apparaît une luxueuse chambre à coucher. C'est comme si je regardais par la fenêtre. Assise devant une coiffeuse, Jasalyn sourit à son reflet dans la glace tandis que ses femmes de chambre lui brossent les cheveux. Je laisse échapper un petit cri étranglé. Elle semble en parfaite santé. Ses joues sont rosies par le rire, elle aussi a pris des joues – comme moi, elle est mieux nourrie depuis qu'elle est en Faërie.

« Je voudrais tant que ma sœur soit là, dit-elle en souriant aux deux femmes de chambre. Vous vous entendriez bien ! »

Celle qui la coiffe lui sourit dans la glace. « Je suis sûre que vous vous retrouverez bientôt. »

Jas se mord la lèvre inférieure. « J'espère. J'ai tant de choses à lui raconter ! »

L'image s'estompe, cédant la place à mon reflet.

« Alors ? » Sébastian me regarde avec intérêt.

« Tu n'as pas entendu ? je m'étonne.

— Non, et je ne peux pas voir ce que tu vois dans le Spéculaire. Si c'était moi qui le tenais, tu ne verrais rien non plus. Mais dis-moi si ça a marché. »

Je fais signe que oui. « Elle va bien. Je lui manque, mais elle semble en bonne santé et bien installée. Et… »

La gorge serrée, j'ai du mal à achever ma phrase. « … pas seule.

— Tant mieux, dit-il avec un soupir de soulagement qui semble sincère. Ça nous laisse donc du temps.

— Merci, Sébastian, dis-je en serrant le miroir contre ma poitrine. Je te suis très reconnaissante.

— Je t'en prie. Tout ce que je veux, c'est que tu sois bien ici, que tu te sentes en sécurité et en confiance, que tu saches que je fais mon possible pour sauver Jas. » Il me regarde intensément. Mon cœur bat la chamade. « On va se promener un peu ?

— D'accord. » Je pourrais me dire que je lui cède juste pour qu'il me garde ici et que moi aussi je fais mon possible pour pouvoir voler les objets magiques, mais à vrai dire, Sébastian m'a manqué ces derniers jours – je ne l'ai pas vu depuis ma visite en haut de la tour. J'ai passé tout mon temps avec Pretha tandis que lui était je ne sais où, et j'aspirais à revoir son sourire rassurant. À ressentir sa chaleur.

« Je laisse le miroir ici, pour qu'on ne nous voie pas avec.

— Entendu. »

Je le range avec soin dans un tiroir de la commode et rougis légèrement en voyant mes chemises de nuit. « Il faut que je m'habille un peu mieux.

— Mais non, tu es très bien comme ça. »

En cette soirée d'été, je porte un pantalon large à taille basse dont le rose s'harmonise avec mon haut à décolleté rond ; celui-ci dénude mes bras et s'achève en dentelle sur mon nombril. « Les domestiques ne vont pas s'étonner de me voir dans cette tenue au côté du prince ? Non, décidément, je ne peux pas sortir comme ça. »

Son regard est comme une lente caresse. « Tu es belle quelle que soit ta tenue. » Le rouge me monte aux joues et une boule de chaleur naît dans mon ventre. Il fait encore un pas et c'est comme si chacune de mes cellules se mettait au garde-à-vous. « Si tu veux, je peux nous dissimuler par un halo magique. Personne ne nous verra.

— Ah oui ? Tu peux faire ça ? » À part l'attaque contre le Barghest et les soins qu'il m'a prodigués, je ne l'ai jamais vu exercer ses pouvoirs de faë.

« Voilà, c'est fait ! dit-il en claquant des doigts, tout sourire.

— Mais moi, je te vois toujours.

— Et je te vois aussi. »

Il me parcourt lentement du regard, comme pour dire qu'il ne saurait s'en passer. « Mais pour les autres, nous sommes invisibles et personne ne peut nous entendre. Tu me fais confiance ? »

C'est une question difficile à laquelle je ne peux pas encore répondre. Avant de venir ici et de découvrir sa véritable identité, je me fiais aveuglément à lui, mais il a brisé cette confiance-là. Toutefois, il m'a remis le miroir et, comme moi, il cherche Jas. Il serait si facile d'avoir à nouveau foi en lui. Trop facile…

Comme s'il suivait le fil de mes pensées, il reprend en relevant le menton : « Ça viendra, tu verras. Je regagnerai ta confiance. Je te le promets. » Je prends la main qu'il me tend, et je sens la chaleur de sa peau lorsque ses doigts rugueux s'entremêlent aux miens.

Nous descendons dans le hall main dans la main, croisant des sentinelles et des domestiques qui préparent le palais pour la nuit, et personne ne voit à travers l'aura magique. Je ne peux m'empêcher de me demander comment il réagirait s'il apprenait que moi aussi je sais me rendre invisible – bien que de manière moins efficace et plus aléatoire. Autrefois, il aurait été le premier à savoir que je m'étais découvert ce pouvoir ; maintenant, je me félicite de ne pas avoir compris, là-bas, à Bellecontrée, ce que c'était vraiment. Si je lui en avais parlé à ce moment-là, je n'aurais pas pu remplir ma mission ici.

« Un tour dans les jardins ? » propose-t-il.

Je baisse les yeux sur mes pieds nus. « Il faudrait que je remonte chercher des chaussures.

— Ils sont parfaitement entretenus. On ne risque rien. »

De fait, qu'y a-t-il de plus charmant que de se promener au clair de lune dans la douceur de l'air estival en sentant la fraîcheur du gazon entre ses orteils ? Je serre la main de Sébastian et me laisse entraîner dehors par une grande porte-fenêtre. Nous nous retrouvons dans un grand jardin clos. Il y en a mille comme ça au château et j'ai déjà vu celui-ci, mais sans y entrer.

Nous nous arrêtons au centre. Sous le croissant de lune, je ferme les yeux et j'inspire à pleins poumons l'arôme des roses et des lis. Je jurerais presque humer le clair de lune lui-même. Sébastian me regarde. « Qu'est-ce qu'il y a ? » Je me sens un peu bête.

« J'aime quand tu te laisses aller comme ça. Ça ne t'arrive pas souvent, mais, dans ces cas-là... » Il effleure mon cou. « Tu es à couper le souffle. » Sa main s'attarde sur mon oreille et je m'attends à ce qu'il me caresse les cheveux... Mais il pose une nouvelle fois ses lèvres sur les miennes et reporte son regard sur une fontaine qui glougloute au milieu d'un buisson de rosiers.

Tenaillée par la déception, je baisse la tête le temps de reprendre mes esprits, de me remettre en mémoire ce que j'attends de lui – ce que je *dois* obtenir de lui... et ce n'est pas un baiser.

« Je sais que tu n'as jamais souhaité vivre en Faërie, dit-il, toujours en contemplant la fontaine. Mais j'ai besoin de savoir si tu estimes possible d'y être heureuse un jour... de passer ta vie à mes côtés. Ai-je une chance de te convaincre ? »

Une vie à ses côtés. En Faërie. Jusqu'à la fin de mes jours. Il me demande d'être à jamais une princesse pomponnée enfermée dans son palais sans la moindre considération pour les mille serviteurs humains qui y rendent la vie possible ? Certes, les domestiques du palais d'Or ont de meilleures conditions de vie que je n'aurais cru, mais comment accepter un monde qui traite les humains comme des biens de consommation courante, comment en faire partie intégrante ?

Finn a-t-il raison de croire qu'on peut m'en persuader facilement ?

Non. Si je désire à nouveau – ou « toujours » ? – Sébastian, ce n'est *pas* la vie que je veux mener.

Mais si je veux rester le temps qu'il faudra au palais, je dois lui faire croire que c'est possible. Même si ça implique de lui mentir, ce qui brise dans mon cœur quelque chose de fragile. « Ce n'est pas facile, crois-moi, je murmure avec une sincérité non feinte. Je mentirais si je te disais que je suis prête à vivre ici. »

Il baisse la tête. Si seulement il me regardait…

« Mais je n'ai pas non plus envie de te quitter. » Et ça aussi, c'est vrai. « Peux-tu me laisser un peu de temps ? »

Enfin, il plonge son regard vert dans le mien et j'ai l'impression qu'il lit en moi. « Oui, je peux patienter. Si tu me promets d'y réfléchir sincèrement. »

J'ai l'impression que mes battements de cœur propulsent mon sentiment de culpabilité dans mes artères. Je réponds avec toute l'honnêteté dont je suis capable. « Il m'est facile d'imaginer une vie à tes côtés, Bast. C'est tout le reste qui me pose un problème. »

Je crois lire quelque chose comme un étonnement admiratif dans ses yeux. « Je te remercie.

— De quoi ?

— De me pardonner. D'être ici avec moi en ce moment. Je sais que ce n'est pas évident. »

Je ne te mérite pas. Tu ne devrais pas me faire confiance.

Il reprend ma main et m'entraîne vers un banc de pierre où nous prenons place. Nous savourons le clair de lune et le parfum des fleurs sans éprouver le besoin de parler. La nuit a toujours eu ma préférence, mais en Faërie, les heures nocturnes activent mon pouvoir et je sens ses chatouillis sous ma peau. J'ai la sensation de pouvoir voler. Et, en cet instant, près de Sébastian, de pouvoir être *heureuse.*

« Ma mère aime beaucoup ces jardins, déclare-t-il. Plus jeune, elle y venait dès qu'elle avait un moment. Mon père venait la chercher au milieu de la nuit pour la ramener au lit.

— Elle a mentionné ton père, le jour où je lui ai été présentée. Elle a dit que tu tenais ton bon cœur du roi Castan. Je suis sûre qu'il serait fier de toi.

— J'aime à le croire.

— Que lui est-il arrivé ?

— Il a été tué lors d'une tentative d'assassinat contre ma mère il y a quelques années.

— Qui a fait ça ? je m'exclame.

— Une bande de faë dissidents qui ont quitté cette Cour et pris les armes aux côtés des Unseelies. »

Je frémis, mais c'est la culpabilité, et non la brise du soir, qui me donne la chair de poule. Pourquoi perdre mon temps à me demander si je veux vivre avec Sébastian ? S'il savait que je collabore avec le prince unseelie et sa clique, la question ne se poserait même plus. « Je suis navrée », dis-je tout bas. Mais les excuses ne pèsent pas grand-chose face à ma duplicité.

« La guerre est finie, mais les tensions entre nos Cours plus fortes que jamais. Certains pensent que la solution est de supprimer les deux monarchies pour repartir de zéro.

— Et toi ?

— Je crois que des changements se préparent, et qu'entre les mains d'un bon souverain les deux Cours peuvent être réunies. » Il se remet sur pied. « Assez de politique pour ce soir. Il faut que tu rentres maintenant. »

Tandis que nous regagnons le palais, je garde le silence. Je regrette l'air libre, la nuit et l'isolement du jardin clos.

Nous tombons sur un groupe de filles en robes moulantes qui se dirigent vers la salle de bal. La reine étant absente et ma présence non requise, j'avais oublié le bal. Mes servantes doivent m'attendre dans mes appartements, curieuses de savoir si mon mal de tête va mieux et si elles peuvent me parer comme une poupée.

« Tu n'es pas censé te joindre à elles ? » je demande à Sébastian, en espérant qu'il ne percevra pas la note de jalousie dans ma voix.

« Nous savons tous les deux, je crois, que je préférerais passer la nuit avec toi. »

Je défaille à demi, mais me reprends et lui donne un petit coup d'épaule, moqueuse. « Tu n'es qu'un vil dragueur. » Je me mords la lèvre ; j'ai du mal à contenir la question qui m'a tracassée toute la journée.

« Qu'est-ce qu'il y a ? me demande-t-il. Je connais ce petit air-là. À quoi penses-tu ? » Souriant, il passe son bras sous le mien et m'entraîne vers les cuisines. Quand il me regarde comme ça, je retrouve le garçon d'autrefois et j'oublie tout le reste.

« Tu as dit que tu prévoyais de retourner me chercher à Bellecontrée.

— Oui, et j'étais sincère. » Il entre dans la cuisine. Elle est déserte, comme la dernière fois, mais il y plane un fumet de poulet rôti, de potiron et de ragoût – un rappel doux-amer de l'existence privilégiée que les gens mènent dans ces lieux.

« Je ne vois pas comment ça aurait pu marcher, Bast. Tu voulais te choisir une épouse puis repartir me chercher à Bellecontrée malgré ton statut d'homme marié ? »

Il choisit de détourner la conversation. « J'ai faim, pas toi ?

— Réponds s'il te plaît.

— Je vais le faire, mais il faut d'abord que je mange quelque chose. » Il désigne en souriant une grande glacière contre un mur. « Aujourd'hui on a fait de la crème glacée. »

J'en ai l'eau à la bouche. La crème glacée est un souvenir d'enfance, pour moi. Ça ne court pas les rues à Bellecontrée. Le lait frais est coûteux, et il faut la manger tout de suite. Seules les maisonnées les plus aisées d'Elora, équipées de glacières, ont en permanence sous la main ce genre de friandise. Est-ce que c'est ça, la vie en Faërie ? De la crème glacée dans toutes les cuisines ? Sentir tous les soirs fondre sur sa langue sa délicieuse onctuosité sucrée ? Je fais semblant d'y réfléchir alors qu'en réalité, j'en salive d'avance. « Quel parfum ?

— On en a beaucoup, mais je crois me souvenir que tu préfères le chocolat. »

Sa remarque m'emplit d'un sentiment de vulnérabilité, et je ne sais pas pourquoi, je prends brusquement conscience de mes habits de nuit et de mes pieds nus. L'an dernier pour mon anniversaire, Sébastian m'a offert du chocolat. Juste un morceau acheté au marché. Une délicate attention qui m'avait paru disproportionnée, mais je ne l'en avais que davantage aimé. « Oui, chocolat, très bien. »

Il sort deux raviers et deux cuillers. Je ris.

« Quoi ? demande-t-il en souriant.

— Quand les choses nécessitent un effort, comme prélever des portions de glace, par exemple, je croyais que les faëries utilisaient leurs pouvoirs. » *Ou se reposaient sur leurs serviteurs.*

« Ce serait de l'esbroufe », commente-t-il avec un clin d'œil.

Et si la magie est leur source de vie comme me l'a expliqué Finn, ils ne doivent pas s'en servir pour des choses aussi triviales.

Sébastian dépose une grosse part de glace au chocolat dans chaque petit récipient et me tend le mien.

Nous mangeons en silence, appuyés à la paillasse comme l'autre soir avec nos tasses de thé. Je mange la moitié de ma part puis il se décide à reprendre ses explications. « En fait, je voulais revenir te libérer de ton contrat. Cela dit, pour être franc je n'ai jamais osé y réfléchir vraiment. Je savais que tu me détesterais quand tu saurais qui j'étais ; mais je me suis promis de venir à ton secours que tu le veuilles ou non, dès que j'en aurais été capable. »

Il est tout de même prince ! Pourquoi ne nous a-t-il pas aidées plus tôt ? J'ai bien envie de le lui faire remarquer. Mais après tout ce qu'il a fait pour moi, je passerais pour une gamine ingrate. Alors je me contente de remuer ma glace. « Une fois qu'on aura récupéré Jas, tu trouveras un moyen pour qu'elle reste un moment ? Peut-être pas tout de suite, puisque tu seras occupé à choisir une fiancée, mais… un peu plus tard ? Je voudrais qu'elle sache comment c'est ici ; quand on sera rentrées chez nous, dans le Monde humain, je ne pourrai rien lui offrir de tout ça. »

Je le sens plus que je ne le vois se rapprocher de moi. Il me relève le menton du bout de l'index pour que je le regarde dans les yeux. « Quand je serai roi, ta sœur et toi serez chez vous au palais. » Sous-entendu : si je l'épouse, je n'aurai pas à attendre qu'il accède au trône. Pour être honnête, j'avoue que c'est tentant. Seulement, il y a ce pacte avec le roi…

J'achève ma glace en silence. Mes pensées tournent en rond dans ma tête. Enfin, Sébastian pose nos soucoupes dans l'évier et me raccompagne à ma chambre.

« Merci pour cette soirée, me dit-il devant ma porte. C'était bon de t'avoir pour moi tout seul, même si le temps a passé trop vite.

— Oui, c'était vraiment agréable, merci. »

Ses lèvres s'entrouvrent, il regarde les miennes…

Les paroles de Finn résonnent à mes oreilles. *Quelques moments tendres, quelques suaves promesses… Peu de choses vous séparent du moment où vous serez officiellement la fiancée de ce garçon, tout le monde le sait.*

Je bats en retraite. « Bonne nuit, Sébastian. »

* * *

Je dors avec le miroir sous mon oreiller en m'attendant à demi à ce que le gobelin de Mordeus fasse irruption dans ma chambre au milieu de la nuit.

Le lendemain matin, après le petit déjeuner, je feins un nouveau mal de tête pour échapper à ma séance de travail avec ma « préceptrice » et je patiente dans ma chambre. J'en profite pour jeter un œil à Jas dans le miroir. Aujourd'hui, elle fait de la couture en buvant le thé et en plaisantant avec ses servantes.

Je ferme les yeux et plaque le miroir magique contre moi. Comment se fait-il qu'elle soit si confortablement installée là où elle est ? Je veux y croire, mais le doute me saisit ; je ne devrais pas me fier autant à cette magie. Même Sébastian dit qu'on ignore dans quelle mesure elle marche pour moi. Comment être sûre de ce que je vois ? Je dois absolument savoir si tout va réellement bien pour Jas.

Je m'assieds dans mon lit. Il est facile de m'en assurer. Puisque j'ai toujours le miroir, autant le tester.

« Montre-moi Sébastian. »

Mon reflet s'efface et j'ai tout à coup sous les yeux le prince d'Or assis à son secrétaire, dans ses appartements ; l'air sérieux, il est absorbé par un livre posé devant lui.

Je saute du lit, remplace prestement le miroir par sa copie et m'élance dans le couloir. Parvenue à mi-distance, j'hésite. Et s'il s'absente entre-temps ? S'il se rend compte que je lui rends un faux miroir ? Tant pis. Je presse le pas. En arrivant, je suis hors d'haleine.

La sentinelle me salue en souriant. « Bonsoir, lady Abriella.

— Il est là ?

— Oui milady. Je peux vous annoncer, il a dit que vous étiez toujours la bienvenue. » Il m'ouvre. Je ne suis plus revenue ici après l'attaque du Barghest. Depuis, j'ai eu le temps de m'habituer à l'opulence des lieux, mais ce jour-là, je n'ai pas vraiment eu le loisir d'apprécier la beauté de cette pièce, avec son mobilier en bois sombre, le coin salon grand comme le rez-de-chaussée de tante Vivias, les hautes portes-fenêtres au fond…

Sébastian est à son secrétaire, comme dans le miroir ; je suis tellement soulagée que je manque de me liquéfier sur place. Le miroir marche. *Jas va bien.*

Sébastian lève les yeux de ses livres. « Salut, toi. »

Je ne cherche même pas à réprimer mon sourire. Un poids énorme tombe de mes épaules. J'ai presque envie de danser. « Salut ! »

Il referme son livre et se lève. « Les domestiques disent que tu as décommandé ta matinée avec ta préceptrice. Quelque chose ne va pas ?

— Je suis fatiguée, c'est tout. » L'allégresse me donne le vertige.

Il remet une de mes boucles en place. Elle est rebelle, mais je crois que ça l'arrange… C'est l'occasion de caresser mon visage. « Je t'ai fait veiller trop tard, c'est ma faute.

— Ne t'excuse pas. » Je lui tends la réplique du miroir. « Tiens, j'ai oublié de te rendre ça hier soir.

— Ah oui. J'avais… l'esprit ailleurs, disons. » Il le prend en souriant et ses doigts effleurent les miens. « Ça m'ennuie de devoir te laisser alors que je t'ai à nouveau à moi tout seul, mais j'ai une réunion à laquelle je ne peux pas couper.

— Naturellement ! Excuse-moi. Je ne voulais pas te retarder.

— J'ai une piste pour retrouver Jas, annonce-t-il en rangeant le miroir dans un tiroir. Il faut que j'aille voir un de mes agents.

— Que feras-tu si tu apprends où elle se trouve ?

— Je ferai le nécessaire », répond-il tandis que ses yeux vert sombre deviennent de glace.

Mon cœur se serre. Moi aussi, de mon côté, je continuerai à faire le nécessaire pour libérer Jas, mais s'il y arrive sans moi avant que j'aie les trois objets magiques, tant mieux. « Sois prudent. J'ai entendu dire que le roi est perfide, qu'il peut retourner tes propres sujets contre toi.

— Prudent ? » Il pose sa main sur ma joue en souriant. « Abriella Kincaid se soucierait donc du sort d'un méchant faërie ?

— Tu n'es pas méchant. » Sur ces mots je m'empresse de me retirer, parce qu'en effet, je m'en soucie. Un peu trop, même.

* * *

Comment entrer en communication avec le roi ? J'ai passé presque toute la journée dans ma chambre et le gobelin n'est pas venu chercher le miroir. Peut-être ne peut-il pas entrer dans le château ? Je décide d'annoncer à mes demoiselles de compagnie que je sors me promener.

Traversant les jardins pour m'aventurer dans le domaine royal, je me dirige vers l'endroit où le gobelin de Mordeus m'a laissée la dernière fois. Je furète, je fais les cent pas et je finis par m'allonger dans l'herbe pour contempler les nuages en savourant la chaleur du soleil sur mon visage.

Mais il ne se montre pas.

16

« Qui t'a appris à manier l'épée ? me demande ironiquement Jalek.

— Personne. » J'ai beau m'évertuer à serrer de différentes manières la canne en bambou qui me sert à m'entraîner, je n'arrive pas à reproduire la dextérité du rebelle seelie.

J'ai passé trois jours à attendre en vain le gobelin de Mordeus au palais, après quoi Pretha a insisté pour que je reprenne mon entraînement. Selon elle, Bakken me trouverait quand il en aurait envie et pas une minute plus tôt.

Quand je suis arrivée ce matin chez Finn, on m'a remis de quoi me changer – enfin un pantalon, dieux merci ! – et emmenée dans une salle d'escrime au sous-sol pour « apprendre à me défendre. »

« C'est la première fois que je tiens une épée.

— On aurait dû commencer tout de suite son entraînement physique, commente Jalek en me détaillant d'un air peu amène. Regarde-moi ces bras maigrelets, dit-il à Pretha. Elle ne pourrait même pas se battre contre un faërien.

— Je vous rappelle que je suis là et que je vous entends, j'interviens d'un ton cassant.

— Si elle parvient à maîtriser son pouvoir, elle n'aura pas besoin d'épée, rétorque Pretha.

— De toute façon, je n'ai aucune intention de me battre », je marmonne dans mon coin.

Jalek se met en devoir de rectifier ma posture. « Les épaules en arrière, le menton haut, les pieds écartés à la verticale des épaules. » Il donne de petits coups d'épée dans ma canne d'entraînement, ce qui me déséquilibre. « Les genoux fléchis, souples.

— Pretha ! »

Nous nous retournons tous les trois en entendant la voix étranglée de Finn dans l'escalier. Il apparaît, pâle et grimaçant de douleur. Tynan le soutient d'un bras.

Jalek lâche son épée et, d'un même élan, Pretha et lui se précipitent pour aider Tynan à installer Finn dans un fauteuil.

« Je l'ai trouvé par terre en haut de l'escalier », dit ce dernier.

La main crispée sur son flanc, Finn cille, comme s'il avait le plus grand mal à rester conscient.

« Qu'est-ce qui s'est passé ? demande Pretha en s'agenouillant devant lui.

— J'ai baissé ma garde un instant, souffle Finn.

— Sans blague ! s'exclame Jalek. Et on peut savoir ce que tu faisais ? Quand il y a une affaire à régler, tu la confies à l'un d'entre nous ! Tu n'y vas pas tout seul, merde !

— J'étais avec Kane. » Son pantalon est ensanglanté. Il se laisse aller contre le dossier de sa chaise et je vois que ses doigts sont couverts d'un sang vermillon.

« Kane ? aboie Jalek. Ah bravo ! Le sort du trône entre les mains de *deux* crétins d'Unseelies !

— On a trouvé une piste, réplique Finn entre ses dents serrées, et vous n'étiez là. Je ne vais quand même pas rester sans rien foutre jusqu'à mourir de vieillesse.

— Quel genre de créature t'a fait ça ? Il y a un risque que la plaie soit empoisonnée ?

— Une épée, répond Finn en secouant négativement la tête entre deux accès de toux. Kane et moi, on exfiltrait un groupe de gens d'un camp de la reine, celui du nord.

Les sentinelles postées le long du périmètre portaient la tenue de ses gardes ; on s'est dit que c'étaient des Seelies. Jusqu'ici, la vieille chouette n'avait jamais daigné faire porter ses couleurs sacrées à des Faë Sauvages. Apparemment, elle a changé d'avis.

— Comment ? C'est un des nôtres qui t'a fait ça ? s'écrie Tynan avec un coup d'œil à Pretha.

— Sales traîtres ! fulmine celle-ci.

— Et Kane ? demande encore Tynan, visiblement sous le choc.

— Parti avec le groupe qu'on escortait pendant que je m'occupais des gardes. Dara et Luna sont avec lui. Ils devraient revenir d'ici quelques heures, une fois que Kane aura fait franchir le Passage aux réfugiés.

— Alors le salopard qui t'a fait ça est mort ? demande Jalek, dont les yeux vert sombre lancent des éclairs.

— Je l'ai passé par le fil de l'épée », dit Finn.

Un camp ? Des réfugiés ? Des Faë Sauvages traîtres à leur cause ? « Pourquoi les Faë Sauvages sont-ils plus dangereux que les gardes seelies ? » Je ne comprends rien à tout ça.

Mais personne ne fait attention à moi. Pretha écarte les mains de Finn pour examiner sa blessure. Son expression est un concentré de tendresse et de peur viscérale.

Je m'approche à mon tour. La plaie est profonde, mais hier encore j'ai vu Riaan se faire une belle entaille au bras en s'entraînant contre Sébastian et elle s'est refermée tout de suite ; on voyait la peau cicatriser à l'œil nu. Toutefois, je ne constate rien de tel chez Finn. « Comment se fait-il que vous ne soyez pas déjà guéri ? »

Sans prêter garde à ma question, Finn s'adresse à Jalek d'une voix éraillée par la souffrance : « Il y a une trousse de soins dans le coffre-fort. Va la chercher.

— Finn ? » j'insiste. J'attends qu'il prenne enfin conscience de ma présence et réponde à mes interrogations, mais il se contente de s'affaler en fermant les yeux.

Pretha positionne sa main au-dessus de sa blessure en ravalant un sanglot.

« Ne gaspille pas ton énergie », lui dit doucement Finn. Il effleure le visage de Pretha. Ça me met mal à l'aise. Bizarre… Je ne devrais pas me soucier de ce qu'il y a entre ces deux-là ; seul compte mon apprentissage et le pacte qui me lie au roi. « Ce n'est pas un coup mortel, reprend-il dans un murmure. Je vais m'en remettre, c'est *certain.* »

Pretha fait un effort visible pour se reprendre. « Tu perds trop de sang. »

Jalek tire un guéridon à côté du fauteuil de Finn et y dépose la trousse. « Il faut qu'on embauche un thaumaturge humain pour nous apprendre à utiliser ces trucs de mortels », bougonne-t-il en contemplant les onguents et autres baumes.

Finn cherche mon regard. « Vous savez suturer les plaies, princesse ?

— Un peu. » J'ai déjà recousu les miennes, mais elles n'étaient pas aussi graves. « Mais ça va faire mal et ça fera une vilaine cicatrice.

— Tu entends ça, Tynan ? grogne Finn en grimaçant. Si elle est plus laide que la sienne, Kane cessera peut-être de se vanter. » Sa voix n'est plus qu'un souffle.

« Je ne comprendrai jamais le sexe masculin, commente Pretha. Bon, que vous faut-il, Abriella ? »

Je choisis trois baumes : désinfectant, cicatrisant et anesthésique. Malheureusement, sur une plaie pareille aucun des trois ne peut être appliqué avant la suture.

« Vous pouvez agir sur la douleur ? je lui demande. Après l'attaque du Barghest, Sébastian a endormi ma jambe jusqu'à l'arrivée du thaumaturge. Vous sauriez faire ça ?

— Je peux essayer, mais je n'y crois guère, répond-elle avec une moue dubitative.

— Finn n'est pas une mauviette, place Jalek en esquissant un sourire pour la première fois depuis l'irruption de ce dernier. Il peut s'en passer.

— Je vais te donner à boire », dit Tynan. Une carafe pleine d'un liquide ambré apparaît sur la table. Il emplit un verre d'une main tremblante et le passe à Finn, qui l'engloutit en deux lampées.

« Allez-y, princesse. »

Je prends une aiguille et du fil dans la trousse, mais mes mains tremblent aussi fort que celles de Tynan. « Je peux en avoir un peu ? je demande en indiquant la carafe. Juste pour calmer mes nerfs.

— Volontiers. » Il fait apparaître un second verre et me sert moitié moins de liquide qu'à Finn.

J'en avale une copieuse gorgée et me mets à tousser : elle me brûle la gorge. « Ça suffira. D'abord, il faut nettoyer », j'annonce à Finn.

Il se redresse avec précaution. Pretha l'aide à déboutonner sa chemise. La peau brune de son torse est émaillée de runes tatouées. J'ai la bouche sèche. Je me détourne. Déjà que je le regarde avec des yeux de merlan frit alors qu'il est grièvement blessé, mieux vaut éviter de le faire devant sa… Mais qu'est-elle pour lui ? Sa femme ? Sa compagne ? Une amie ?

Suis-je jalouse ? Pas de Pretha s'ils sont effectivement ensemble, mais du lien entre eux, de cette confiance, cette franchise que je ne peux me permettre avec Sébastian, même si je retrouvais foi en lui. Car mon pacte avec Mordeus me l'interdit à jamais.

Quoi qu'il en soit, je me détourne le temps qu'elle nettoie les abords de la plaie afin de préparer fil et aiguille. Ma mère m'a appris à coudre, mais ça ne m'a jamais plu comme à Jas. C'est seulement grâce à son insistance que je sais faire des coutures propres et solides.

Je prends la place de Pretha, à genoux auprès de Finn. Une fois nettoyée, sa blessure a meilleure allure, mais elle reste profonde et j'hésite.

« Allez-y », m'intime-t-il. Il tressaille légèrement à la première piqûre, mais ne bouge pas.

J'ai l'estomac qui se soulève à la vue du sang, mais je prends une profonde inspiration et j'enchaîne les points. *Tu peux y arriver.* « Quelqu'un veut bien m'expliquer cette histoire de camps ? » je demande sans interrompre ma tâche.

Je les sens qui se dévisagent et se consultent en silence sur ce qu'il convient de me révéler.

« Ne vous laissez pas abuser par le mot "camp", répond enfin Jalek. En fait ce sont des bagnes.

— Pour criminels ?

— Non. Leur seul crime est de s'être fait prendre en terre seelie alors qu'ils ont du sang unseelie.

— Qu'est-ce que vous entendez au juste par "bagne" ? » Je n'ai jamais rangé les Seelies dans le camp du bien, vu que je n'accorde aucune confiance aux faë quels qu'ils soient, mais j'ai du mal à croire qu'ils puissent se montrer cruels envers les êtres de même essence qu'eux sans avoir de bonnes raisons pour cela – même s'ils appartiennent à une Cour rivale.

« Les adultes sont enfermés dans des camps de travail et forcés à trimer dix-huit heures par jour en échange du minimum vital », déclare Jalek d'un air sinistre. Je suis tentée de le croire sur parole. « Et au moindre écart, ils sont exécutés. »

Je me demande si Sébastian est au courant…

« Votre prince a bien tenté de convaincre sa mère de fermer ces camps, du moins sous leur forme actuelle, dit Finn – qui lit dans mes pensées, comme toujours – en grimaçant de douleur, mais elle ne veut rien entendre. »

Je pousse un soupir de soulagement. Sébastian n'est peut-être pas celui que je croyais jadis, mais jamais je ne supporterai un monde où l'apprenti-mage sage et bon que j'aimais tant serait responsable d'atrocités pareilles.

« "Tenté", tu parles ! Mon cul, oui, s'exclama Jalek. S'il voulait vraiment mettre fin à cette infamie, il tuerait la reine lui-même ; seulement voilà, il n'en a pas le courage. J'espérais qu'il craquerait en découvrant le sort des enfants, mais...

— Quel sort des enfants ? »

Pretha consulte brièvement Finn du regard, comme pour lui demander la permission de m'expliquer, puis : « Ils sont séparés de leurs parents, en théorie pour dissuader les familles d'émigrer en terre seelie. En réalité, on leur fait subir un véritable lavage de cerveau, on les gave de propagande sur la reine et on leur fait croire qu'ils sont naturellement inférieurs aux Seelies, donc destinés à les servir. »

Je m'efforce de contenir le tremblement de mes mains et ferme les yeux un instant en pensant à ces enfants, moi qui sais ce que c'est que d'être privée de parents et forcée de servir les gens qui vous procurent le gîte et le couvert. J'étais bien naïve de croire que tous les faë se la coulaient douce...

Cette fois, si mon estomac se soulève, ce n'est plus à la vue de sang.

« Bravo ! murmure Pretha.

— Princesse ! » m'interpelle Finn. En rouvrant les paupières, je me rends compte que je nous ai enveloppés de ténèbres, lui et moi. L'unique source de lumière provient de ses captivantes prunelles argentées. « Nous localisons ces enfants et nous les mettons en sécurité en territoire Faë Sauvage. À l'heure qu'il est Kane en achemine une vingtaine. »

Soutenant le regard de Finn, je réintègre en moi la manifestation concrète de mon pouvoir ; celui-ci se met à circuler dans mon sang en feulant comme une bête sauvage qui se cogne aux barreaux de sa cage. « Pourquoi les Unseelies viennent-ils ici si c'est dangereux à ce point ?

— Parce que la vie est dure sous la férule de Mordeus et que ça vaut la peine de prendre le risque, m'informe Pretha. Il est cupide, égoïste, il se soucie comme une guigne de son royaume, il ne s'en occupe pas. Ses lois privilégient les riches et les puissants et punissent les moins chanceux. »

Je lance un coup d'œil à Finn, sûre que son expression torturée est moins due à la plaie dans son flanc ou à l'aiguille dans sa peau qu'à l'état de son royaume.

« Vu leurs conditions d'existence, beaucoup de gens préfèrent fuir, m'explique Jalek en prenant le relais de Pretha. Mais le pays unseelie est ceint de toute part de vastes mers dangereuses, sauf du côté de sa frontière avec le pays seelie. Comme vous l'a dit Finn, les Faë Sauvages acceptent les réfugiés, mais les Unseelies doivent venir jusqu'ici, soit en traversant à pied tout le pays seelie, soit en trouvant un Passage. »

Je continue à suturer, mais je dois me concentrer pour empêcher ma colère de se traduire par une masse de ténèbres qui envahirait la pièce. « Pourquoi ne se servent-ils pas de gobelins pour se déplacer ?

— Ces créatures sont encore plus égoïstes que Mordeus, grogne Jalek, l'air dégoûté. Les réfugiés n'ont rien d'assez précieux à leur offrir pour qu'elles prennent le risque de mécontenter tant Mordeus qu'Arya.

— Et de toute façon, précise Pretha, un gobelin ne peut transporter que deux personnes à la fois, dans le meilleur des cas. Non, pour les groupes un peu nombreux, le moyen le plus facile de s'infiltrer en territoire Faë Sauvages reste le Passage. »

Jusqu'ici, Tynan a observé un tel mutisme que je sursaute en l'entendant. « Le roi et la reine des Faë Sauvages font de leur mieux pour accueillir les exilés unseelies – provisoirement, le temps que Finn monte sur son trône légitime –, mais pour la sécurité de leur frontière, ils ne peuvent autoriser les Passages menant directement au royaume de Mordeus. L'usurpateur s'en servirait pour envoyer ses plus viles créatures torturer d'innocents Faë Sauvages. » La résille de son front se met à pulser d'un éclat plus vif. Il prend sur lui en inspirant profondément. « Nous avons créé des Passages le long de la frontière seelie pour tenter de faire passer les Unseelies avant que les gardes de la reine ne les capturent.

— Il faut fréquemment ouvrir, refermer et déplacer ces Passages pour déjouer la vigilance des gardes d'Arya, précise Pretha en se versant à boire. Ça met nos forces à rude épreuve, mais pour le moment, nous n'avons pas trouvé de meilleure solution. »

Je pose mes derniers points de suture tandis que Finn ne me quitte pas des yeux. Je n'essaie même pas de cacher mon désarroi. Je termine en appliquant les onguents adéquats, mais les pensées tournent follement dans ma tête. *Ces enfants…*

« Est-ce qu'il va mourir ? » Une voix éplorée au pied de l'escalier. Depuis combien de temps l'enfant est-elle là ? A-t-elle compris la gravité de la blessure ? Je me redresse instinctivement pour aller à sa rencontre, mais déjà Tynan la soulève de terre.

« Mais non, ne t'en fais pas, mon chou. Il va très bien s'en sortir. Regarde… » Il l'emporte auprès de Finn, qui chatouille ses pieds nus. Elle rit et essuie ses larmes.

Si elle était humaine, je lui donnerais 5 ou 6 ans. Elle a le teint café au lait, des cheveux soyeux comme ceux de Pretha et sur le front une ébauche de résille argentée. Mais ses grands yeux sont argentés et son sourire… est exactement le même que celui de Finn.

« Alouette, je t'ai déjà dit de rester en haut quand il y a du monde », dit Pretha en me lançant un coup d'œil.

Le sous-entendu est clair. Nous nous entraidons, certes, mais je ne devais pas connaître l'existence de sa fille. Même si je viens de recoudre son… quel que soit son lien de parenté avec Finn.

« Mais… je l'ai vue dans l'incendie », dit Alouette en me montrant du doigt. Elle incline la tête sur le côté comme pour réfléchir à une énigme. « Votre sœur n'est pas dedans, ajoute-t-elle.

— Alouette, tais-toi ! » Pretha prend l'enfant des bras de Tynan et enfouit son visage dans sa chevelure. « Qu'est-ce que maman t'a dit, pour les visions ? Qu'il ne fallait pas t'en servir !

— Pretha, intervient doucement Jalek. Il serait peut-être utile de savoir ce que c'est que cet incendie…

— Alors trouvez-vous un voyant, réplique-t-elle, les larmes aux yeux. Ne vous servez pas de ma fille.

— Excuse-moi, maman. » Alouette pose ses menottes sur les joues de sa mère. Je ne le fais pas exprès. Je *vois*, c'est tout. Et je ne veux pas qu'elle meure dans le feu. Ça lui est déjà arrivé une fois. »

Mon cœur se serre en entendant l'inquiétude qui perce dans la voix de cette adorable petite. « Je ne suis pas morte, tu vois, lui dis-je en écartant les bras. J'ai été prise dans un incendie autrefois, c'est vrai, mais j'ai survécu. »

Sans me prêter attention, Alouette reprend en regardant sa mère : « La prochaine fois qu'elle meurt, il faudra que ce soit pendant la cérémonie d'appariement, sinon elle ne sera jamais reine. »

Mon sang se glace dans mes veines. *La prochaine fois qu'elle meurt ?*

« Comment ça, "reine" ? vocifère Jalek.

— S'il te plaît ma petite chérie, arrête », la supplie Pretha, visiblement en proie à une grande détresse.

Jalek me fait face. « Alors c'est vrai ? Vous êtes amoureuse du prince. » Il jure tout bas. « Vous devez nous *prévenir* avant de lui promettre quoi que ce soit ! »

J'ignore son intervention et le regard perçant de Finn pour répondre à la petite : « Je ne suis pas morte dans cet incendie, et je ne serai pas la reine seelie. »

Elle glousse. « Vous ne pourrez *jamais* l'être. »

Je devrais être soulagée. Pourtant, ses paroles plantent une petite écharde au plus profond de mon cœur, là où gît la mélancolie que je cache au reste du monde – et à moi-même. Là où je désire secrètement Sébastian. Où je voudrais être digne de…

Non. Ce n'est *pas* cela que j'appelle de mes vœux.

Jalek regarde Finn avec insistance puis se retourne vers l'enfant : « Tu veux dire la reine *unseelie*, n'est-ce pas, Alouette ? »

Pretha le foudroie du regard et nous nous ratatinons sur place. Alouette, elle, sourit. « Elle pourrait, si elle voulait. Mais pas si elle meurt dans l'incendie.

— Tynan, coupe Pretha en lui repassant la petite. Remonte-la dans sa chambre, tu veux ? »

Il opine et Alouette noue ses bras autour de son cou. « Tu m'avais promis de m'apprendre ton jeu de cartes, tu te souviens ? On essaie maintenant, si tu veux, dit-il en s'engageant dans l'escalier.

— D'accord, mais je te préviens, je suis très forte. Promets-moi de ne pas te mettre en colère si je gagne.

— Promis, je serai beau joueur », répond-il.

Leurs voix dans l'escalier deviennent bientôt inaudibles.

« Ma foi, voilà qui est instructif », commente Jalek.

Pretha le fusille du regard.

« Elle ne peut pas s'en empêcher, lui dit Finn avec douceur. Sa magie n'est pas comme la tienne. Elle ne peut pas l'allumer et l'éteindre à volonté. Ça lui vient tout seul.

— Va-t-on parler de ce qu'elle a vu, oui ou non ? intervient Jalek.

— Ah, la mort par le feu, ironise Finn en haussant les sourcils. Eh bien, qu'est-ce que ça vous inspire, princesse ?

— Ce n'est qu'une enfant, ça ne veut rien dire. Je ne suis pas morte, vous voyez ? ajouté-je en écartant les bras. Les humains ne continuent pas à se promener après leur mort, au cas où vous ne le sauriez pas. »

Jalek pousse un grognement que je serais bien en peine d'interpréter.

Pretha sèche ses larmes et reprend son calme avant de se tourner vers Finn. « Demande à tes espions à la Cour unseelie s'ils ont eu vent d'une future attaque contre le palais d'Or, surtout par le feu ou au moyen d'explosifs. » Elle se force à me sourire. « Quant à vous, restez sur vos gardes, d'accord ? »

J'ai bien envie de lever les yeux au ciel, mais je me retiens. « Est-ce qu'on peut revenir sur cette histoire de camps et de réfugiés ? » Je n'ai jamais vu Finn dans un tel état d'épuisement, mais il faut que je sache. « Ça s'arrêterait si vous montiez sur le Trône d'Ombre ?

— Il ne m'est pas possible de modifier les lois seelies, mais je pourrais améliorer les conditions de vie sur mes terres. Je ferais tout pour que mon peuple ne soit pas obligé de fuir. Pour le protéger, lui procurer une patrie sûre. » Il rive sur moi un regard intense ; on dirait que moi seule ai le pouvoir de l'installer sur le trône de son père. « Tel est le vrai devoir d'un roi. »

Le sauvetage de Jas reste ma priorité absolue, mais je ne peux m'empêcher de penser à ces enfants unseelies jetés dans de véritables prisons, eux, et persuadés d'être inférieurs en raison de leur naissance. Si Finn renversait Mordeus, le pacte n'aurait plus lieu d'être. Et il me rendrait ma sœur. J'en suis sûre. « Dites-moi ce que je peux faire. »

Son visage se ferme. Il s'adresse à Jalek : « Tu m'aides à monter dans ma chambre ?

— Puisqu'elle te dit qu'elle veut se rendre utile. »

Finn se remet tant bien que mal sur pied en grimaçant de douleur. « Sinon j'y vais sans ton aide.

— D'accord, d'accord. » Jalek me lance un regard appuyé puis aide son prince à monter l'escalier.

« Qu'est-ce que j'ai dit ? demandé-je à Pretha.

— Assez d'émotions pour aujourd'hui, élude-t-elle. Rentrons dès à présent au château. »

17

Il s'est écoulé une semaine depuis que Sébastian m'a donné le miroir. Une semaine à tourner en rond au château ou à travailler avec les hors-la-loi de Finn, à me demander si Mordeus m'a oubliée, moi et le pacte que nous avons conclu. Une semaine à demander compulsivement au miroir de me montrer ma sœur. La voir contente et choyée est la seule chose qui rende l'attente supportable. Le palais d'Or a beau être plein de monde, je m'y sens seule. L'unique personne en qui j'ai un tant soit peu confiance est Sébastian, et je ne peux évidemment pas me confier à lui.

Je commence à me demander si le roi a jamais eu l'intention de récupérer le miroir ; en attendant, je ne dois pas manquer une seule séance d'apprentissage. J'aurai peut-être besoin de ces étranges pouvoirs pour récupérer le deuxième objet magique. Mais en toute franchise, si je préfère la compagnie des résistants unseelies, ça va au-delà de ce pacte. Quand Pretha me ramène au palais après une journée chez Finn, j'ai le sourire et je me sens moins… médiocre.

Aujourd'hui, je me suis entraînée à me fondre dans l'ombre et à passer à travers les murs ainsi que les protections magiques. Je fais des progrès, mais quand Pretha m'a ordonné de la transformer en ombre, je me suis heurtée à… un mur. Au sens propre comme au sens figuré.

« Faisons une pause déjeuner, propose-t-elle en sortant de la bibliothèque. Jalek prépare des sandwiches. »

Dans la cuisine, nous retrouvons ce dernier déjà attablé en compagnie de Tynan et Finn. Trois autres couverts sont mis, mais pas trace de leur ami unseelie aux yeux rouges.

« Je ne sais pas où est Kane ce matin, marmonne Jalek en me voyant tourner les yeux vers le hall d'entrée. Mais j'ai trop faim pour l'attendre alors allez-y, asseyez-vous.

— Ne fais pas attention à lui, me dit Pretha. La faim le met de mauvaise humeur.

— Ce qui me met de mauvaise humeur, rétorque-t-il, c'est que c'est presque Litha et que l'autre garce trône toujours. Et que le prince à qui j'ai juré fidélité a la fièvre et refuse de se soigner. »

Je me tourne vivement vers Finn. Ce matin, en arrivant, je lui ai demandé comment il se sentait mais il m'a envoyée promener en me disant de ne pas le materner. Maintenant, je vois en effet que la sueur perle sur son front.

« Tu ne peux rien y faire avec la faim au ventre, rétorque Pretha en prenant place à côté de Finn. Alors mange ! » Elle éponge le front de Finn, qui repousse sa main.

« Puisque je vous dis que ça va !

— Vous avez de la fièvre ? Vous avez mis le baume que je vous ai donné ? Je demande.

— C'est autre chose », réplique-t-il. Sa mâchoire se contracte ; on voit qu'il en a assez de répéter le même argument. « Une fièvre normale.

— Quel aspect ont les sutures ? C'est rouge ? Enflé ?

— J'ai regardé ce matin, intervient Pretha en évitant mon regard. On s'en occupe. Asseyez-vous donc. »

Je m'exécute de mauvaise grâce. Tynan fait circuler une assiette de sandwiches pendant que Jalek emplit nos verres d'une eau pétillante qui a un goût de soleil et de citron. Une description que j'aurais jugée ridicule avant de venir en Faërie – faute de pouvoir l'imaginer.

Alors que j'en suis à la moitié de mon sandwich et que les hommes attaquent le second, Kane fait son apparition en compagnie d'une inconnue.

Le silence se fait. Tout le monde cesse de manger.

Finn se lève. Les loups, que je n'avais pas remarqués jusqu'ici, surgissent de l'ombre pour venir se tenir à ses côtés. « Qu'est-ce qui se passe ? » demande-t-il d'une voix calme mais lourde de menaces.

Kane baisse la tête. « Je t'ai trouvé un *tribut*. »

J'ai déjà entendu le mot. À Elora, des gens sont grassement payés pour se rendre en Faërie avec ce statut de « tribut. » Mes cousines y percevraient un sous-entendu et glousseraient bêtement, mais moi, ce que je sais, c'est que les tributs ne reviennent jamais. Je me dirige vers la nouvelle venue, mais Pretha me retient d'une main ferme. « Brie, non.

— Mais je n'ai pas demandé de tribut ! » explose Finn. Chaque mot pèse son poids de colère. « Ramenez-la chez elle.

— Finn, intervient Kane avec la même dureté. Sois raisonnable. »

La fille s'avance. Guère plus âgée que moi, très jolie. Ses longs cheveux blonds retenus par des peignes mettent en valeur ses pommettes hautes et ses yeux bleus. Je me demande comment elle s'appelle, si elle a une famille qui va se languir d'elle.

Je cherche à me dégager, mais Pretha tient bon. « Elle n'agit pas contre son gré, Abriella. »

La jeune fille baisse la tête. « Je vous en prie, mon prince. J'ai fui la Cour de Mordeus. J'ai vécu toute ma vie en Faërie et… j'ai vu suffisamment de choses pour savoir ce que je fais. » Elle tombe à genoux devant lui – en signe de révérence, semble-t-il. « Je vous en supplie… »

Finn la contemple longuement, sans se radoucir, reporte son regard sur Kane et secoue vivement la tête avant de sortir en trombe de la cuisine, ses loups sur ses talons.

Pretha fait la grimace. Kane jure dans sa barbe. La jeune fille enfouit son visage dans ses mains et fond en larmes.

« Je vais lui parler », déclare Jalek.

Pretha l'arrête d'une main posée sur sa poitrine. « Non, laisse-moi faire. » Elle se dirige vers la bibliothèque à la suite de Finn et referme la porte.

« Désolé, dit Kane à la fille. Laisse-lui un peu de temps.

— Est-ce que quelqu'un pourrait m'expliquer ce qui se passe ? » dis-je en regardant avec insistance Jalek et Tynan.

Mais Jalek se contente de secouer la tête et entreprend de débarrasser la table. Tynan aide la fille à se relever en lui prodiguant des paroles réconfortantes.

« Bon, je vais dans le jardin », j'annonce – même si personne ne fait attention à moi. Je sors par la porte de derrière, que je laisse claquer derrière moi. La brise d'été sur mes joues me procure une sensation agréable.

J'en ai assez qu'on me maintienne dans l'ignorance. Assez que les gens à qui je suis obligée de faire confiance se méfient systématiquement de moi.

Les fenêtres de la bibliothèque sont ouvertes. Je m'approche discrètement, mais je ne distingue pas ce qu'ils disent. Pretha a dû prévoir une protection magique contre les indiscrets – contre *moi*, en fait.

Mais si je veux savoir ce qui se passe, j'en suis capable !

Je ferme les yeux. Je sens mon corps se dissoudre, se transformer en ombre, en ténèbres, en néant. Je ne les rouvre qu'après avoir lentement traversé le mur, passant outre les talismans protecteurs disséminés dans la maison et le bouclier magique de Pretha. Je suis dans la bibliothèque.

Finn est affalé sur le divan, occupé à se masser les tempes. « Abriella n'est pas prête. Si je le lui demande maintenant, elle va se douter de quelque chose.

— D'accord, dit Pretha en faisant les cent pas dans la pièce. Mais dans ce cas, il faut que tu fasses… ce que tu sais.

— Pourquoi ? Pour une petite infection ? Tu crois que c'est ça qui va m'empêcher de gagner cette guerre ?

— C'est ton maudit orgueil qui va nous faire perdre ! » Elle pleure. « Tu n'as pas idée de ce que j'ai souffert en voyant Vexius s'affaiblir peu à peu ! »

Vexius… N'ai-je pas déjà entendu ce nom ?

« Tu ne sais pas ce que c'est que se dire jour après jour "Ça aurait pu finir autrement" !

— Comme si c'était si simple ! Réplique Finn. Si je prenais sans cesse des tributs, je ne vaudrais pas mieux que *lui*. »

Qui ça, « lui » ? Mordeus ? Lui aussi « prend des tributs » ? Mais dans quel but ? Pour en faire quoi ?

« Moi je crois que tu es encore en deuil d'Isabel et que… »

Elle se tourne dans ma direction et scrute le mur tapissé de livres, dans l'ombre.

Finn se redresse. « Qu'est-ce qu'il y a ?

— J'ai eu la sensation qu'on n'était pas seuls. »

Zut !

Elle fait un geste et un orbe lumineux apparaît au bout de ses doigts. Un autre geste et il avance vers moi en flottant dans les airs.

Je me réinsère précipitamment dans le mur avant qu'elle me voie.

« Je ne vois rien, ai-je le temps d'entendre. Tu es sûre ?

— Tu ne devrais pas rester dans les coins mal éclairés quand elle est dans les parages. »

* * *

Je ne suis pas censée savoir que la fille est toujours là. Ni l'avoir vue entrer dans la bibliothèque où Finn a passé l'après-midi à broyer du noir. Et surtout, je ne suis pas censée me servir de mes ombres pour me glisser discrètement dans la pièce et continuer à les épier.

Depuis que Pretha m'a appris ce que je devais connaître sur les talismans défensifs et les boucliers protecteurs, je sais que jusque-là, je les franchissais à mon insu quand je me fondais dans l'ombre ; maintenant, j'ai une conscience plus aiguë de cette barrière magique. Je sens en m'introduisant dans la bibliothèque qu'on y a placé un obstacle supplémentaire.

La jeune fille se tient devant Finn, les yeux baissés. « Je vous en prie, ne me renvoyez pas là-bas. »

Finn l'oblige à lever la tête pour la dévisager. « Vous ne vous rendez pas compte de ce que vous m'offrez.

— Oh si. Je suis née en Faërie, j'y ai grandi ; je sais comment ça marche. Je ne suis pas une humaine comme les autres.

— Et si je vous envoie chez les Faë Sauvages ? Ce serait mieux ?

— C'est pour mon frère que je fais ça – enfin, mon demi-frère. Il était unseelie, et c'est la seule personne qui s'occupait de moi.

— Où est-il à présent ?

— Il est mort, mon prince, répond-elle en baissant à nouveau la tête. Il n'aurait pas dû mourir, mais à cause de la malédiction…

— Je comprends. »

Elle sort de sa poche une poignée de petites pierres. « Je vous en prie.

— Que puis-je vous donner en échange ?

— Je vois bien tout ce que vous faites pour les Unseelies. C'est ma façon à moi de contribuer. Je *veux* le faire, pour vous et pour eux.

— Il doit bien y avoir quelque chose que je puisse vous offrir ? Insiste-t-il, la voix rauque.

— Non, je vous assure », répète-t-elle avec un pâle sourire.

Elle prend le visage de Finn entre ses mains et s'approche. Alors, les yeux grands ouverts, il pose ses lèvres sur celles de la fille.

Une sensation sourde m'ébranle jusqu'au tréfonds de mon être.

Je tourne le dos et ressors de la pièce. Est-ce pour Pretha que j'ai de la peine ? Pourtant, je ne suis pas sûre qu'ils soient… ensemble. Alors ? Pour quelle autre raison réagirais-je ainsi en voyant Finn en embrasser une autre ?

Je retourne m'asseoir dans le jardin et regarde le soleil sombrer lentement vers l'horizon. Pour la première fois de la journée, j'ai envie de rentrer au palais. Je ne veux pas être là pendant que Finn s'approprie son… *tribut*. Je voudrais oublier cette sensation dans ma poitrine que je ne sais pas nommer. Est-ce de la jalousie ? Non. Qu'ai-je à faire d'un prince faë perpétuellement mal luné ?

Il ne m'intéresse pas.

Mais alors, pourquoi ai-je mal en le voyant si tendre avec une autre ?

Je pourrais mettre mes sentiments sur le compte de la gratitude : il me vient en aide alors que j'en ai besoin. Mais qu'est-ce que ce lien que je sens entre nous ? Pourquoi mon pouvoir augmente-t-il quand il est près de moi ? Pourquoi le contact de sa peau me fait-il autant d'effet ?

Et si tout ça avait un sens, une raison d'être ? Si Finn était bien plus pour moi qu'un instructeur et un camarade ?

Cette trahison envers Sébastian me fait honte. Je voudrais extirper ces pensées de ma tête.

« Vous êtes prête à rentrer au palais ? » lance Pretha depuis le pas de la porte. Tout l'après-midi, elle a essayé de me convaincre.

« Mais enfin, ça ne vous fait rien qu'il soit en train de *tripoter* cette fille là-dedans ? » j'explose.

Pretha me regarde sans comprendre, puis paraît… soulagée, je crois. « Je ne vous ai pas sentie passer à travers mon bouclier, marmonne-t-elle. Bravo !

— Il l'a embrassée sur la bouche ! Ça devrait quand même vous contrarier, non ? » *Zut, c'est méchant, ça. Cruel, même. On dirait mes cousines !* Je reprends sur un ton plus conciliant : « Vous ne préférez pas être au courant ? »

Elle fronce les sourcils, puis comprend et sourit. « Vous avez cru que Finn et moi étions *un couple* ? » Elle rit. « Où avez-vous bien pu pêcher cette idée ? »

Mes joues s'empourprent, j'essaie de cacher mon embarras, mais c'est peine perdue. J'ai fait des hypothèses, je me suis trompée, et maintenant je me sens bête. « Alouette a les mêmes yeux que lui.

— Non, elle a les mêmes yeux que son père. Finn est son oncle, et il a le droit d'embrasser qui il veut. » Elle ajoute quelque chose tout bas et il me semble saisir : *en pensant à une autre*.

« Qu'est-ce que c'est, un "tribut" ? Pourquoi avez-vous besoin de ces personnes et qu'est-ce qui leur arrive après ? Pourquoi cette fille avait-elle de petits cailloux dans sa poche ?

— On essaie d'être vos amis, Brie, me sermonne-t-elle en croisant les bras. Les amis ne s'espionnent pas entre eux. »

18

« Fille du Feu, réveille-toi », fait une voix râpeuse à mon oreille.

Pretha m'a raccompagnée au palais et je suis allée tout droit me coucher ; je m'en voulais en effet d'avoir espionné des gens qui m'avaient fait confiance et surtout d'avoir ressenti… je ne sais quoi en voyant Finn embrasser la fille.

« Fille du Feu. » Un ongle acéré effleure le pavillon de mon oreille. J'ouvre finalement les yeux.

Le gobelin de Mordeus se penche sur mon oreiller.

Enfin !

« Pourquoi as-tu mis si longtemps à venir ? » je profère rageusement en m'asseyant au bord du lit.

« Le roi a fort à faire, petite. Il a son rythme à lui. »

Je m'esclaffe. À mes yeux, *tous* les faeries ont l'air de progresser à leur rythme propre. J'imagine que l'immortalité relativise le sentiment d'urgence… « Attends, je m'habille, dis-je au gobelin.

— Pas le temps. »

Je lui montre le fin tissu de ma chemise de nuit. « Tu plaisantes ? Je ne vais pas y aller dans cette tenue.

— C'est maintenant ou tu devras attendre encore une semaine. Comme tu voudras. »

Non sans un coup d'œil furibond, j'attrape ma besace cachée sous le matelas. Je n'ai même pas le temps de me retourner vers le gobelin que déjà il agrippe mon poignet. La chambre disparaît.

Nous nous matérialisons à la Cour de la Lune. Cette fois, pas dans la salle du trône, mais dans l'antichambre d'un petit salon. Par la porte, je vois le roi qui se prélasse dans un fauteuil rouge. Le gobelin lâche mon bras, tout se met à tourner et je tombe sans avoir pu me préparer.

Le contenu de mon estomac menace de remonter. Je pose le dos de ma main sur ma bouche.

« Abriella ! Vous êtes charmante », déclare le roi. Cette fois-ci il est tout de noir vêtu, depuis le pantalon jusqu'à la tunique aux plis impeccables en passant par la cape drapée sur ses épaules. Même ses ongles sont vernis de noir. Autour de lui se tiennent trois sentinelles qui pointent régulièrement leur langue fourchue comme s'ils goûtaient le danger dans l'air.

Malgré la nausée, je relève fièrement la tête. Je refuse de me montrer vulnérable devant ce faërie – même si, honnêtement, je ne détesterais pas lui vomir dessus ! « J'ai votre miroir depuis une semaine. Je n'apprécie pas qu'on me fasse attendre ainsi.

— Moi non plus, fait-il, l'air assommé d'ennui. Et vous avez mis plus de temps que prévu. Mes espions disent que vous avez fini par le demander au prince. Très malin de votre part. Je regrette juste qu'ils n'aient pas vu ce qu'il a exigé en échange. J'espère qu'il en a bien profité. »

D'un coup, la nausée cède la place à la colère. Des fissures de ténèbres s'étoilent au bout de mes doigts sur le sol de marbre. Les sentinelles portent la main à leur épée et je regarde furtivement la noirceur aux profondeurs insondables qui se dessine dans le marbre émietté. Je ne sais pas au juste en quoi consiste ce pouvoir, mais décidément, il s'épanouit dans le palais unseelie.

« Tiens tiens... » Le regard du roi s'assombrit, ses narines s'évasent. Il contemple les dégâts. « Je vois que vous ne savez pas encore contrôler votre magie. »

Ou plutôt, je n'ai pas encore appris en quoi elle consiste. J'ignorais qu'elle pouvait se manifester de cette façon. Je serre le poing et me concentre afin de réabsorber mon pouvoir en moi. Je l'imagine enroulé dans mon ventre, non pas endormi, mais plutôt sur le qui-vive comme un puissant serpent constamment prêt à attaquer.

« Je donnerais cher pour posséder ce don-là », reprend le roi.

Je me moque bien de ce qu'il pense, et je ne veux pas rester ici plus longtemps que nécessaire. Ce n'est pas la Cour elle-même qui me répugne, mais Mordeus. Sa façon de me regarder comme s'il voulait entrer dans ma tête et fouiller dans tous les coins. Ça me donne la chair de poule. Je me relève et remets un peu d'ordre dans ma tenue. « Je veux voir ma sœur.

— C'est impossible.

— Laissez-moi la voir et je vous remettrai le miroir.

— Comme vous le savez, vous pouvez la voir *dans* le miroir. »

Je préfère ne pas savoir comment il est au courant. Des images de ses espions m'observant à mon insu dans ma chambre se bousculent dans mon esprit. J'en frémis. Mais non, il dit sûrement ça au hasard. « Ce n'est pas suffisant.

— Il faudra vous en contenter, réplique-t-il en haussant les épaules. C'est tout ce que je peux vous proposer. Vous n'avez pas apprécié de pouvoir afficher à volonté l'image que vous souhaitiez ?

— Non, je veux voir ma sœur en chair et en os. » Ça fait une éternité et son absence me taraude en permanence.

« Asseyez-vous. » Mordeus fait un geste et une carafe pleine de liquide rouge sombre apparaît dans sa main. « Buvons à vos succès. »

Boire du vin faërie, moi ? *Je m'en passerai.* « Non merci.

— Je me permets d'insister. D'abord, nous allons boire. Ensuite, je vous parlerai du prochain objet que vous allez récupérer pour revoir votre sœur, *en chair et en os*, cette fois. »

Il joue avec mes nerfs. Il essaie de me manipuler avec ses petits jeux. Je rassemble ce qu'il me reste de patience, contrainte et forcée, et je vais m'asseoir dans le petit salon. J'accepte le verre qu'il me tend, histoire d'accélérer le processus.

Mordeus lève le sien. « Buvons au pouvoir. Non ? ajoute-t-il en me voyant réagir.

— Dans mon Monde, le pouvoir sert à priver insidieusement les gens de leur vie, de leurs choix, de leur libre arbitre. » Son regard perçant lit trop bien en moi. Je fais rouler mon verre entre mes mains en regardant tourner le breuvage. « Aussi je ne tiens pas à élever un toast au pouvoir.

— À quoi voulez-vous boire, dans ce cas ? »

Je soutiens son regard, mais laisse planer un silence pesant avant de répondre. « Aux promesses tenues et aux engagements honorés.

— Ah, oui. Vous pensez toujours à votre sœur. Eh bien, entendu, buvons aux promesses ; de fait, j'ai hâte que vous teniez la vôtre. » Nos verres s'entrechoquent et son sourire me fait frémir d'appréhension.

Je le regarde boire et reste là sans toucher à mon vin pendant de longues minutes. Il finit par pousser un soupir exaspéré. « Nous n'évoquerons pas le sujet qui vous intéresse avant que vous ayez bu, petite. »

J'ai bien envie d'argumenter, mais à quoi bon ? Ce faërie voit tout en termes de pouvoir, lui qui a mal acquis le sien. Il ne tolérera pas la moindre marque de défi. Je bois la plus petite gorgée possible. Le vin est doux, velouté ; une sensation de chaleur se répand dans ma poitrine. « Et ce second objet ? dis-je pour relancer la discussion.

— Quel bourreau de travail ! Vous voilà bien pressée… Vous ne voulez pas plutôt savourer tranquillement votre vin ? »

Je le fusille littéralement du regard.

Il se laisse aller en arrière dans son fauteuil. « Le second objet est ce qu'on appelle le *Grimoiricon*, et sera bien plus difficile à rapporter que le premier. »

Évidemment. Sébastian ne va tout de même pas me donner tout ce que je demande pour sauver ma sœur. Même si je commence à croire qu'il en serait capable – pour moi, pour Jas. Dommage que je ne puisse pas tout lui raconter, au risque de compromettre définitivement mon pacte avec Mordeus. « Qu'est-ce que c'est ?

— Vous le connaissez peut-être sous le nom de Grand Livre. C'est le texte sacré de Faërie ; il renferme les plus anciens sorts et actes magiques hérités des Anciens.

— Et ça se présente vraiment comme un livre ?

— En quelque sorte, oui, m'informe-t-il en buvant une gorgée. Une chose aussi puissante ne saurait être tout entière contenue dans des pages ; comme tous les grands textes magiques, il peut changer d'apparence.

— C'est-à-dire ? » Comme je n'ai pas l'impression que ce vin m'enivre, je me risque à en reprendre un peu. Il est vraiment délicieux. De toute façon, si Mordeus veut tellement que j'aille chercher son livre, il n'a aucun intérêt à me droguer à mort.

« C'est imprévisible. S'il se sent en danger, il peut se transformer en n'importe quoi. »

Allons bon ! Un livre qui pressent le danger et se métamorphose à volonté maintenant. Avec le Spéculaire, on a commencé par le plus facile.

« Bon. Et où se trouve-t-il ?

— Je ne peux répondre à cette question. La Cour seelie, qui nous l'a volé pendant la guerre, le tient depuis lors sous bonne garde, alors qu'il appartient à *ma* Cour et que sa magie ne peut être utilisée par les faë d'Or.

— Pourquoi l'ont-ils dérobé, dans ce cas ? »

Il boit en laissant son regard se perdre dans le vide, comme s'il passait en revue des millénaires de souvenirs avant de répondre. « Pour la même raison que les autres objets. Pour nous affaiblir.

— Si je comprends bien, vous voulez que je mette la main sur un livre qui peut se trouver n'importe où à la Cour seelie et se présenter sous *n'importe quelle forme* ? » Autant retrouver une aiguille dans une botte de foin. Au moins on sait quand on l'a trouvée. Là, je pourrais dormir toutes les nuits à côté du Grimoiricon sans jamais m'en douter.

« Je vous permets de garder le miroir », dit-il en baissant les yeux sur l'objet, que je serre sur mes genoux à m'en faire blanchir les doigts.

Ouf ! Je tremblais de perdre le miroir, ma seule connexion avec Jas. Je vais pouvoir garder un œil sur elle ; je pousse un soupir de soulagement.

« Bonne chance », conclut-il.

* * *

En un clin d'œil, le gobelin me ramène du palais unseelie aux jardins du château de la reine.

« Comment se fait-il que tu m'enlèves dans ma chambre, mais que tu ne puisses pas m'y ramener ? » je demande en luttant contre la nausée provoquée par ces déplacements.

« Parce que tu as de la visite là-haut et que j'ai pas très envie qu'on sépare ma tête de mon corps.

— Comment le sais-tu ? »

Il me sourit de toutes ses dents pointues et disparaît.

Je croyais m'être absentée brièvement, mais ici, le soleil est déjà haut dans le ciel. Les jardins fourmillent de jardiniers et, sur le chemin du palais, le parfum de la lavande et des roses m'envoûte. Je suis tentée de m'asseoir et de fermer les yeux au soleil, bercée par le chant des oiseaux. Mais je résiste. S'il y a vraiment quelqu'un dans ma chambre, je veux savoir qui.

« Le prince vous a attendue toute la matinée, dit une voix sirupeuse derrière moi. Il trouverait curieux que vous débarquiez en pyjama. » C'est « Eurélody », et elle me montre une calèche. « J'ai fait prévenir vos suivantes que vous travailliez avec moi toute la journée.

— Je suis trop fatiguée pour ça.

— Et mes oreilles trop jolies pour écouter vos lamentations. Allons, en route. »

Je n'essaie même pas de discuter. Elle a raison, pour le pyjama.

Nous débarquons en plein chaos.

« Laisse-moi passer, Tynan, rugit Jalek.

— Non.

— Arrête. Je vais juste faire ma ronde.

— D'abord, je ne te crois pas. Ensuite, je me fiche de savoir où tu as décidé d'aller. Tu es plus en sécurité ici. »

Pretha et moi les laissons à leur querelle. Les affidés de Finn se disputent souvent, mais cette fois-ci c'est différent. Jalek porte sa tenue de cuir et son sabre sanglé dans le dos. Il foudroie du regard le pauvre Tynan, dont la résille argentée chatoie sur son front au gré de ses émotions. Planté entre eux sur ses jambes écartées, Finn les regarde tour à tour.

« S'il te plaît Jalek, reprend Tynan. Sois raisonnable.

— C'était un *rêve*, dit l'autre en croisant les bras avec obstination. Finn, explique-lui que je ne peux pas rester éternellement dans ma chambre juste parce que j'ai fait un *cauchemar*.

— Ce n'était pas qu'un cauchemar, réplique Tynan, tremblant de contrariété. Je l'ai *entendue*. Regarde-moi dans les yeux et dis-moi que tu ne t'es *pas* réveillé avec une banshee assise sur la poitrine et que tu ne redoutes pas plus que d'habitude de passer cette porte.

— Tu n'es pas obligé d'y aller, Jalek, intervient Finn. Je vais demander à Kane.

— Kane a besoin de repos. Il a passé la moitié de la nuit dehors à surveiller le nouveau Passage.

— Qu'est-ce que c'est, une *banshee* ? » je demande. Les trois têtes se tournent vers moi.

« Des fariboles, lâche Jalek en continuant de fusiller Tynan du regard.

— Une femme qui vient s'asseoir sur la poitrine des gens quand ils dorment, explique Tynan. Elle se manifeste à la fois dans le rêve et dans la réalité, et…

— Une femme ?

— Un esprit, précise Pretha en soupirant. Elle répète inlassablement le nom de la personne qui dort. C'est le signe que sa mort est proche, dit-on.

— Pourquoi meurt-on, alors, si elle *prévient* ? » ironise Jalek. Pourtant on voit qu'il n'est pas tranquille. Il ne *veut* peut-être pas croire à l'avertissement de la banshee, mais il est quand même ébranlé.

« Le solstice est trop proche, répond Tynan.

— C'est justement pour ça que je veux y aller. Ce soir, elle sera plus vulnérable.

— Tu vois ! J'étais sûr que tu mentais !

— J'envoie Kane, continue Finn. Tu prends un risque inutile.

— Cessez de me couver. Je ne suis plus un enfant. Je peux décider par moi-même.

— Tu fais partie du groupe, et tu m'as prêté allégeance. *Ma décision est prise,* conclut Finn à voix basse, mais sur un ton sans ambiguïté. C'est un ordre.

— Venez vous changer, m'intime Pretha, et retournons au château. Le prince s'impatiente.

— Si c'était ça, j'aurais pu le faire dans la calèche.

— Excusez Pretha, me dit Finn en suivant des yeux Jalek, qui monte l'escalier quatre à quatre. Elle ne savait pas qu'il y aurait une guerre civile à la maison aujourd'hui. Mais en effet, il vaudrait mieux que vous partiez. L'humeur de Jalek ne va pas s'améliorer d'ici le solstice d'été, une fois le soleil couché. »

* * *

En regagnant mes appartements au palais d'Or, je trouve ma porte ouverte.

Je plaque ma main sur ma besace – où le miroir est toujours caché – et l'autre sur ma cuisse, où mon couteau est sanglé. « Il y a quelqu'un ? » je lance en entrant.

Sébastian jaillit du fauteuil et me rejoint en trois grandes enjambées. « Où étais-tu ? »

Je gagne du temps en lançant la besace sur le lit. « Je travaillais avec Eurélody.

— Je suis passé te voir avant le petit déjeuner ; tu étais déjà partie.

— Elle… voulait qu'on commence tôt aujourd'hui. »

Sait-il que je mens ? « J'ai cru que tu avais décidé de retourner dans le Monde des mortels. »

Je pose la main sur son cœur et le sens battre la chamade. Il est tout en force et en chaleur, et je regrette l'époque où je pouvais me confier à lui, quand je croyais encore mériter sa bonté. Si seulement je pouvais me débarrasser de tous ces mensonges ! Mon cœur brûle de haine envers le roi d'Ombre pour ce qu'il nous a fait, à ma sœur et à moi. « Je suis désolée de t'avoir causé du souci. »

Sébastian pose une main sur ma joue et me regarde attentivement. « Ça va, toi ?

— Oui, très bien. »

Ses lèvres effleurent les miennes avec une douceur qui devient vite intense, inquisitrice. J'en ai le souffle coupé et je ne cherche pas à le reprendre, tant pis. C'est notre premier vrai baiser depuis que j'ai découvert sa véritable identité, et il est passionné. Je sens, au plus profond de moi, toute l'inquiétude, toute la terreur que je lui ai causées en disparaissant comme ça. Je devrais me dégager, lui dire qu'il n'a aucun droit de m'embrasser, lui en vouloir de m'avoir menti pendant deux ans. Mais ce baiser est comme un baume sur mon cœur empli de solitude et de frayeur.

Son imposante présence physique, la chaleur qu'il dégage, font que quelque chose cède en moi. Je suis en sécurité, ici, dans ses bras. Aussi longtemps qu'il est près de moi, nul ne peut me faire de mal, et moi je ne peux pas lui nuire. Si nous ne mettons jamais fin à ce baiser, Sébastian ne saura jamais que je me suis servie de lui, que je lui ai menti, que je l'ai trahi...

Sa bouche se fait tendre contre la mienne, sa main glisse de mes cheveux à mon cou ; son pouce vigoureux caresse ma joue tandis que son autre main se pose sur ma taille et m'attire tout contre lui. Je ne me fais pas prier. Il pousse un petit gémissement de bien-être en sentant la pression de mon corps contre le sien et je souris sans détacher mes lèvres des siennes. Je me sens pleine de force et ça ne me déplaît pas. J'ai besoin de ressentir chaque miette de la puissance qui émane de lui, je voudrais graver dans ma mémoire chacun de ses halètements.

Cette étreinte pourtant prolongée me paraît trop brève. C'est lui qui finit par y mettre fin. Il appuie son front contre le mien, nous cherchons tous deux notre souffle. Je vois sa main qui, à ma taille, agrippe une poignée de tissu, dénude ma jambe et... révèle le couteau. Si Sébastian le remarque, il ne me dit rien.

Enfin il pousse un soupir, lâche ma jupe et recule d'un pas. « Pardon. » Il passe sa main sur son visage, les yeux clos, et se maudit tout bas. « Je n'étais pas venu te séduire, mais t'inviter à la fête de Litha, ce soir. »

Une fête… Encore des robes, des danses, perdre du temps à voir les autres filles flirter avec Sébastian. Des filles qui ne savent pas encore qu'elles vont le perdre, elles. « Tu dois bien savoir ce qui me tente le plus. » Je tends une main hésitante pour effleurer ses doigts. « Et tu n'as pas à t'excuser de m'avoir embrassée.

— Ah bon ? » Il me fait un petit sourire en coin.

« Je t'ai rendu ton baiser, que je sache !

— Certes, mais… » Il soupire encore et met un peu plus de distance entre nous comme s'il ne se faisait pas confiance. « Tout est devenu si compliqué. »

Ça, je ne peux le nier. Encore que… « Pourquoi dis-tu ça ?

— J'étais si heureux, le premier soir, quand je t'ai vue dans le jardin. J'avais beau savoir que tu étais là pour chercher Jas, le seul fait de te voir ici, sur mes terres, dépassait toutes mes espérances. Mais quand tu t'es enfuie, elles ont été réduites à néant. Tu haïssais trop les êtres de mon espèce – donc moi.

— Non, je n'avais pas de haine pour toi. J'étais sous le choc, je souffrais. J'avais envie de te haïr, mais je n'en étais pas capable. »

Il recule encore d'un pas. Un seul pas, mais une grande distance s'installe entre nous. « À partir du moment où tu m'as dit vouloir rester, je n'ai plus cessé d'espérer. Et à mesure que les jours passent et que je te vois dans mon palais, au milieu de mes sujets, cet espoir se renforce. »

Je franchis cette distance qui nous sépare pour aller prendre sa main. Je n'ai pas envie d'entendre ce qu'il essaie de me dire, même si je sais que c'est inévitable.

Il joue distraitement avec mes doigts. « Je sais bien que tu ne veux pas être ma femme. Ce n'est pas pour ça que tu restes. Ton absence ce matin m'a cruellement rappelé que pour toi, ton séjour ici a toujours été temporaire – un moyen de parvenir à tes fins. Seulement voilà, je n'imagine pas de passer ma vie avec une autre que toi. C'est toi qui m'as toujours fait rire ; et grâce à toi je me sens capable de rester le même, sans me laisser dévorer par mon devoir. Mais ce devoir implique de te perdre. »

Je suis tenaillée par la culpabilité. Se doute-t-il que je suis venue voler des choses précieuses dans son royaume ? « Pourquoi dis-tu ça ?

— Ma mère me presse de choisir une fiancée, dit-il, les yeux baissés, comme s'il avouait une faute. Elle m'a fait savoir hier soir que j'avais jusqu'à la prochaine lune pour prendre ma décision.

— Ça ne te laisse que trois semaines ! » Ça me fait si mal que mon souffle se bloque dans ma poitrine. Il va se choisir une épouse… Je devrais me préoccuper des conséquences – et si je n'avais plus accès au château ? – mais c'est la jalousie qui occupe le premier plan de mes pensées. « Pourquoi cette précipitation ?

— Elle veut une reine à mes côtés. Pour me soutenir. » Il reporte son regard sur les jardins par la fenêtre. « Gouverner peut être un exercice solitaire. Elle souhaite que je sois accompagné avant la passation de pouvoir.

— As-tu fait ton choix ? » En fait, je ne veux pas vraiment savoir. Je n'ai aucun droit de juger sa future femme ; pourtant, la jalousie me dévore.

Enfin il se retourne vers moi. « J'essaie de me dire que ça n'a pas d'importance. Chez les aristocrates, ces unions sont affaire de pouvoir et d'alliances plus que d'amour. Mais alors je me dis que tu vas t'en aller et… Écoute, Brie. S'il y a une chance pour que tu vives heureuse ici, sache que c'est *cela* que je désire. C'est *toi* que je veux pour épouse. »

Je me sens oppressée. J'étouffe. Je n'arrive pas à imaginer ce que serait la vie d'une princesse dans un royaume où on emprisonne les gens qui fuient un pays hostile. Sauf qu'avec nous deux au pouvoir, ça pourrait peut-être changer...

Je pourrais promouvoir le bien dans ce Monde, au lieu d'être juste une reine de plus, une reine qui ne manque de rien et se borne à régner sur ses sujets ? Pourrais-je être un moteur de changement ? Mais non, la question ne se pose même pas. Quand Sébastian saura ce que j'ai fait, il ne voudra plus de moi. La vision d'Alouette ne laisse guère de doute à ce sujet : *Vous ne pourrez jamais être la reine seelie.*

Voilà bien la preuve de ma méprisable perfidie. Sébastian veut passer sa vie *entière* à mes côtés et je me surprends à l'envisager alors que je suis en train de le trahir. Moi, la voleuse qui dérobe des trophées magiques dans le royaume qu'il voudrait me voir diriger à ses côtés. Sans parler de ce que je ressens pour Finn, le coup de fouet que sa seule présence donne à mon pouvoir, l'attirance que je refuse sans pouvoir la nier. Sébastian voudrait-il encore de moi s'il était au courant ? Si oui, ça prouve bien que je ne suis pas digne de lui.

Je suis restée trop longtemps muette. Sébastian ferme les yeux et son chagrin évident me donne un coup à l'estomac. « Je vois, lâche-t-il. Bon, au moins tu connais ma position. » Il pivote sur ses talons et se dirige vers la porte.

« Bast ! » Je le rappelle en lui emboîtant le pas. Il s'immobilise sans se retourner. Incapable de l'affronter, je reprends la parole en regardant ses épaules carrées. « Je n'ai jamais voulu épouser un prince. » J'ai envie d'appliquer ma paume entre ses omoplates, de sentir sa force et sa chaleur rassurantes. Ou de l'entourer de mes bras, de poser mon front sur son dos en pressant mes mains contre sa poitrine pour sentir le battement réconfortant de son cœur. Je ne fais ni l'un ni l'autre. « Mais j'aurais épousé Sébastian, l'apprenti du mage, sans la moindre hésitation.

— Tu ne peux pas avoir l'un sans l'autre, Brie, fait-il en baissant la tête.

— Cela dit, le prince m'est de moins en moins indifférent… »

Il se retourne et l'espoir que je lis dans ses yeux me fend le cœur. Je ne sais ce qui me fait le plus horreur – savoir que je le manipule, ou que mon aveu est sincère.

19

Après la conversation à cœur ouvert de cet après-midi, c'est avec un sentiment mêlé d'urgence et de culpabilité que je ressors le miroir pour entamer ma quête du Grimoiricon. Puisque Sébastian doit choisir sa future épouse à la nouvelle lune, il me reste peu de temps pour localiser les deux objets restants et libérer Jas.

Pour la dixième fois au moins je lance un coup d'œil à la porte close avant d'oser regarder dans le Spéculaire. « Montre-moi le Grimoiricon », j'ordonne, en prenant bien soin de ne pas élever la voix.

Le miroir magique me montre une belle et vaste bibliothèque vivement éclairée qui ne ressemble en rien à celles que j'ai pu voir dans ma vie. Elle est de proportions massives et, sous un dôme en vitrail, de nombreux meubles chargés de livres rayonnent à partir d'un piédestal central. Sur un présentoir, un gros ouvrage relié en cuir.

L'image s'efface. Je réitère ma demande et le miroir affiche la même chose.

Pourquoi la reine garde-t-elle ce livre sacré dans une bibliothèque ? Rangé sur un rayonnage parmi ses semblables, il aurait été introuvable, mais non – elle l'exhibe au vu et au su de tous, en plein milieu de la pièce.

Je range le miroir et sonne mes femmes de chambre. J'ai pourtant fouillé chaque recoin du palais ! Jamais je n'ai vu cette bibliothèque. Elle doit se trouver derrière une porte dérobée ou jouxter le jardin d'hiver, constamment sous bonne garde. Pour un objet aussi précieux, ce serait logique, mais ça me compliquerait la tâche.

« Lady Abriella, dit Emmaline en faisant la révérence dès son entrée. Que pouvons-nous faire pour vous ? »

Comme je ne les sonne jamais, je m'attendais à ce qu'elle s'étonne.

« Le prince me dit qu'il y a des festivités spéciales ce soir ?

— En effet, milady. Nous célébrons Litha.

— J'aimerais y assister. Vous voulez bien m'aider à m'habiller ? »

Emmaline me regarde, incrédule. Elle ne comprend pas et je ne peux lui en vouloir. Depuis vingt jours que je suis là, je n'ai jamais montré le moindre intérêt pour les innombrables bals organisés au château. Je ne m'y rends que si ma présence est expressément requise et me trouve toujours des excuses pour me défiler ; les jumelles n'essaient même plus de me convaincre.

« Certainement, répond-elle enfin. Veuillez m'excuser. Nous aurions dû vous le proposer. »

Je balaie ses excuses du geste. « Je viens juste de me décider. » La voyant toute contente, je me force à sourire. « J'ai envie de danser. »

J'ai perdu du temps avec le miroir, mais je ne referai plus l'erreur. Je ne peux me le permettre. Je décide de refouler mon sentiment de culpabilité et de soutirer le plus d'informations possible à Sébastian. Et s'il me voue une haine éternelle quand il apprendra ce que j'ai fait… eh bien, si c'est le prix à payer pour sauver Jas, je l'accepte.

* * *

Le temps que mes suivantes m'habillent d'une robe à manches gigot mauve clair et épinglent joliment mes boucles, la musique et le bruit de la fête atteignent un tel volume que je peux me diriger à l'oreille jusqu'à la pelouse accueillant la célébration.

Je m'immobilise en haut des marches, impressionnée par le spectacle.

Litha, m'ont appris Tess et Emmaline, dure du crépuscule à l'aube la veille du solstice. On allume des feux de joie tout autour du château en l'honneur du soleil pour inaugurer symboliquement le jour le plus long de l'année. Ces réjouissances ont lieu aussi dans le Monde humain, dans des proportions plus modestes, mais je ne me suis jamais posé de questions. Je n'ai jamais compris non plus pourquoi les foules rendaient grâce à la nature pour ses bienfaits alors qu'elle ne les dispense qu'à une élite. Mais sous la fraîche clarté du croissant de lune, face au vin qui coule à flots, aux mets abondants, à la musique et aux rires, je comprends presque ce besoin de mettre en scène leur gratitude.

Je descends lentement les marches et m'aventure sur le gazon. Les brasiers sont de belle taille et des vagues de chaleur s'en échappent. Mon front se couvre d'une fine pellicule de transpiration et un serviteur me fourre dans la main un verre de vin frappé. Il s'éloigne avant que j'aie pu décliner.

« Tu es là ! » souffle Sébastian derrière mon dos.

Tendue, je lui fais face, consciente de la peine que je lui ai faite plus tôt. « Je peux regagner mes appartements si tu préfères.

— Le problème est justement que je ne le souhaite pas du tout. » Il me détaille du regard. « Tu veux donc me mettre à la torture par le spectacle de ta beauté, dit-il sans amertume. Je suis content que tu sois venue.

— Je m'en réjouis. » Je le contemple à mon tour. Il n'est pas le seul à être à la torture… Ses cheveux blancs sont noués sur sa nuque et sa tunique dorée met en valeur son impressionnante carrure. Je baisse les yeux un court instant, mais n'ose m'attarder sur ses cuisses puissantes gainées de cuir.

« Je te demande pardon pour tout à l'heure. Je n'avais aucun droit de...

— Non, c'est *moi* qui te demande pardon », je l'interromps. Et je suis sincère. Ça n'a aucun effet sur ce que je ressens ou sur ma mission, mais je déteste lui faire de la peine. Je vais lui en faire encore plus, et je m'en veux déjà. « J'avais des préjugés en arrivant ici et ils sont injustes. Faërie n'est pas tout à fait conforme à l'idée que je m'en faisais, c'est vrai.

— Et c'est une bonne chose ?

— Dans l'ensemble, oui. » J'essaie de lui expliquer mon changement d'attitude, mais je ne trouve pas les mots. « J'ai du mal à faire confiance aux gens ici, mais même dans mon Monde, la confiance n'est pas mon fort. Si Faërie a ses défauts, les faë ne sont ni plus cruels ni plus égoïstes que les humains. »

Il tente de déchiffrer sur mes traits tous mes mensonges, tous mes secrets. « Avec quelle conséquence pour nous ? »

Je m'approche, prends sa main et maudis ma traîtrise. « Ne fais pas trop vite une croix sur moi.

— J'en serais bien incapable, Abriella. »

Le courage me manque pour affronter son beau regard ; je lâche sa main et feins de m'intéresser à mon verre. « Donc, c'est la fête de Litha, finis-je par articuler, fût-ce pour mettre fin à ce silence pénible entre nous.

— En effet. Même si, tu l'auras compris, nous saisissons le moindre prétexte pour danser et boire à l'excès.

— Puis-je savoir pourquoi cette célébration du jour se tient la nuit ? »

Il contemple l'assistance, les feux de joie, les musiciens. « Parce que le jour le plus long va forcément de pair avec la nuit la plus courte. On honore le soleil en alimentant des brasiers jusqu'au matin, on les allume avant le coucher du soleil et ils brûlent jusqu'à son lever, illuminant ainsi – symboliquement – même les petites heures de la nuit.

— Et le vin, les danses, que représentent-ils ?

— Notre appétit de vivre, sourit-il en regardant le verre auquel je n'ai pas touché. Il n'est pas bon ?

— Je ne sais pas, je n'y ai pas goûté. » J'y plonge un instant mon regard. Les bulles adhèrent aux parois et scintillent à la lumière du feu. « Le vin faërie lève les inhibitions des humains, non ? »

Il rit. « Pas plus que le vin humain – tout dépend combien on en boit ! » Il s'empare de mon verre. Nos doigts se frôlent ; je revis notre étreinte et j'en ai des frissons dans le dos. Il fait tournoyer le vin pétillant dans mon verre et le hume avant de me le rendre. « Tu n'as rien à craindre, si tu veux y goûter. »

À mon tour de flairer le liquide ambré. Il a une odeur de cerises mûries au grand soleil. Je porte le verre à mes lèvres en regardant Sébastian dans les yeux. La saveur suave du vin s'épanouit sur ma langue et une douce chaleur envahit ma poitrine. J'émets un son élogieux et engloutis d'un coup la moitié du verre. « Mmm… C'est si bon qu'on aurait envie de s'y *baigner* !

— Le vin du solstice d'été est aussi mon préféré », glousse-t-il.

Nous contemplons un instant les brasiers, les convives. J'en profite pour finir mon vin. Je repousse le moment de le questionner sur la bibliothèque, craignant de lui mettre la puce à l'oreille. Passer du temps avec lui est toujours agréable et, curieusement, personne ne nous dérange. Pas même quand le rythme de la musique ralentit et que des couples se mettent à valser un peu partout sur la pelouse.

Tout à coup, je fronce les sourcils. « Je pensais que les autres filles viendraient t'arracher à moi. » Mes suivantes m'ont appris que sur les douze qu'on a initialement invitées à rester au château, six ont été congédiées. Sébastian s'intéresse-t-il à celles qui restent ? Quand il apprendra ma machination, sera-t-il heureux de faire son choix parmi elles ?

Il détourne son regard du groupe de danseurs qu'il admirait. « Je nous ai cachés derrière un halo magique pour que les humains ne puissent pas nous voir, dit-il en souriant. Je ne voulais pas manquer cette soirée avec toi. »

Je voudrais le secouer, lui dire que je ne mérite pas l'adoration que je vois dans ses yeux. Je suis vraiment indigne. Menteuse, voleuse, manipulatrice… Mais au lieu de cela, je pose mon verre vide sur le plateau d'un serviteur qui passe par là et noue mes bras autour du cou de Sébastian. « Dans ce cas, dansons tant qu'on en a la possibilité. »

Il pose ses mains au creux de mon dos et m'attire tout près de lui. Je pose ma tête sur sa poitrine et me laisse emporter par la cadence. Lors de ma première soirée en Faërie, je me suis laissé prendre par la musique syncopée, envoûtante, mais ce soir, c'est différent. D'une certaine manière, cette musique-ci me rappelle mon Monde. Ma mère jouant du piano tandis que Jas et moi jouions à la poupée. Les bals où se rendaient mes cousines pendant que je restais faire le ménage pour essayer désespérément de rembourser leur mère. Je pense à ce que j'aurais pu construire avec Sébastian si je n'avais pas dû le mystifier pour sauver ma sœur.

La musique est à la fois souvenirs précieux et occasions manquées. Le doux et l'amer.

Sentant mon changement d'humeur, Sébastian s'écarte légèrement pour me dévisager. « Dis-moi à quoi tu penses. »

C'est maintenant ou jamais, Brie. J'hésite, car je suis tentée de prolonger cet instant où nous sommes encore Bast et Brie. Mais je n'ai pas de temps à perdre. « Je me disais qu'après une soirée pareille, j'aurais envie de passer la journée à lire au lit. » Je m'en veux à mort de profiter de ce moment, mais je m'oblige à lui sourire. « Tu pourrais me montrer la bibliothèque ? À moins qu'il y en ait plusieurs ? Comme ça, la prochaine fois que tu m'abandonnes des journées entières, je pourrai me plonger dans un livre. »

Ses yeux expriment de l'amusement. « Tu sais, c'est à contrecœur que je te laisse ; mais je ne peux pas délaisser mes responsabilités. » Il redevient sérieux. Ses mains décrivent doucement de petits cercles au creux de mes reins. « Même si notre temps est compté. »

Parce que je ne veux pas l'épouser. Parce qu'il doit choisir une fiancée avant la nouvelle lune.

Je baisse la tête en fermant les yeux tant cette perspective est douloureuse. Je n'aurais jamais cru soupirer ainsi après un faërie. Et pourtant, nous y voilà…

« Pas question de déprimer comme ça la nuit de Litha. » Je veux le rassurer, feindre que tout va bien, mais déjà il m'entraîne vers le palais.

« Où allons-nous ?

— Tu ne m'as presque rien demandé depuis ton arrivée. Alors si tu veux voir la bibliothèque, je t'y emmène ! »

Le cœur battant, je ne tente même pas de réprimer mon sourire. Je n'espérais pas qu'il me la montrerait ce soir ! Peut-être pourrai-je profiter de ce que tout le monde est à la fête pour dérober le livre…

« Tu sais, reprend-il en chemin, la première fois que je t'ai vue, dans ce placard sordide que tu disais être ta chambre, là-bas, à Bellecontrée, tu étais en train de lire.

— Tu te souviens de ça ? » Évidemment, moi aussi je m'en souviens. Je ne le côtoyais pas depuis très longtemps, j'étais mortifiée que Jas ait amené le bel apprenti d'à côté dans notre sous-sol. Je ne voulais pas qu'il voie comment nous vivions.

« Tu étais roulée en boule sur le lit, absorbée dans ton livre, comme si rien d'autre n'existait, ni vos conditions d'existence misérables, ni cette chambrette minuscule, ni l'obligation de travailler dur. Quand tu lisais, tu étais ailleurs. Tu devenais quelqu'un d'autre. »

Décidément, il avait compris plus de choses que je ne pensais…

« Ma mère nous a appris à lire et à ressentir le pouvoir des histoires. Après son départ, c'est la seule chose qui apaisait un peu Jas quand elle lui manquait trop. Les histoires nous ont aidées toutes les deux à franchir ce cap.

— Au fait, je suis surpris que ces derniers temps, tu ne me poses plus de questions sur ta sœur. »

Je regarde mes pieds. *Ah oui, c'est vrai…* Puisqu'il croit que je lui ai rendu le miroir, il ne peut pas savoir que je le consulte obsessionnellement pour me rassurer. « J'essaie de ne pas trop y penser.

— Excuse-moi, je ne voulais pas te chagriner. Sache que je continue à la chercher. Mes espions ont une idée plus précise de l'endroit où elle se trouve. Mes soldats sont en chemin. Je ne voudrais pas te donner de faux espoirs, mais… »

Je me fige. J'avais abonné tout espoir qu'il la sauve. C'est tout moi, ça. « C'est vrai ?

— Le roi est rusé. Il n'aurait pas enlevé ta sœur s'il n'était pas convaincu de sa valeur. Il ne la lâchera pas si facilement. Nous sommes près du but, mais tant qu'elle ne sera pas sous ma protection directe, tout peut encore basculer en un instant. Il est très puissant. »

Ça, je n'en doute pas. Je l'ai constaté de mes propres yeux. Contrairement à Finn, que je n'ai jamais vu utiliser ses pouvoirs. Sont-ils en sommeil tant qu'il n'a pas accédé au trône ? Est-ce pour cela qu'il n'a pas guéri tout de suite le jour où il a combattu les Faë Sauvages passés dans le camp de l'ennemi ?

« Les pouvoirs du roi lui viennent du trône ?

— Non, ils lui appartiennent en propre.

— Et si on le détrône, hérite-t-on de son pouvoir ?

— Non. Tu penses à la couronne, mais Mordeus ne l'a pas trouvée. En fait, il ne peut pas s'asseoir sur le trône tant qu'il ne l'a pas coiffée, et en attendant, il ne peut pas non plus puiser dans le pouvoir de l'un ou de l'autre – le trône et la couronne. »

La couronne manquante... Se peut-il que Finn ait des pouvoirs, mais choisisse de ne pas s'en servir ? Les garde-t-il pour le jour où il accédera au trône ? Je n'y comprends rien et je sens qu'il me manque une information essentielle.

« Nous y voilà », annonce Sébastian en poussant les hautes portes de la bibliothèque royale. Que j'ai vue *et* explorée plusieurs fois...

« Je suis déjà venue ici, dis-je en feignant la désinvolture. Elle est magnifique, mais puisque tu as décidé de me gâter ce soir, pourrais-tu m'en montrer une plus grande ?

— Il n'y en a pas d'autres, fait-il en secouant la tête, le sourire aux lèvres. Grande ou petite. Mais si tu aimes tant les livres, je demanderai aux architectes du palais de bâtir toute une aile-bibliothèque. » Son sourire vacille, comme s'il se rappelait qu'en fait, je n'ai plus que quelques jours à passer ici.

Je fais taire l'aiguillon de la culpabilité et entraîne Sébastian vers les rayonnages. J'ai dit que je voulais un livre, j'éveillerais ses soupçons si je n'allais pas en choisir un. Par chance, c'est un rôle que je n'ai pas de mal à tenir. J'aime sincèrement les livres et ne tarde pas à en repérer une demi-douzaine dans lesquels je rêve de me plonger.

« Je peux en emprunter quelques-uns ? je demande en laissant courir mes doigts sur le dos des couvertures.

— Autant que tu voudras », dit-il d'une voix un peu rauque.

Je me limite à quatre. Bizarrement, Sébastian me contemple d'un air étonné.

« Pourquoi me regardes-tu comme ça ? demandé-je en souriant.

— Avant toute cette histoire, je ne voyais pas comment tu pourrais trouver ta place ici. Maintenant que tu vis comme nous, il va être d'autant plus difficile de te voir partir. »

Je serre les livres que j'ai choisis. Je n'imagine pas la vie sans lui. À Bellecontrée, il mettait de la couleur dans mon existence en noir et blanc, il comblait le vide que je ressentais si souvent. Quand mes journées n'étaient qu'une succession de corvées, de larcins et d'échecs, il me restait la perspective de le voir. « Moi non plus je n'ai pas envie de te quitter », j'avoue. *Je regrette juste que rester pour toujours à tes côtés implique de vivre ici.*

La vérité est que je ne supporterais pas de cohabiter avec la reine, car je ne veux pas me voiler la face devant cette barbarie, et quels que soient mes sentiments pour Sébastian, je refuse de céder sur ce point.

Il me prend les livres des mains pour les poser sur une table puis il me regarde avec douceur et tendresse. « Ferme les yeux. »

J'examine rapidement la bibliothèque. J'espère qu'il n'a pas prévu une gentille surprise pour moi. Je suis déjà paralysée par le sentiment de culpabilité. « Pourquoi ?

— Vas-y, ferme les yeux. »

Je n'arrive même pas à sourire. « Bon, d'accord. » J'obéis et je le sens qui se penche sur moi.

« Ne les rouvre pas ! » Il souffle doucement dans mon oreille gauche. Je me cambre de plaisir, mais j'obéis. Alors il souffle dans la droite et tout à coup j'entends un son ténu, puis plus distinct. Une douce musique emplit peu à peu toute la pièce. « Tu entends ?

— Oui, d'où ça vient ?

— Ce sont les lutins de bibliothèque. Ils adorent les livres et vivent parmi eux. Quand on sait écouter, on peut les entendre chanter. »

Des lutins de bibliothèque… Qui habitent au milieu des livres et qui chantent… Aurais-je autant haï les faëries si j'avais su qu'une telle chose existait ?

« Pourquoi ne les entend-on pas les yeux ouverts ?

— Moi je les entends, mais toi, tu es une mortelle. Tu n'as pas l'oreille aussi fine que nous. »

Il s'est servi de sa magie pour me faire entendre un aspect de son monde que je n'aurais jamais pu percevoir sans lui.

« On danse ? » propose-t-il en passant ses bras autour de ma taille.

Les paupières toujours closes, je pose ma tête contre sa poitrine et m'abandonne aux sons éthérés des lutins. Est-ce à cause de leur chant ? Toujours est-il que je me sens plus proche de Sébastian. Je rêve l'espace d'un instant que je peux accepter sa proposition, devenir sa femme, avec en perspective toute une vie de baisers volés et de valses dans la bibliothèque.

« Prince Ronan ? »

Il s'immobilise. Je m'écarte à regret. Sébastian se tourne vers le nouveau venu. Riaan.

« Toutes mes excuses, Votre Altesse, mais vous avez demandé qu'on vous prévienne s'il y avait du nouveau dans l'affaire de… » Il me jette un regard furtif. « … des traîtres. »

Tout mon corps devient de glace. *Quels traîtres ?*

Sébastian se hérisse, ce qui l'empêche de remarquer ma propre réaction. Je m'efforce d'afficher une expression neutre. « Il faut que je te laisse, me dit-il. Si tu veux, reste là ; je reviendrai te chercher. Mais ça peut prendre un moment. »

Je jette un regard aux étagères, aux livres qui m'attendent sur la table. Évidemment, la seule chose qui m'importe à présent est de savoir ce que Riaan veut dire par cette histoire de traîtres. « Je te remercie, mais je crois que je vais aller me coucher.

— C'est sur mon chemin. Je te raccompagne ? »

Il m'offre son bras. Je fais mon possible pour paraître détendue alors que la tension noue chacun de mes muscles. Riaan ferme la marche sans se laisser distancer.

Lorsque nous parvenons devant ma porte, Sébastian me souhaite la bonne nuit en déposant un baiser sur mes doigts joints. « Dors bien.

— Bonne nuit, Bast... » Je m'interromps en sentant peser sur moi le regard méfiant de Riaan. Ses oreilles faë si sensibles peuvent-elles capter les battements de mon cœur affolé ? Sébastian, lui, ne semble rien remarquer. Je lui souris et achève : « ... Votre Altesse.

— Fais de beaux rêves », conclut-il avec un clin d'œil.

Je recule dans ma chambre sans refermer la porte et les regarde s'éloigner pour aller régler leur compte à ces « traîtres ».

Dès qu'ils sont à distance suffisante, je me fonds dans l'ombre et me mets à les suivre.

20

« Tu es sûr que c'est lui ? » demande Sébastian tandis qu'ils s'engagent dans un couloir secondaire, heureusement peu éclairé. S'ils se dirigent vers les quartiers de la reine je devrai abandonner ma mission.

« Oui. La reine l'a identifié aussi. »

Sébastian oblique dans un couloir que je n'ai encore jamais vu. La reine doit le protéger en permanence par un sort. « Il faut faire un exemple. »

Ça ressemble plus à un tunnel qu'à un couloir, maintenant. Le plafond est si bas que les deux faëries doivent baisser la tête. Nous arrivons bientôt en haut d'un escalier qui descend dans les ténèbres. Riaan invoque une boule de lumière. Je reste à distance et me concentre pour bien me confondre avec l'obscurité.

La température baisse à chaque marche et, très vite, j'ai la chair de poule. Parvenu en bas, Sébastian se plante jambes écartées et bras croisés devant les barreaux d'une cellule. De là où je me tiens, je n'en vois pas l'intérieur, mais je suis assez près pour entendre.

« Jalek », prononce Sébastian. Mon cœur chavire. Est-ce le même Jalek ? L'affidé de Finn qui m'a appris à manier l'épée ? « C'est gentil de ta part de revenir au bercail pour la fête de Litha ! »

L'autre crache : « Allez vous faire foutre ! » et je reconnais sa voix. C'est bien le Jalek que je connais.

« Qu'est-ce que c'est que ces façons ? Je te rappelle que je tiens ton sort entre mes mains.

— Comme s'il y avait la moindre chance que vous me libériez ! » s'esclaffe Jalek.

Sébastian enfonce ses mains dans ses poches et s'adosse au mur. « Ce n'est pas exclu. Il suffit que tu nous dises qui sont les gens pour qui tu agis et où on peut les trouver.

— J'agis seul.

— Ne me prends pas pour un imbécile. Je sais bien que tu es avec le prince Finnian. C'est lui qui t'envoie ? Dis-moi ce qu'il fomente et je ferai en sorte qu'il ne t'arrive rien.

— Je ne trahis pas les miens, *moi* – contrairement à votre *reine* », profère-t-il comme si c'était une insulte. Sébastian se jette sur lui, l'attrape par sa tunique et le soulève du sol.

« Sale traître ! »

Jalek suffoque, ouvre et referme la bouche comme un poisson hors de l'eau. Son teint vire au rouge, puis au violet. On dirait qu'on l'étrangle. J'ai envie de me détourner, pour ne pas voir cet aspect-là de Sébastian. Je ne veux pas croire qu'il soit capable de cruauté avec un faërie que je sais aimable et bon. Mais je me force à regarder sans en perdre une miette.

Il tient toujours Jalek suspendu en l'air, mais ce dernier se met soudain à crachoter et émettre une respiration sifflante, comme si la pression sur sa trachée se relâchait.

« Donne-moi une raison de ne pas te tuer sur-le-champ, enrage Sébastian.

— Si vous me tuez, elle ne vous donnera jamais la couronne. »

Pourquoi la reine refuserait-elle à Sébastian ce qui lui revient de naissance juste pour avoir éliminé un traître ?

Sébastian le laisse retomber et répond, furibond : « Qu'en sais-tu ? »

L'autre ricane. « J'en sais assez pour pouvoir dire qu'elle n'est pas dupe. »

Une explosion de lumière le frappe de plein fouet. Il s'effondre.

« Ce soir tu dormiras ici, gronde Sébastian. Si tu changes d'avis d'ici demain matin, on pourra peut-être s'entendre. Sinon, je ferai de ton cas un exemple : je montrerai au royaume entier ce qu'on risque à menacer ma famille. »

Sur ses mots, il remonte les escaliers quatre à quatre en me frôlant, Riaan sur les talons.

J'attends qu'ils disparaissent dans le couloir-tunnel, en haut, pour me séparer enfin de l'ombre et retrouver ma forme normale.

Je m'approche de la cellule en me frottant les bras tant il fait froid dans ce souterrain. « Jalek ? »

Il se redresse en me voyant. « Brie ? Depuis quand êtes-vous là ?

— Suffisamment longtemps. »

Il pâlit. « Qu'avez-vous pu entendre ?

— Qu'il vous tuera si vous ne trahissez pas Finn. » Or, pour des raisons trop nombreuses à énumérer, je ne peux pas prendre ce risque. « Il faut que je vous fasse sortir d'ici. » Je passe les mains sur les barreaux à la recherche de la serrure.

« C'est une cellule magique. L'ouverture apparaît et disparaît au gré de la volonté du prince Ronan.

— Vous mourrez de froid avant demain, dis-je en frissonnant moi-même. Il doit bien y avoir un moyen ! Et vos pouvoirs magiques ?

— La première chose qu'ils ont faite, c'est de m'injecter une toxine qui les bloque », dit-il avec un petit rire sans joie, voire sans espoir. Sa tête roule sur le côté et il ferme les yeux. « Ça fait un peu comme si on vous injectait du plomb dans les veines.

— Est-ce que l'effet va finir par se dissiper ? Je pourrais peut-être détourner son attention le temps que vous…

— J'apprécie votre proposition, mais non. Même si vous accapariez son attention pendant des jours, d'autres continueraient de me refiler ce poison.

— J'ai du mal à admettre que Sébastian puisse se comporter comme ça. Si je ne l'avais pas vu de mes propres yeux… » Je ne sais plus très bien où j'en suis, mais je fais des efforts.

« La guerre fait ressortir le pire chez chacun d'entre nous, commente Jalek en secouant la tête d'un air peiné. Dites à Finn que je m'excuse. Dites-lui… » Il enfouit sa tête dans ses mains en lâchant tout bas un flot de jurons. « Dites-lui qu'il avait raison à propos de la reine. Elle est en train de mourir, mais pas assez vite. »

J'agrippe les barreaux en cherchant des paroles rassurantes. Mais j'ai surtout des questions à poser. « Est-ce vrai qu'elle empêchera Sébastian de prendre la couronne, s'il vous tue ? Si oui, il vous laissera peut-être la vie sauve aussi longtemps qu'elle sera là ? »

Il me fait un sourire triste. « Vous en savez à la fois trop et trop peu.

— Alors dites-moi ce que je dois savoir ! »

Il ferme à nouveau les yeux, semble se recroqueviller en lui-même, puis me dit dans un souffle : « Les malédictions sont faites de secrets et de sacrifices. Nous continuerons à souffrir, pourvu qu'elle le paie un jour. »

* * *

Je quitte discrètement le palais en profitant de ce que la célébration de Litha bat toujours son plein. Je n'ai pas grand mal à dérober un cheval à l'écurie, et on m'a escortée assez souvent chez Finn pour que l'itinéraire soit gravé dans ma mémoire.

Je vais bon train, en restant dans l'ombre et en essayant de ne pas penser à ce qui peut être tapi dans les ténèbres sous les arbres. En arrivant, j'attache mon cheval devant la maison et ne prends pas la peine de frapper, préférant m'engouffrer dans la ruelle, me fondre dans les ombres, passer à travers le mur et entrer par l'arrière de la maison. Des voix contenues me parviennent de la bibliothèque. Elles gagnent en intensité ; Finn et Pretha. Je pourrais aller les espionner, savoir ce qu'ils disent en mon absence. Mais ce soir, je n'ai pas le cœur à ça. Voir Sébastian sur le point d'étrangler Jalek et ce dernier se recroqueviller dans sa cellule avec le regard vaincu de celui qui attend son exécution – tout cela a brisé quelque chose en moi.

Je ne peux me résoudre à duper ces gens qui, de fait, sont mes… Pretha a dit qu'ils voulaient être mes *amis*. Est-ce vrai ? je ne sais pas. J'ignore si j'ai encore des amis ; ce que je sais, en revanche, c'est que je ne peux pas abandonner Jalek. Même s'il se refuse à me dénoncer ou à trahir Finn, je ne supporterais pas qu'il meure. Alors j'émerge des ombres, j'ouvre la porte de la bibliothèque et j'entre.

Finn et Pretha se taisent.

« Qu'est-ce qui se passe ?

— Jalek a été capturé ! Sébastian menace de le… » Je m'interromps car, en fin de compte, je ne suis pas sûre de ce que Sébastian va faire du prisonnier s'il ne lui livre pas les informations demandées. Je suppose qu'il le tuera. Voire pire. « Il a dit qu'il allait faire un exemple.

— Nous sommes au courant, répond tout bas Pretha en lançant un regard appuyé à Finn. Nous cherchions justement un moyen de le libérer. Mais nul ne sait comment pénétrer dans les oubliettes royales.

— Moi si. J'y ai suivi Sébastian ce soir, mais je n'ai pas pu libérer Jalek. Sa cellule n'a pas de porte. Juste des barreaux.

— Seuls les mortels sont assez bêtes pour donner des portes à leurs captifs, princesse », commente Finn.

Pretha mordille l'ongle de son pouce. « Il faut négocier.

— Mais encore ? demande Finn.

— J'ai une idée, j'interviens.

— Lui proposer des informations, enchaîne Pretha comme si je n'avais rien dit. Il doit bien y avoir quelque chose…

— Rien de ce que je pourrais révéler au prince Ronan n'est assez précieux pour obtenir la restitution de Jalek. »

Je retente ma chance. « Moi je crois savoir ce qu'on pourrait faire.

— Mais il y a peut-être une solution, émet Pretha en me regardant enfin.

— Non, s'insurge Finn. On a travaillé trop dur pour ça.

— *Écoutez-moi !* » je finis par crier. Ma voix se répercute dans la pièce haute de plafond.

« Excusez-nous, princesse, s'étonne Finn. On ne voulait pas vous blesser. Allez-y, faites-nous part de votre idée. » Il dégouline de condescendance. J'ai presque envie de le planter là juste pour le punir, mais il faut que je pense à Jalek. Je ne peux pas le laisser moisir dans son cachot.

« Puisqu'on ne peut pas ouvrir sa cellule, pourquoi ne pas lui faire traverser le mur ? »

Les prunelles de Pretha s'allument. « Tu t'en sens… ? dit-elle à Finn.

— Non, coupe-t-il. Même pas dans des circonstances favorables. Et certainement pas aujourd'hui.

— Mais moi… je crois que je peux », j'interviens.

Pretha plisse le front. « Alors pourquoi ne pas l'avoir déjà fait ?

— Parce qu'elle en est incapable, se gausse Finn. Votre optimisme est charmant, me dit-il, mais votre apprentissage n'est pas assez avancé. Vous ne maîtrisez qu'une parcelle de votre pouvoir. Si vous en perdez le contrôle en franchissant les protections magiques, vous aurez toute la garde royale aux fesses. »

Cramoisie, mortifiée, je suis bien obligée de l'admettre. Mais je poursuis : « Vous avez raison. Je n'en suis pas capable. Pas toute seule en tout cas. Mais mon pouvoir... est plus fort quand vous êtes là. Et quand vous me touchez... » Je regrette aussitôt le mot, *beaucoup* trop intime. Mais malgré mes joues en feu, j'achève avec dignité : « Si vous m'accompagnez, mon pouvoir intensifié suffira. »

Il me regarde sans répondre.

Pretha secoue la tête. « Non, c'est trop risqué. Et si, une fois dans la cellule, vous vous rendez compte que vous n'y arrivez pas ? Vous vous retrouverez bloqués là-dedans tous les trois ! Outre les conséquences pour nous, Brie, vous voulez vraiment que votre prince découvre ce que vous mijotiez pendant tout ce temps ?

— Faisons-lui une petite démonstration », intervient Finn.

Je place ma main dans la sienne et me raidis en sentant mon pouvoir s'éveiller en moi. La pièce se retrouve aussitôt plongée dans le noir. Pretha jure tout bas. Je prends aussi sa main et nous traversons le mur tous les trois ensemble, pour nous retrouver dans la ruelle.

* * *

« Allez, réveille-toi, flemmard ! ordonne Finn en poussant Jalek du bout de sa botte. À moins que tu préfères être servi à la reine pour son petit déjeuner ? »

Je fais la grimace. Dans l'obscurité quasi totale de la cellule, je ne distingue presque pas ses traits malgré l'excellence de ma vision nocturne. « Son *petit déjeuner ?* Pourquoi, elle est cannibale ?

— C'est un monstre, déclare le prisonnier en se relevant. Comment avez-vous fait pour entrer ? Vous voulez mourir ou quoi ?

— C'est la princesse qui a insisté, répond Finn en inclinant la tête dans ma direction. Elle était d'humeur aventureuse, je n'ai pas voulu la décevoir.

— Si l'idée est de vous sacrifier pour moi, c'est moi qui vais vous tuer avant que la reine ait ma peau. »

Des pas dans l'escalier. Je cherche à voir qui descend, mais mon angle de vision ne me le permet pas. Quand nous nous sommes approchés discrètement du château, où la fête allait toujours bon train, deux gardes étaient postés dans le hall devant la porte dissimulée par un sort et deux autres en haut de l'escalier descendant au cachot. « On vient ! » je chuchote.

Finn me tire vers un angle de la cellule, où nous nous transformons en ténèbres.

« Par tous les dieux ! » s'exclame Jalek, stupéfait.

La lumière d'un orbe iridescent précède la sentinelle qui le tient dans le creux de sa main. Elle porte la tenue des gardes d'Arya.

« Tu parles tout seul, traître ? » lance-t-il.

Jalek se tourne vers les barreaux en feignant l'indifférence.

Le garde éclaire son visage, puis le reste de la cellule. Finn me tient par la main en me plaquant de dos contre lui. Je retiens ma respiration au contact de son corps et me raidis de tous mes membres.

« Chut ! » m'intime-t-il, son souffle brûlant dans mon oreille, une main posée à plat sur mon ventre.

Je ferme les yeux et maîtrise ma réaction qui, comme toujours, me déplaît souverainement. Plus, peut-être, car au fond de moi j'ai envie qu'il caresse ma peau, que je sens brûler sous sa paume, à travers le tissu. « Vous aimez un peu trop ça », je lui souffle.

Je sens, à sa poitrine qui tressaute, qu'il rit en silence. Ses lèvres effleurent mon oreille. « Vous n'avez pas idée à quel point. »

La sentinelle fait les cent pas devant la cellule. Nous restons cachés en attendant qu'elle regagne son poste à l'étage.

Légèrement, très légèrement, le pouce de Finn caresse mon ventre.

« Arrêtez ça ! je proteste – un peu trop mollement pour paraître sincère.

— Comme vous voudrez. »

La pression de ses doigts écartés est presque pire et je ravale un gémissement de plaisir. Les ténèbres palpitent autour de nous.

« Doucement, princesse, concentrez-vous sur la magie. Quand nous serons sortis d'ici, vous pourrez recommencer à fantasmer sur moi autant que vous voudrez. »

J'ouvre la bouche pour lui dire qu'il n'est qu'un porc répugnant, qu'il se trompe radicalement sur ce que je ressens, mais à ce moment-là le garde réapparaît. Il éclaire à nouveau la cellule, mais notre coin reste plongé dans l'obscurité et l'homme concentre son attention sur Jalek sans rien remarquer d'anormal. Je relâche mon souffle.

« Je me souviens bien de ta sœur, lance le garde en ricanant. Une si jolie personne qui paie pour les crimes de son frère… dommage ! Mais tu t'en fichais, hein ? C'est moi-même qui l'ai poussée dans le feu. Je n'oublierai jamais ses cris pendant que sa peau fondait. »

Finn raffermit son étreinte. Il craint que je me jette sur le garde. Jalek, lui, se tient très droit, les poings serrés le long de ses flancs, muet.

Sa sœur, brûlée vive… Mon cœur saigne pour lui. Je suis plus tiraillée que jamais entre ce que je croyais être les « bons » faë et ce que j'apprends depuis mon arrivée en Faërie.

L'homme toise Jalek. « J'espère qu'*elle* te laissera pourrir ici. » Puis il remonte et nous comptons tous ses pas jusqu'à ce qu'il arrive en haut.

Finn me lâche, mais en laissant traîner ses doigts sur mon ventre plus longtemps que nécessaire. Je le fusille du regard. Il se contente d'un sourire ironique.

« Tu devras passer à côté de ce type quand on sortira d'ici », dit-il à Jalek. Ce dernier lui fait face et, malgré l'obscurité, je lis sa détresse dans son regard. Finn s'approche de lui. « Tu auras envie de le tailler en pièces, et je te comprends, mais ça devra attendre, tu m'entends ? »

Jalek déglutit avec peine, puis hoche brièvement la tête. « Comment on va s'y prendre ? »

Finn nous prend l'un et l'autre par la main. « Accroche-toi et laisse-nous faire. »

21

Nous rentrons enfin chez Finn. Je suis épuisée comme je ne l'ai plus été depuis le départ de ma mère. Je n'ai jamais utilisé autant de magie d'un seul coup et les événements de ce soir m'ont émotionnellement essorée.

Pendant que Jalek retrouve ses amis, je sors dans le patio et m'effondre sur une des chaises longues. Le jour va bientôt se lever. Il faudrait que je rentre au palais avant qu'on remarque mon absence, mais je ne peux m'y résoudre. Pour le moment, en tout cas.

Je lève la tête vers la voûte étoilée et ferme les yeux. Je sais depuis peu que les Unseelies ne sont pas les démons qu'en fait la mythologie. En revanche, les récents événements m'ont prouvé toute la cruauté dont est capable la Cour de Sébastian. Brûler vive une innocente afin de punir son frère ? J'en suis malade.

Entendant s'ouvrir la porte derrière moi, je *sais* instinctivement que c'est Finn, sans avoir à me retourner. Je le *sens*… Encore une révélation à laquelle je n'ai guère envie de réfléchir.

« Tout va bien, là-dehors ? »

Comment ça pourrait aller « bien » ? Je ne sais même plus ce que ça veut dire. « Oui, oui. Je suis fatiguée, c'est tout, je réponds en m'étirant. Est-ce que j'ai risqué d'épuiser mon pouvoir, ce soir ? Je suis complètement vidée.

— Non, vous l'avez à peine entamé. Vous êtes capable de bien plus. Simplement, vous manquez d'entraînement.

Vous n'avez pas l'habitude d'en utiliser autant. Vous vous sentirez peut-être… incommodée pendant quelques jours. Je dirai à Pretha de ne pas vous faire travailler demain. Vous devez vous reposer. »

Je contemple la lune, qui descend déjà sur l'horizon. « Vous voulez dire *aujourd'hui*.

— Oui, si vous préférez. En tout cas, prenez le temps qu'il vous faudra. Vous vous en êtes très bien sortie cette nuit. Dès que vous aurez surmonté votre blocage, vous… »

Je lui coupe la parole. « Je… quoi ?

Il me dévisage d'un air solennel. « Rien ne pourra vous arrêter.

— Pourquoi Jalek a-t-il quitté la Cour seelie ? Est-ce qu'il a laissé ces gens jeter sa sœur au feu pour pouvoir… ?

— Il ne les a pas *laissés* ! Quand il a appris le sort de Poppy, il était trop tard. » Voyant que j'attends des explications supplémentaires, il ajoute : « Il est parti parce qu'il ne voulait pas être au service de la reine. En signe de protestation. Mais aussi pour m'aider à la détrôner.

— C'était il y a combien de temps ? »

Il s'installe dans la chaise longue à côté de la mienne et lève lui aussi la tête vers le ciel. « Vingt ans.

— Et elle est toujours au pouvoir », je murmure. Ce n'est pas un jugement de ma part, mais une simple constatation, et je vois à son hochement de tête qu'il comprend. « Je ne vois pas comment je vais jouer mon rôle, maintenant que je sais de quoi elle est capable.

— Et encore, vous ne savez pas le pire.

— J'ai entendu Jalek dire à Sébastian que s'il le tuait, la reine ne lui transmettrait pas la couronne. Ensuite, j'ai cru comprendre que la reine voulait faire exécuter Jalek. Alors je ne comprends pas. »

Finn cesse enfin d'observer le ciel pour me regarder. « Êtes-vous certaine qu'il parlait d'Arya, pour la couronne ?

— Mais oui, puisqu'il... »

Je laisse ma phrase en suspens. Finn attend que je me remémore la scène. Et de fait, il a dit « *elle* » et non « *la reine*. »

« Mais alors, de qui parlait-il ?

— Vous nous avez épatés ce soir, dit-il alors. Vous avez pris des risques. »

Je devrais insister pour qu'il réponde au lieu de changer de sujet, mais je sais déjà que ça ne servirait à rien et je suis trop lasse pour me bagarrer. « Vous auriez fait la même chose pour moi si j'avais été enfermée dans cette cellule. »

Il se rembrunit. « Avant ce soir, je n'en suis pas si pas sûr, princesse... Vous êtes peut-être meilleure que nous. »

Je me rappelle soudain ma nuit dans le cachot de Mordeus et le rêve où Finn m'est apparu. Est-ce cela, son pouvoir ? Apparaître aux gens en rêve ? La question me brûle la langue, mais je me tais. Je n'ai pas intérêt à lui révéler l'impact qu'il a sur moi depuis le début. Je crois que j'emporterai ce secret-là dans la tombe, fût-ce pour éviter de me rendre ridicule s'il s'avère que c'était juste un rêve – un rêve normal.

« Prête à retourner au château ?

— Non, je préférerais rester un peu, si ça ne vous ennuie pas. J'ai... besoin d'un moment de répit.

— Mais certainement. »

Au lieu de rentrer dans la maison comme je m'y attendais, il reste là à admirer le ciel nocturne en tortillant une boucle de cheveux sur sa nuque.

« Autrefois, ma mère et moi allions souvent nous installer dehors, la nuit », dis-je. Je ne sais pas pourquoi je lui raconte ça, mais j'ai envie de me souvenir d'elle. « Elle aimait l'obscurité, la lune, les constellations. Elle me disait de choisir une étoile et de faire un vœu. »

Il ferme les yeux, comme pour se représenter la scène. « Une femme admirable, à vous entendre.

— Parfois, je le déplore. J'aurais moins souffert quand elle est partie. Et vous, votre mère ? Est-elle toujours vivante ?

— Elle est morte en donnant naissance à mon frère cadet. J'imagine que, par bien des côtés, elle était à l'image de la vôtre. Elle aussi aimait la nuit et plaçait ses enfants au-dessus de tout. »

Contrairement à ma mère apparemment, puisqu'elle nous a abandonnées. Mais je ne relève pas.

Il prend doucement ma main. Je sens le pouvoir magique déferler dans mon corps, mystérieux effet de la connexion entre nous. Tout à coup les étoiles brillent d'un éclat plus vif. « Choisissez-en une, dit-il, et faites un vœu. »

Mais je fais non de la tête. Malgré cet afflux de pouvoir magique, je suis trop éreintée, et mes larmes trop près de déborder. Or, je ne *veux* pas pleurer. « Je n'y crois plus.

— Mais si. Je suis un faë. Nous avons un sixième sens pour ce genre de chose.

— Quand j'étais petite, j'avais mille raisons de croire, d'espérer. Mais après le départ de maman, à mesure que les jours, les semaines, les années passaient… » Je lui reprends ma main. Cette… chose qui agit sur moi quand il me touche m'emplit de confusion. Je n'ai pas envie de l'affronter cette nuit, après tout ce qui s'est passé. « Quand elle n'a plus été là, j'ai continué à regarder les étoiles, mais j'en trouvais de moins en moins pour formuler un vœu. Les vœux, c'était pour les filles qui avaient des parents, les gens qui n'étaient pas asservis par des contrats insupportables. Et si je perds Jas, ce sera fini : plus aucune étoile dans le ciel ne sera là pour moi. » Pourtant, à côté de ce faë qui m'aide à puiser dans un pouvoir que je ne comprends pas, mais qui pourrait bien m'aider à la sauver, j'entrevois à nouveau l'espoir. Je comprends qu'on fasse un vœu en regardant une étoile. Je suis prête à croire que je recommencerai – et ce pendant très, très longtemps.

Finn se remet debout. « Abriella, toutes les étoiles du ciel brillent pour vous. »

Quand la porte du jardin se referme derrière lui, je m'aperçois qu'il m'a appelée par mon prénom, et non plus « princesse. »

* * *

Les jours suivants s'étirent interminablement. Finn tient sa promesse : mon apprentissage est provisoirement suspendu. Mais ce séjour forcé au palais me fait plus l'effet d'une punition, d'autant que Sébastian n'est pas là. J'ai trouvé Riaan à l'entraînement sur le toit, et il m'a appris que son prince était « absent », c'est tout. Ne l'ayant plus revu depuis la nuit de Litha, j'ignore comment la reine et lui ont réagi à la disparition du prisonnier. Mais de toute façon, il ne m'en aurait sûrement pas parlé…

Le surlendemain de la fête, je fais les cent pas dans ma chambre, assommée d'ennui et contrariée de ne pas avoir avancé d'un pouce dans ma quête du livre. Je cherche en vain un moyen de contacter Pretha, puis décide de demander au miroir de me montrer Jas, une fois de plus. J'ai mal au cœur en la voyant, comme toujours.

Elle est occupée à coudre tout en racontant l'histoire de la princesse faërie tombée amoureuse du roi d'Ombre. « Quand les parents de la princesse d'Or apprirent qu'elle allait retrouver le roi dans le Monde des mortels, ils allièrent leurs pouvoirs pour verrouiller tous les Passages entre le Monde humain et Faërie, empêchant ainsi leur fille d'aller à la rencontre de son amoureux, et le roi de regagner son Monde. »

Lorsque l'image s'efface, je fais mine de reposer le miroir, puis décide de l'utiliser pour autre chose.

« Montre-moi ma mère. » Je fixe mon reflet pendant une éternité et me résous à renoncer quand tout à coup, elle apparaît.

Je n'ai pas vu ma mère depuis neuf ans, mais la femme dans le miroir est en tout point conforme à mon souvenir – grande, gracieuse, les mêmes cheveux châtains que Jasalyn, nattés en couronne autour de sa tête. Elle marche dans un cimetière. Soudain elle s'arrête devant une tombe et s'agenouille. Le soleil couchant rehausse les éclats roux foncé de sa chevelure et une nostalgie inattendue m'étreint. C'était une si bonne mère... On riait, elle nous racontait des histoires, nous proposait toujours des jeux ou de longues promenades. Elle nous faisait toujours passer avant elle.

Jusqu'au jour où elle en a décidé autrement.

Voilà la vraie raison pour laquelle je ne dois pas céder aux élans de mon cœur face à Sébastian. Aimer un faërie, c'est risquer de se perdre. D'oublier le plus important. Comme ma mère.

Que fait-elle dans ce cimetière ? Est-ce la tombe du faërie qu'elle aimait ? Je scrute le miroir. Le décor me rappelle vaguement quelque chose. Tout à coup, ça me revient : c'est le cimetière où Finn m'a emmenée pour me démontrer l'étendue de mon pouvoir. Ce n'est pas loin d'ici. Pas loin du tout.

L'image s'évanouit. Je prends ma décision sans attendre. Je mets ma besace en bandoulière, j'y glisse le miroir et m'élance vers le cimetière. Le jour décline. Il n'en reste qu'une raie d'or sur l'horizon.

Ma mère peut peut-être m'aider à sauver Jas. Son faërie était quelqu'un d'important – un noble, disait-elle, qui aimait son peuple et s'en souciait assez pour lui sacrifier son propre bonheur. Peut-être est-il apparenté au roi unseelie. Et si elle pouvait le convaincre de libérer Jas avant que je ne retrouve les objets magiques ? Dans tous les cas, je serais soulagée de l'avoir près de moi. Je pourrais me confier à elle. Je ne serais plus seule dans ma quête.

Mes beaux souliers ne sont pas faits pour courir sur ce sol caillouteux qui me blesse les pieds. Mais je ne m'arrête qu'en vue des tombes.

Le cimetière est désert. Je me tourne en tous sens.

« Maman ? » Ma voix se brise. Le désespoir renaît dans ma poitrine. Je sors le miroir de ma besace. « Montre-moi ma mère. »

L'image, cette fois, est celle d'une tombe et d'un corps en putréfaction, étendu les bras croisés.

Je lâche le miroir comme s'il m'avait brûlé la main. « Non ! » Je recule précipitamment. Non. Bast l'a bien dit : ça ne marche peut-être pas pour nous autres, mortels. Ce n'est pas parce qu'il a bien fonctionné jusqu'ici que... Il ne faut pas que je renonce.

Un vent froid circule entre les tombes, les ultimes rayons du soleil disparaissent. Mais je ne suis pas encore prête à rentrer au château.

Je prends mon courage à deux mains et range le miroir dans ma besace. *Tu ne dois pas t'arrêter à cette image.*

« Brie ! » Mon surnom résonne dans le bois voisin. On dirait la voix de... « Brie ! Au secours ! » Je me mets aussitôt en marche. Non, ça ne peut pas être cette voix que je connais mieux que la mienne !

Un nouveau cri désespéré, suivi d'un sanglot terrifié. C'est bien ma petite sœur... Je m'élance sous les arbres à travers les taillis épais. Ma jupe se prend dans un buisson, je perds mes chaussures inadaptées, mais continue à courir.

« Au secours ! Brie ? Brie, à l'aide ! »

Je me rue vers la voix de Jas en contournant les troncs et en me frayant un chemin à travers les broussailles. Je me repère à ses appels, de plus en plus sonores, de plus en plus affolés. Mes jambes sont en feu, ma gorge à vif.

Je ne m'étonne même pas de découvrir la maison de notre enfance, celle que nous avons fuie il y a dix ans. Et où mon père a péri.

Des flammes s'enroulent autour des murs, lèchent le bord du toit, de plus en plus hautes. Comme cette nuit-là…

Je m'immobilise, recule d'un pas. *Non, ça n'est pas réel.*

Le feu crépite, craque, la fumée s'insinue dans mon nez, la chaleur monte à l'assaut de mes joues.

« Brie, je t'en supplie ! »

Je me précipite dans la maison sans réfléchir.

Elle m'appelle, mais le rugissement de l'incendie couvre sa voix. Une voix dont je sais qu'elle va s'affaiblir peu à peu, parce que je suis déjà venue ici. Je sais qu'elle va se taire avant que j'arrive. Jas sera inconsciente sous son lit.

Au fond de moi, je *sais* que c'est une illusion. Cette maison n'existe plus. Elle ne *peut pas* être là. Mais je suis incapable d'abandonner Jas. Si je ne suis pas celle qui se jette dans les flammes pour sauver sa petite sœur, alors je ne suis rien.

Jas pousse un grand cri et un craquement sinistre retentit au-dessus de ma tête : les solives cèdent.

L'air est irrespirable. La fumée emplit mes poumons. Tandis que je progresse entre les décombres en esquivant les flammes, elle chasse l'oxygène. Une poutre s'abat sur ma jambe. Je tombe sur le plancher en feu.

« Jas… » dis-je tout bas.

« Abriella ! » À l'avant de la maison rugit une voix grave. « Abriella !

— Par ici ! » je m'écris faiblement. Le souffle me manque, la fumée est omniprésente. Il est impossible qu'il m'entende dans le vrombissement de l'incendie qui dévore la maison.

Je tente de repousser la poutre. En vain. Mes narines s'emplissent de l'odeur de ma chair qui brûle. Ma tête retombe. Je n'entends même plus Jas.

« Stupide mortelle ! »

Je vais sombrer dans l'inconscience. J'essaie de résister, mais je n'y parviens pas.

« Je suis censée la sauver », dis-je tout bas. Puis tout devient noir.

22

« Qu'est-ce qui lui est arrivé ? » Une voix contenue qui perce à peine jusqu'à ma conscience, noyée dans un flot de souffrance intense, comme un animal sauvage hurlant dans ma tête.

« Les Sluagh l'ont attirée dans les bois. Elle était complètement cernée par la fumée et les flammes. Sa jambe est en mauvais état. Quant à son esprit…

— Elle a continué à se débattre même après qu'on les a chassés, intervient une autre voix. Elle disait qu'elle ne voulait pas abandonner sa sœur. »

Je me force à ouvrir les yeux, à me raccrocher à la réalité. « Jas ? » J'ai la voix tout éraillée par la fumée. *Donc c'était réel !* « Vous avez sauvé ma sœur ?

— Chut, ne parlez pas. » Des yeux argentés me scrutent. *Finn.* Il se détourne. « Guéris-la.

— Tu te fous de moi ? » lance une autre voix masculine. Kane ? « C'est inespéré, au contraire. Une bénédiction des anciens dieux. *Accepte-la.* »

Finn profère à voix basse une mise en garde que je ne saisis pas.

« Fais ce que tu veux, mais moi, je ne resterai pas là les bras croisés à te regarder tout gâcher. » Un bruit de pas. Une porte qui claque.

« Moi non plus je ne veux pas la voir souffrir », dit Pretha. Je voudrais ouvrir les yeux, mais je n'en ai pas la force. « Après ce qu'elle a fait pour Jalek, aucun d'entre nous ne le veut, mais il faut absolument que tu cesses de refaire les mêmes erreurs – assez de cette grandeur d'âme qui m'a rendue veuve !

— Je ne suis pas Vexius.

— Et *elle* n'est pas Isabel.

— Arrête ! Gronde Finn.

— Tu ne vois donc pas que sans toi ton royaume est condamné ? Ses blessures sont trop...

— Ne me donne pas de leçons quant à l'avenir de mon royaume, Pretha. Laisser mourir les gens quand on a les moyens de les sauver, c'est un meurtre. Tu veux que la magie se retourne contre nous ? » S'ensuit un silence si long et si chargé de sous-entendus que je réussis presque à soulever mes paupières pour en savoir plus. « Soigne-la, j'ai dit. *Tout de suite !* »

Je parviens à ouvrir les yeux et distingue Pretha à mon chevet, une main sur mon front, l'autre sur ma poitrine. « Dormez. Vous vous sentirez mieux au réveil. »

* * *

Des voix me parviennent dans mon rêve. Finn. Pretha. Ils se disputent encore.

« Elle va s'en sortir, dit la seconde. Il faut qu'elle se repose, c'est tout.

— Merci, répond le premier d'une voix où perce l'épuisement physique et nerveux.

— Il faut qu'on parle de la décision que tu as prise ce soir, reprend Pretha.

— À quoi bon, puisque c'est fait ?

— Tu couches avec elle ?

— Mais non ! réplique-t-il d'un ton rageur.

— Tu es en train d'en tomber amoureux. J'ai bien vu comment tu la regardais en revenant avec Jalek. Et je vous ai vus dans le patio.

— Tu n'as rien vu du tout.

— Tu es sûr ? Tu es censé ne te préoccuper que de…

— Je sais où est mon devoir. Il serait peut-être temps que tu te rappelles où est le tien. »

Alors que le sommeil m'entraîne à nouveau dans ses profondeurs, j'ai le temps d'entendre mon instructrice ajouter : « Tu n'es pas le seul pour qui l'enjeu est crucial, Finn. »

* * *

Je rêve d'une enfant faërie aux grands yeux argentés et au sourire malicieux. Nous avançons dans un champ plein de fleurs ; elle sautille à mes côtés, une sucette dans la bouche. Il fait un soleil magnifique et les fleurs répandent une senteur paradisiaque. L'enfant a un visage angélique, avec ses bonnes joues roses, et je me demande si j'ai péri dans l'incendie – comme Alouette l'a prédit.

« Est-ce que je suis morte ? Je lui demande.

— Une fois seulement, mais pas cette fois-ci. » Elle me regarde, radieuse, les lèvres rosies et toutes collantes de sucre. « Heureusement ! L'autre chemin est mieux pour tout le monde.

— L'autre chemin ?

— Oui, enfin *un des autres*. Certains sont mauvais. Parfois on meurt pour toujours et la reine d'Or est contente. Mais parfois aussi, on devient faë. Dans d'autres cas encore, on devient *reine*. » Elle jette sa sucette par terre et une barbe à papa apparaît dans sa main.

« Quel genre de reine ? »

Elle sourit. Comme si elle attendait cette question. « Une reine *différente*. D'une espèce nouvelle. » Elle ferme un instant les yeux et prend une expression sérieuse, comme si elle se concentrait. « Parfois c'est une *mauvaise* espèce. Quand la colère est trop forte et nous enlaidit à l'intérieur. Il ne faut pas. Je ne vous aime pas quand vous faites ça. Finn vous expliquera si vous lui demandez. »

Elle parle par énigmes et je n'y comprends rien. « Et si je ne veux être ni faë ni reine, moi ?

— Pourquoi refuser d'être une faërie ? demande-t-elle en fronçant les sourcils, après une bouchée de barbe à papa. Vous ne préféreriez quand même pas mourir ? »

Je ne sais pas répondre à cette question. « Être reine, ça ne me dit rien. Je n'aime pas l'idée de posséder autant de biens alors que d'autres gens n'ont rien.

— Alors ça tombe bien. Parce que vous allez tout perdre. » Elle détache un morceau de sucre filé et me le tend.

Je décline sans un mot et elle l'engloutit joyeusement. « Tu vois toujours juste, quand tu prédis l'avenir ?

— Non, c'est pas possible. De temps en temps, l'avenir se trompe sur vous. Il faut que je m'en aille, maintenant, déclare-t-elle en se détournant. Ne dites pas à ma maman que je suis venue. »

23

Je suis allongée dans un lit à baldaquin que je ne connais pas. Les rideaux sont tirés, la pièce plongée dans l'obscurité, mais mes yeux finissent par s'y ajuster et je distingue Finn, assis dans un fauteuil tout au fond, flanqué de ses loups.

Je prends mon souffle et me redresse péniblement. « Qu'est-ce qui m'est arrivé ? » je demande d'une voix gutturale. Je me rappelle l'incendie, mes efforts pour sauver Jas, la vieille maison qui ne pouvait pas être là puisqu'elle a brûlé quand j'avais 8 ans. Le tout paraissait bien réel. Et à en juger par ma gorge à vif, le feu l'était aussi.

Je repousse les couvertures pour regarder mes jambes, sûre de découvrir des pansements, des brûlures, voire pire. Mais je ne vois rien. Je m'ébroue comme pour séparer l'illusion de la réalité.

« Les Sluagh vous ont attirée dans les bois près du cimetière militaire du royaume d'Or.

— Comment ? réussis-je à articuler malgré la vive sensation de brûlure dans ma gorge.

— Avec des illusions. » Il referme un livre posé sur ses genoux et se lève en le coinçant sous son bras. « Ils vont chercher vos pires souvenirs et vous y enferment. » Il allume une bougie sur ma table de chevet et nous nous dévisageons. Malgré sa peau foncée, je lui trouve mauvaise mine. Quand il retourne s'asseoir, je vois qu'il boite.

A-t-il été blessé en me portant secours ? Il n'aimerait pas que je lui pose la question, je le devine instinctivement. « Combien de temps suis-je restée inconsciente ?

— Une journée entière. Pretha vous a soignée comme elle a pu, puis nous avons appelé un vrai thaumaturge. Vous aviez une jambe cassée, des brûlures partout – pour la plupart superficielles, dieux merci. Comme ce degré de magie est difficilement supportable pour les humains, il vous a plongée dans un profond sommeil pour faciliter la récupération. »

Donc c'est Pretha qui m'a soignée, pas lui. Est-il dépourvu de magie ? Laisse-t-il faire les autres ? Pourtant, vu l'ascendant qu'il semble exercer sur les créatures magiques qui l'entourent, je serais étonnée qu'il ne possède pas de pouvoirs.

« Comment m'avez-vous retrouvée ?

— Dara et Luna ont senti que vous étiez en difficulté et m'ont conduit jusqu'à vous. »

Je hoche la tête comme si c'était logique. Comme si la rencontre de monstres capables de recréer mes pires souvenirs était une chose banale, qui se produisait quotidiennement – comme s'il était normal qu'une paire de loups veille sur moi comme des anges gardiens.

« Vous avez eu de la chance. Quelques minutes de plus et…

— Je sais. » Je n'ai pas envie d'entendre le reste. Je sais très bien ce qui serait arrivé. L'ami thaumaturge de ma mère a effacé mes brûlures, il y a neuf ans, mais le souvenir des flammes léchant ma peau ou de la fumée envahissant mes poumons, lui, est resté. Je sais ce que ça fait de périr dans un incendie. « Mais… ce n'était pas réel, si ?

— L'illusion créée par les Sluagh devient réelle quand on y réagit concrètement. Les Sluagh sont *devenus* le feu dès que vous y avez cru vous-même. Et vous vous êtes jetée dedans.

— J'en ai entendu crier.

— Votre sœur, c'est ça ? »

Je fais signe que oui. « Ça m'a semblé... bien réel. » Même dans ce lit, calée sur des oreillers, mes mains en tremblent encore... « Alors l'incendie était vrai, mais pas elle ?

— Il n'y avait personne d'autre que vous dans cette forêt quand nous avons chassé les Sluagh.

— Ma besace ? je demande en faisant mine de me lever.

— Du calme. » Il la prend sous son fauteuil et vient la poser doucement sur mon lit. « Je vous avais bien dit de ne pas regarder dans ce miroir.

— Oui, c'est vrai. » Je fais la fière, mais en vérité je n'ai plus confiance en mes propres initiatives. Ce miroir m'a traîtreusement attirée dans le cimetière. C'est à cause de lui que je suis tombée dans le piège du Sluagh.

« Il ne faut pas lui faire confiance, ajoute Finn.

— Je sais », dis-je avec amertume. Mais en fait, je n'ai aucune certitude. On dirait qu'il marche de temps en temps, pas systématiquement. Il m'a montré ma mère bien vivante, puis à l'état de cadavre dans une tombe. Les deux ne peuvent être simultanément vrais !

« Alors que faisiez-vous là-bas ? Que cherchiez-vous ?

— Rien. Ça... ça n'a pas d'importance. » Je détourne le regard. J'ai prouvé que j'étais une humaine écervelée ; je voudrais qu'il s'en aille pour pouvoir me cacher sous les couvertures. En même temps, s'il s'en va, je vais fondre en larmes. *Il m'a sauvé la vie. Une fois de plus.*

« Ce miroir ne fonctionne plus correctement depuis des années, poursuit-il. Il a été créé il y a une éternité, à l'époque où les gouvernants seelies et unseelies ont fait alliance. Ils ont fabriqué plusieurs objets magiques en combinant leurs pouvoirs respectifs puis les ont répartis entre les Cours en signe de bonne volonté. Mais la magie a été abîmée quand la Cour seelie s'est illégalement approprié le miroir.

— Il arrive qu'il marche, j'insiste comme une gamine butée.

— Vous pouvez toujours lui demander de vous montrer ceci ou cela, mais on ne peut pas se fier au résultat. La magie corrompue, c'est dangereux. Ce qu'elle vous montre peut vous attirer dans un piège dangereux.

— Vous auriez pu m'en informer plus tôt.

— Je vous ai dit de ne pas vous en servir. Ce n'était quand même pas difficile à comprendre. » Puis il se radoucit. « Un miroir comme ça, c'est dangereux pour quelqu'un comme vous.

— Une humaine, vous voulez dire, je réplique en levant les yeux au ciel.

— Non, quelqu'un qui porte autant d'espoir dans son cœur. »

Autant d'espoir ? Décidément, il me connaît mal. Je ne connais personne qui ait aussi peu d'espoir que moi dans la vie.

Soudain, je prends conscience de ma situation. Je suis dans un lit. Chez lui. « Est-ce que c'est… *votre chambre*, ici ? » J'ai failli dire « votre lit », mais je me suis reprise à temps. D'un autre côté, c'est encore plus gênant.

« Oui. C'était le plus pratique pour vous veiller et le lit était assez grand pour permettre au thaumaturge de faire son travail. Mais maintenant que vous êtes plus ou moins remise, je peux vous installer dans la chambre d'amis. »

Pourquoi est-il si bon avec moi ? La moitié du temps j'ai l'impression qu'il me déteste, et l'autre moitié… Je n'aime pas penser à la connexion que je sens entre nous. « Il faut que je rentre au palais. » Je me lève et tout se met à tourner. Je retombe sur mes oreillers.

« Ne bougez pas. Vous êtes guérie, mais vous resterez affaiblie quelques jours.

— Je ne peux pas disparaître comme ça ! On va se mettre à ma recherche.

— Pretha s'en est occupée. »

Ça ne me plaît pas. Et si je manquais un événement important ? Si cela provoquait la colère de la reine ? Si elle me chassait du palais et me renvoyait chez moi avant que j'aie pu réunir les objets de Mordeus ?

« En tant que préceptrice attitrée, elle a obtenu qu'on vous dispense de présence au château, au nom de votre formation. Officiellement, vous visitez une ville du sud connue pour ses concerts. »

Je m'enfonce dans les oreillers. Je suis vraiment très fatiguée, et l'idée de rentrer au château, de faire semblant d'être dans mon état normal, est au-dessus de mes forces. « Pretha m'a parlé de votre frère, Vexius. Je… je suis navrée. »

Il opine, mais en évitant mon regard. « Oui, moi aussi. »

J'essaie de me rappeler ce qu'elle a dit : *il faut absolument que tu cesses de refaire les mêmes erreurs – assez de cette grandeur d'âme qui m'a rendue veuve !* J'aimerais bien savoir de quoi elle parlait, mais je sais que Finn ne me répondra pas.

« Avez-vous d'autres frères et sœurs ?

— Si j'en ai, je ne les revendique pas. » Il assouplit les muscles de ses épaules raidis par les heures passées à dormir dans son fauteuil. « Reposez-vous, princesse. Vos problèmes seront toujours là demain. »

Malgré moi – car je n'ai pas très envie de lui obéir comme un chiot docile –, je m'installe dans le lit et sens déjà mes paupières qui se ferment.

« Vous devez avoir faim. Je vais vous faire apporter un plateau. »

Je le rappelle. « Finn ? » Il se retourne au moment de passer la porte. « Merci. De m'avoir sauvé la vie. Encore une fois. »

Je le vois déglutir, mal à l'aise. « Je ne sais pas ce que vous cherchiez dans la forêt, mais j'espère que ça en valait la peine. Et ne vous fiez plus à ce miroir », conclut-il avec un regard pour l'objet.

* * *

Le lendemain matin, nous nous réunissons dans la bibliothèque. « On a une piste pour ce Grimoiricon ? » s'enquiert Finn, dont les loups dorment à ses pieds, comme à leur habitude.

Vu qu'il m'a sauvée du pétrin où je me suis fourrée à cause du miroir, je m'abstiens d'évoquer la bibliothèque que ce dernier m'a montrée au château. « Pas vraiment. Une idée ?

— La reine redoute ce livre. Logiquement, elle ne doit donc pas le conserver trop près d'elle. D'après mes renseignements, il ne s'est même jamais trouvé au palais d'Or. »

Formidable... « Il faudrait dire à ceux qui vous renseignent qu'on aimerait plus de précisions !

— Oui, je vais le faire », grommelle-t-il.

Je me sens assez bien pour expérimenter mon pouvoir, mais Finn me retient. Jusqu'ici, tout ce que j'ai appris, c'est à envelopper des choses dans un manteau de ténèbres pour les cacher en les portant sur moi. J'aimerais m'entraîner à transformer les gens en ombre, mais il dit que c'est trop épuisant ; alors je m'exerce avec des objets de plus en plus volumineux. Par exemple, je glisse une épée dans son fourreau accroché à ma hanche et je l'enténèbre avant de défier Finn du regard.

« Pas mal » commente-t-il, pas plus impressionné que ça. D'ailleurs, aucun de mes efforts magiques n'impressionne le prince d'Ombre. Mais je m'en moque. « Et le gamin, comment vous traite-t-il ? reprend Finn. Son emploi du temps lui laisse le loisir de vous faire la cour ?

— Le gamin ?

— Le prince Ronan, évidemment, l'enfant d'Or. Vous l'appelez *Sébastian*, non ?

— Je ne vois pas pourquoi vous dites que c'est un gamin. Il a quand même 21 ans. » Finn néglige de répondre, mais tout ça me donne à réfléchir. « Et vous, quel âge avez-vous ?

— Je suis plus âgé que lui.

— Ce n'est pas une réponse. »

Il gratte d'un air distrait la tête d'un des loups endormis. « Assez âgé pour avoir combattu dans la Grande Guerre faë, assez jeune pour me rappeler le temps où nos Cours n'étaient pas obsédées par l'idée de se détruire mutuellement. »

Donc, il a entre 50 et 500 ans. Ça non plus ce n'est pas une réponse, mais au moins j'en sais un peu plus. Je l'observe. Il est donc plus vieux que Sébastian ; pourtant, il n'en a pas l'air. Contrairement à Mordeus et Arya à qui, s'ils étaient humains, je donnerais à peu près l'âge de ma mère. Et puis il y a Alouette, qui a l'air de grandir comme une enfant humaine. « Comment se manifeste l'âge, chez les faë ?

— Ça dépend des espèces, soupire-t-il. Certaines ont une durée de vie très brève. La plupart des aériens vivent moins de cinq ans, par exemple. D'autres faë, des milliers d'années. »

Il peut être tellement *obtus*, quand il veut ! « Je parlais des faë comme vous et vous le savez très bien. » Le voyant toujours aussi peu disposé à répondre, j'enfonce le clou : « Si vous ne me dites rien, je serai obligée de demander à Sébastian.

— Typiquement, les faë elfes *comme moi* grandissent de la même façon que les humains jusqu'à la puberté, mais après, le processus ralentit. Une différence entre nous de plusieurs centaines d'années est l'équivalent d'une différence de dix ans chez vous.

— "Typiquement" ? Qui vieillit de manière atypique, chez vous ?

— Arya, par exemple, répond-il en haussant les épaules, est plus près de moi que de Mordeus.

— Jalek dit qu'elle va mourir. C'est pour ça qu'elle fait beaucoup plus que son âge ?

— À votre tour de répondre, élude-t-il. Comment le prince d'Or vous traite-t-il, dites moi ?

— Tout va bien avec *Sébastian.* » En fait, j'ignore à quoi il passe son temps. « Il est très occupé, c'est vrai, mais si vous croyez que je vais vous aider à lui nuire par des indiscrétions, vous me connaissez mal.

— Oui, je sais que vous le défendez bec et ongles. Vous n'en avez pas fait mystère. De fait, il vous protège aussi. » Il indique mon poignet, où ma cicatrice est toujours dissimulée par un charme – je me suis habituée à son absence.

« Ça me protège ? Pourquoi ?

— Je voulais parler de l'attaque du Barghest », dit-il en tentant de dissimuler son trouble.

J'ai un peu de mal à le croire.

« A-t-il réussi à vous faire changer d'avis ? Êtes-vous décidée à l'épouser ?

— Mais non ! Qu'est-ce qui vous fait croire ça ?

— Je sais que vous êtes amoureuse de lui.

— Quel rapport ? » Je forme une boule de ténèbres molle dans ma main et la lui lance en pleine poitrine. Il l'attrape au vol et la fait tournoyer en l'air. « *Typiquement,* quand on aime quelqu'un de cette façon-là, on trouve un moyen de vivre avec.

— Quand il apprendra que je lui ai volé un ou plusieurs objets magiques, il ne voudra plus de moi de toute façon. »

La boule d'ombre se désintègre. « Ah, la vérité éclate au grand jour. Vous aspirez bel et bien à l'épouser, mais vous croyez qu'il ne pourra pas vous le pardonner. Même si c'est pour sauver votre sœur.

— Pourquoi insistez-vous tellement sur ce point ? Vous tenez *tant que ça* à ce que je devienne reine ?

— Je tiens à éviter les surprises, jette-t-il avec brusquerie en se dirigeant vers la porte. Pretha va vous ramener au palais.

— Pourquoi ne vous servez-vous jamais de votre magie ? » je lâche à brûle-pourpoint, avant qu'il s'en aille.

Il se retourne lentement et penche la tête sur le côté. Une de ses boucles brunes retombe sur ses yeux. « Mais si, je m'en sers.

— Je ne vous ai jamais vu faire.

— Mes dons ne sont pas là pour vous distraire, princesse. »

Je lève les yeux au plafond. Je n'en crois rien ; ce n'est rien de plus qu'une pirouette. En réalité, il ne veut pas me le dire. Pourquoi me le révélerait-il, d'ailleurs ? Si, pour une raison que j'ignore, il en est réellement incapable, ce serait un incroyable aveu de faiblesse. Qui pourrait lui être fatal si ses ennemis l'apprenaient.

C'est sûrement lié à la couronne de son père et au fait que l'actuel souverain de la Cour de la Lune n'est pas le bon.

« Finn, vous méritez de monter sur le trône. Quand j'aurai ramené ma sœur chez nous, en sécurité, j'aimerais vous aider à trouver la couronne de votre père. »

Il me foudroie du regard, ouvre la bouche comme pour me remettre à ma place, mais se tait, préférant sortir en trombe de la bibliothèque. Ses loups se lèvent et je jurerais qu'ils me regardent avec dégoût avant de le suivre.

Je me laisse tomber dans un fauteuil en retenant mes larmes. Ils ne me font pas assez confiance pour accepter mon aide. Je cherche les objets censés secourir son royaume, mais on me cache tant de choses que je ne sais même pas en quoi ils lui seront utiles.

Je sors le miroir de mon sac et me regarde dedans. Je savais que la couronne manquait à l'appel… Alors pourquoi n'ai-je pas eu l'idée de demander au miroir ?

Parce qu'on ne peut pas s'y fier.

Sauf que parfois, il voit juste. Donc, avec un peu de chance…

« Montre-moi la couronne d'Obéron », dis-je tout bas. Mais l'image ne change pas d'un iota. J'ai beau reposer inlassablement la question, je n'ai toujours devant les yeux que mon reflet.

24

« Devinez qui est de retour au palais et demande à vous voir ? » me dit Emmaline, taquine, en me brossant les cheveux.

Je me retourne pour scruter ses grands yeux bleus. « Le prince ? »

Je suis rentrée hier après-midi et, en apprenant qu'on ne l'avait pas revu depuis la fête de Litha, je me suis inquiétée – et s'il lui était arrivé quelque chose ? S'il avait appris je ne sais comment que j'ai libéré son prisonnier ? Que j'ai séjourné chez Finn ? Nul ne savait où il était et mon imagination s'en donnait à cœur joie : j'envisageais les plus sinistres possibilités, même très improbables, voire paranoïaques et égocentriques.

Emmaline sourit. « Bien sûr ! Il a demandé qu'on vous prévienne : il se présentera chez vous à la nuit tombée et souhaite faire une *promenade*. » Sa voix monte dans les aigus. Elle a l'air ravie, comme si le mot servait de code secret pour désigner quelque chose d'osé.

« Est-ce qu'il avait l'air sérieux ? Ou content à l'idée de me revoir ? »

Dans la glace de ma coiffeuse, je regarde Tess, occupée à faire mon lit. « Sérieusement content », répond-elle avec un clin d'œil.

Bien. Donc, pas en colère. C'est un début… D'autant plus que je sais où est le livre et que j'ai encore un service à lui demander.

« Vous avez vu du pays depuis que vous êtes en Faërie au service de la reine ? » je demande à Emmaline.

Elle sourit en ramenant mes cheveux vers l'arrière. « Nous servons la Cour seelie. Nous la suivons donc partout où elle va. » Elle regarde d'un air mécontent les courtes mèches sur ma nuque. « Si je tenais l'incompétente qui vous a coupé les cheveux !

— Je vous l'ai dit : c'était un accident. Laissez-les libres dans mon dos, ça ne se verra pas. Vous voulez dire que la reine a d'autres palais ?

— Bien sûr, dit Tess.

— Beaucoup d'autres », renchérit Emmaline.

J'aurais dû m'en douter, mais hier, quand Finn m'a dit que le livre ne se trouvait pas dans ce palais-ci, j'ai eu une révélation : la bibliothèque que je recherche non plus !

Après ma mésaventure avec les Sluagh, je ne devrais plus me fier au miroir. Mais je n'ai pas d'autre piste pour trouver le Grimoiricon… Il faut donc y aller avec prudence. Alors je l'ai à nouveau interrogé ce matin, mais en observant l'image de très près – et la solution était juste sous mon nez ! Car cette fois j'ai vu la mer par les fenêtres. Si j'avais remarqué ce détail la première fois, je n'aurais pas perdu de temps à chercher une bibliothèque secrète au palais puisque nous ne sommes pas au bord de la mer.

Tess me sert du thé tandis qu'Emmaline continue à se battre pour discipliner mes boucles en dissimulant au mieux les mèches tailladées. « La reine possède des palais aux quatre coins du royaume. Celui-ci est sa résidence principale, et c'est ici que se tiennent les cérémonies officielles, mais elle ne l'occupe que six mois par an. Le reste du temps, elle se partage entre trois autres. »

Je m'applique à pousser un soupir rêveur. « Moi, si j'étais reine, je passerais mon temps au bord de la mer. »

Les jumelles se mettent à rire. « Ça vous rappellerait les yeux d'un *certain* prince, peut-être ?

— *Quand vous serez reine,* rectifie Tess, vous pourrez choisir où vous voulez séjourner.

— Le palais de la Sérénité, celui qui se trouve au bord de la mer, est très beau, mais pas prévu pour accueillir toute la cour, explique Emmaline. C'est plutôt une retraite pour la famille royale. Mais vous pourrez peut-être changer ça.

— Donc, il y a un palais en bord de mer ?...

— Oui bien sûr. La côte sud est considérée comme la plus belle région du territoire seelie. On dit que les parents de la reine affectionnaient particulièrement le palais de la Sérénité.

— C'est peut-être pour ça qu'elle y va si peu », glisse Tess.

Emmaline lui lance un regard noir. Sa sœur baisse la tête et se tait.

Mais je ne vais pas laisser passer ça. « Pourquoi éviter un lieu qui lui rappelle ses parents ? » Si les jumelles n'ont pas le droit d'en parler, c'est qu'il y a autre chose que le chagrin du deuil là-dessous.

Emmaline secoue la tête. « On ne peut pas vous le dire, milady. On n'est à son service que depuis dix ans, et ses parents sont morts il y a vingt et un ans. »

Elles échangent un nouveau regard inquiet. Elles en savent davantage, mais ont peur de me le dire, c'est évident. Je décide de laisser tomber.

* * *

« J'ai une idée, j'annonce à Sébastian tandis que nous nous promenons dans les jardins ce soir-là. Promets-moi que tu ne te moqueras pas de moi. »

La chaleur est tombée avec le coucher du soleil et je frissonne dans ma robe d'été sans manches. Sébastian m'attire contre lui pour me communiquer un peu de sa chaleur. « Ma foi, ça dépend de l'idée ! »

Ce matin il m'a dit s'être absenté pour assister à des réunions importantes. Je pense que je peux le croire, mais je me demande quand même ce qu'il pense de la disparition du prisonnier. Aurait-il vraiment tué Jalek ? Je suis gagnée par le doute.

« Alors, cette idée ? me relance-t-il.

— Les femmes de chambre m'ont parlé d'un magnifique palais en bord de mer où ta mère se rend rarement. Sur la côte sud, si j'ai bien compris ? On pourrait fuir deux ou trois jours les contraintes de la Cour, histoire de se retrouver un peu, toi et moi. »

Avec un sourire ironique, il tricote des sourcils d'un air entendu. « Ah bon ? »

À mon tour de lui décocher un coup de coude. « Ce n'est pas ce que je voulais dire et tu le sais très bien !

— Dommage... » commente-t-il avec un petit rire.

Je me moque gentiment : « Dit l'homme qui ose à peine m'embrasser... » Mais en le voyant se rembrunir, je me rappelle qu'il n'est *pas* un homme justement ; quand nous sommes seuls tous les deux, j'ai tendance à l'oublier. « Le *faërie*, pardon », je rectifie en souriant pour meubler le silence gêné.

Il soupire. « Homme, faërie... J'ai vécu deux ans sous une identité d'homme. Le mot m'importe peu. Non, c'est le *reste* qui... » Il laisse sa phrase en suspens.

Je ne comprends pas ce qu'il sous-entend. Alors il s'explique : « Tu crois peut-être que je n'ai pas *envie* de t'embrasser ?

— Eh bien...

— La moitié du temps je ne pense qu'à ça.

— Mais tu ne passes pas à l'acte », je remarque avec douceur en repensant à ma discussion avec Finn. D'après lui, je veux vivre avec Sébastian, mais j'ai peur qu'il me rejette en apprenant la vérité. Il a raison, même si je peine à me l'avouer.

Nouveau sourire ironique. « En réalité, je me fais désirer, tu n'as pas compris ? plaisante-t-il.

— Ah si, j'ai remarqué ! dis-je en éclatant de rire. Et ça fait deux ans que ça dure ! »

Il pose sa main sur ma joue et me caresse les lèvres. Ça me fait le même effet que la première gorgée de vin pétillant – c'est suave, entêtant, avec un goût de revenez-y. « Et alors ? reprend-il. Ça marche ?

— Possible, je réponds avec une certaine réserve.

— Tu veux vraiment qu'on aille quelque part rien que tous les deux ?

— Tu n'apprécierais pas d'échapper un temps à tous ces regards qui pèsent constamment sur nous ?

— Tu sais, c'est ça ma vie, Brie. Il y a *toujours* des gens qui me surveillent. J'aimerais te dire que je peux tout t'offrir, mais le fait est que gouverner, c'est renoncer à toute vie privée. »

Si je reste avec lui, c'est une réalité que je vais devoir accepter. *Tu sais, Bast, c'est le cadet de nos soucis.* « Fuir les hordes de courtisans serait déjà pas mal. J'ai toujours aimé l'océan et ça me plairait beaucoup de voir comment il est dans ton Monde. »

Son regard se radoucit et il pose un baiser sur le sommet de mon crâne. « Je dois avouer… la perspective de t'avoir quelques jours à moi tout seul me séduit. Je vais voir si je peux m'arranger. Il faut d'abord que je m'absente toute la journée de demain, en partant très tôt. »

Mon cœur chavire. Parce que je suis pressée de mettre la main sur le livre, ou parce que je n'ai pas envie qu'il s'en aille ? « Où vas-tu cette fois ?

— Il y a des problèmes à la frontière est, répond-il d'un air sombre. Nos mesures de sécurité ne sont plus ce qu'elles étaient.

— Tu veux parler des camps ? » Je regrette ces mots en voyant son expression se durcir, mais c'est trop tard, maintenant… Alors je poursuis. Le sujet est trop important. « Tu ne contribues pas à enfermer ces innocents, j'espère ?

— Que sais-tu des camps ?

— Eh bien… pas grand-chose. Ce sont des Unseelies qui cherchent à fuir le règne de fer de Mordeus et… Ils cherchent seulement une vie meilleure, Bast. » Je le lis dans ses yeux : je ne suis pas *du tout* censée en savoir autant. « Je ne veux pas croire que tu aies une responsabilité là-dedans. Je pensais que tu voulais venir en aide aux gens ! Quelle que soit leur cour d'origine.

– Évidemment. Seulement, tu dois bien comprendre que… » Il ne va pas jusqu'au bout de sa pensée. « Peu importe. Tu n'as pas besoin de connaître les détails. Qui t'a parlé de tout ça ?

— J'ai… surpris certains propos.

— Tenus par qui ? »

Son air courroucé me fait peur – pas pour moi, mais pour les gens que je pourrais incriminer. Après avoir vu son attitude envers Jalek, je ne suis plus très sûre de savoir à qui j'ai affaire. « Je ne sais pas.

— Je peux te faire confiance, n'est-ce pas, Brie ? »

Ne jamais faire confiance à la voleuse que tu as fait entrer chez toi. « Évidemment. » Un mensonge qui a un goût amer…

Il se détend un peu. « C'est le cas. Pour le meilleur ou pour le pire. Comme on dit. » Il dépose un baiser sur mes doigts avant de me reconduire à ma chambre.

Je mets des heures à m'endormir. Le goût amer me donne des crampes d'estomac.

* * *

Pretha vient me chercher peu après le petit déjeuner. Mon sentiment de culpabilité me hante pendant tout le trajet.

Je peux te faire confiance, n'est-ce pas, Brie ?

La réponse est non et c'est un secret que je devrai garder jusqu'à ce que Jas soit en sécurité chez nous. Je pèse le pour et le contre – les sentiments de Sébastian, la liberté de Jas – et le choix m'apparaît évident. Il n'y a pas à hésiter. Alors comment expliquer mon malaise ?

« Qu'est-ce qui ne va pas ? me demande Pretha lorsque la calèche s'arrête au village.

— Rien. » Je descends à sa suite et nous marchons en silence vers la maison.

Elle fait halte sur le seuil. « Inutile de me mentir, Brie. Vous perdez votre temps.

— Je veux juste retrouver ma sœur, c'est tout. Mettre la main sur ce maudit livre pour que Mordeus me dise quoi faire ensuite. Finir ce que j'ai commencé, récupérer ma sœur et rentrer chez moi. » Mais ma voix se brise sur ce dernier mot. *Chez moi ?* Puis-je vraiment parler en ces termes ? On ne pourra pas rester en Faërie. Mais après ma razzia dans sa chambre forte, Gorst me pourchassera impitoyablement, et dans tous les cas, rentrer à Elora signifie dire adieu à Sébastian. Ainsi qu'à Finn, Pretha et les autres faëries renégats.

Ma préceptrice m'observe. Peut-être n'est-ce dû qu'à l'apparence d'Eurélody, mais je lui trouve un air presque compatissant. « Vous vous êtes disputée avec le prince ?

— Pas du tout. » Je me détourne. De l'autre côté de la petite rue pavée, une faërie aux ailes d'ange translucides et aux cornes recourbées balaie devant le pas de sa porte. « Le problème, c'est qu'il me fait confiance. Il le faut si je veux parvenir à mes fins. Mais quand j'en tire avantage, je me sens souillée.

— Oui… Une situation invivable. »

Je m'attends à ce qu'elle me donne un conseil pour me sortir de ce guêpier, mais elle se borne à entrer dans la maison en me faisant signe de refermer la porte.

Puis elle reprend son aspect normal et part en direction de la bibliothèque.

Les portes du couloir obscur sont fermées et Kane monte la garde au fond, les bras croisés, les yeux rougeoyants.

Le regard de Pretha se porte alternativement sur lui et sur les portes closes. Elle s'assombrit. « Mon frère est déjà là ?

— Le roi et la reine s'entretiennent avec Finn et Tynan, mais la reine te demande de les rejoindre pour déjeuner. Veux-tu que je t'excuse ?

— Non, je m'y attendais. Déjeuner, dîner… quelle importance ? » Elle a répondu sur un ton dégagé, mais, lorsqu'elle tourne les talons pour partir vers le salon, sa démarche n'a rien de désinvolte.

Je reste seule dans le couloir, désemparée. « Je dois la suivre ? » je demande à Kane

Il me fait signe qu'il n'en sait rien non plus. « Vous n'avez qu'à vous servir de votre nature féminine.

— Ma *nature féminine* ? Comment ça ?

— Vous savez bien… répond-il avec un geste vague. Dire des choses gentilles, la réconforter parce qu'elle a le cœur brisé et que l'amour est décidément une vraie vacherie, tout ça…

— Ah, je vois… et c'est réservé à la nature féminine, ça ?

— Vous m'imaginez dans ce rôle ? Moi qui ne peux même pas dire bonjour aux gens sans qu'ils aient peur que je les trucide ? »

Il n'a pas tort… Je médite un instant. « Pretha a le cœur brisé ? À cause de qui ?

— Si vous voulez le savoir, vous n'avez qu'à faire ce que je vous dis. » C'est sa manière de se faire du souci pour Pretha, je le vois bien, et je devine aussi qu'il aimerait être proche d'elle –, mais je ne suis pas certaine d'être la candidate idéale.

Je me dirige tout de même vers le salon, où je trouve Pretha plantée devant la fenêtre, l'air inexpressif, fixant sur la rue un regard glacial.

« Est-ce que ça vous ferait du bien de parler ?

— Si je vous disais oui, j'aurais l'impression de trahir mon défunt mari », se défend-elle.

Ah bon, si c'est comme ça, alors… « À quand remonte la mort de Vexius ?

— Quatre ans. Il a été blessé en escortant un groupe de réfugiés unseelies vers un Passage donnant sur le territoire des Faëries Sauvages. Et il ne s'en est pas remis », achève-t-elle avec peine.

Pas étonnant qu'elle ait mal réagi quand Finn a été blessé dans les mêmes circonstances… « Quatre ans, c'est long. Vous avez le droit d'éprouver à nouveau des sentiments pour quelqu'un, non ? »

Elle détache son regard de la rue pour me faire face. Je lui trouve un air vieilli, las. « Ce que j'éprouve pour Amira date de bien avant ma rencontre avec Vexius. Longtemps avant qu'on ne se marie, chacune de son côté. »

Il me semble avoir déjà entendu ce nom. Le face-à-face qu'elle redoutait est donc arrivé. « Amira est la reine des Faëries Sauvages, c'est ça ? »

Elle hoche la tête et se détourne. « Oui, et la femme de mon frère.

— Je vois. » J'essaie d'imaginer ce qu'elle doit ressentir et ça me fait de la peine. « Je suis navrée, Pretha.

— Oui, moi aussi. » Son souffle laisse un peu de buée sur le carreau. « Amira et moi avions votre âge quand on l'a fait venir dans ma famille pour épouser Misha. Je suis tombée amoureuse d'elle au premier coup d'œil.

— C'est très beau. » Ma voix est empreinte de tristesse. Je me doute de la suite. « Et de vous deux, c'est lui qu'elle a choisi ? » Je réprime une grimace. Si Kane était là, il verrait que moi non plus je ne suis pas douée ; il s'en tirerait sans doute mieux que moi.

« La question ne se posait pas, réplique-t-elle avec amertume. Ni elle ni moi n'avions le choix. Les Faë Sauvages sont plus tolérants que les Seelies envers les gens comme elle et moi, et mes parents nous ont élevés, mon frère et moi, dans l'idée que toutes les formes d'amour étaient belles, mais j'ai toujours su que cette tolérance s'arrêtait aux portes du palais. Être de sang royal entraîne l'obligation d'obéir à d'autres règles.

— Pourquoi ? Quelle est la différence ?

— Ils vous diraient que le pouvoir de la lignée en dépend, mais en réalité il s'agissait de sauver les apparences. Ils n'étaient pas d'accord pour que leur propre fille soit amoureuse d'une autre créature féminine. Enfin... » Elle soupire. « Au moins nous avons pu vivre trois ans côte à côte, Amira et moi, pendant qu'on la formait à la vie de reine. Quant à Misha, il s'en moquait. De toute façon il ne se mariait pas par amour, mais pour renforcer l'alliance entre nos deux familles. Malheureusement nos parents ont tout découvert... » Ses lèvres frémissent. D'amusement ? D'irritation ? Sous l'effet d'une colère ancienne ? Les trois, peut-être... « Vous imaginez mon désespoir quand ils m'ont envoyée épouser le frère cadet du prince unseelie...

— Vexius », complété-je tout bas. Ce que je n'imagine pas, c'est d'épouser quelqu'un pour des raisons politiques. Je n'accepterais pas que l'amour pèse si peu dans la décision de passer sa vie au côté de quelqu'un. Et pourtant, c'est exactement ce que Sébastian devra affronter si je me résous à le quitter. « Mais à la longue vous avez fini par vous attacher à lui ?

— Il y a des moments où je le regrette amèrement », répond-elle en pressant son poing sur sa poitrine comme pour refouler la douleur qui y réside. « Mais il était si facile à aimer ! »

* * *

« Vous faites des progrès, déclare Finn.

— Je rêve ou vous venez de me faire un compliment ? »

Nous sommes à l'étage pendant que Pretha déjeune avec son frère et la reine des Faë Sauvages. Je ne m'attendais pas à être conviée, mais je pensais que Finn irait au moins la soutenir moralement. Il n'en est rien. Le couple royal a demandé que le repas se déroule sans témoins.

« Concentrez-vous, c'est tout », me répond Finn.

Tynan me regarde d'un air de défi. Le but est de l'envelopper intégralement d'ombre – pas comme pour traverser un mur avec lui, mais pour l'y retenir *prisonnier*. Une manœuvre défensive qui, jure Jalek, est mon seul espoir en combat singulier – vu mon peu de talent pour le maniement de l'épée.

Je déploie mon pouvoir, cible étroitement Tynan et l'engloutis dans un manteau d'ombre… Mais il lui suffit d'un haussement d'épaules pour s'en débarrasser.

« Ça fonctionnera à merveille si vos adversaires restent immobiles », ironise-t-il.

Je lui réponds par un geste vulgaire, mais en riant. Je ne suis pas encore très efficace, c'est vrai, mais je m'améliore.

« Finn, dit tout à coup Kane depuis le seuil de la chambre. On a un problème. Le prince Ronan est là. »

Toute ma bonne humeur s'envole. Saisie d'effroi, je songe que le moment tant redouté est arrivé. Il va savoir que je le trahis. Comment m'a-t-il retrouvée ?

Finn se pose manifestement la même question. « Vous lui avez dit où vous passiez vos journées ?

— Mais non. Il sait juste que je suis avec ma préceptrice.

— On s'est préparés à cette éventualité, dit-il à Kane. C'est pour ça qu'on est là, tu te souviens ? Envoie Eurélody lui parler. Amira et Misha nous pardonneront cette interruption.

— Le seul ennui c'est que… Hum… il a la vraie Eurélody avec lui. Elle a avoué ne plus être au service de la reine depuis belle lurette. »

Finn pousse un juron.

« Il faut l'éloigner avant qu'il se rende compte que Misha et Amira sont là, grimace Tynan.

— Je peux aller lui parler, si vous voulez », je propose, tout en n'ayant pas la moindre idée de ce que je pourrais inventer. Je veux juste chasser l'appréhension qui me noue l'estomac. Qu'arrivera-t-il à Jas si Sébastian me renvoie ?

Finn baisse la tête. Son front disparaît sous ses boucles. « Vous voulez vraiment lui dire que vous êtes avec nous ? »

J'hésite.

« C'est bien ce que je pensais. Alors ne bougez pas d'ici. » Tynan et lui sortent de la pièce en refermant la porte.

J'écoute le son étouffé de leurs pas dans l'escalier. Suit un échange entre Finn et Sébastian, mais je ne distingue pas ce qu'ils disent.

La voix grave de Finn se fait à nouveau entendre. Puis le silence s'installe. Je n'y tiens plus.

Je sors à mon tour. La porte grince un peu. Je m'avance en faisant la grimace vers le haut de l'escalier.

« Laissez-moi entrer… » tonne Sébastian. C'est tout juste si les murs ne se mettent pas à trembler. Les deux faëries sont face à face, Tynan se tenant près de Finn. Deux princes offrant un spectacle impressionnant, avec leurs larges épaules, leur air menaçant et leur regard mauvais. « Vous la retenez ici, je le sais.

— Votre magie vous ferait-elle défaut, prince ? Je suis sûr que vous allez vite y remédier, vu les solutions toutes prêtes qui vous attendent au palais d'Or. » Je ne vois pas le visage de Finn, mais son ton sarcastique ne m'a pas échappé.

« La ferme ! rugit Sébastian. Vous croyez peut-être que vous valez mieux que moi ?

— Allez-vous-en, petit. Rentrez au château de cette mère qui vous gâte tant. Rentrez donc retrouver votre cheptel d'humaines pressées de remettre leur vie entre vos mains. » Finn recule comme pour prendre congé, mais Tynan, lui, ne bouge pas. Il bombe le torse comme s'il allait frapper Sébastian d'une seconde à l'autre.

« Finnian, vous êtes encore plus bête que dans mon souvenir. »

L'interpellé s'incline ironiquement. Sébastian tourne les talons et sort à grands pas. Tynan claque la porte dans son dos et fait face à Finn, la mâchoire contractée. « Je pensais qu'on pouvait faire confiance à Abriella.

— Mais bien sûr qu'on le peut.

— Dans ce cas, comment expliques-tu la venue du prince Ronan ?

— Pas de conclusions hâtives. Je m'en occupe, ne t'en fais pas. »

Devinant qu'il s'apprête à remonter, je réintègre vite la chambre. Je referme la porte et vais me poster devant la fenêtre pour essayer de voir Sébastian dans la rue, mais en vain. Il a dû venir grâce à son gobelin et se faire aussitôt ramener au palais. La porte grince derrière moi. « Alors, on cherche son grand amour ? se moque Finn.

— Ça vous arrive de frapper avant d'entrer ? je rétorque sans me retourner.

— Pas dans ma propre maison, non.

— Dans ce cas je ferais mieux de... » Mais je n'ai pas le temps de finir ma phrase. Il me fait pivoter en m'attrapant par le bras et exhibe l'amulette cachée sous ma robe.

« Pourquoi n'avez-vous rien dit ? » Finn est tout le temps énervé et grincheux, mais je ne l'ai jamais vu dans cet état. Ses yeux lancent des éclairs de colère et leur teinte argentée vire au blanc autour des iris.

« Parce que ça ne vous regarde pas !

— Ne dites pas de bêtises ! Si je dois vous recevoir sous mon toit et risquer la vie de *mes* sujets pour vous protéger, ça me regarde, au contraire ! Où avez-vous trouvé ceci ? »

Je ne peux risquer de perdre l'amulette de Sébastian. J'ai déjà failli mourir deux fois depuis mon arrivée dans ce maudit Monde, alors si elle a le pouvoir de me protéger, je dois à tout prix la garder. « C'est ma mère qui me l'a donnée. »

Il l'enserre dans son poing et tire de toutes ses forces. La chaîne se casse. Il fait volte-face et part vers la porte.

« Dites donc ! Ça ne va pas, non ? » Je le rejoins à grands pas. Ses acolytes ont peut-être peur de lui, mais pas moi. « Elle est à moi ! Vous n'avez aucun droit de...

— ... de détruire le mouchard du prince Ronan grâce auquel la reine et lui savent en permanence où vous êtes ? » Il serre si fort le bijou que ses jointures blanchissent.

« Vous ne savez pas ce que vous dites. C'est une amulette *protectrice*.

— Ah oui ? Est-ce qu'elle vous a bien protégée des Sluagh ? Et à votre avis, comment le prince vous a-t-il retrouvée quand vous avez été attaquée par le Barghest dans la forêt ?

— Je... » Brusquement, je ne me sens plus la force de lutter. Je tremble si fort que je dois m'asseoir sur le lit. Trop soulagée de m'en être tirée, je ne m'étais jamais posé la question. Sébastian est une créature magique, après tout ; il n'était pas étonnant qu'il ait su me retrouver.

Finn me montre l'amulette. Jusqu'ici chatoyante et lustrée, depuis qu'elle n'est plus à mon cou elle a pris une couleur d'eau sale. « C'est elle qui l'a conduit à ma porte.

— Excusez-moi », dis-je tout bas. *Il me pistait*. Il disait que l'amulette me protégerait, mais tout ce qu'il voulait c'était surveiller mes allées et venues. Une idée effrayante me traverse l'esprit. Je relève subitement les yeux sur Finn. « La Cour unseelie ! Je portais l'amulette les deux fois où j'ai parlé à Mordeus… » Si Sébastian sait que je complote avec Mordeus pour dérober des objets dans sa Cour…

« Non, elle n'est pas assez puissante pour fonctionner sur de telles distances. Il ignore sans doute que vous avez vu le roi ; en tout cas, ce n'est pas grâce à elle. Je vais demander à Pretha de vite vous ramener au palais, reprend-il en se dirigeant vers la fenêtre. Il doit vous chercher, maintenant qu'il vous soupçonne. Et je ne peux prendre le risque qu'il soit au courant de notre alliance. Pretha ensorcellera une autre préceptrice pour lui faire croire qu'elle assure votre éducation depuis le début. »

J'acquiesce. Oui, bien sûr. Il faut agir. Mais est-ce que ce sera suffisant pour convaincre Sébastian ?

« Ne cherchez pas à nous rejoindre. Nous devrons trouver un autre point de chute. Pretha viendra vous voir quand il n'y aura plus de risque. »

Il va devoir déménager. Emmener ses amis je ne sais où. Ainsi qu'Alouette. Et tout ça à cause de moi. « Pardon. »

Il hausse les épaules, mais la lassitude se peint sur ses traits. « De toute façon, c'était un domicile temporaire. C'est ça, la vie en exil. Ce ne sera pas la première fois.

— Sébastian et vous… ne vous êtes pas battus. »

Ses épaules s'affaissent. Il est épuisé. « Vous avez trouvé notre entrevue amicale, peut-être ?

— Non, bien sûr, mais je croyais que vous vous détestiez ; j'avais peur que vous vous étripiez en vous retrouvant face à face.

— Je ne sais pas ce qu'il vous a dit sur moi, répond-il en contemplant mon amulette, mais personnellement, je ne lui veux pas de mal. Sa mère, en revanche… » Il assouplit les muscles de son cou contractés par la fatigue.

Le ressentiment déforme fugitivement ses traits. « Le prince n'est pas mon ennemi. »

Je suis soulagée de l'apprendre. Sur le chemin du retour au palais, je me persuade de croire que tout va bien se passer. Mais en pénétrant dans mes appartements, je trouve Sébastian qui m'attend devant une des fenêtres. « Alors, comment se porte le prince Finnian ? »

25

À sa posture, je devine sa colère. Je l'interpelle doucement, envahie par la honte : « Bast ? » La culpabilité ne me quitte plus ; depuis un moment elle entrave mes pas, me ralentit, mais là, elle menace de m'engloutir. « Qu'est-ce… que veux-tu dire ?

— *Le prince Finnian*, répète-t-il en détachant bien les mots. Je sais que tu es allée chez lui. » Il est enroué, comme s'il avait crié.

« Je… » Faut-il nier ? Est-ce que je ne risque pas d'aggraver mon cas ? « Il ne fallait pas ? C'est un ami. »

Sébastian a les yeux rougis, les dents serrées. Depuis combien de temps m'attend-il ici, dans ma chambre, en sachant très bien où je suis ? « Es-tu amoureuse de lui ?

— Quoi ?! » Je m'étrangle à demi. « Qu'est-ce qui te prend ? » Cela dit, en toute bonne foi, il a dû toucher un point sensible : j'ai envie de fuir en courant. Fuir Sébastian et ses yeux qui ont toujours l'air d'en voir trop. Fuir mes propres sentiments confus. C'est *Sébastian* que j'aime. Je ne pourrai jamais l'épouser, mais je l'aime, j'en suis sûre. Je ne supporte pas qu'il en soit à me demander en face si j'en aime un autre. Un autre *faërie*. Ça me rend malade parce que non, je ne suis *pas* amoureuse de Finn, même si je ressens *quelque chose* pour lui. Malgré moi.

« C'est mon *ennemi*, Abriella !

— Possible, mais lui ne te considère pas comme le sien ; tu devrais peut-être revoir ta position ? » Je sens bien que le moment est mal choisi, mais j'en ai assez de tous ces secrets, assez d'avoir constamment l'impression de trahir l'un ou l'autre prince alors que tous deux sont des êtres estimables qui veulent le bien de leur peuple.

« Ah oui ? C'est ce qu'il t'a raconté ? C'est ainsi qu'il a gagné ta confiance ? En prétendant qu'on était amis ?

— Je n'ai pas dit ça. Je ne suis pas naïve à ce point. Mais il n'est pas non plus un monstre à la Mordeus ; et si tu veux le bien de tes sujets, tu devrais aider à l'installer sur le Trône d'Ombre qui lui revient de droit. »

Il vacille. Oui, *vacille.*

« Écoute, Sébastian. » Il se détourne de moi, mais je vais le rejoindre. Je pose la main sur son avant-bras et il ferme les yeux. Parce qu'il apprécie ou, au contraire, parce que ma présence le répugne, maintenant ? « S'il te plaît, regarde-moi.

— Je ne peux pas. » Sa mâchoire se contracte. « Dire que tu passais ton temps chez mon *ennemi*, tout en vivant sous mon toit et en me faisant croire… » Il secoue la tête, toujours en évitant mon regard, puis reprend : « As-tu au moins envisagé ma demande en mariage, ou faisais-tu semblant le temps de lui transmettre des informations et provoquer la ruine de ma Cour ?

— Mais non. » Je suis peut-être ignoble, coupable d'avoir dupé et trahi Sébastian, mais jamais je n'aiderais Finn à renverser la Cour seelie. « Je n'ai rien fait de tel. Et ce n'est pas non plus ce que cherche Finn.

— Alors qu'est-ce que tu fais avec lui ? »

Il est malheureux et ça me brise le cœur. *Tu ne connais pas la pire de mes trahisons, Sébastian. Je ne te mérite pas.*

Vu mon accord avec Mordeus, il est exclu que je dise un jour toute la vérité sur ma présence auprès de Finn, pourquoi et comment il m'aide. Même si je le pouvais, je ne suis pas sûre que je le ferais. Parfois je sais que Sébastian essaie sincèrement de retrouver Jas, mais à d'autres moments… Le soir de Litha, par exemple, quand je l'ai vu malmener Jalek, j'ai compris que j'en savais vraiment trop peu sur ce Monde et sur le rôle qu'il y joue. Il y a tant de choses que je ne comprends pas dans les rapports entre Cours et à l'intérieur de chacune !

Sébastian se retourne. Dans ses beaux yeux flamboie autant de colère que de désespoir. « Réponds-moi.

— Il m'aide à utiliser les pouvoirs qui se sont manifestés quand je suis arrivée en Faërie.

— Les pouvoirs, répète-t-il, rasséréné. Qu'entends-tu par là ? »

Je gagne du temps. Comment présenter la chose de telle manière qu'il me pardonne le temps passé avec son ennemi ? « J'ai toujours été douée pour me fondre dans l'ombre, tu le sais ; mais ici je suis capable de *devenir* l'obscurité, l'ombre. D'y disparaître complètement. »

Il me dévisage. Son expression est indéchiffrable. « Ces pouvoirs, tu sais d'où ils te viennent ?

— Non, ils sont là, c'est tout. Mais comme je ne sais pas encore bien m'en servir, Finn a proposé de m'aider.

— En échange de quoi ? »

Je ferme les yeux. Comment répondre à ça sans renier mon pacte ? « Je ne sais pas. » Décidément je peux débiter n'importe quelle fable, dérober n'importe quel objet si ça peut sauver ma sœur…

« Pourquoi ne me l'as-tu pas demandé, à *moi* ? »

Je ne voulais pas que tu saches que je peux me faufiler dans ton palais à l'insu de tous, de voler, de t'espionner, de libérer des prisonniers. Je baisse la tête. « Je te demande pardon. »

Il me caresse la joue et m'oblige doucement à relever la tête. Nous nous regardons dans les yeux. « Je suis fou de jalousie et de colère. J'ai failli perdre la tête à l'idée qu'il tente de te conquérir. J'ai essayé de me dire que seule comptait la sécurité de mon royaume, mais en vérité… » Il effleure mon front. « … en vérité, il y a longtemps que je te fais passer avant lui. » Il caresse doucement ma joue et je fonds en sentant sa peau si chaude, si réconfortante… « Est-ce que je peux vraiment te faire confiance, Abriella ? »

Si c'était le cas, il ne serait pas obligé de poser la question. Mais ça ne change rien. *Moi,* j'ai besoin qu'il me fasse confiance, qu'il m'emmène dans son palais d'été et m'y laisse le temps de trouver le deuxième objet sacré. « Bien sûr.

— C'est vrai ? » Il pousse un gros soupir. « Tu ne comprends pas bien la situation entre Finn et moi. Entre nos deux familles. Des siècles d'animosité. Depuis le début je te protège, et toi, tu vas te jeter dans ses pattes. Comprends que j'y voie une trahison.

— Tu peux me faire confiance, Bast. Comment te le prouver ? » *Comment te faire gober cet horrible mensonge ?*

« On pourrait… » Il semble réfléchir à ce qu'il s'apprête à dire, mais pour finir, il secoue la tête et dit : « Je ne veux pas précipiter les choses si tu n'es pas prête. »

Je noue mes mains sur sa nuque et me dresse sur la pointe des pieds pour poser mes lèvres sur les siennes. Si j'ai jamais remis en question mes sentiments pour lui, ce baiser met fin à mes atermoiements. Le simple fait d'effleurer sa bouche me donne envie de m'enrouler autour de lui.

Mais là encore, il se dégage. Son regard s'embrume de désir, mais il préfère s'armer contre sa propre faiblesse et reculer de quelques pas.

Je m'empare de sa main. « Où vas-tu ? »

Un sourire narquois. « Si je reste là, je vais encore t'embrasser.

— Je ne suis pas contre », dis-je en me rapprochant.

Il s'assombrit. « Ne joue pas à ça avec moi, Brie. Je ne le supporte pas.

— Mais je ne joue pas », dis-je en faisant encore un pas pour poser ma paume sur sa poitrine. À un autre moment, ce serait peut-être un mensonge mais là, c'est vrai. Tout ce que je veux, c'est qu'il m'embrasse, me touche, me témoigne son affection. Je veux m'imprégner le plus possible de lui avant qu'il n'apprenne la vérité et me repousse aussitôt.

Sa bouche s'approche lentement de la mienne. « Mon cœur est entre tes mains, Abriella », souffle-t-il une seconde avant que nos lèvres ne se trouvent.

Est-ce dû à cet aveu ou à son baiser insistant ? Soudain, je me laisse complètement aller. Tout se brouille dans ma tête tandis que mon corps, lui, se réveille. Sébastian caresse mes bras et ses doigts expédient dans tout mon corps une sorte de décharge électrique. Il serait si bon de m'en remettre complètement à lui… Lui qui fait tout pour me défendre et me rendre Jas ! Je voudrais ne plus avoir à le duper, à manigancer derrière son dos. Ne plus porter ce fardeau…

Bientôt. J'en fais le serment. À moi, et à Sébastian. Dès que mon alliance avec Mordeus aura abouti, je renoncerai aux secrets. Je me montrerai digne de son amour. S'il veut encore de moi.

J'enfonce mes doigts dans sa chevelure et le lien de cuir qui la retient sur sa nuque se défait. Ma langue trouve la sienne et il gémit d'aise – la vibration passe entre nous et fait courir des éclairs de plaisir le long de mon dos. Notre étreinte se fait plus sauvage, plus profonde, plus exigeante.

Sébastian dépose des baisers tout le long de mon cou en descendant vers la naissance de mes seins, qu'il embrasse à son tour avant de passer sa langue sous l'ourlet de mon décolleté. Ma peau brûle d'envie qu'il continue, brûle de désir pour *lui*.

Il me pousse doucement vers l'arrière jusqu'à ce que mes cuisses touchent le lit. Je m'assieds, pose mes mains sur ses hanches et le guide vers moi.

« Je ne sais plus ce que je fais quand je pense à toi, Brie », murmure-t-il tout contre mon cou ; je sens son souffle ardent sur ma peau. « Mes devoirs envers ma famille, mes sujets… un baiser de toi et j'ai envie de tout oublier. »

Je prends son visage entre mes mains et le tourne vers moi. Son regard est assombri et troublé par le désir, ses lèvres entrouvertes. « Alors oublions tout. L'espace de quelques instants. Faisons comme s'il n'existait plus rien d'autre. »

Il mordille ma lèvre inférieure puis, avec un petit gémissement, saisit le bas de ma robe. Je me soulève légèrement pour le laisser remonter le tissu, qui se retrousse autour de mes hanches. Sébastian s'avance entre mes jambes ; je sens à quel point il a envie de moi. Je me perds dans le poids délicieux de son corps sur le mien, dans le plaisir aigu de sa main sur ma hanche, de son pouce dont la caresse me rend folle.

Il approche sa bouche de ma poitrine et titille mes seins à travers le tissu. Je pousse un cri et me cambre. Mes mains sont partout sur son corps – ses épaules, son torse puissant, ses flancs, sa ceinture… Je suis insatiable.

Il se détache légèrement de moi et me regarde dans les yeux. « Dis-moi que tu seras ma femme, que tu resteras ici avec moi.

— Je suis avec toi là, maintenant. » Mon désir se mêle de tristesse, ma voix se brise tandis que je profère la seule promesse possible. « Ce soir, je suis à toi. »

Il s'écarte d'un coup et le voilà assis au bord du lit, haletant, tête basse. « Excuse-moi. »

Je me relève en prenant appui sur un coude. « Quoi ? Qu'est-ce qu'il y a ? »

Il se lève, reprend ses esprits. « C'est allé trop vite. Les choses vont trop vite entre nous. »

Comment ça ? Je ne trouve pas, moi. Au contraire, il me semblait que c'était le moment. Que c'était naturel.

S'il ne s'était pas arrêté, je l'aurais laissé aller aussi loin qu'il le voulait. Qu'y a-t-il de mal à ça ?

Je me redresse à mon tour, remets de l'ordre dans ma tenue. « Sébastian... » Je pose ma main sur sa joue. Il dépose un baiser dans ma paume. « Je n'étais pas contre. Reviens sur le lit. »

Il me contemple longuement. Je finis par avoir l'impression qu'il lit dans mes pensées et y voit tous mes secrets, toutes mes trahisons. « Je veux plus que des baisers, Brie. »

Je réprime un sourire amusé. « Si tu reviens sur le lit avec moi, je te donnerai bien plus que ça – beaucoup, beaucoup plus. Promis. »

Il se rembrunit. « Par les dieux d'en haut et d'en bas, ne me tente pas !

— Si tu t'en vas c'est que je ne tente pas assez, au contraire », je soupire.

Ses yeux vont et viennent entre la porte et moi. « Je n'ai pas envie de partir, mais j'ai rendez-vous. » Je m'efforce de cacher ma déception, mais ce ne doit pas être très efficace, car il reprend : « Je m'excuse d'avoir autant d'obligations. Je me ferai pardonner. » Il pince mon menton entre son pouce et son index. « Par exemple en t'emmenant séjourner au palais d'été puisque tu en as envie. »

Après nos caresses, j'ai encore la tête qui tourne un peu ; je mets une seconde à me rappeler pourquoi j'y tiens à ce point et ce que j'ai à y faire. « C'est vrai ?

— Mais oui. Tu as raison, ça nous fera du bien de partir un peu rien que tous les deux. » Un doux baiser volé et il conclut : « Quand je m'allongerai enfin à tes côtés, je ne serai pas pressé, cette fois. »

J'en suis malade. Il veut qu'on s'éloigne de la Cour pour consacrer ce voyage à notre seul amour, et moi je ne pense qu'à fouiller le palais d'été et dérober un objet sacré dans la bibliothèque de sa mère...

Il a dû voir mon tourment, car il ajoute en fronçant les sourcils : « Si tu as changé d'avis…

— Non, non ! J'ai hâte, au contraire. Mais je sais que tu as beaucoup à faire. Tout va bien. Merci. » Pour Jas, je peux bien le flouer un peu plus longtemps. Pour Jas, je peux ne pas être celle qu'il croit…

Mais *bientôt* je pourrai redevenir quelqu'un de bien. *Ça ne saurait tarder.*

Il cherche à interpréter mon expression. « Ce délai te permettra peut-être de réfléchir à… nous. À l'avenir.

— Sébastian… » Je me mords la lèvre. *« Dis-moi que tu seras ma femme »*, m'a-t-il dit tout à l'heure. Je n'ai pas envie de répondre par la négative. Je ne veux même pas lui avouer que je n'en sais rien. Car je sais bien ce que je brûle de dire, mais ce n'est pas compatible avec ce que je dois faire. Je ne peux pas lui dire oui. Pas encore.

Mais bientôt.

Il pose un index sur mes lèvres en réprimant une grimace. « Tu n'es pas obligée de répondre. Je sais que tu n'es pas prête. » Sur ces mots il s'en va.

* * *

Sébastian va m'emmener au palais d'été ! D'ici là, il n'y a rien que je puisse faire… à part continuer à m'entraîner.

Dès qu'il a disparu, je me transforme, me fonds dans les ombres et pars explorer le château comme je l'ai déjà fait souvent. Je croise Riaan et quelques membres de la garde royale en grande discussion à propos de je ne sais quoi. J'hésite un instant à m'arrêter, mais ce soir, rongée par la culpabilité, je ne m'intéresse guère aux faits et gestes des sentinelles de Sébastian. En revanche, j'ai besoin de tester mes nouvelles capacités.

Je ne visite jamais l'aile des appartements royaux, trop éclairés ; mais justement, il faut que je repousse mes limites. Si j'arrive à enténébrer le couloir illuminé menant chez Sébastian, je trouverai peut-être le courage de me risquer ensuite dans un endroit plus difficile.

Je souris en passant devant un autre garde. Puis je me dis que dorénavant Sébastian connaît mes pouvoirs et mon sourire s'accentue. *Un secret de moins*. Et si je lui laissais un mot pour dire que je suis passée ? Peut-être en lui proposant de me rejoindre après son audience à la Cour ?

J'entends des voix derrière sa porte. Je passe à travers. Pourquoi ne pas lui faire une surprise ?

Je suis accueillie par un rire féminin. Une voix lance : « Oh, prince Ronan, quel coquin vous faites ! »

Je découvre alors un spectacle qui me coupe le souffle. Je ne peux littéralement plus respirer – mes poumons comprimés sont bombardés d'éclats projetés par mon cœur brisé. Sébastian et une humaine enlacés. Il murmure à son oreille. Elle a la jupe retroussée jusqu'à la taille et une jambe très blanche enroulée autour de lui. Il ouvre la bouche dans le cou de l'inconnue, qui gémit d'aise.

Une exclamation m'échappe – « Non ! » – mais ils sont trop absorbés l'un par l'autre pour m'entendre. Je recule… et me heurte à la porte que j'ai pourtant franchie sans l'ouvrir.

J'ai perdu le contrôle de mes « ombres » ! Je suis obligée de me concentrer au maximum pour redevenir invisible et me glisser dans le couloir, et de mobiliser toute mon énergie pour le rester en regagnant mes appartements en courant. J'ai à peine le temps d'atteindre l'aile des invités ; dès le couloir des chambres, je retrouve ma forme corporelle. Une fois chez moi, je me laisse tomber par terre sans même refermer la porte, tremblant de la tête aux pieds.

Ce n'est pas possible. Il ne ferait pas ça. Ce n'était pas Sébastian.

Peut-être un faërie métamorphe prenant son apparence pour séduire les filles ? Ou bien…

Ou bien il pense que je n'accepterai jamais de l'épouser et il fait ce qu'il m'a annoncé : il cherche une autre fiancée. Pour remplir son devoir vis-à-vis de son royaume.

Il ne m'était jamais venu à l'idée, quand il n'est pas là à me faire la cour, qu'il puisse être avec une autre. Couche-t-il avec les prétendantes ? Ai-je eu l'incroyable naïveté de croire qu'il s'en abstiendrait ? Je savais qu'il se préparait à devoir en choisir une, mais si j'ai mal, ce n'est pas parce qu'il embrassait celle-là. C'est parce qu'il n'avait pas l'air de vouloir s'arrêter en chemin. Non, ce que j'ai surpris ne relevait pas du *devoir* envers la couronne, mais du désir et du plaisir – justement ce que je lui offrais quand il m'a annoncé avoir « un rendez-vous. »

J'ai l'impression qu'on m'arrache le cœur, j'hésite entre fondre en larmes ou retourner dans sa chambre lui hurler ce que je pense de lui. En tout cas, je ne peux pas rester ici sans rien faire, à m'apitoyer sur mon sort jusqu'à ce qu'il revienne s'expliquer, dire pourquoi il a menti et a quitté si vite mon lit pour aller rejoindre une autre femme.

J'ai mal ! Je presse mon poing contre ma poitrine. Je voudrais en extraire mon cœur pour que la douleur s'arrête. Je n'aime pas du tout m'effondrer à cause d'un faërie, mais comment accepter vaillamment cette nouvelle situation ? J'inspire profondément. Je refuse de me laisser transformer en gourde éplorée. Et moi qui croyais avoir sa préférence… Quelle idiote ! Pourquoi serais-je différente des autres ?

En découvrant qui il était vraiment, j'ai renoncé à l'avoir un jour pour moi seule. Mais je ne me doutais pas que le voir avec une autre me ferait autant de peine. Puis, constatant que mes sentiments demeuraient, quand il m'a dit qu'il me voulait, moi et aucune autre, je l'ai cru sur parole. À aucun moment je n'ai douté de lui.

Il faudrait que j'aille lui parler. Au moins pour lui dire ce que je ressens. Mais je ne peux pas me disputer avec lui, au risque qu'il annule notre séjour au Palais de la Sérénité ou se doute de quelque chose si je feins l'indifférence. Il me connaît ! Jamais il ne me croirait.

Je me force à reprendre mes esprits. Ma présence ici a une raison d'être : retrouver ma sœur. Même si je commençais à croire qu'autre chose était possible, et qu'un jour, Sébastian et moi…

Mais peu importe. S'il préfère me planter là en pleine séance de caresses pour aller embrasser d'autres filles, tant pis pour lui. On va au Palais de la Sérénité, c'est tout ce qui compte. D'ici là, je refuse de rester dans ma chambre à pleurer à cause d'un garçon.

Ce qu'il me faut, c'est danser et boire du vin faërie. Je me donne une nuit pour m'en remettre, m'oublier dans la fête. Demain, je me concentrerai à nouveau sur ma quête. Tout bien considéré, c'est mieux comme ça. Maintenant au moins, je sais à quoi m'en tenir. Et je ne suis plus détournée de mon but par la perspective d'un avenir impossible.

En entrant dans la salle de bal pleine de musique et de corps en mouvement, j'aperçois Riaan, l'ami de Sébastian aux cheveux d'or, et me contrains à lui sourire. « Bonsoir.

— Abriella ! s'exclame-t-il, rayonnant. Quel plaisir ! Où est Sébastian ?

— Avec une autre. » La réponse fuse sans que je puisse la retenir, mais je me rattrape en souriant comme si ça m'était indifférent, alors que je retourne le couteau dans la plaie. De toute façon, dès que je ferme les yeux, je vois sa main remonter sous les jupes de cette fille et c'est comme si on me frappait sans relâche en plein cœur. À chaque coup de poignard, la plaie se délabre et s'approfondit un peu plus.

Son sourire s'efface. « Je suis sûr qu'il préférerait être avec vous.

— Au contraire, je réponds en regardant les danseurs plutôt que ses yeux pénétrants. Il m'a laissée en plan pour aller la retrouver. Mais ce n'est pas grave. Au moins comme ça, je sais à quoi m'en tenir.

— Vous vous trompez. Sébastian ferait n'importe quoi pour vous. Abriella, regardez-moi. Mon prince n'aspire à *rien d'autre* qu'être avec vous. S'il est avec une femme en ce moment, c'est parce qu'il a été blessé d'apprendre que vous fréquentiez Finn. »

Allons bon ! Riaan est au courant. Je n'ai donc plus de secrets !

« Il me dit tout, confirme-t-il. Si vous tenez à lui, si vous ne voulez pas gâcher ce qu'il y a entre vous, il faut regagner sa confiance.

— Je ne demande pas mieux. » Sauf que je ne *demande* rien. En cet instant, mon cœur se moque bien de regagner sa confiance. J'en ai *besoin pour ma mission,* c'est tout. « Pourtant, je lui ai demandé comment faire et il dit ne pas vouloir précipiter les choses entre nous si je ne suis pas prête.

— Il existe une suprême preuve de confiance entre les humains et les faëries...

— L'appariement. »

C'est ça que voulait Sébastian, en fait ! Que je sois liée à lui pour la vie. Mais c'est impossible tant que je n'aurai pas récupéré les objets sacrés : il saurait aussitôt où je me trouve et ce que je fais. Et une fois Jas sauvée, quand je pourrai enfin lui avouer la vérité, accepterai-je cet appariement définitif avec lui, pour lui prouver qu'il peut désormais me faire confiance ? Pas si simple. Après ce que j'ai vu ce soir, c'est moi qui ne suis plus sûre de lui faire confiance.

« Il ne faut pas en avoir peur, dit gentiment Riaan. C'est une forme d'intimité que vous ne pouvez pas imaginer, d'une profondeur sans équivalent. Pensez-y quand même... » Il se redresse tout à coup comme si on l'appelait à l'autre bout de la salle. Il fait un signe de la main, puis reporte son attention sur moi. « Et maintenant, dites-moi ce que je peux faire pour que vous profitiez de cette belle soirée.

— Ça ira très bien, merci, je réplique en lui faisant signe qu'il peut s'en aller maintenant.

— Vous êtes sûre ? »

Je me force à sourire. « Oui, j'ai l'intention de *danser*.

— Voilà qui est mieux. » Il me tapote le bout du nez et va rejoindre ses amis.

À la Cour seelie, il y a des fêtes tous les soirs. Les résidents du palais passent presque tout leur temps à danser et à boire. Hormis le soir de Litha, j'ai toujours trouvé un prétexte pour me défiler. Quand ma présence était requise je faisais une apparition, par politesse, et m'éclipsais presque aussitôt. Mais ce soir, j'accepte le vin faërie qu'on me propose. En fait, c'est tout juste si je ne me jette pas sur le plateau des serviteurs qui passent pour boire verre sur verre.

J'aspire au sentiment de libération de mon premier soir en Faërie, à la chaleur réconfortante du vin de Mordeus. Je voudrais oublier mon anxiété, mon chagrin. Ça m'aidera à passer le temps sans trop penser à ma déconvenue – vis-à-vis de Sébastian, mais aussi de moi-même.

Le temps de porter le second verre à mes lèvres, je danse déjà. Mes bras et mes jambes s'allègent, ma tête se délivre de la peur. Je me sens libre. Je suis l'oiseau de nuit qui vole sous la voûte étoilée. Le cerf-volant détaché qui plane au gré du vent sur la crête des vagues.

J'ai confusément conscience des vivats, des sourires, des rires des danseurs autour de moi, mais je suis ailleurs. À fois ici et nulle part. Libre.

Au bout d'un temps indéterminé, comme je danse toujours, je sens Riaan à mes côtés, tout sourire. « Comment vous sentez-vous, Abriella ? »

Je lui souris à mon tour en dodelinant de la tête. « Magnifiquement bien.

— Ne vous interdisez pas celui que vous aimez. N'ayez pas peur de cette vie. »

Je lève les bras au-dessus de ma tête et laisse mes hanches onduler en cadence. « Ce soir, je n'ai peur de rien !

— Tant mieux. » Il me saisit par la taille et m'oriente vers les portes. « Il a renvoyé la fille. Il est seul chez lui à présent. Vous pouvez avoir dès ce soir ce que vous voulez tous les deux.

— L'appariement ? »

Il me reluque d'un air suggestif. « Entre autres.

— Mais je ne peux pas ! » Mon ton est geignard, ma voix pâteuse. Je crois que je suis toujours en train de danser. Je ne sais plus m'arrêter. Je ne *veux* plus m'arrêter. « Je ne peux pas vous expliquer, sinon je perdrais ma sœur à jamais. »

Son expression change, son regard redevient sérieux. « Sébastian trouvera toujours un moyen de vous obtenir ce que vous voulez.

— Ce que je veux c'est *danser*. » Je m'empare à la volée d'un énième verre de vin.

« Alors dansez ! me dit-il en trinquant. Rien ne saurait me faire plus plaisir que de servir ma future reine. »

Ses paroles me remettent en mémoire Sébastian et la fille enlacés dans la pénombre. Mais je ne veux plus y penser. Je ne veux plus souffrir. Alors j'ingurgite mon troisième verre – avec tant de hâte que je manque de m'étrangler.

La musique change – à moins que ça ne vienne de moi ? Je me sens toujours aussi légère, mais il y a autre chose... une sensation très différente. Je suis comme hyper consciente des mouvements de mes membres, des ondulations de mes hanches. Bizarre... je ne m'en étais jamais rendu compte, ou du moins pas à ce point, mais il est jouissif d'avoir un corps ! Des bras, des mains... Très agréable de sentir la caresse de l'air sur sa peau !

Et tout à coup, j'ai envie de *plus* de sensations.

Je commence à délacer mon bustier, mais quelqu'un m'en empêche.

« Abriella, ça suffit ! » dit Emmaline en m'attrapant par les épaules.

Je la regarde en clignant des yeux sans comprendre ; j'ai du mal à fixer mon regard. Puis je me concentre et subitement, ce n'est plus ma femme de chambre, mais *Pretha* ! J'articule son nom d'une voix aguicheuse, je roucoule et caresse sa joue lisse en cherchant à distinguer le véritable aspect de la belle faërie. « Vous êtes si belle… Pourquoi changez-vous sans cesse d'apparence ?

— Ça suffit maintenant, on s'en va. » D'une petite tape sur les mains, elle m'empêche de défaire le laçage.

« Et si on se déshabillait, plutôt ? Juste pour sentir l'air sur notre peau ? je suggère sur un ton de conspiratrice. C'est un tel plaisir, une peau capable de *ressentir* tant de choses ! Je veux les ressentir avec ma peau, et non plus avec mon cœur – ce maudit cœur !

— On vous a droguée. Vous ne savez plus ce que vous faites.

— Ça, c'est bien vrai ! Ni ce que je veux ! » Je me laisse entraîner : il est plus facile de suivre que de résister. Pourquoi lutter, au risque de gâcher cette merveilleuse sensation ?

Jusqu'ici, nous avons toujours quitté le palais en calèche, mais aujourd'hui, parvenue dans le grand hall, Pretha me fait juste franchir une porte inconnue. « D'où sort cette porte ? » je m'étonne. Mais déjà elle s'y engouffre. Nous nous retrouvons d'un coup dans le salon d'une maison tiède et calme.

26

« La magie a un goût d'arc-en-ciel, je déclare en vacillant.

— Oh, par les dieux d'en haut et d'en bas ! » s'exaspère Pretha.

Un tapis recouvre le plancher, des bougies brûlent dans leurs appliques. Ce serait l'endroit rêvé pour lire, mais ce soir ce n'est pas d'un livre que j'ai envie. Ce que je veux, c'est avoir des *sensations* !

Je saisis son bras. « C'est votre nouvelle maison ? Je suis navrée que vous ayez dû en changer à cause de moi. Et si triste qu'il embrasse une autre fille, encore à cause de moi ! »

Elle se détourne en secouant la tête. Dommage. Pretha a repris l'apparence que je lui connais et elle est vraiment ravissante ; mais tout à coup je découvre Finn et là je comprends...

Je m'avance en vacillant. « Vous aussi, vous êtes si beau ! Quand vous êtes là, je perds un peu la tête. Je ne sais pas si je vous l'ai déjà dit ? Sébastian serait furieux. » Je ris bêtement. « On devrait aller le lui dire. C'est tout ce qu'il mérite !

— On l'a droguée, répète Pretha avec un haussement d'épaules.

— Je vois ça ! répond Finn dont les yeux argentés se plissent, amusés. Amène-la par ici. »

Il se dirige vers un grand escalier, et nous le suivons à l'étage. Il entre dans une chambre à coucher spacieuse.

J'en enregistre les détails : de grands tapis élimés, des bougeoirs, un grand lit. Mon regard s'y attarde et j'imagine Finn couché sur le côté, appuyé sur un coude. Il me sourirait, je sentirais les draps bien propres et blancs contre ma peau nue, frais comparés à la chaleur de ses doigts – ses doigts qu'il promènerait sur mon ventre comme dans le cachot de Jalek.

Mes yeux se ferment, je laisse le fantasme m'envelopper. J'ai vaguement conscience de tomber.

Une sensation de chaleur contre mon flanc. Quelqu'un me prend dans ses bras. Finn. Son odeur déclenche en moi une réaction immédiate. Le vague désir que je ressens devient plus insistant, puis impérieux. Je noue mes bras autour de son cou et me blottis contre sa poitrine.

Il se raidit et lâche un « Merci » un peu bourru.

Pourquoi ? Ai-je dit quelque chose ? Qu'il sent bon ? Que je pense parfois à ses puissantes mains ? Que je me demande si ses yeux fascinants changent quand il est excité ? Non, ça, sûrement pas. Il ne m'aurait pas remerciée.

« Qu'avez-vous bu ? Et en quelle quantité ? »

Je rouvre les yeux – d'ailleurs, je ne me rappelais pas les avoir fermés. Nos visages sont tout proches. Ses lèvres touchent presque les miennes. « Seulement un, deux, trois verres. J'en voudrais bien un autre s'il vous plaît.

— Ça, je n'en doute pas », grommelle-t-il avant de détourner les yeux. Ça me rend toute triste. Je ne veux pas qu'il regarde quelqu'un d'autre que moi. « L'élixir ne marchera pas, elle est trop ivre, dit-il.

— Est-ce que je vais mourir ? » Probable, sinon Finn ne me témoignerait pas tant de tendresse. Sa main caresse mon cou.

« Non, vous n'allez pas mourir, vous êtes complètement *intoxiquée*, c'est tout. » Il ne me regarde même pas.

« Le prince n'était pas là, déclare Pretha. Et la reine n'est pas rentrée depuis Litha. De toute façon, rien ne dit qu'elle sait qui est vraiment Abriella.

— Alors qui l'a droguée ? » La hargne perce dans son ton. Je devrais en avoir peur – peur de *lui* –, mais au contraire, sa voix accroît encore la vibration pulsatile entre mes jambes.

Envapée, ivre, droguée… je ne sais lequel de ces mots s'applique, mais je me félicite de l'être : j'ai l'impression d'être une autre. Cette Brie-ci n'a plus peur de rien. Elle n'a plus à affronter son cœur brisé et sa culpabilité superflue. Elle peut dire et faire tout ce qu'elle veut. Et ce qu'elle veut, c'est sentir sous ses doigts la chevelure de Finn.

« C'est doux », dis-je en en enroulant une boucle autour de mon index.

« Sa température monte en flèche », jure Finn.

Je change de position dans ses bras et cette fois, je pose ma main sur sa nuque et rapproche ma bouche de son oreille. « Je dois vous révéler un secret.

— Elle va s'en remettre ? » s'enquiert Pretha.

Je sens Finn inspirer profondément. En fait, il me tient si serrée que je bouge très légèrement à chacune de ses respirations. « Je m'occupe d'elle. Retourne là-bas, vois ce que tu peux glaner comme informations. »

J'ai tellement envie qu'il me touche ! J'en ai la peau qui brûle. Je fourre mon visage dans son cou.

« Brie. » Son timbre grave et rauque stimule mes terminaisons nerveuses. Tout au fond de moi, je sens quand même qu'il me rappelle à l'ordre. Je déclare :

« Je vous ai vu avec *elle*, vous savez.

— Qui ça ? » Il m'emporte je ne sais où. Pas vers le lit, m'aperçois-je, déçue. Mais comme il me tient toujours dans ses bras, je ne proteste pas.

« Dans la bibliothèque. Vous l'embrassiez, je vous ai vus, tous les deux.

— Avec Kyla ?

— C'est comme ça qu'elle s'appelle ? Qu'est-ce qu'elle est devenue ? »

Il me repose avec précaution. « Dites donc, ça vous arrive souvent d'espionner les gens comme ça ?

— J'essayais de comprendre. Eh bien c'est raté ! » Je m'esclaffe et me prends les pieds dans le tapis. Finn me retient et ses pouces effleurent ma peau, juste sous les seins. Je me cambre sous la caresse, me colle à lui et le regarde dans les yeux. Ils sont plus gris qu'argentés, ce soir. Je suis la courbure de ses lèvres du bout de mon index. « Vous êtes si beau… J'aimerais bien vous embrasser. Juste une fois. »

Son expression change et l'espace d'un soupir, il me semble y lire… je ne sais quoi. Est-ce qu'il se radoucit ? Mais c'est déjà passé. « Je vous le répète : on vous a droguée. Vous n'êtes pas dans votre état normal.

— Vous avez raison. Je ne suis plus moi-même. Je suis Abriella la responsable. La dure à cuire. Sans intérêt. » Je referme les yeux, pose ma main sur la sienne et la guide sur mon ventre en ajoutant dans un souffle : « Abriella la solitaire.

— Bon, je sais comment vous calmer. »

J'aime tant le son de sa voix ! C'est comme un massage tout en douceur sur ma peau. Finn me parle, mais j'ai du mal à suivre – il est question d'eau, de température corporelle et je ne sais quoi encore. Mais moi je continue à me serrer contre lui et à déplacer sa main sur mon corps.

« Brie ! Abriella ! »

Mes paupières s'ouvrent d'un coup. Nous sommes dans une grande salle de bains. Comment sommes-nous arrivés là ? Et quand ?

Finn tourne les robinets de la douche, puis m'adresse un signe de la tête. « Entrez là-dedans. »

Je délace ma robe sans le quitter des yeux et la laisse tomber en flaque de satin à mes pieds. Je suis presque nue. Il me regarde dans les yeux. « Vous n'êtes vraiment pas drôle », j'ajoute, aguicheuse. Je me mets à tourner autour de lui. « Qu'est-ce qu'elle a de plus que moi, Kyla ? Et la fille que s'est trouvée Sébastian, qu'est-ce qu'elle a de plus que moi elle aussi ? »

Un tic fait tressaillir sa joue. « Entrez dans la douche », se borne-t-il à dire.

Je m'avance d'un pas, prête à obéir. J'oscille légèrement. J'ai toujours mes dessous en dentelle raffinés, ceux que me donnent Emma et Tess ; je les garde, car je veux que ce soit *lui* qui me les ôte… Je veux qu'il vienne sous la douche avec moi, qu'on sente tous les deux l'eau chaude couler sur notre peau, que ses mains se promènent sur tout mon corps. Sébastian n'est pas le seul à pouvoir chercher de la compagnie ailleurs.

Mais quand j'entre dans la cabine au sol carrelé, c'est une eau glacée qui s'abat sur moi. Je fais un bond en arrière.

Mais Finn m'empêche de ressortir. Il fait barrière de son corps, jambes écartées, bras croisés.

« Mais c'est froid ! je proteste en frissonnant.

— Non, c'est votre température corporelle qui est trop élevée. »

Je le regarde, hébétée, tandis que l'eau continue de dévaler sur mes cheveux, mes sous-vêtements… « Laissez-moi sortir de là !

— Je ne peux pas.

— D'accord, alors puisque c'est comme ça… » Je glisse deux doigts dans sa ceinture et l'attire dans la cabine avec moi.

Il ferme les yeux et je lis enfin la vérité sur son visage. Il a envie de moi, lui aussi. Mais il lutte contre son désir.

À travers sa chemise trempée je distingue ses tatouages en forme de runes. J'en suis les contours du bout de mes pouces. « J'adore vos tatouages.

— Non ! » lance-t-il abruptement.

Que veut-il dire ? Je dois arrêter de le toucher, ou… ? « Non quoi ? » je demande en en soulignant un autre en forme de flamme.

Il frémit et sa respiration s'accélère, comme s'il avait couru. « Non, il ne faut pas "adorer mes tatouages", répond-il tout bas. Ni auréoler de romantisme ce que vous ne comprenez pas.

— Toujours aussi bougon, mon prince d'Ombre, je remarque en passant mes doigts sur ses abdominaux fermes et plats, parcourus de cicatrices. Vous ne les aimez pas ?

— Pas particulièrement, non.

— Alors pourquoi les portez-vous ? » Je soulève sa chemise afin d'en observer un très long qui disparaît sous sa ceinture – une étoile à cinq branches traversée par une ligne brisée. J'y appuie mon pouce avant de regarder Finn dans les yeux. « Celui-ci, je voudrais y goûter. »

Cette fois il s'emporte, saisit mes poignets et les cloue au-dessus de ma tête contre la paroi de la cabine. « Brie, tenez-vous tranquille maintenant.

— Pourquoi, Finn ? » Je chuchote son prénom, comme si c'était un secret. Puisqu'il immobilise mes mains, je suis obligée de me cambrer pour que mon corps soit à nouveau contre le sien. « S'il vous plaît… Je veux qu'on me désire. Sans arrière-pensées, sans attentes particulières. Un baiser ! Sans exiger ce que je ne peux pas promettre. Juste une fois. »

Il me regarde en fronçant les sourcils, ce qui le rajeunit et, paradoxalement, lui donne l'air moins sérieux.

« Sébastian désirait la fille qu'il embrassait quand je l'ai surpris. Moi, il ne me désire pas. Pas comme ça en tout cas.

— Vous vous trompez, croyez-moi. Il vous désire ardemment. » Maintenant son expression est plutôt ironique, mais elle s'efface en un clin d'œil dès que je viens me coller contre lui. Il se retient, je le vois bien.

« Tout le monde *attend* quelque chose de moi, mais personne ne *veut* de moi », j'enchaîne en secouant la tête. « Chaque fois que je l'embrasse il s'en va. Parce que je ne veux pas promettre de l'épouser. En revanche, *l'autre*, il ne la fuyait pas, elle, ce soir ! Il voulait *continuer* à l'embrasser !

— Eh bien c'est un imbécile », commente-t-il.

Ça me fait sourire, mais je ne le montre pas. « Alors que vous, parfois, vous me regardez comme si vous me désiriez. Et le reste du temps comme si vous me *haïssiez*. S'il vous plaît, Finn… » Je pousse un soupir qui s'achève en gémissement. « Caressez-moi.

— Je ne vais quand même pas vous mettre dans mon lit parce que votre prince vous a offensée. »

J'essaie de libérer mes mains, mais il tient bon. « Vous pourriez peut-être faire semblant ? Juste un instant ? Embrassez-moi comme vous l'avez embrassée, *elle*.

— De qui parlez-vous ? » Il respire toujours aussi vite, comme s'il était à bout de souffle, et malgré tous ses efforts, ses yeux reviennent obstinément se fixer sur ma bouche.

« De la jeune humaine que Kane vous a amenée. Celle que vous appeliez le "tribut." Je l'ai vue dans vos bras et… j'avais envie d'être à sa place. »

Finn se tait un long moment, figé sur place. Seule sa pomme d'Adam est en mouvement. Il se maîtrise.

Quant à moi, j'ai la peau qui brûle. Anormalement. L'eau est trop froide. Seuls les endroits au contact de Finn me procurent une sensation normale. Si Sébastian savait ce que je ressens pour Finn, il ne me le pardonnerait pas. Ce désir… Oh, et puis une infidélité de plus ou de moins, qu'importe en fin de compte ? Ce soir, ce n'est pas moi que Sébastian a choisie. Alors pourquoi me choisirait-il quand il saura tout ?

« Si, c'est *vous* qu'il choisirait », dit Finn. Ai-je pensé tout haut ? Quoi qu'il en soit je m'en moque ; ce qui compte, c'est ma peau parcourue de fourmillements, comme si elle n'avait été créée que pour être caressée. Et Finn qui caresse l'intérieur de mes poignets.

« Laissez-moi vous toucher. » Je me tortille contre lui.

Il me plaque contre le mur pour m'empêcher de bouger, une cuisse musclée entre mes jambes, et approche sa bouche du creux de mon cou. Sur ma peau brûlante, son souffle est une caresse fraîche. « Restez tranquille, ça va passer. »

Je me tords en tous sens, cherchant à tout prix le soulagement. « J'en ai envie ! » Je suis pathétique, mais je m'en fiche. Tant pis s'il voit à quel point je *désespère* qu'il me caresse. Plus rien n'a d'importance que cette boule de chaleur irradiant dans mon ventre, le besoin absolu qui me consume.

« Je sais », dit-il d'une voix étouffée. Il enfouit toujours son visage dans le creux de mon cou et le sang rugit dans mes oreilles. C'est tout juste si je l'entends.

« Je ne vous plais pas, c'est ça ? » Ma voix se brise. *C'est sûrement ça. Je ne suis pas assez bien pour lui.*

« Mais non, voyons.

— Alors prouvez-le ! »

Une légère morsure dans mon cou. Je m'étrangle à demi, mais le bout de sa langue titille ma peau, transformant la douleur en plaisir. Je sens mon sang battre et cet endroit précis de mon corps mendie en silence de nouvelles sensations.

Je me laisse aller à mon instinct, à la nécessité vitale de fuir le tourbillon de mes pensées. Mes hanches entrent en mouvement, je me frotte contre sa cuisse puissante.

Tout mon corps crie *Encore !* mais il me cloue toujours sur place tandis que ses lèvres et sa langue vont et viennent le long de mon cou et me mordillent, chaudes et délicieuses. Je concentre entièrement ma conscience sur ce point de friction entre nous en suivant le plaisir jusqu'à ce qu'il pulse dans tout mon corps.

Finn pousse un gémissement dans mon cou. « Brie… » Son souffle chaud caresse ma peau. « Oh et puis merde ! »

Il lâche mes mains. Je glisse le long du mur, pantelante et sans forces. Finn me prend dans ses bras et m'emporte vers son lit.

27

Je roule sur moi-même et pose ma main sur mon front. J'ai l'impression d'avoir la bouche pleine de sable. Tous mes muscles me font mal. Je me recroqueville en gémissant.

« N'en faites pas trop quand même », dit Finn.

J'ouvre les yeux d'un coup et m'assieds si vite dans le lit que la tête me tourne. Le bal. La danse. Le vin. Emmaline… non, *Pretha* qui m'entraîne…

Finn. La douche. Mes *supplications*.

Par les dieux d'en haut et d'en bas, *tant de supplications* !

Je m'empourpre, ce qui fait ricaner Finn.

« Qu'est-ce qui ne va pas, princesse ? » me demande-t-il en se balançant sur place.

Je voulais que ce soit moi. Ce que je ne m'étais même pas avoué à moi-même la veille, je le lui ai dit à *lui*. Je me suis jetée dans ses bras et il n'a pas voulu de moi. Il m'a immobilisée alors que j'implorais ses caresses. Et malgré l'humiliation, rien que de repenser à ses lèvres dans mon cou, j'ai la peau en feu.

Je me laisse retomber sur le lit et enfouis mon visage dans mes mains. « Allez-vous-en.

— Ce n'est pas ce que vous disiez hier soir, raille-t-il. Quand je vous ai mise au lit, vous m'avez supplié de rester, et je m'avoue intrigué par certaines de vos promesses. »

Je desserre mes doigts pour le regarder à la dérobée. Comme je m'en doutais, cet idiot sourit. Lui qui ne se déride jamais ! Et bien sûr, il faut qu'il choisisse le moment le plus humiliant de toute mon existence pour me gratifier de son plus bel air goguenard.

« Je vous déteste !

— Là encore, ce n'est pas ce que vous disiez hier soir. »

Je me cache dans l'oreiller. « J'avais trop bu de vin faërie. Je ne pensais pas ce que je disais. » Ma voix est étouffée par l'oreiller mais, à en juger par son rire, il a très bien entendu quand même.

« Ce n'est pas l'effet qu'a ce vin, princesse. Il a levé vos inhibitions, éveillé votre sensualité, mais vous remarquerez que ce n'est pas *Pretha* que vous avez attirée dans la douche et que vous avez suppliée de vous caresser. »

En effet, je désirais Finn, et personne d'autre ; et c'est lui qui a dû supporter mes pathétiques supplications. « Eh bien j'aurais dû, si j'avais un tant soit peu de bon goût », je rétorque à voix basse. Je roule sur le dos et enchaîne, les sourcils froncés : « Le vin faërie ne m'avait jamais fait cet effet-là.

— Ce n'est pas lui le fautif, mais ce qu'on y a versé. » Il pose trois flacons sur la table de nuit. « Si jamais vous vous retrouvez à nouveau dans cet état, buvez le contenu d'une fiole dès les premiers signes d'intoxication et mettez-vous en sécurité. Cet élixir est un contrepoison, mais il faut le prendre tout de suite. Hier soir, le temps que Pretha arrive, la drogue circulait déjà dans votre organisme ; nous avons dû attendre que ses effets se dissipent. Bien des faë en auraient profité s'ils vous avaient vue dans cet état. Ils auraient pu vous pousser à… prendre certaines décisions contraires à votre volonté.

Mais pas Finn. « Merci », réponds-je sans parvenir à me dérider pour autant.

Il lance des vêtements sur le lit. « Cessez de vous lamenter sur votre sort et habillez-vous. »

Je lui lance un oreiller à la tête. Il l'attrape au vol avec un nouveau sourire sardonique. Ou plutôt non. Cette fois c'est un vrai sourire. Quelque chose a changé entre nous alors je me risque : « Qui est Isabel ? »

Il blêmit légèrement, mais, pour une fois, n'élude pas la question. « La femme que j'aimais. Je voulais l'épouser, lui donner des enfants. » Un temps. « Et puis elle est morte.

— De quoi ?

— C'était une mortelle, dit-il, accablé.

— Je suis désolée, Finn.

— Vous devriez être contente de m'avoir enfin soutiré une information. » Je lève les yeux au ciel. Il reprend en indiquant d'un mouvement de tête les vêtements qu'il m'a jetés : « Vous devriez vraiment vous habiller.

— Pourquoi ?

— Le prince a décidé de vous emmener au palais d'été dès ce soir. »

Je ne veux pas savoir comment il est mieux informé que moi.

« Vous êtes toujours partante ? Vous voulez trouver le livre et libérer votre sœur ?

— Évidemment.

— Alors habillez-vous, s'obstine-t-il en croisant les bras.

— Quand vous serez sorti d'ici », je réplique en lui montrant la porte.

Ses lèvres bien dessinées esquissent un sourire ironique et je me remémore leur effet sur ma peau, leur douceur comparée à celle, légère, de la morsure. « Hier soir ça vous dérangeait moins de vous déshabiller devant moi !

— Dehors ! »

* * *

Même si je ne connais pas la maison, je trouve facilement la cuisine. J'y rejoins Finn et Kane en tenue de cavalier, pantalon en cuir et gilet assorti, épée sanglée dans le dos et couteau à la ceinture. J'ai du mal à ne pas lorgner les solides jambes de Finn, à oublier le contact étroit de ses muscles noueux.

Il lève sa tasse en me regardant d'un air amusé. « Il y a du café. »

La honte, la culpabilité et la gêne me font monter le rouge aux joues – qui me brûlent encore plus qu'hier soir.

Je me contente d'acquiescer. La tête me fait mal et je n'ai pas encore les idées très claires. « Merci. » Je vais me servir une tasse de breuvage noir et fumant.

Kane me chambre. « Alors, il paraît qu'il y a eu de l'action hier soir ? Dommage, j'étais sorti faire ma ronde de nuit à la place de Finn, comme il me l'avait demandé. Sinon je vous aurais volontiers secourue dans ces moments pénibles », conclut-il avec un clin d'œil tandis que Finn lui décoche un regard désapprobateur.

Je soutiens son regard égrillard. « La drogue la plus forte du monde n'y suffirait pas.

— Vous ne savez pas ce que vous perdez, marmonne-t-il. Moi au moins, je sais m'occuper des victimes de la feuille-faë. Un honnête faërie ne se serait pas laissé supplier en vain. »

Je regarde Finn, horrifiée, mais il lève les mains en signe de dénégation : « Je jure que je n'ai rien dit.

— Jalek vous a entendue à travers la cloison, ricane Kane. C'est une vieille maison, ici. »

Je croyais avoir atteint le comble de l'humiliation. Je me trompais.

« De quoi vous souvenez-vous ? » s'enquiert Finn.

Je les dévisage alternativement. Je voudrais le faire taire. Tant pis pour l'épaisseur des murs – c'est un sujet que je ne veux aborder devant personne, Kane moins que tout autre. Puis je vois qu'ils ont repris leur sérieux.

« *Avant* que Pretha ne vous ramène, précise Finn. Qui vous a donné ce vin ? »

Je bois mon café à petites gorgées en attendant que mes souvenirs me reviennent. Ils sont encore flous, mais... « Il y avait beaucoup de monde. J'ai pris des verres sur les plateaux qui passaient, comme les autres. » Tout le vin était-il drogué ?

Il semble suivre le cours de mes pensées. « Je n'ai pas entendu dire que les autres invités avaient souffert d'effets indésirables. Si des gens ont été drogués, l'affaire a été étouffée – ce qui n'aurait pas été possible si tout le monde avait reçu une dose. »

Une idée me traverse l'esprit, mais je la chasse en secouant la tête.

« Qu'est-ce qu'il y a ? Vous soupçonnez quelqu'un. Parlez.

— Riaan, l'ami de Sébastian, est venu me parler.

— Naturellement ! s'exclame Kane. Comme ça, le prince n'est pas soupçonnable.

— Qu'est-ce que vous racontez ? Mais non, quand Riaan m'a abordée j'avais déjà bu un ou deux verres, et de toute façon, jamais Bast ne me ferait droguer. D'ailleurs...

— D'ailleurs quoi ? insiste gentiment Finn.

— Rien, c'est personnel. »

Il hausse les sourcils comme pour dire *Ah oui ? Et ce qui s'est passé hier, ce n'était pas personnel, peut-être ?*

Je m'entête. « Ça n'a pas d'importance.

— Justement si, grogne Kane. Alors, qu'est-ce qu'il a fait ? dites-le-nous !

— Mais rien ! » Je pique un fard en me remémorant la suggestion de Riaan : aller vite me réconcilier avec Sébastian. « Il m'a parlé en ami, c'est tout.

— Mais qu'a-t-il dit ? s'enquiert Finn.

— J'étais malheureuse après avoir surpris Sébastian avec une autre – une des filles qu'il envisage d'épouser.

— Oui, vous avez fait allusion à ça hier soir.

— Je suis allée à ce bal pour oublier, me changer les idées ; mais Riaan est venu me saluer et je lui ai tout dit. Il est revenu ensuite me dire que la fille était partie, que le moment était bien choisi pour… regagner la confiance de Sébastian. »

Kane me regarde bouche bée. « Pourquoi regagner sa confiance alors que c'est *lui* qui vous a trompée ? »

Je baisse la tête. « Il faut bien qu'il choisisse sa future épouse. Comme j'ai décliné sa proposition, je ne peux pas lui en vouloir.

— C'est bien commode pour lui », remarque Kane avec un petit reniflement de mépris.

Mille façons d'excuser Sébastian me brûlent la langue, mais à la lumière du jour elles ont un goût amer. Je me tais. Oui, je lui en veux de ne pas avoir été honnête avec moi quant à ses aventures avec les autres prétendantes. Oui, j'ai mal à l'idée qu'il soit allé tout droit en chercher une en sortant de ma chambre. Mais mes sentiments compliqués envers lui le sont encore plus aujourd'hui, après ce qui s'est passé hier soir avec Finn… ou plutôt ce qui *aurait pu* se passer.

« Riaan vous a conseillé de vous apparier avec le prince ? demande Finn, tendu.

— Oui, mais j'étais malheureuse ; et de toute façon, je ne pourrais pas le faire sans compromettre ma mission – sauver Jas.

— Intéressant, s'étonne Finn. Jusqu'ici vous disiez que *jamais* vous n'accepteriez d'appariement.

— Évidemment. Le prince d'Or la mène par le bout du nez. »

Aussitôt je me hérisse. « Allez vous faire foutre, Kane ! » Je retourne mon regard furibond vers Finn. « Qu'est-ce que ça peut vous faire, si je m'apparie ou non… et avec qui ?

— Princesse, profère-t-il avec une rage qui me pétrifie, je vous signale que l'appariement a des conséquences concrètes. Alors si vous croyez un seul instant que... » Mais la porte d'entrée claque, lui coupant la parole.

Pretha entre en trombe, Alouette dans les bras. La petite pleure ; elle a une jambe ensanglantée. Sa mère la dépose à côté de l'évier.

Finn réconforte sa nièce. « Ce n'est pas grave, juste une égratignure. Tu verras, ça va guérir. » Alouette hoche la tête, mais un sanglot lui échappe. Finn mouille un torchon propre et l'applique doucement sur son genou.

Surprenant mon regard, Pretha m'informe : « Elle ne guérit pas !

— Mais si, tu verras », intervient Finn en se retournant à demi avant de sourire à sa nièce d'un air rassurant. N'est-ce pas, Alouette, que tu vas guérir ? »

La petite acquiesce en essuyant ses larmes, visiblement décidée à faire bonne figure pour Finn.

« Elle guérit comme une *mortelle* », dit Pretha. On sent bien tout le dégoût que ce mot lui inspire.

Finn la sermonne du regard puis se concentre à nouveau sur l'estafilade. « Ça fait mal, quand j'appuie là ?

— Ça pourrait s'infecter, comme ta blessure. Et alors qu'est-ce qu'on fera, tu peux me le dire ? reprend Pretha, que je n'ai jamais vue aussi affolée.

— Abriella, pourriez-vous me rendre un service ? Allez faire un tour dehors avec Pretha pendant que je nettoie la plaie. »

Je préférerais rester, comprendre pourquoi Pretha craint pour la vie de sa fille – pourtant immortelle – à cause d'un genou écorché, mais je saisis l'allusion. Chaque fois que Pretha laisse voir sa panique, l'air hagard d'Alouette s'aggrave et ses sanglots redoublent.

« Venez, dis-je en la prenant par le bras.

— Pas besoin, merci », riposte-t-elle en relevant fièrement la tête. On voit qu'elle a encore plus besoin que la petite de se montrer courageuse. « Je vais me calmer.

— Va faire un tour, je te dis, répète Finn sans la regarder. Je m'occupe d'Alouette. Ça saigne un peu, mais c'est superficiel. »

J'entraîne Pretha vers la porte du patio. Elle me suit à contrecœur, non sans avoir lancé un dernier regard éperdu à sa fille.

« Pourquoi ? » je demande dès que nous sommes seules dehors. Pas besoin d'explications, elle comprend tout de suite ce que je veux dire : *Pourquoi cicatrise-t-elle comme une mortelle ?*

« C'est… une espèce de maladie, disons. Elle a toujours été comme ça. » Elle qui guérit instantanément sans aide, je comprends qu'elle ait peur de voir son enfant se remettre aussi mal que les mortels.

« Il y a un remède ? »

Elle laisse échapper un petit rire sans joie et essuie ses larmes. « À votre avis, qu'est-ce qu'on fait ici ? »

À vrai dire, je n'en sais rien. Naïvement, je croyais que la petite bande cherchait la couronne du roi Obéron pour que Finn puisse légitimement accéder au trône. Qu'est-ce qu'Alouette a à voir là-dedans ? Puis, la lumière se fait dans mon esprit. « Finn a la même maladie, c'est ça ? »

Pretha relève lentement la tête, me scrute un long moment comme si elle prenait une importante décision, puis : « Tous les faë d'Ombre guérissent et vieillissent comme les mortels, Abriella. Et ce depuis vingt ans.

— Pourtant, j'en ai vu qui se rétablissaient vite. »

Abattue, mais calmée, elle me répond : « Bien sûr, mais pas des Unseelies.

— C'est pour ça que Finn ne se sert pas de ses pouvoirs et que vous empêchez votre fille d'utiliser les siens ?

Parce que c'est dangereux et qu'ils sont tous les deux devenus… des mortels ?

— Oui et non. Pour les faë, vie et magie se confondent. C'est la même chose. Il ne peut y avoir l'une sans l'autre. Et tant que les Unseelies continueront à vieillir et à guérir comme des mortels, le prix à payer pour recourir à la magie est trop élevé. »

La magie est la vie, la vie est la magie. Finn a déjà essayé de me l'expliquer. Voilà pourquoi Pretha se met dans tous ses états quand Alouette parle de ses visions. Sans s'en rendre compte, la petite abrège sa propre existence.

« Mais pourquoi ? Comment est-ce arrivé ? »

Elle me saisit par les épaules et le lacis argenté de son front se met à briller. « Je voudrais bien vous en dire plus, Abriella, mais je ne peux pas.

— Comment voulez-vous que je me rende utile si personne ne me dit *rien* ? Combien de fois je vous ai demandé de m'expliquer pourquoi Finn a un problème avec sa magie ? Et pourquoi ses blessures ne guérissent pas !

— On vous accueille chez nous alors que vous vivez auprès d'un individu qui souhaite l'éradication de toute la Cour unseelie. En plus, vous l'aimez. Et vous voudriez qu'on vous dise la vérité en toute confiance ? Comprenez-nous : on ne *pouvait pas* vous révéler nos points faibles.

— Mais maintenant, les choses ont changé ? Vous me faites confiance ? »

Elle desserre son étreinte et me caresse les bras. « Vous pourriez vous tromper de prince et lui donner votre amour, votre vie, que je vous ferais quand même confiance. Et je vous prie de croire que c'est plutôt rare, Abriella. »

Me tromper de prince ? Elle sous-entend que *Finn* veut « mon amour et ma vie » ? Est-ce possible ? Ça devrait me laisser indifférente, puisque c'est *Sébastian* que j'aime, mais… « Dites-m'en davantage. Expliquez-moi. *Je vous en prie.*

— Je ne peux pas. Si j'essayais… » Elle veut poursuivre, mais bizarrement, plus aucun son ne sort de sa bouche. Elle porte ses mains à sa gorge comme si elle étouffait.

« Pretha ? Ça ne va pas ? » je demande en m'approchant.

Ses mains retombent le long de ses flancs et elle frémit de la tête aux pieds. « Je vous l'ai dit, je ne peux pas, achève-t-elle d'une voix enrouée.

— Un sort vous en empêche, c'est ça ? »

Elle reste impassible, mais je lis la réponse dans son regard. Elle est *physiquement* incapable de m'en dire plus.

« D'accord, je comprends. » Je ne tiens pas à ce qu'elle se fasse à nouveau du mal. « Dites-moi ce que je peux faire.

— Trouver le Grimoiricon et le restituer à la Cour unseelie. »

La Cour unseelie… *Mordeus.* « Mordeus utilise la magie. Je l'ai constaté à maintes reprises. Cette maladie ne le concerne donc pas ? » Sinon, il n'y aurait pas recours pour des choses aussi triviales que faire apparaître une carafe de vin dans sa main, au risque d'abréger son existence !

« Mordeus a fait la preuve qu'il était prêt à tout pour se maintenir au pouvoir – et surtout pour en acquérir toujours plus. La magie joue un grand rôle là-dedans.

— Je ne comprends pas.

— Je sais bien, soupire-t-elle avant de se retourner vers la maison. Avant je pensais que c'était préférable, mais maintenant je n'en suis plus si sûre.

— Pretha ! je l'interpelle comme elle pose la main sur la poignée. Quand j'aurai rassemblé tous les objets de Mordeus, il me restera beaucoup de mystères à percer ; mais quelle que soit ma décision, j'espère que vous tous, vous comprendrez à quel point tout ça est difficile pour moi aussi. J'aime Sébastian depuis deux ans, mais Finn… »

Je me tais et risque un regard vers la fenêtre de la cuisine. Il est toujours en train de soigner Alouette et de la faire rire. Je n'oublie pas qu'il a repoussé mes avances hier soir alors que j'étais sous l'emprise de la drogue et que je le suppliais. Je revois son sourire faraud, ce matin…

« Finn est un ami. Je ne veux perdre ni l'un ni l'autre. »

Elle me sourit tristement. « Et pourtant, il faudra choisir. »

Je repense à Sébastian, au mal que ça m'a fait de le surprendre en compagnie de cette fille. Il serait si facile de lui trouver des excuses pour profiter du peu de temps qu'il me reste à passer avec lui… avant qu'il sache que de nous deux, c'est moi qui suis coupable de la plus grande trahison.

Pretha l'ignore, mais elle se trompe. Car en fait, je n'aurai pas le choix.

28

Je casse un filament du bracelet et à peine ai-je le temps de préparer une mèche de cheveux que Bakken apparaît dans ma chambre du palais d'Or, assis en tailleur, les paupières closes, les mains posées sur les genoux, paumes en l'air. Je l'ai surpris en pleine méditation !

Il pousse un soupir à fendre l'âme puis tourne vers moi un horrifique sourire où étincellent ses canines pointues. « Fille du Feu, je t'ai pourtant dit de ne pas m'invoquer dans le palais de la reine. »

Il a raison, mais… j'ai oublié. « Dommage ! »

Il bondit sur pied avec une grâce surprenante et tend la main. « D'abord ma rétribution ? »

Je choisis une mèche sur ma nuque et la coupe à la racine, près de l'endroit où j'en ai déjà prélevé deux, avant de la lui remettre. « Qu'est-ce que tu en fais ?

— C'est ça, ta question, aujourd'hui ?

— Mais non ! » Ce gobelin, quel gaspillage de cheveux ! Je me moque bien de ce qu'il en fait. Tout bien réfléchi, je préfère même ne pas le savoir. « Je veux que tu me parles de la maladie qui fait que les Unseelies guérissent et vieillissent comme les mortels.

— Ce n'est pas une maladie.

— Alors dis-moi ce que c'est ! *Pourquoi* guérissent-ils aussi lentement que les mortels ? »

Il caresse entre deux doigts ma mèche de cheveux roux. « Tiens tiens. On en sait des choses, maintenant !

— Oui, et “on” est devenue *impatiente*, aussi ! » je m’exclame en jetant un œil à la porte de ma chambre.

Je suis toujours censée partir ce soir pour le palais d’été avec Sébastian. En regagnant le château, j’ai envoyé mes femmes de chambre l’informer que je me préparais et que j’avais besoin d’une heure. Il ne faut surtout pas que Bakken soit encore là quand Sébastian se présentera à ma porte, mais je ne peux pas attendre plus longtemps la réponse à ma question. « Parle !

— Il y a vingt ans, quand le roi Obéron est rentré de la Longue Nuit dans le Monde des humains, la reine Arya, aspirant aux retrouvailles avec son premier et unique amour, s’est hâtée d’aller le rejoindre. Mais il l’a repoussée. En effet, pendant qu’il était prisonnier du règne des mortels, Obéron était tombé amoureux d’une humaine. Il déclara à Arya qu’il ne pouvait vivre au côté d’elle alors que son cœur appartenait à une autre. Accablée de chagrin, mais aussi de colère, en apprenant qu’Obéron lui avait préféré une simple mortelle, la reine lança une malédiction sur le roi unseelie et tous ses sujets en vertu de laquelle ils ne seraient plus immortels. Ils vieilliraient et s’affaibliraient comme des humains.

— Dans ce cas, pourquoi Mordeus a-t-il tant de pouvoir ? C’est un Unseelie, pourtant !

— C’est que la reine était vindicative : il fallait que les mortels soient punis en même temps qu’Obéron et son peuple. Elle dota donc les Unseelies d’un moyen de ne perdre ni leurs pouvoirs ni la vie. Afin ne pas mourir, de ne pas s’affaiblir, le roi devait sacrifier un humain. De *nombreux* humains s’il désirait vivre vieux, et bien d’autres s’il souhaitait utiliser ses pouvoirs. »

J’en ai la chair de poule. Les humains ont bien tort d’aspirer à posséder des pouvoirs magiques si c’est à cela qu’ils servent. Je préfère ne pas imaginer un monde où ils seraient à la portée des humains les plus cupides.

J'en tire aussitôt les conclusions qui s'imposent. Et je frissonne. Si les faëries sont obligés de tuer des humains pour guérir ou accéder à leurs pouvoirs, est-ce pour ça qu'on a amené un « tribut » à Finn quand il était blessé ? Non, ce n'est pas possible ! Jamais il ne ferait une chose pareille. Ce n'est pas un assassin. Il a dû trouver un autre moyen de contourner la malédiction.

Je chasse ces pensées glaçantes et cherche à me réchauffer en me frottant les bras. « Pourquoi ne lui lancent-ils pas une malédiction en retour ?

— Parce que leur pouvoir est insuffisant, même après un sacrifice humain. » Ses yeux se perdent dans le vague. On dirait qu'il est ailleurs. Comme s'il ne me voyait plus, mais qu'il contemplait un lointain passé.

« Je ne comprends pas ! Et ça ne s'était encore jamais produit ? Puisqu'il est si facile de porter un tel préjudice à une Cour entière.

— Parce que le prix à payer est trop élevé. Quand elle leur a lancé ce sort, la reine était folle de jalousie. En plus du sacrifice rituel du solstice d'été, pour plier la magie à son bon vouloir, elle a fait une autre concession : elle a rendu les Seelies incapables de nuire aux Unseelies. D'où la fin de la Grande Guerre faë.

— J'ai du mal à y croire. Finn a été blessé par une sentinelle de la reine. Je le sais, c'est moi qui ai recousu sa plaie.

— Peut-être cette sentinelle était-elle simplement inféodée à la reine ; en tout cas les Seelies ne peuvent pas atteindre les Unseelies dans leur chair. »

Je me souviens : Finn a dit qu'il avait pris ces gardes pour des Seelies alors que c'étaient des Faë Sauvages au service de la reine d'Or. Sur le moment je n'ai pas saisi pourquoi les Faë Sauvages étaient plus dangereux que les Seelies. Je comprends mieux maintenant. « Pourquoi personne ne m'a jamais parlé de ça ?

— La malédiction l'interdit. Une sécurité subtile introduite par la reine pour empêcher les humains d'apprendre la vérité.

— Pourquoi es-tu capable d'en parler, toi ?

— Les gobelins sont les Veilleurs des Mondes. Nous collectons et gardons les secrets – l'histoire et *les* histoires. Nul sortilège, nul maléfice ne peut nous empêcher de communiquer les informations que nous glanons si tel est notre désir. Toutefois, mes semblables et moi-même évitons de fâcher la reine en divulguant trop largement ses secrets, car sa colère est grande. Demandez aux Sluagh qui rôdent autour du palais d'été, achève-t-il avec un grand sourire.

— Pourquoi permettre aux faë de recouvrer leurs pouvoirs en se servant des humains ? Pourquoi leur ménager cette possibilité sachant que notre vie pèse déjà très peu à leurs yeux ?

— C'est simple : la reine voulait que les Unseelies deviennent maléfiques – à la hauteur de leur réputation. Elle *veut* qu'ils tuent des humains. C'est sa façon de les punir tous pour le crime d'une seule humaine, celle qui lui a volé son grand amour, Obéron.

— Et en même temps, elle veut que son fils en épouse une… »

La reine me déplaît depuis le début. J'ai bien eu pitié d'elle face à la vacuité de son regard, le soir de mon arrivée, mais quand j'ai appris l'existence des camps, ma pitié s'est muée en horreur. J'ai encore du mal à croire qu'une femme aussi malveillante, rancunière, diabolique, ait pu donner naissance au gentil apprenti mage dont je suis tombée amoureuse.

« Elle veut que son fils *prospère*, prenne sa suite et soit encore plus puissant qu'elle-même rêvait de l'être. Mais c'est son fils qui tient à épouser une humaine – une humaine bien précise aux beaux cheveux de feu… »

Il glisse ma mèche dans la bourse qu'il porte à la ceinture. « Je vous en ai appris plus que ne vaut votre offrande. » Il lève la main, s'apprête à claquer des doigts…

« Attends !

— Oui ?

— La malédiction peut-elle être levée ?

— Vous allez trop loin. Bonsoir, Fille du Feu.

— Stop ! » Je ramène encore une mèche de cheveux vers l'avant de ma tête. « Si je t'en donne encore, peux-tu me dire comment contrer cette malédiction ? »

Il se contente de tendre la main en dépliant lentement ses doigts.

Je cisaille une nouvelle mèche en fermant les yeux. Mes suivantes vont hurler quand elles vont voir ça. Mais si je peux épargner Finn et les enfants des camps et sauver Alouette… Si un jour, grâce à moi, Pretha n'est plus folle de terreur à la moindre égratignure…

Je dépose la mèche dans la main ridée du gobelin.

« *Toi*, tu peux y mettre fin, m'informe-t-il. Depuis vingt ans, toutes les tentatives des Unseelies ont échoué, mais toi, tu es unique, car il existe deux façons de mettre fin à leurs tourments. »

Il fait mine de ranger la seconde mèche avec la première, mais je l'en empêche. « Comment ? »

Ses yeux lancent des éclairs de rage et il retire précipitamment sa main. « La malédiction est née dans un cœur noirci par l'amertume et la haine, celui de la reine. Elle se perpétuera aussi longtemps que la reine la nourrira en sacrifiant tous les ans un des siens.

— Qu'est-ce à dire ?

— Tous les étés, au moment du solstice, un faë d'Or doit être offert aux flammes. »

Mon cœur se brise. *La sœur de Jalek.* Et cette année, qui a-t-on sacrifié ? Le sort des réfugiés unseelies ne peut pas attendre un an de plus, mais… « Si on empêche le sacrifice, la malédiction sera levée ?

— Affaiblie seulement. »

Je déteste sa façon de tourner autour du pot. « Dis-moi comment l'abolir définitivement et rendre leur pouvoir aux Unseelies.

— Il y a deux chemins pour y parvenir, Fille du Feu. Lequel désires-tu connaître, celui qui s'achève par ta mort ou celui qui te laisse la vie ? »

J'ai froid comme si un spectre glissait furtivement sur moi. J'hésite. Puis : « Celui qui me laisse la vie.

— Si tel est ton choix… » Il reprend avec un sourire sadique : « Il te faudra tuer la reine. »

On frappe à ma porte. J'avais pourtant demandé une heure !

J'ouvre la bouche pour ordonner à Bakken de s'en aller, mais il a déjà disparu.

« Abriella ? »

La voix de Sébastian derrière la porte me fait à la fois chaud et froid. Après les événements d'hier soir, je redoute de le revoir, mais malgré mon chagrin, j'ai plus que jamais besoin de lui.

Connaît-il l'existence de cette malédiction ? Oui, forcément – tous les faë sont au courant. Mais sait-il que la responsable est sa mère ? Comprend-il qu'une foule de faëries souhaitent la mort de la reine, non seulement à cause de la rivalité entre les Cours, mais parce qu'elle les envoie littéralement à la mort ? Je n'arrive pas à croire qu'il puisse cautionner le meurtre rituel d'un ou d'une faërie pour prolonger la malédiction. D'un autre côté, il y a bien des choses que j'ignorais sur son compte… C'est bien pour ça que je ne peux me fier à lui.

Je cache le Spéculaire sous mes jupes et, pour plus de sécurité, je fais appel à mon pouvoir pour l'envelopper de ténèbres. Puis je prends une profonde inspiration pour me donner du courage et j'ouvre la porte. Je me retrouve face au regard profond et au visage souriant de Sébastian. Sortilèges et sacrifices, toutes mes idées noires s'envolent, remplacées par des images de lui caressant l'autre femme.

Garde la tête froide, Brie. Concentre-toi.

Je ravale ma peine et fais signe à Sébastian d'entrer. « Salut. » Je n'ai prononcé qu'un mot et déjà ma voix tremble. Vais-je être capable de faire comme s'il ne s'était rien passé ?

« Il faut qu'on parle.

— Bien. » Je baisse les yeux. J'en ai assez de lui cacher tant de choses, mais si je récupère le Grimoiricon, la fin des mensonges se rapprochera un peu. Je serai mieux placée pour venir en aide à Finn et à son peuple – chose à laquelle je tiens beaucoup.

Je sens que Sébastian vient près de moi. Quand il est là, j'ai *toujours* conscience de sa présence. Il m'oblige doucement à relever la tête. « Je suis au courant pour hier soir. »

Tout se fige en moi. Des images défilent rapidement devant mes yeux. La douche, l'eau glacée sur ma peau brûlante, le poids inébranlable du corps de Finn contre le mien, sa bouche dans mon cou. Toutes les suppliques que je lui ai adressées...

« Riaan vient de me le dire. Il l'aurait fait plus tôt sauf que, j'ignore pourquoi, il a cru qu'en quittant le bal hier, tu étais venue me retrouver dans ma chambre. J'aurais préféré te le dire moi-même. »

Ah... c'est ça qu'il veut dire ! J'en reste bouche bée, la tête pleine de questions, de tourments, d'excuses que je ne devrais pas lui trouver. Mais je me noie dans ses yeux verts et la tentation de passer l'éponge est grande. Tout serait tellement plus facile si on pouvait remonter le temps jusqu'au moment où il a quitté ma chambre hier...

« Je te demande pardon, pour cette fille. Je ne voulais pas te faire de peine.

— Quelques minutes plus tôt, tu étais encore en train de m'embrasser, *moi*, dans cette chambre ! » J'ai honte de mon hypocrisie : quelques *heures* plus tard, c'est *moi* qui implorais Finn de me caresser, de m'embrasser. Et peu importe s'il s'en est abstenu ! J'étais plus que consentante, et c'est une trahison suffisante. Le vin drogué et mon cœur brisé n'excusent pas tout.

Sébastian s'emporte. Je lis tant de choses sur ce beau visage ! De la contrariété, de la colère, des scrupules aussi, peut-être. « Je te l'ai dit : je suis censé choisir une épouse. Et pendant que tu y penses vaguement, il y a des femmes qui ne demandent que ça, je te signale !

— Je t'ai invité dans mon lit et tu es parti la rejoindre, *elle* ! »

Il ferme les yeux de toutes ses forces. « Je voulais me convaincre que mes sentiments pour toi n'avaient rien d'exceptionnel, que je pouvais éprouver la même chose pour une autre. »

C'est un coup bas, mais je riposte : « Et alors ? Ça a marché ? »

Il regarde ma bouche et fait signe que non. « J'ai beau le souhaiter, ça ne marche jamais. »

Je vais me tenir devant la fenêtre. Je ne supporte pas qu'il déplore ainsi son amour pour moi, mais je comprends – et c'est bien pire. Je ne m'explique pas la nécessité urgente de se trouver une épouse, ni cette société où le mariage ne repose pas sur les sentiments. Mais qu'il essaie de s'attacher à une femme qu'il *peut* épouser à la date fixée par sa mère, ça, je peux comprendre.

« Pourtant, on aurait bien dit qu'elle te plaisait.

— Oui, mais ce n'est pas la même chose. Je n'ai pas réussi à éprouver quoi que ce soit pour elle. Sinon je ne l'aurais pas renvoyée dans ses foyers.

— Bon. D'accord. » Une honte ravageuse se mêle à ma peine. Moi j'ai passé la soirée à supplier Finn, la matinée à me régaler de ses yeux rieurs malgré ses taquineries, et l'après-midi à chercher un moyen de lui sauver la vie. Je suis plus qu'en porte-à-faux vis-à-vis de Sébastian !

« Est-ce qu'on peut oublier toute cette affaire pour ce soir ? » suggère-t-il. Sa main tiède glisse le long de mon bras, ses doigts enserrent mon poignet. « Je voudrais qu'on ne pense qu'à ces deux prochains jours, pas à ton apprentissage chez Finn, à l'insistance de ma mère pour que je choisisse une fiancée, ou à la date de mon accession au trône. Et si on ne pensait qu'à nous ?

— Avec joie. » *Menteuse.* Il croit m'emmener au Palais de la Sérénité pour qu'on passe de bons moments ensemble, et moi je sais que je serai obnubilée par le Grimoiricon.

« Tu es sûre que ça va ? » s'inquiète-t-il, mais sans se départir de son sourire.

Je me mets sur le qui-vive. Sait-il qu'on m'a droguée hier soir ? Est-ce Riaan qui a fait le coup ? « Mais oui, pourquoi ?

— Je suis venu frapper à ta porte après le petit déjeuner, mais on m'a dit que tu dormais encore. Ça ne te ressemble pas. »

Pretha a dû jeter un sort sur ma chambre pour faire croire aux jumelles que j'étais là, mais endormie. Ou bien elle a donné mon apparence quelqu'un ?

« Disons que j'ai bu quelques verres au bal hier.

— Je suis content que tu y sois allée. » Son regard se radoucit. « J'aime te voir prendre part aux festivités du palais. »

En fin de compte, un peu d'honnêteté serait préférable. « Écoute, Bast. Je crois qu'on m'a droguée à mon insu. »

Il pâlit et, dans ses beaux yeux, la colère fait rage comme une tempête marine. « Comment ?

— Je me suis sentie mal. J'avais chaud, j'étais désinhibée. » Je rougis rien qu'en y repensant. Heureusement que seul Finn a assisté aux pires moments. « Quand ma... suivante est venue me chercher, dans la salle de bal, j'allais me déshabiller devant tout le monde. »

La mâchoire contractée, les yeux lançant des éclairs, il me dit : « Il faut que je te pose une question. Je te demande de me répondre en toute honnêteté. »

Comment pourrions-nous avoir un avenir ensemble alors que je ne peux même pas lui promettre d'être honnête avec lui ?

« As-tu vu Finn ou un de ses complices au bal ?

— Tu crois que j'aurais pu être droguée par *eux* ?

— Ce que je crois, c'est que Finn cherche par-dessus tout à gagner ta confiance, à te mettre à l'aise jusqu'à ce que tu fasses une imprudence... Accepter de t'apparier avec lui, par exemple.

— Je ne me suis appariée avec *personne*.

— Oui, je sais dit-il en étreignant doucement mes épaules. Mais je veux savoir s'ils ont *essayé*. »

La seule personne avec qui j'aurais été tentée de m'apparier en début de soirée hier, c'est lui, Sébastian, et mon pacte avec le roi m'interdit de céder à la tentation. « Mais... pourquoi ? Qu'est-ce qui vous obsède tant, les uns et les autres, dans cette histoire d'appariement ? Vous faites comme si c'était plus important que... » *Que moi.* Derrière mes suppliques dans la douche, c'était bien de ça qu'il s'agissait, non ? Sébastian ne pouvait pas me désirer sans une promesse d'appariement et, de mon côté, je voulais qu'il se contente de moi seule. Et ça, je ne peux pas le mettre sur le dos de la drogue.

« Parce que c'est très important. » Je vois qu'il essaie de me dire autre chose, mais peut-être en est-il incapable. Y a-t-il un lien avec la malédiction ? « Ça ne m'étonnerait pas de Finn et sa bande, reprend-il. Une simple cérémonie d'appariement et il pourrait t'arracher à moi pour toujours. »

Finn m'a mise en garde dans les mêmes termes, mais vis-à-vis de Mordeus lors de mon arrivée ici. Pourquoi ce même avertissement de leur part à tous les deux ? De plus, Finn s'est mis en colère ce matin quand j'ai avoué qu'en fait, c'était mon pacte avec le roi qui me retenait de m'apparier avec Sébastian. Qu'aurait-il ajouté si Pretha n'avait pas débarqué avec Alouette ?

Comme je ne peux me permettre de me disputer avec Sébastian et que défendre Finn et ses amis ne ferait qu'envenimer les choses, je me refrène. « Je ne sais pas qui m'a droguée.

— Si on était appariés, dit-il en étreignant ma main, je saurais tout de suite qu'il t'arrive quelque chose. Hier soir par exemple, je t'aurais rejointe, personne n'aurait pu profiter de ta désinhibition. Te savoir vulnérable me désole.

— Mais je ne suis pas vulnérable – pas comme *avant*. Je contrôle de mieux en mieux mes pouvoirs. »

Mais ça n'a pas l'air de le rassurer. « Parfois, c'est ton pouvoir qui te rend si vulnérable.

— Pourquoi dis-tu ça ?

— Peu importe. » Il me serre contre lui et je sens son cœur battre à toute allure. « Ce qui compte, c'est que tu sois en sécurité.

— Est-il vraiment rare pour un humain d'avoir des pouvoirs magiques ? »

Il s'esclaffe. « Ça, tu peux le dire ! » Il pose son front contre le mien. « Tu n'es pas comme les autres et Finn le sait. Même s'il n'est pour rien dans ce qui s'est passé hier, tu peux être *sûre* qu'il essaiera de te convaincre de t'apparier à lui. Quoi que tu fasses, tu dois refuser. Personne ne peut te forcer à t'apparier. Les deux parties doivent être consentantes.

— Qu'aurait-il à y gagner ? »

Mais il se contente de secouer la tête et de passer ses mains dans mon dos avant de m'attirer à lui. « Il aurait... accès à ton pouvoir. »

Sachant qu'il ne peut utiliser le sien sans écourter sa vie ou se transformer en tueur en série d'humains, Finn a *besoin* du mien. Est-ce pour cela qu'il flirtait avec moi ce matin, qu'il a été si honnête et attentionné avec moi hier soir ? Est-ce pour cela qu'il veille à ce que je maîtrise ce pouvoir ? Pour, à terme, gagner ma confiance et faire de moi son jouet ?

Je ne peux me résoudre à y croire. D'un autre côté, il m'a bien dit que toutes ses actions avaient pour but de défendre son peuple. Pourquoi ses motivations seraient-elles différentes dans mon cas ?

« Je ne veux pas m'apparier avec Finn », dis-je, sans vraiment m'adresser à Sébastian. En fait, j'ai pensé tout haut.

« Quand tu seras prête, me répond-il avec un sourire mal assuré, je serai honoré de m'apparier avec toi. Je m'en servirai pour te protéger. Je ne permettrai pas qu'on touche à un seul de tes cheveux. » Il pose un petit baiser sur mes lèvres. « Es-tu prête ?

— Écoute... je ne peux pas. J'ai besoin de temps et...

— Prête à partir pour le palais d'été, je voulais dire », coupe-t-il en me caressant la joue. « L'appariement peut attendre. Pour le moment. » Il se retourne vers le couloir et émet un sifflement grave.

Un gobelin entre en sautillant dans la pièce. Tête basse, il regarde de côté, hume l'air puis se retourne vers moi avec une expression accusatrice. Peut-il flairer la présence de Bakken ?

« Emmène-nous au palais d'été, lui ordonne Sébastian.

— Bien, Votre Altesse. » Sur le point de prendre ma main, il me décoche un sourire ironique. Cette créature dangereuse connaît mon secret. Sébastian saisit à son tour sa main osseuse et je ne tarde pas à l'imiter.

Je n'ai pas le temps de me préparer à la sensation de chute libre que déjà j'entends les vaguelettes lécher le rivage. Puis je vois le clair de lune miroiter sur la mer et sens le sable sous mes pieds.

L'air salé me chatouille le nez et mes sens ne perçoivent plus que les vagues. Alors je découvre le palais. Il est immense. Ses multiples flèches et tourelles s'élèvent très haut au-dessus de la mer. Mais surtout, face à moi je vois les grandes portes-fenêtres dont je sais qu'elles s'ouvrent sur la bibliothèque. Et sur le Grimoiricon.

29

« Merci, dit Sébastian en lâchant la main du gobelin.

— Pour vous servir, Votre Altesse. » La créature m'adresse un ultime sourire plein de sous-entendus et s'évapore.

Il y a des plages à Elora, mais je n'ai vu la mer qu'une fois, quand j'étais petite. Je garde un souvenir très flou de cette excursion : je suis à cheval avec ma mère, mon père chevauche à nos côtés, puis je fais mes premiers pas dans l'eau, non sans hésitation, et j'éclate de rire quand les vagues me renversent…

Cheveux au vent, Sébastian regarde, au large, le soleil qui sombre sous l'horizon. « Une petite promenade ? » suggère-t-il.

Je me détourne du palais pour regarder la mer, moi aussi. « Avec plaisir. »

Il se met en marche sur le sable en serrant mon bras sous le sien comme s'il avait peur que je m'envole. « C'est l'endroit que je préfère, déclare-t-il en avançant à pas lents. J'ai toujours trouvé le bruit des vagues réconfortant. Entre le personnel et les courtisans, il y a vraiment trop de monde au palais d'Or. Enfant déjà, je me sentais mieux ici ; mais je ne pouvais pas m'y rendre aussi souvent que je l'aurais voulu.

— C'est très beau, en effet ; très paisible.

— Oui, acquiesce-t-il. Je suis venu à quelques reprises ces dernières semaines, depuis ton arrivée au palais. Il fallait que je réfléchisse à certaines choses. »

J'ai les yeux qui piquent tout à coup. Je suis tout près de retrouver Jas, et je redoute plus que jamais de perdre le reste par la même occasion. Pire, Mordeus peut toujours renier son serment. Alors je la perdrai…

C'est bien ce qu'Alouette m'a dit en rêve, non ? Je lui ai avoué que je ne voulais pas être reine alors que tant de gens étaient dans le dénuement, et elle a répondu que je perdrais tout. Était-ce une vraie visitation, ou juste un rêve ?

« Pourquoi pleures-tu ? me demande Sébastian.

— Jas adorerait cet endroit, réponds-je avec difficulté.

— Je m'excuse de ne pas avoir réussi à la retrouver, dit-il en baissant la tête. Mordeus… s'est servi de son essence vitale pour la dissimuler.

— Qu'est-ce que ça signifie ?

— Tant qu'il sera en vie, on ne pourra pas atteindre Jas. » Une pause. « Ça signifie que le seul moyen d'arriver jusqu'à elle, c'est si quelqu'un tue le roi.

— Mais tu ne peux pas faire ça. Les Seelies ne peuvent pas nuire aux Unseelies. » Le voyant écarquiller les yeux, je me rends compte de ce que je viens de dire. « C'est bien ça ? »

Il hésite avant de répondre, passe sa langue sur ses lèvres. « Dis-moi ce que tu sais à ce sujet. »

Quel mal y a-t-il à lui avouer ce que j'ai appris ? Il m'est toujours difficile de lui mentir, et après cette gaffe, inutile de plaider l'ignorance. « Je sais que les Unseelies ont perdu leurs pouvoirs magiques et leur immortalité après que ta mère leur a lancé une malédiction. »

Je guette sa réaction, mais en vain. Il ne nie ni ne confirme. *Parce qu'il en est incapable.*

Alors j'enchaîne. « Avant, je croyais que les Unseelies étaient tous malfaisants, mais plus maintenant. Il y a de bons et de mauvais faë d'Ombre. Mais peut-être… peut-être que les Unseelies qui semblent mauvais essaient juste de s'en sortir. »

Sébastian fait halte et tourne à nouveau la tête vers le large. « Je ne te l'ai pas dit, mais on a tenté d'assassiner ma mère le soir de Litha. Un sujet de la Cour de mes grands-parents qui s'en est enfui quand elle est montée sur le trône. Le traître a été capturé avant de parvenir à ses fins, mais les complices de Finn ont mystérieusement réussi à s'introduire dans le château et à tromper la vigilance des gardes. Malgré les sorts protecteurs, ils ont libéré le félon venu plonger son poignard dans le cœur de sa propre souveraine. »

Je baisse la tête sans rien dire, mais je suis morte de peur à l'idée qu'il pressente le rôle que j'ai joué dans l'affaire.

« Mais si je ne me trompe pas, tu es déjà au courant, reprend-il d'un ton malheureux qui me donne mauvaise conscience. Tu connaissais les intentions de ce Jalek. Et tu ne m'en as rien dit.

— Mais non ! Je ne savais pas ! » C'est l'entière vérité, mais… « Mais je mentirais en t'affirmant que je l'en aurais empêché si j'en avais eu la possibilité, dis-je en le défiant du regard. Moi, je sais ce que c'est que de trimer du matin au soir sans pouvoir échapper à sa condition. Alors les *camps* de ta mère… Comment ne pas souhaiter pire que la mort à une personne qui réserve ce sort à des innocents ?

— Je ne prendrai pas la défense de ces camps, répond-il d'une voix hésitante. Mais face au nombre d'Unseelies qui fuient Mordeus, notre royaume est dépassé. C'est l'invasion. Et ce sont *nos* sujets qui en paient le prix. La reine les fait passer en premier et tient à les défendre contre les faë d'Ombre.

— Et si c'étaient justement les faë d'Ombre qui avaient besoin de protection ?

— Finn a-t-il aussi mentionné les centaines de sujets de ma Cour qui ont été massacrés de sang-froid par des gens fuyant *sa* cour qui voulaient leur prendre leurs maisons ? »

Et à cause de la malédiction royale, ces faë d'Or ne pouvaient se défendre contre les Unseelies… J'en suis malade. « Je ne prétends pas que tous les Unseelies sont dans le camp du bien, et je sais que les circonstances extrêmes font ressortir le pire côté des gens, mais…

— Ils gardent leur libre arbitre. Ils font des choix, et à travers ces choix, la démonstration de leur véritable nature.

— On ne peut pas juger toute une cour à partir des actes de quelques sujets, fussent-ils les pires ! Moi, je pense que Finn est quelqu'un de bien, par exemple. »

Sébastian tourne vers moi un regard plein de colère. « Dans ce cas, je te suggère d'utiliser tes fameux pouvoirs pour visiter ses catacombes, au pays des Faë Sauvages. Quand tu auras vu ce qu'il y garde sous clef, reviens me dire si tu le trouves toujours aussi noble ! »

Que peuvent bien cacher ces catacombes, pour me faire changer aussi radicalement d'avis sur Finn, d'après lui ?

« Il t'a plu et tu lui fais confiance. Je ne le supporte pas !

— Finn est devenu… un *ami*.

— C'est ce qu'il veut te faire croire. Je t'implore de ne pas tomber dans le piège.

— Je ne comprends pas. Pourquoi es-tu si farouchement contre Finn et ses compagnons alors que ta propre mère est à l'origine de leurs souffrances ?

— Je ne suis pas contre les Unseelies, Brie, pas du tout. Leur sort sous la férule de Mordeus me désole. Les faëries ne peuvent exister sans la lumière et les ténèbres, le soleil et l'ombre. Ma mère le savait très bien et sans elle, des milliers de faë continueraient de périr tous les jours dans la Grande Guerre faë.

— C'est elle qui y a mis fin ?

— Par son sacrifice, les combats ont cessé, oui. »

Il tient absolument à croire qu'elle est dans le camp du bien. Et comment lui en vouloir ? C'est sa mère, après tout. Mais il est trop intelligent pour s'aveugler face à toutes les exactions d'Arya. « Je ne vois pas les choses de cette façon.

— C'est parce que tu ne connais pas toute l'histoire.

— Alors dis-moi… tout ce que tu peux.

— Autrefois, explique-t-il à contrecœur, le roi Obéron a séduit ma mère, qui était alors la princesse d'Or et aussi jeune qu'inexpérimentée. Elle est tombée amoureuse de lui, mais leurs royaumes respectifs étaient en conflit depuis des siècles et ses parents à elle étaient les ennemis jurés du roi et de ses sujets. Tant que le roi et la reine d'Or régnaient, la princesse ne pouvait voir librement son roi d'Ombre. Mais quand ils en avaient la possibilité, tous deux s'échappaient chacun de leur côté et se retrouvaient dans le Monde des mortels en prenant l'apparence d'humains. Là-bas au moins, personne ne condamnait leur amour. Leur pouvoir était tel et leur magie si puissante que leur amour pouvait même agir sur le Soleil et la Lune – créant ce que les humains appelaient une "éclipse". »

Cette histoire-là, je la connais. Ma mère nous la racontait. Comme Sébastian se tait, je l'achève à sa place. « Un jour, Obéron vint dans le Monde des humains, mais Arya ne put l'y rejoindre, car ses parents avaient découvert la vérité ; conjuguant leurs pouvoirs magiques, ils avaient fermé tous les Passages entre le Monde humain et Faërie ; leur fille ne pouvait plus aller rejoindre son amant, lui aussi prisonnier. De leur côté, les humains sacrifièrent des innocents pour apaiser la colère des dieux et faire que le soleil revienne. »

C'est peut-être ce que Bakken appelle la « Longue Nuit » ? Celle des histoires qu'on me contait quand j'étais enfant ?

Sébastian ne dit toujours rien, mais son regard m'encourage à poursuivre.

« Malheureusement, malgré leurs prières et leurs sacrifices, les humains ne purent mettre fin à cette Longue Nuit. Ils n'avaient pas le pouvoir d'agir sur les Passages. Aussi le roi d'Ombre, prisonnier de leur Monde, cherchait-il un autre moyen de regagner son royaume. Mais son pouvoir décroissait et un jour, il ne put plus cacher son véritable aspect. Sans magie pour le défendre contre les préjugés des humains, il fut roué de coups, martyrisé, on coupa le bout pointu de ses oreilles et on le défigura à coups de poing. C'est alors qu'il rencontra une humaine qui, le trouvant devant chez elle, le prit en pitié et lui donna des fortifiants, car elle ne supportait pas le spectacle de la souffrance, quelle que soit la personne ou la créature blessée. Elle l'accueillit sous son toit, le soigna, lui administra ses potions. Au fil de la Longue Nuit, ils tombèrent amoureux. Il n'oublia jamais la princesse d'Or, mais son amour pour cette femme était si fort qu'il ne pouvait le renier. Un jour les Passages se rouvrirent et il sut qu'il devait rentrer chez lui, mais l'humaine ne voulut pas le suivre ; elle ne voulait pas quitter son Monde. Le roi d'Ombre, lui, savait qu'il ne pourrait plus revoir la princesse d'Or : son cœur appartenait désormais à l'humaine qui l'avait recueilli. »

Rageur, Sébastian poursuit : « Pendant ce temps, à la Cour de la Lune, le frère du roi d'Ombre en avait profité pour lui voler son empire. À son retour, Obéron découvrit que la moitié de la Cour unseelie avait prêté allégeance à son frère et qu'il ne pouvait lui reprendre le trône sans risquer une guerre civile. Or, son peuple ne pouvait se le permettre, sachant que la Grande Guerre faë continuait de faire rage.

» À l'autre bout du royaume, ma mère occupait désormais sa juste place de reine des faë d'Or. Elle implora le roi d'Ombre de l'épouser comme ils se l'étaient promis par le passé – sinon par amour, du moins pour le bien de leurs royaumes respectifs – en lui promettant qu'après cela, elle l'aiderait à détrôner son frère. Ainsi ils pourraient réunir leurs cours et mettre fin à la guerre. Mais Obéron refusa. Même au nom de la paix entre les deux peuples, il ne voulait pas en entendre parler. Il n'était plus amoureux d'elle et espérait qu'un jour, il réussirait à convaincre sa bien-aimée mortelle de venir le rejoindre. »

Sébastian s'interrompt à nouveau. Je termine l'histoire à sa place. « Alors la reine lança une malédiction aux Unseelies. »

J'attends qu'il confirme, mais il reste obstinément muet.

« Tu le sais très bien, mais tu ne peux pas en parler », je conclus.

Il ne peut même pas me faire un signe de tête pour signifier que j'ai raison. « En Faërie, la magie la plus puissante est l'apanage des souverains, reprend-il. Ma mère avait beau être la reine la plus puissante de tous les temps, faire une utilisation aussi extensive de la magie a un coût – bien supérieur à la haine d'une Cour entière.

— Une haine qui se comprend, dis-je avec le plus de douceur possible.

— Elle a tout de même sauvé la vie à des milliers de faë en mettant fin à la guerre. Obéron, lui, se préoccupait moins de son peuple que de lui-même. Il aurait pu arrêter la guerre en épousant ma mère, ce n'était pas un si grand sacrifice. Mais il a refusé. Tandis que ma mère, qui a fait un sacrifice énorme et épargné ses sujets par milliers, se meurt parce qu'elle paie le prix de... » Ses traits se contractent et il se tait à nouveau.

Sauf que par la même occasion, elle a maudit les Unseelies et réduit son peuple à l'impuissance, ajouté-je intérieurement. Mais je dois ménager Sébastian : c'est sa mère, et elle est à l'agonie. Il est triste parce qu'il se sait impuissant face à la perspective de la perdre. Ce n'est pas le moment de lui reprocher son aveuglement. « Pourquoi ne lève-t-elle pas la malédiction, tout simplement ? » je lui demande.

Mais il me regarde sans répondre... J'avais oublié : il ne peut pas évoquer directement la malédiction... La détresse que je lis dans ses yeux me fait de la peine. J'enlace sa taille.

Il passe ses mains dans mes cheveux et découvre les mèches coupées, cachées dans la masse de mes boucles. « Qu'est-ce qui t'est arrivé ? » s'enquiert-il. Je répugne à répondre, mais il insiste. « Tu n'es pas obligée de me cacher des choses, tu sais. »

Puisque j'ai déjà admis être au courant, autant lui dire comment. « J'ai donné des cheveux à Bakken pour qu'il m'informe sur la malédiction. » Une fois de plus le mot le fait tressaillir comme si on lui plantait un couteau dans le dos.

Il joue avec les boucles plus courtes qui entourent mon visage. « Et celles-ci ?

— Ça date d'Elora. En échange, Bakken m'a révélé que c'était Mordeus qui avait acheté Jas. » Je hausse les épaules en voyant sa mine renfrognée. « Toi, il y a des choses que tu ne peux pas me dire. Moi, je ne voulais pas que tu saches ce que je faisais. » *Et c'est encore valable aujourd'hui.* « Et je lui fais confiance.

— D'habitude il n'est pas si facile d'acheter les secrets des gobelins. Il doit... avoir intérêt à s'attirer tes bonnes grâces. Mais prends garde à ne pas trop dépendre de ces créatures. Si les gobelins découvrent tes points faibles, ils te soutirent tout ce qu'ils peuvent, et un jour, tu te rends compte que tu n'as plus rien.

— Ne te fais donc pas tant de souci, lui dis-je avec un geste affectueux. Il m'en reste beaucoup !

— Il y a des secrets qui ne peuvent être achetés avec des mèches de cheveux, Brie. »

Je passe mes doigts dans les siens et tire tristement sur une mèche. « C'est dommage… »

Sébastian regarde les doigts rouges et dorés du couchant s'étirer sur la mer à l'horizon. « Il faut rentrer maintenant. » Il y a de l'urgence dans sa voix.

« Pourquoi ? »

D'un mouvement de tête, il me désigne des corbeaux qui tournoient à quelque distance de nous.

« Les Sluagh ?

— Oui, ils envahissent la plage après le coucher du soleil. Une des raisons pour lesquelles ma mère ne vient plus.

— Qu'est-ce qu'ils font là ? Qui est mort ici ? »

Une lueur fugitive passe dans ses yeux. Il ne répond pas. Je comprends : il connaît la réponse, mais ne veut pas ou ne peut pas me la donner. Il y a encore trop de secrets entre nous. Mais au moins, je vois maintenant que s'il les garde ce n'est pas forcément par choix.

« Allons, viens. » Il m'entraîne vers le palais et je me laisse faire. Il ne fait pas bon s'attarder quand les Sluagh rôdent dans les parages.

* * *

Sébastian informe les serviteurs qu'il va me faire visiter le château pendant qu'ils préparent le dîner.

« Mordeus n'a pas sa place sur le Trône d'Ombre », déclare-t-il quand nous nous retrouvons seuls, reprenant la conversation où nous l'avons laissée. « Et les faëries en subissent tous les conséquences. Malheureusement il est prêt à tout pour coiffer la couronne et pour que le trône le laisse siéger. »

Il me prend par la main et nous montons un escalier vivement éclairé. Puis il pousse une lourde porte et nous nous retrouvons dans une sorte d'armurerie. J'ouvre de grands yeux devant le nombre de couteaux et d'épées en tout genre, les rangées d'armures, les râteliers pleins d'arcs et de flèches.

Il se dirige tout droit vers le fond et décroche une dague d'un noir luisant. « Tiens. Elle est en acier adamantin, affûté au diamant à la forge royale. Sa lame magique laisse des traces sur tous ceux qu'elle blesse. »

Je m'en empare. Elle est lourde, mais maniable. Dès que je referme les doigts sur la garde, une curieuse décharge de pouvoir magique me traverse de pied en cap. On dirait que cette dague a été faite pour moi – à ma main.

« Elle seule peut tuer le roi, dit Sébastian. Ne t'en sépare sous aucun prétexte. »

Je lève vivement les yeux sur lui. Il ignore que je suis, malgré moi, au service du roi. Pourquoi aurais-je besoin d'une dague pour le tuer ?

« Riaan m'a dit que vous aviez parlé, tous les deux, poursuit-il avec douceur. Tu lui as affirmé avoir des secrets. Des secrets que tu ne pouvais révéler au risque de perdre ta sœur. » Il prend un fourreau rangé dans un tiroir et défait la boucle de sa sangle. « Ce sont peut-être les mêmes secrets qui font que tu as gardé le Spéculaire ?... »

Je m'étrangle. « Tu étais au courant ?

— Oui. J'ai attendu que tu m'expliques, que tu me fasses assez confiance pour ça ; je comprends maintenant que tu ne peux pas.

— Mais... » *Il savait !* « Pourquoi n'as-tu rien dit ?

— Je te fais confiance, Brie. Que ce soit réciproque ou non. »

Le cœur lourd, je le regarde s'agenouiller devant moi et soulever le bas de ma robe. Il dispose la sangle autour de mon mollet et serre la boucle. Sa main effleure ma peau. Il me présente sa paume ouverte et j'y pose doucement la dague, lame tournée vers moi. « Garde-la sur toi en toutes circonstances. Sers-toi de ta magie pour la dissimuler si tu peux.

— Euh… » À quel point connaît-il mes pouvoirs, au juste ? Et mes secrets ? « Oui, je peux. J'ai fait des progrès. »

Il insère la dague dans son fourreau. Le contact de la sangle a quelque chose de rassurant, de même que le poids de la lame contre ma jambe. Sébastian se redresse, l'air sérieux. « Elle peut aussi être efficace contre Finn. »

J'encaisse le coup. Et si c'était pour ça qu'il me la confie ? Pas pour que je me défende contre Mordeus, mais parce qu'il espère que je m'en servirai contre Finn ? « Tu m'as dit que tu ne voulais pas de Mordeus sur le Trône d'Ombre. Alors qui voudrais-tu voir à la place si ce n'est pas Finn ?

— Faërie est divisée depuis trop longtemps. Le moment est venu de réunir les deux moitiés sous l'autorité d'un seul et unique souverain. »

Je garde le silence. Je ne veux pas me disputer avec lui à propos de Finn ou de l'occupant légitime du Trône d'Ombre. La seule chose qui m'importe est de sauver ma sœur.

Sauf que ce n'est plus vrai. Depuis quelque temps déjà. Une autre chose compte à présent : le Monde que je méprisais naguère et les créatures qu'il abrite ; voilà que je suis déchirée entre deux royaumes en guerre, moi qui ne voulais prendre parti ni pour l'un ni pour l'autre !

« Veux-tu voir le reste du palais ? » propose Sébastian.

J'acquiesce, mais pendant toute la visite je ne pense qu'à la lame d'adamant et aux paroles de Sébastian prononcées à mi-voix : « *Elle peut aussi être efficace contre Finn.* »

Ces pensées m'absorbent tant et si bien que je suis prise au dépourvu lorsqu'il me fait entrer dans la bibliothèque, au dernier étage.

« Le joyau du Palais de la Sérénité, annonce-t-il. Il vaut mieux la voir quand le soleil entre par la verrière. Nous reviendrons demain. »

Elle me plaît déjà telle quelle. Sous le clair de lune argenté qui joue sur les vitraux, on distingue à peine le milieu de la pièce. J'ai envie d'explorer les rayonnages dans la pénombre. Ça me rappellerait le temps où j'allais à la bibliothèque avec ma mère, quand j'étais petite – cette impression de sécurité, d'infinies possibilités…

Je m'avance dans la pièce, mais mon regard ne s'attarde pas sur le présentoir qui en occupe le centre. Je ne veux pas trahir mon intérêt, mais Sébastian s'en rend compte.

« Voici le Grimoiricon. » Il s'arrête tout près. Je pourrais presque le toucher.

« Qu'est-ce que c'est ? je demande innocemment.

— Le grand livre de notre peuple. La Cour de la Lune a prétendu qu'il lui appartenait, mais je tremble à l'idée des ravages que Mordeus provoquerait ici s'il mettait la main dessus. »

Catastrophe. Beaucoup de choses m'échappent, mais sur la personnalité de Mordeus, il ne subsiste guère de doute. Cruel, maléfique, fourbe… En effet, Faërie serait en mauvaise posture si un faë comme lui avait encore plus de pouvoir. Je me suis donné pour mission de libérer Jas quoi qu'il en coûte, mais je vois que ce faisant, je risque de compromettre un royaume entier. Que faire ? Je n'entrevois aucune solution.

Je fais taire mes doutes pour l'instant pour me concentrer sur le livre. « Que contient-il ?

— Les sortilèges de nos Grands Ancêtres et des instructions pour puiser à la source de leur pouvoir. Quand je monterai sur le trône, c'est lui qui m'aidera à régner. Ma mère décline depuis des années. Si elle est encore parmi nous, c'est sans doute parce que sa vie est magiquement liée à lui. »

J'avance ma main, mais Sébastian arrête mon geste.

« Non. » Ses yeux sont écarquillés, une veine palpite rapidement sur son cou.

« Pourquoi ? C'est dangereux ?

— J'ignore ce qui t'arriverait si ta peau de mortelle entrait en contact avec une magie aussi puissante. De plus, si on touche au livre... j'ai peur de ce qu'il adviendra de ma mère. »

Est-ce pour ça que Mordeus m'a chargée de le voler ? Pour sa puissance magique, mais aussi parce que la vie de la reine en dépend et qu'il le sait ? Ainsi que *Finn* ?

J'en ai la gorge serrée. « Tu l'aimes beaucoup, n'est-ce pas ? »

Il ne répond pas tout de suite. Son expression est douloureuse, troublée. « Je n'ignore pas ses défauts ; mais c'est ma mère. Elle a tant sacrifié pour cette Cour. Et plus encore pour moi, peut-être. »

Si je remets le livre à Mordeus et qu'Arya meurt, la malédiction sera rompue et Jas sauvée. Mais Sébastian ne me le pardonnera jamais. Et si Mordeus se sert du livre pour ôter la vie à d'innocents faë, c'est moi qui ne me le pardonnerai jamais.

* * *

Pendant que les domestiques servent le dîner, je ressasse ce que Sébastian m'a dit du Trône d'Ombre, de Finn et de ce qu'il cache de si révélateur dans ses catacombes.

« Brie ? »

Je lève la tête en entendant mon surnom et me rends compte qu'au bout de la table, Sébastian me regarde fixement. Depuis combien de temps attend-il une réponse ? À en juger par son assiette à moitié vide, il y a un moment que je suis perdue dans mes pensées.

« Qu'est-ce qui t'absorbe à ce point ?

— Pardonne-moi, Sébastian. Je rumine, ce soir. » Je m'aperçois que je n'ai même pas fait attention au décor de ce qui devait être un dîner romantique conçu pour me plaire. Des chandelles ornent la table, et aux quatre coins de la salle à manger des vases débordent de lis. Quant aux mets, je ne leur ai guère fait honneur. J'ai honte… et celle que j'ai été aurait honte aussi. Non seulement on me présente des plats succulents alors que dans le Monde humain, des enfants ont le ventre vide, mais je suis en tête à tête avec Sébastian. Combien de fois, avant de franchir le Passage, ai-je rêvé de passer du temps rien qu'avec lui ? Nous n'étions presque jamais seuls. Si Jas ne nous accompagnait pas, c'étaient mes cousines qui nous espionnaient, prêtes à rapporter à ma tante tout ce qu'elles avaient pu voir ou entendre.

« À quoi penses-tu, là, tout de suite ? insiste Sébastian.

— Je me dis que j'ai vite pris l'habitude du luxe ; ça commencerait presque à me paraître normal, je réponds en indiquant mon assiette. Pourtant, je suis bien placée pour connaître la valeur d'un ventre plein ! Et voilà : au bout de quelques semaines seulement, je me surprends à manger sans même apprécier ces saveurs raffinées. Pendant ce temps-là, ma sœur… » Ma gorge se serre et je ne peux finir ma phrase.

Sébastian prend ma main. « Malgré tout ce qu'il fait pour asseoir son pouvoir, le roi est plus affaibli que jamais. Nous approchons du but ; ce n'est qu'une question de temps. Bientôt nous pourrons passer à l'acte. Je n'ai pas renoncé ! »

Mais une fois Jas en sécurité, qu'adviendra-t-il de nous ? Toutefois, je tais mes interrogations. Sébastian est aussi impatient que moi. Est-ce que je voudrai rester avec lui ? Vivre sous le même toit qu'une reine responsable de cette malédiction et du sort funeste des prisonniers unseelies dans ses camps ? Si Sébastian dit vrai, si elle est mourante, alors la malédiction prendra bientôt fin. Si le Grimoiricon est la seule chose qui la maintient en vie...

Pour mettre fin à la malédiction et rester en vie, tu dois tuer la reine, a dit Bakken. Le souvenir de ses paroles me soulève l'estomac. Si en plus de tout le reste je tue sa mère, je perdrai définitivement Sébastian.

« Je te vois littéralement replonger dans tes pensées », commente-t-il avec un petit rire. Il s'essuie la bouche avec sa serviette, prend la carafe et emplit nos verres. « Allons, bois un peu de vin et détends-toi au moins une heure. »

Quand il sera parti se coucher, je devrai retourner dans la bibliothèque et trouver comment subtiliser le Grimoiricon. Au départ, je voulais m'en emparer tout de suite – je n'en peux plus d'attendre ! – mais Sébastian s'alarmera en ne le voyant pas à sa place demain, puisqu'il m'a promis que nous y retournerions. Et cette fois, je n'ai pas de copie à substituer à l'original ; il me faut donc attendre.

Je peux bien lui concéder une heure comme il me le demande. Après tout ce qu'il a fait pour moi, ce qu'il a enduré et endurera encore, il mérite bien ça. Et même davantage. Peut-être que moi aussi, je le mérite ? *Juste une heure*...

Alors je porte mon verre à mes lèvres et je bois. En un clin d'œil, tous mes soucis s'envolent.

30

Sébastian me fait virevolter puis me plaque contre une porte. « Voilà ta chambre », souffle-t-il tout contre mes lèvres.

J'ai chaud, mes joues sont empourprées par le vin et mon cœur tout empli de nos discussions. Finalement, on a veillé deux heures au lieu d'une et c'était comme au bon vieux temps, quand on parlait et riait ensemble, rien que nous deux.

« C'est ici que je suis censé te dire bonne nuit. » Ses mains descendent lentement vers ma taille en laissant un sillage ardent. En arrivant à la hauteur de mes hanches, elles exercent une légère pression.

Je passe une main derrière sa nuque et contemple une fois de plus ces traits que j'aime tant – le dessin de sa joue, la beauté perçante de ses yeux, ses lèvres pleines légèrement entrouvertes... « Déjà ? »

Il sourit et effleure ma bouche. Une fois, deux fois... À la troisième, il passe le bout de sa langue sur ma lèvre inférieure et je fonds... « Je te remercie pour ce moment passé ensemble. Je sais que rien n'est simple, mais je me réjouis qu'on soit ici tous les deux. »

Moi aussi je me réjouis. Je sais que c'est à cause du vin, mais en cet instant je me réjouis de tout ! De la chaleur de son corps, du lit qui attend derrière la porte... « Il faut que je te dise un secret. »

Il prend l'air sérieux. « Quoi ?

— Je ne te mérite pas. » J'avais prévu un ton badin, mais en fait, les larmes me piquent les yeux. « Un jour, tu t'en rendras compte. » *Tu sauras que je me suis servie de toi pour satisfaire Mordeus. Que j'ai fragilisé ton royaume pour sauver ma sœur. Et tu sauras que j'ai beau regretter de t'avoir fait du mal, si au bout il y avait la liberté pour Jas, je le referais sans hésiter.*

« Non, ne pleure pas, dit-il en caressant ma joue. On était bien, là, tous les deux ; tes larmes me fendent le cœur. C'est moi qui ne te mérite pas, mais je suis trop égoïste pour te laisser partir. »

Je secoue la tête, cachée contre sa poitrine. « Ne me laisse pas. Tiens bon, il le faut. »

Silence dans le couloir désert. « J'ai cru que je pourrais me tenir à distance de toi jusqu'à ce que le danger soit écarté… mais j'avais tort.

— Quel danger ?

— Tu n'es pas en sécurité dans mon royaume et je le sais, mais je ne peux pas me résoudre à… Tu ne comprends pas encore pourquoi, mais j'ai *besoin* de toi. »

Je me dresse sur la pointe des pieds pour l'embrasser.

J'ai envie de l'entraîner de gré ou de force jusqu'au lit et de le supplier comme la drogue m'a poussée à supplier Finn. Quand il me touche, ça me fait le même effet que de me promener au soleil après une semaine terrée dans la cave de tante Vivias. J'oublie mes sentiments contradictoires envers le prince unseelie, j'oublie ses secrets et ses « tributs ». J'oublie la reine, le livre, la prophétie d'une certaine petite fille, et la joie mauvaise du gobelin m'annonçant que je devrai tuer la reine si je veux briser la malédiction sans y laisser la vie.

Sébastian me rend mon baiser avec encore plus de fougue. Ses mains s'enfouissent dans ma chevelure. Je voudrais m'imprégner totalement de sa présence, savourer ces instants jusqu'à m'y perdre tout entière. J'ignore ce que sera ma vie quand il saura la vérité, mais je veux pouvoir me remémorer cette sensation-là – celle d'être aimée et protégée par lui. Ni par le prince Ronan, ni par le prochain roi seelie, mais par *mon* Sébastian à moi.

Au bout d'un moment il s'écarte imperceptiblement, le souffle court, et pose son front contre le mien. « Je peux te laisser là ou entrer avec toi. » Une pause. « Mais il faut que ce soit toi qui me le demandes. Je dois être sûr que c'est bien ce que tu veux. Que tu es prête. »

Je caresse sa joue couverte d'un fin duvet dont je savoure la douceur sous mes doigts. Mes sentiments sont aussi compliqués que mes allégeances, mais au moins, en cet instant précis, ce que j'attends de Sébastian est très clair. « Oui, je veux que tu restes avec moi. »

Il hésite. Peut-être cherche-t-il comme moi à surmonter des émotions plus fortes et plus complexes que dans les histoires d'amour classiques. Je le prends par la main et l'attire dans la chambre.

Il agite la main et un petit courant d'air magique referme la porte derrière nous. « Tu es sûre ?

— Oui. » Peut-être que j'agis égoïstement, que les choses n'en seront que plus difficiles entre nous quand il saura la vérité, mais… « Oui, c'est ce que je veux. »

Il délace lentement ma robe. Je la laisse glisser sur mes épaules et tomber à mes pieds. Debout devant lui, je ne porte plus qu'un léger caraco en dentelle, des dessous assortis et la dague qu'il m'a offerte. Je m'offre à son regard sombre et brûlant. Je me sens belle. Un sentiment de culpabilité me tarabuste, tout au fond de moi, mais je l'y enferme à double tour et me concentre tout entière sur Sébastian.

« Tu es la perfection même, souffle-t-il. Si tu savais depuis combien de temps j'attends ça !

— Alors pourquoi ne l'as-tu pas fait plus tôt ? »

Lisant sa vulnérabilité dans ses yeux, je m'en veux de cette question posée à brûle-pourpoint. S'il ne m'a embrassée que le jour de mon départ, à Bellecontrée, c'est qu'il savait que je détestais les faë. Il pensait que je le détesterais aussi quand je saurais la vérité.

Mais je ne m'attarde pas sur ces pensées, car déjà il me prend dans ses bras et m'embrasse longuement, ardemment, en me caressant le dos, les épaules, les seins, le ventre. Il agrippe mes hanches dans ses grandes mains et m'embrasse dans le cou en descendant peu à peu, mordillant et suçotant ma peau tendre qui, déjà échauffée par le vin, s'embrase à chaque baiser, chaque caresse de la langue ou des dents.

Ses doigts rugueux s'insinuent sous mon caraco dont la fine bretelle cède sous l'urgence de ses doigts ; mes épaules s'offrent à sa bouche, à sa langue adroite. Mes yeux se ferment, ma tête bascule en arrière. Rien n'a plus d'importance que les sensations provoquées par ses baisers, par ses mains sur mon corps et ses dents titillant les zones sensibles jusqu'à l'insupportable. Tout en moi s'arc-boute de plaisir, de désir ; je me presse contre lui pour lui communiquer ce dont j'ai tant envie, ce qu'exige le chuchotis qui s'échappe de mes lèvres.

Je l'attrape par les cheveux et cherche sa bouche. Nos langues se caressent. Il ne m'avait encore jamais embrassée comme ça. Ce baiser-là est cru, sauvage, affamé. Je déboutonne sa tunique et dénude ses épaules. Je veux sentir sa peau hâlée sur mon corps tout entier. Mais il s'écarte. Je gémis en signe de protestation.

Un sourire aguicheur. « Je ne vais pas bien loin, ne t'en fais pas. » Il pose l'index au centre de ma poitrine. Un frisson me parcourt et tout à coup sa main s'illumine ! Son doigt descend entre mes seins, sur mon ventre, fait un détour par mes hanches en laissant sur son passage un sillage incandescent. Le tissu tombe à mesure que ce trait de lumière s'estompe ; le fourreau de ma dague heurte le sol avec un bruit sourd. Mes dessous sont en lambeaux par terre. Je suis complètement nue.

Il me dévore du regard, les lèvres entrouvertes, le souffle court.

« Tu frimes, avec ta magie ! » je dis en souriant, les bras tendus.

Ses doigts agiles caressent légèrement mon dos, mes hanches, remontent vers mes épaules. « À quoi bon avoir des pouvoirs si je ne m'en sers pas pour impressionner la femme que j'aime ? »

Ces mots me serrent le cœur. Je me fige. Je sais depuis longtemps que j'aime Sébastian, mais je n'étais pas sûre de la réciproque. Je ne me jugeais pas digne de son amour, et voilà qu'il me l'offre au moment où mes actes me prouvent justement que je ne le suis pas.

« C'est vrai, je t'aime, tu sais, reprend-il en me regardant les yeux mi-clos. Ça t'effraie ? Maintenant que tu connais… la vérité sur moi ? »

Ma mauvaise conscience s'échappe de sa cage et me déchire de ses griffes. « J'étais ignorante, Sébastian. Mes idées reçues venaient du choix de ma mère. Mais toi, ce n'est pas pareil… » Je passe doucement le bout de mon doigt sur son oreille, en m'attardant sur l'extrémité effilée. Il ferme les yeux et je le sens frémir contre moi. « À Bellecontrée, j'aimais l'apprenti du mage qui m'empêchait de sombrer dans le désespoir. Ici, j'aime le prince faë d'Or qui chérit les siens et cherche à rétablir une paix durable entre des royaumes ennemis. » Je le regarde dans les yeux en élevant une prière aux dieux, pour une fois : quoi qu'il arrive demain, quel que soit le sort qui nous attend, je voudrais que jamais il ne doute de ma sincérité à cette minute. « Je te demande pardon d'avoir souhaité que tu sois humain. Je t'aime comme tu es. »

Il ouvre une main, révélant un assortiment de pierres précieuses qui jettent mille feux. Puis il desserre l'autre poing et des pétales de roses rouges soyeux tombent en pluie. « Tout ce que tu voudras, Brie. Tout ce que j'ai à donner est à toi. »

Je balaie du geste le contenu de chaque paume ; les joyaux tombent au sol en crépitant, les pétales s'éparpillent autour de nous. Je fais un pas et noue ses bras autour de ma taille. « Les fleurs, les pierreries… je n'en ai pas besoin. Ce que je veux, c'est toi et toi seul. » Je presse ma bouche contre la sienne et caresse son dos en savourant la sensation de sa peau sous mes doigts et contre mes seins. « Ce que je veux, c'est *ça.* »

Il enfouit son visage dans mon cou. « Tu l'as déjà fait ? »

Je fais signe que oui. L'an dernier, deux ou trois fois, avec un jeune employé dans une des maisons où je faisais le ménage. Il n'y avait pas vraiment de sentiments entre nous, juste une attirance physique. Un moyen de m'évader. C'était agréable, mais avec Sébastian ce sera très différent. « Ça t'embête ? »

Il laisse échapper un petit rire, un son grave et chaud qui m'emplit de désir pour lui. « Non, mais je ne veux pas connaître les détails !

— De toute façon ça n'a aucune importance. »

Il enserre mon visage dans ses mains, mais je le sens tout tremblant.

« Sébastian… » Je prends ses mains dans les miennes. Elles sont si grandes, si larges, si rugueuses… « Et toi, tu l'as déjà fait ?

— Non. Enfin, je veux dire… » Il prend son élan. « Si, mais pas avec quelqu'un que j'aime. » Un temps. « Je n'ai jamais ressenti pour personne ce que je ressens pour toi et ça me fait un peu peur. J'ai tellement besoin de toi ! La manière dont tout ça est arrivé… oui, ça m'effraie un peu.

— Et nous voilà ! Qui l'eût cru ? » je lui réponds en souriant. Je défais le bouton de sa ceinture et nos mains s'entremêlent tandis que nous le débarrassons de son pantalon.

C'est sans timidité que je le contemple – sa peau hâlée, son torse musclé, les muscles durs de son abdomen, ses cuisses puissantes et… le reste. Arrivée à ce stade, je rosis quand même un peu, mais sans fausse pudeur. Je sais ce que je veux. Je me dirige vers le lit. Sans quitter Sébastian des yeux, je m'installe sur le matelas moelleux comme la plume et lui fais signe de me rejoindre.

Il m'admire longuement. Ma peau s'échauffe à chaque passage de son regard le long de mon corps. Enfin il s'allonge à côté de moi, calé sur un coude. De sa main libre, il me caresse longuement, de haut en bas, en s'arrêtant juste sous le nombril. Chaque fois, je retiens mon souffle ; puis sa main remonte sur mes seins.

Je m'arque sous la caresse en le regardant dans les yeux et en guidant ses doigts. « J'avais imaginé ce moment, dis-je en le caressant à mon tour. Je t'avais imaginé, toi. Mais je ne pensais pas que ça arriverait un jour. Ne t'en va pas, cette fois, tu m'entends ?

— Même si je le voulais, j'en serais incapable. » Ses yeux s'assombrissent. Il vient se placer sur moi. La sensation de son poids sur mon corps fait naître un plaisir exquis dans mon bas-ventre. Je relève les genoux, le guide entre mes cuisses et pousse un petit cri en le sentant se presser contre ce que j'ai de plus sensible.

« Tout va bien ? » me demande-t-il.

Je lui fais signe que oui, mais l'expression ne convient pas vraiment. Disons plutôt que j'ai désespérément envie de lui, mais que, tout en étant reconnaissante de ce que je vis, j'ai peur de l'avenir. Je suis amoureuse de lui, il est amoureux de moi, et je ne le mérite pas. Alors non, tout ne va pas bien, mais je veux quand même qu'il continue. « Oui, et toi ?

— Mieux que jamais, me dit-il en souriant. » Une ombre passe tout de même dans son sourire, comme s'il devinait mes pensées. « Je voudrais aller plus loin, mais si je ne peux en avoir davantage ce soir, je m'en contenterai avec joie.

— Moi aussi je veux aller plus loin », je chuchote. Puis je répète ses paroles en les dédiant aux dieux qui m'ont accordé ce moment de bonheur. « Si je ne peux en avoir davantage ce soir, je m'en contenterai avec joie. »

Je passe mes mains dans ses cheveux, soutiens son regard et le guide en ondulant des hanches. Tous mes muscles se tendent. Il retient sa respiration. Ses mains viennent encadrer mon visage et il se met à bouger doucement en moi. Mais je sens qu'il se refrène, et moi j'ai besoin d'autre chose que cette indécision. Je cherche sa bouche et l'embrasse jusqu'à ce qu'il ne puisse plus faire autrement que nous donner à tous les deux ce que nous désirons tant. Bientôt tous mes remords, toute ma tristesse s'envolent et nous nous fondons entièrement dans notre plaisir, dans l'intimité qui nous lie – avec, tout au fond un germe d'espoir : que cet amour suffise.

* * *

Je… ne peux pas… respirer.

J'ouvre les yeux. Le spectre d'une femme se profile au-dessus de moi. J'ouvre la bouche pour crier, inspirer un peu d'air, mais elle est assise sur ma poitrine et mes poumons refusent de se remplir.

Elle se penche sur moi comme une amante quêtant un baiser. Je ne peux rien faire pour l'en empêcher. Mes bras refusent de m'obéir. Je voudrais me tourner, remuer, ruer, la repousser, mais mon corps ne m'appartient plus. Je suis paralysée. Prise au piège.

« Abriella », prononce-t-elle. Son souffle danse sur ma joue. Mon prénom est comme un chant qui s'échappe de ses lèvres, ses cheveux d'argent ondoient autour de son visage comme si elle était sous l'eau. « Abriella, Abriella, Abriella. »

La mélopée est à la fois obsédante et belle. Je suis subjuguée au point d'en oublier que je manque d'air et que je ne peux plus bouger. Je regarde ses lèvres et la mélodie emplit mes oreilles.

Je sens que je sombre dans l'inconscience. Je ne lutte pas. Elle continue à chantonner mon nom et tout devient noir.

* * *

Alouette rive sur moi ses grands yeux d'argent. Nous sommes dans l'eau – un abysse insondable et noir – et ses cheveux ondoient autour de sa tête comme ceux de la banshee. Ses prunelles sont l'unique source de lumière. Elle caresse mon visage. Je ne respire toujours pas, mais je ne suis pas sûre d'en avoir besoin.

Quelque part, dans un autre monde, quelqu'un m'appelle. Pas la banshee. *Sébastian.* Loin au-dessus de l'abîme il prononce mon nom, me supplie… Je lève la tête, mais la surface est trop loin, je ne la distingue même pas.

Les petits doigts d'Alouette dessinent un chemin invisible de mes tempes à mon menton, de mon menton à mes tempes. Elle me regarde dans les yeux ; ses paroles ne résonnent pas, mais se forment dans mon esprit : « Je vois trois chemins devant toi. Sur chacun, l'appel de la banshee est clair. N'aie pas peur. »

Je tressaute dans l'eau comme si une main invisible venait de me secouer. Alouette lève vivement les yeux vers la surface, que j'entrevois à présent ; elle se rapproche, parcourue d'ondes lumineuses.

« Rappelle-toi ton pacte avec le faux roi. Il tiendra parole. Choisis bien la direction à suivre, princesse. » Ses yeux pétillent de joie. Elle se penche sur moi et me chuchote à l'oreille : « Et maintenant, respire. »

31

« Respire ! » Sébastian me secoue par les épaules et sa voix impérieuse emplit la pièce. « Oui, c'est bien ! Encore ! Respire, Abriella ! »

J'emplis mes poumons. Ça brûle – j'ai l'impression d'inspirer de l'eau ou de me noyer dans l'air – mais je m'obstine. Deux fois, trois fois... La douleur diminue.

Sébastian me serre contre lui en me caressant les cheveux. « Je l'ai entendue », me dit-il. Il me serre trop fort, mais comment lui refuser cette étreinte ? Je sens bien qu'il a eu très peur. « Je l'ai entendue chanter ton nom. »

La banshee... Ce n'était donc pas un rêve. « Sébastian... » Ma voix rend un son de verre brisé.

« Chut, je suis là. » Il me berce, mais il tremble toujours. Son chagrin est visible. Comme s'il m'avait déjà perdue. « Je suis là. La mort ne sera pas la fin, je te le promets.

— Comment ça ? » Je le repousse du plat de la main. « Qu'est-ce que ça veut dire ?

— Tu l'as vue ?

— Oui. Est-ce que ça signifie forcément que ?... Il lui arrive de se tromper, non ? » On a bien sauvé Jalek... qui est toujours vivant.

Sébastian secoue la tête. « Je ne sais pas, mais... » Il se tait, le regard, anxieux, puis : « Je ne sais pas, conclut-il.

— Tu viens de dire : “La mort ne sera pas la fin”. Que veux-tu dire par là ? »

Il détourne les yeux.

« Sébastian ? »

Il me regarde enfin. Ses épaules s'affaissent. « Je ne pensais pas être à ce point déstabilisé par le fait d'aimer une mortelle. Mais ça me mine, Brie. Quand je ne sais pas où tu es, quand j'ai peur qu'il te soit arrivé quelque chose. Je risque à chaque instant de te perdre, tu comprends ! Alors quand je suis réveillé par la banshee qui chante ton nom… » Il ferme les yeux. « Si tu meurs, je ne pourrai pas te ressusciter avec la Potion de Vie.

— Autrement dit, me transformer en faë », réponds-je d'une voix lasse qui menace à chaque instant de se briser.

— J'ai eu peur en entendant la banshee chanter ton nom, car la Potion ne marchera pas si on n'est pas appariés.

— Pour en bénéficier, un humain doit être apparié à un faë ?

— Celui qui l'a préparée s'est dit que sans cette précaution, les humains nous la voleraient.

— Écoute… » Je veux être moi et personne d'autre. Je veux être suffisante par moi-même, sans devenir une faërie. Je n'ai jamais voulu appartenir à leur espèce. Et je n'aurais jamais pensé le souhaiter un jour. Mais après la voix de la banshee dans ma tête, le monde m'apparaît sous un autre jour. « J'ai peur. »

Ses paupières sont toujours closes. « De l'appariement ? »

De ce qu'il me reste à faire. De te perdre. De mon nom sur les lèvres de la banshee. De ne jamais pouvoir t'offrir l'appariement que tu souhaites si fort.

Sans attendre de réponse, il m'allonge avec lui sur l'oreiller en me caressant les bras et en m'attirant contre lui. Pour nous rassurer tous les deux.

Une fois que mon cœur a retrouvé un rythme normal, je me tourne vers lui sans quitter le refuge de ses bras. « Explique-moi comment se passe la cérémonie d'appariement. »

Il soutient mon regard un bon moment avant de répondre et j'ai l'impression que pour lui, ce sujet est plus difficile à aborder depuis qu'il a entendu la banshee. « C'est une cérémonie élégante, au sens où seul ce qui est pur peut l'être, dit-il enfin. On commencerait par choisir la rune qui symboliserait le lien, je prononcerais certaines paroles et tu les répéterais après moi.

— Ça se passe en public ?

— Généralement non, même si mes parents, par exemple, ont choisi de s'apparier devant beaucoup de monde le jour de leur mariage, en même temps qu'ils prononçaient leurs vœux. » Il sourit. « J'avais 5 ans. Je les ai vus s'embrasser interminablement, le temps que l'appariement se crée. Je me souviens que j'étais très gêné. Je ne savais plus où me mettre.

— Ah bon ? Tu avais 5 ans quand tes parents se sont mariés et appariés ? »

Son sourire s'efface. « Mon père disait qu'il avait mis des années à convaincre ma mère qu'il était digne d'elle. Ces derniers temps, je comprends mieux ce qu'il a dû endurer… »

Je lui donne un petit coup de coude en me retenant de sourire. « Et toi, tu aimerais qu'il y ait du monde ?

— Non, je préférerais qu'on soit seuls, ne serait-ce que pour le… contact physique qu'on doit maintenir jusqu'à ce que l'appariement s'établisse.

— Tu veux dire qu'il faut faire l'amour ? »

Il me pince gentiment et sourit. « Pas forcément, non. La magie exige une matérialisation du lien empathique. Certains duos appariés se tiennent simplement par la main, mais quand on est amoureux on se laisse aller à l'intimité de ce moment privilégié. L'élément magique est… intense. Très puissant.

— J'espère vivre ça un jour. » Je m'étonne moi-même de mon revirement, mais il est sincère. Je veux en arriver là avec lui quand toute cette histoire sera derrière nous. Ce ne sera peut-être pas possible. Mais je l'ai dit : si je ne peux rien avoir de plus que cette nuit, je m'en contenterai. Et j'étais sincère.

« C'est mon vœu le plus cher, dit-il avant de déposer un baiser au sommet de ma tête. D'ici là, reste près de moi. Je te protégerai. »

Il m'étreint avec force. Pour lui, j'ai peur que la mort nous sépare. Bientôt il saura : ce n'est pas l'appel de la banshee qui va nous séparer prochainement, mais tout ce que je lui ai caché.

* * *

Aussitôt Sébastian endormi, je me dégage doucement de son étreinte et je me lève.

J'enfile mon pyjama de soie. Dans les tenues que m'ont préparées mes suivantes, il n'y a que des jupes. Elles ne feraient que me gêner pour ce que j'ai à faire.

Quand je ferme les yeux, je revois cette femme fantomatique, sa robe blanche en haillons, ses cheveux qui flottent autour de sa tête. Même les yeux ouverts, je l'entends encore répéter mon nom, macabre lamento qui s'obstine dans ma mémoire.

C'est pour me protéger que Sébastian s'est endormi en me serrant contre lui, mais mon devoir ne le permet pas. Mêlé au chant de la banshee, il y a dans ma tête le tic-tac d'une horloge… le temps presse.

Je sais ce que j'ai à faire, et je n'ai jamais eu aussi peur de ma vie.

Je suis plus que jamais tentée de remettre le sort de Jas entre les mains de Sébastian. S'il faisait assassiner Mordeus, ses émissaires nous ramèneraient Jas. Mais un Seelie ne peut faire de mal à un Unseelie, je le sais maintenant. Et j'ai déjà trop attendu.

Je suis triste de devoir le priver de sa mère, mais je n'éprouve aucun remords. La reine torture et réduit en esclavage tout un peuple de faëries et sa malédiction a provoqué, et provoque encore, d'innombrables assassinats d'humains achetés comme de simples marchandises. Tout ça parce qu'un faë l'a rendue malheureuse. Sébastian la pleurera, et je le regrette, mais je n'hésiterai pas.

Je dévoile le Spéculaire caché dans mes ombres et lui demande de me montrer Jas. J'ai besoin de me remettre en mémoire le but de ma trahison. Qui va me conduire à une mort certaine.

Je découvre ma sœur allongée sur un sol de pierre. La tête pendante, les lèvres toutes craquelées, elle dort. J'agrippe fermement le miroir et l'image ondule comme un reflet à la surface d'un étang. Lorsqu'elle se stabilise, elle me montre cette fois Jas couchée dans un grand lit, bordée d'épaisses couvertures. Elle serre un oreiller dans ses bras ; un autre oreiller soutient la tête.

Laquelle des deux scènes est la bonne ? À quoi dois-je me fier ?

Quoi qu'il en soit, il me faut ce livre. Je range le miroir et me fonds dans l'ombre pour me diriger vers la bibliothèque. Avec un peu de chance, je serai de retour avant que Sébastian se réveille. Je pourrai faire comme si je n'avais rien à voir avec la disparition du livre. Sinon, je saurai bientôt pourquoi la banshee m'a appelée…

Je sors discrètement de la chambre et passe devant les gardes postés à l'entrée du couloir sans me faire remarquer. Je tourne et retourne inlassablement mon plan dans ma tête. *Faites que Sébastian ne me soupçonne pas… et qu'il me pardonne quand il saura la vérité !*

La porte de la bibliothèque est fermée à clef et certainement protégée par un sort, mais j'entre quand même, sous forme d'ombre. Sébastian sait-il que j'en suis capable ? Comprendra-t-il que c'est forcément moi la coupable en constatant que le livre n'est plus là malgré la porte verrouillée ?

Le clair de lune enveloppe d'un éclat glacial cette pièce de toute beauté. Ici, pas de chant des lutins... Mais un jour, en fermant les yeux, je me rappellerai ceux de la bibliothèque du palais d'Or, quand Sébastian et moi nous sommes balancés doucement, dans les bras l'un de l'autre, au son de leur mélodie angélique.

Je ne ferme pas les yeux.

Je m'interdis de me souvenir.

Je me dirige droit vers le livre.

Je pose résolument les mains sur les pages malgré la mise en garde de Sébastian. Il ne se passe rien. Ni décharge magique, ni sensation de danger imminent. Je ferme prudemment l'ouvrage avec un léger bruit. Je vais le cacher dans mon ombre magique et aller le remettre à Mordeus.

Soudain, comme je l'enlève du lutrin, il se met à se tortiller entre mes mains. Instinctivement, j'ai failli le lâcher. Il vient de se transformer en énorme serpent, si gros que j'ai du mal à le tenir. Je n'ai qu'une envie, fuir ces crochets, cette langue qui sort par à-coups de sa gueule sifflante ; mais je pense à Jas et empoigne son corps écaillé. Je savais que le livre avait la capacité de se métamorphoser. J'aurais dû anticiper les formes qu'il pouvait prendre.

Il claque des mâchoires juste sous mon nez, mais je m'entête. Je ne le lâcherai pas. *C'est un livre. Rien qu'un livre. Un livre ne peut pas faire de mal.*

Alors il se détend d'un coup et m'enfonce ses crochets dans l'épaule. La douleur me fait l'effet d'un gong qui résonne dans tout mon corps. Les veines de mon bras s'emplissent de feu à mesure que le poison se répand.

La porte s'ouvre à la volée et une vive lumière tombe du plafond. Une demi-douzaine de sentinelles se ruent sur moi. J'ai dû déclencher un signal d'alarme silencieux.

« Lâchez ce livre ! » crie un des hommes en tirant son épée.

Le serpent desserre l'étreinte de sa formidable mâchoire et la douleur se fait encore plus vive. Je l'oblitère de mon mieux, enroule le serpent autour de mon cou et me précipite vers un coin sombre en essayant désespérément de m'y fondre. Mais malgré l'obscurité propice qui règne entre les meubles chargés de livres, ma magie me fait défaut.

Je fais volte-face, prête à m'enfuir en courant... et me retrouve nez à nez avec la pointe d'une épée.

« Lâchez tout de suite ce livre, milady. »

Je vois son dilemme. Son prince a dû leur ordonner de me défendre, mais la reine, de son côté, les a chargés de veiller sur le livre.

« Je ne peux pas. » Je me rappelle comment j'ai fait pour créer, Finn à mes côtés, une obscurité opaque capable d'engloutir une pièce entière et je m'efforce de reproduire la même chose. Oubliant volontairement la douleur qui me scie l'épaule, j'invoque la même épaisseur de nuit fraîche et apaisante.

La bibliothèque s'assombrit. Prises au dépourvu, les sentinelles s'interpellent. Mon bouclier de ténèbres bloque même le clair de lune entrant par les verrières.

Je m'élance vers une fenêtre, et saute. Je tombe en chute libre. Je serre à grand-peine le serpent et je plie les genoux pour amortir le choc. J'atterris dans le sable. Mes dents s'entrechoquent, ma tête est projetée vers l'arrière, mais, là encore, je fais fi de la douleur et m'enfuis à toutes jambes sur la plage, loin du palais où règne à présent la panique.

Mes pieds entrent dans les vaguelettes. Tout à coup le serpent s'agite. Alors que je le tenais fermement, il n'est plus autour de mon cou ! Un petit garçon me tire par la main. Il a les yeux argentés, les cheveux noirs...

un enfant de la Cour d'Ombre. Les larmes ruissellent sur ses joues. Mue par une impulsion, je me mets à genoux pour le consoler, le serrer dans mes bras. « Ramène-moi chez moi, Fille du Feu. Je t'en prie, ramène-moi chez moi. » De sa main libre, il agrippe sa poitrine et je vois du sang couler entre ses doigts. « Sinon tu vas me tuer. »

Le livre. C'est encore le livre, sous une autre forme. Ne te laisse pas berner.

Mais c'est plus facile à dire qu'à faire ; la douleur qui pulse dans mon épaule me rappelle que j'ai affaire à forte partie. Je casse un filament de bracelet et avant même que Bakken ait fini d'apparaître je crie : « Vite, à la Cour unseelie !

— Je t'avais prévenue : en cas de danger mortel, je ne peux rien faire pour toi. »

Les gardes ont envahi la plage. Ils foncent droit sur moi et j'aperçois Sébastian parmi eux. Je puise au tréfonds de moi dans la source de mon pouvoir pour projeter sur eux un manteau de ténèbres et les y prendre au piège. « De quel danger mortel parles-tu ? »

Le gobelin ricane. « Il faut payer d'avance, Fille du Feu. »

Le petit garçon en sang est de plus en plus pâle. « Elle va me tuer », sanglote-t-il.

Je répugne à lâcher sa main, mais je sais par expérience que Bakken ne fait jamais rien gratuitement… J'attrape une mèche de mes cheveux. « Tiens, coupe-la. »

Il s'exécute avec un sourire. Les sentinelles sont sur le point de s'extraire de l'ombre magique, mais soudain la plage disparaît et nous nous tenons à présent devant le roi. Ma main ne serre plus la menotte du petit garçon, mais un lourd volume ancien.

Les yeux argentés du roi s'écarquillent de surprise et de joie. Je lui tends le livre. « Tenez, prenez-le. »

Il préfère invoquer un souffle magique qui le lui apporte. Il caresse la couverture. Ses paupières se ferment lentement ; il pousse un profond soupir d'aise. Sa peau irradie et je sens le pouvoir qui émane de lui. Le livre a-t-il eu le même effet sur moi quand je m'en suis emparée ?

« Buvons », lance Mordeus. Il claque des doigts. Le livre s'évapore et une bouteille de vin se matérialise à sa place. Un verre apparaît dans ma main. Souriant, le roi le remplit ainsi que le sien. Puis il porte un toast : « À ma belle voleuse ! »

La main tremblante, l'épaule toujours douloureuse, je trinque avec lui, mais sans boire. L'effet de l'adrénaline s'estompe.

« Allons, vous savez bien que je ne vous dirai rien du troisième objet tant que nous n'aurons pas bu ensemble. C'est notre petite tradition à nous. »

Mais je n'ai pas envie de jouer ; je vide d'un trait la moitié de mon verre. « Alors allez-y. Il faut que je retourne auprès du prince Ronan. »

Et ensuite ? Les sentinelles du Palais de la Sérénité m'ont vue avec le livre. Même si je me suis trompée en croyant voir Sébastian sur la plage, le garde qui m'a menacée de son épée dans la bibliothèque a dû parler. Je baisse la tête de honte en revoyant son regard quand nous faisions l'amour, son chagrin évident à cause de la banshee, sa sincérité quand il m'a parlé de sa mère…

Elle a tant sacrifié pour cette Cour. Et plus encore pour moi, peut-être.

Mon épaule me met à la torture et la pitoyable chose brisée qui me sert de cœur semble sur le point de lâcher à tout instant ; j'ai l'impression que je vais m'effondrer sur moi-même. Je vide mon verre, mais le vin ne suffit pas à soulager ma double souffrance.

« Vous êtes tout près du but, reprend Mordeus. Pourtant, vous avez l'air mortifiée. Pourquoi ? »

Je me ressaisis. Je ne dois pas trahir ce que je ressens devant le roi. « Le prince ne me laissera peut-être plus accéder au château. Je ferai de mon mieux, mais… »

Son sourire s'agrandit, ses yeux pétillent. « Vous n'aurez pas à y retourner, mon petit. Le troisième objet est la couronne du roi Obéron. Sans elle, je ne saurais remédier au mal que la reine Arya a fait à ma Cour. »

C'est tout juste si je ne lui ris pas au nez. La couronne ! Ce que *tout le monde* recherche par-dessus tout ! Comment pourrais-je mettre la main dessus alors que même Finn, prince unseelie et roi de plein droit, n'arrive pas à savoir où elle est ? Mais au point où j'en suis… j'ai déjà perdu tant de choses que je sens ma raison me quitter. « Très bien, dites-moi où elle est et j'irai. » *Qu'on en finisse. Rendez-moi ma sœur et renvoyez-nous chez nous.*

« Cette fois, vous n'aurez rien à voler. Car vous possédez déjà la couronne. D'où vient votre pouvoir, à votre avis ? »

Je ne contiens plus mon rire. *Moi,* j'ai la couronne, *moi* ? Ridicule ! Je laisse libre cours à mon hilarité. Je finis pliée en deux. Mordeus et Finn avaient donc la couronne à portée de main depuis le début ? « Si Finn avait su ça ! je m'esclaffe.

— Il le sait très bien. Et le prince Ronan aussi. Pourquoi croyez-vous qu'ils se préoccupent tant de votre bien-être ? Qu'ils font tant d'efforts pour obtenir vos faveurs ?

— D'accord, alors où est-elle ? » je demande en écartant les bras.

J'en ai vraiment assez de toute cette histoire. Mon cœur saigne à l'idée que là-bas, au palais d'Or, Sébastian est au chevet de sa mère mourante – à moins qu'elle ne soit déjà morte. J'ignore au bout de combien de temps le vol du livre va la tuer. Je n'ai jamais tué personne, moi. Est-ce que ça fait de moi une meurtrière ?

Je ne veux plus penser à tout ça. J'aspire juste à ce que ce soit *fini*.

Les yeux du roi pétillent. « Où se porte une couronne, sinon sur la tête ? »

J'éclate à nouveau de rire – mais un rire ironique, sarcastique. « Dans ce cas… » Je fais mine d'ôter une couronne inexistante et de la tendre au roi. « Tenez, la voilà.

— Si seulement c'était aussi simple… » Il claque des doigts. La salle du trône se retrouve plongée dans l'obscurité. Mon rire me reste dans la gorge. « Regardez-vous dans le Spéculaire, reprend-il alors.

— Dans le noir ? »

Il ne répond pas. Je décide de suivre tout de même son conseil. Je prends le miroir en m'attendant à ne rien y voir. Mais face à mon reflet assombri, j'ai la chair de poule : autour de ma tête, un filament de clarté stellaire serpente dans mes cheveux pour former… une *couronne*.

32

Elle émet des irisations entre le violet et le bleu, avec toutes les nuances intermédiaires. J'y porte une main tremblante pour essayer de la saisir, mais je n'y arrive pas. J'essaie une nouvelle fois de la déloger – en vain.

« C'est une couronne magique, explique le roi. Tant qu'elle sera portée par un être humain, ce royaume agonisera. Seul un faë de sang unseelie peut détenir le pouvoir ici.

— Mais… » Je me tais, fascinée par ce spectacle. La couronne n'est pas simplement belle. Elle m'hypnotise. « Comment est-ce possible ?

— Mon frère, Obéron, a aimé votre mère. »

Je manque d'en lâcher le miroir. « Qu'est-ce que vous dites ? » J'ai du mal à distinguer son expression dans l'obscurité, mais ce doit être une plaisanterie. Ça et tout le reste.

Il claque des doigts et les bougies réapparaissent d'un coup dans leurs appliques, emplissant la salle d'ombres longues et modifiant mon reflet dans le miroir. Maintenant je n'y vois plus de couronne. « Il s'est retrouvé piégé dans le Monde des mortels où il est tombé amoureux d'elle, poursuit Mordeus. Mais quand il a enfin pu regagner Faërie, elle n'a pas voulu l'accompagner. Pendant qu'il essayait de me voler le trône, elle a rencontré votre père et s'est éprise de lui. Obéron a fait renforcer les Passages pour pouvoir aller la rejoindre en toute sécurité, mais entre-temps, elle s'était mariée et avait eu deux filles – vous et votre sœur. »

Il était une fois un roi d'Ombre qui se retrouva captif du Monde des mortels, et une humaine qui tomba éperdument amoureuse de lui…

Je croyais que ma mère nous endormait le soir avec des contes, mais en fait, elle nous racontait sa propre histoire !

« Obéron lui a fait cadeau d'un carillon, reprend Mordeus. Si elle avait besoin de lui un jour, il lui suffirait de le suspendre dehors et de le laisser tinter dans la brise de minuit. Et il entendrait l'appel de sa musique. Elle n'oublia jamais Obéron, mais elle était heureuse dans le Monde des mortels avec son mari et ses filles. Or, une nuit, pendant que toute la famille dormait, sa maison a été dévorée par un terrible incendie. »

Je ferme les yeux. Je me souviens. Le crépitement du bois qui se consume dans les murs, mes efforts pour respirer malgré la brûlure qui envahit mes poumons, le poids de Jasalyn dans mes bras. Mon père a péri dans cet incendie, et nous avons bien failli y rester aussi.

« En vous portant au secours de votre sœur, vous avez été grièvement brûlée, Abriella. Votre vie ne tenait qu'à un fil. Votre mère a accroché le carillon et supplié son ancien amant de vous venir en aide. Obéron a guéri votre sœur, qui n'a pas conservé de cicatrices. Mais vos blessures étaient trop sévères ; même pour un puissant thaumaturge, il était trop tard. Aveuglé par son amour pour votre mère, ajoute Mordeus d'un ton dégoûté, mon frère ne voulait pas qu'elle ait la douleur de perdre un enfant. Alors il vous a sauvée en recourant à la seule solution possible. »

Je baisse les yeux sur la cicatrice de mon poignet, toujours masquée par le sortilège de Sébastian. L'unique trace que je garde d'un incendie dont j'ai toujours su qu'il aurait dû me tuer. « Comment a-t-il fait ?

— Au moment exact de votre mort, il a échangé sa vie contre la vôtre. »

J'entends encore ma mère implorer le thaumaturge. *Je vous en prie, sauvez-la.*

Désespérée, accablée de détresse en comprenant le prix à payer. *Je fais cela pour toi.*

Pendant toutes ces années, j'ai haï les faë sans savoir que je devais la vie à leur magie et à elle seule.

« Quel rapport avec cette couronne ?

— Quand un roi faërie meurt, il désigne celui de ses enfants qui lui succédera. Dès que son choix est arrêté, son pouvoir est transféré à l'héritier ou l'héritière, et c'est seulement grâce à ce pouvoir que le royaume reconnaît véritablement son nouveau souverain. Obéron ne l'a pas transmis en ligne directe. Il vous en a fait don, car c'était le seul moyen de vous sauver, de protéger votre mère et son cœur de mortelle. »

Je passe le bout de mes doigts sur ma tête et cette fois, je sens non pas un objet matériel, mais la légère vibration du pouvoir magique, de la couronne elle-même. Tout ça est trop pour moi. Je n'arrive pas à me convaincre qu'un faërie – *a priori* égoïste et cruel à mes yeux – ait pu aimer ma mère au point de sacrifier sa vie pour moi.

Le chagrin m'envahit à cause de ce que Mordeus ne dit pas. S'il me répète qu'il lui faut la couronne, s'il me presse de la lui donner, ça signifie que Finn a beau se faire passer mon ami, pendant tout ce temps il n'avait qu'un but : se rapprocher d'elle.

« Puisque vous êtes tous si désireux de posséder cette couronne, pourquoi ne l'avez-vous pas prise ? » J'ai passé du temps blessée, inconsciente, et même droguée chez Finn ; il en aurait eu plus d'une fois l'occasion. « Pourquoi ne pas me tuer pour me la voler, tout simplement ?

— Les rois d'antan qui ont forgé la Couronne Stellaire l'ont protégée par un sortilège afin que leurs descendants ne puissent pas les tuer pour s'approprier leur pouvoir. Elle ne peut être qu'offerte, comme l'a fait mon frère, jamais usurpée.

» Je ne peux pas vous tuer, car elle se refuserait à moi. En revanche, vous pouvez *choisir* de me la donner – et avec elle votre pouvoir. Sachez-le : tant que vous la porterez, vous ne connaîtrez pas la paix. Mais si vous me le transmettez lors de la cérémonie d'appariement, elle passera sur ma tête et, par la même occasion, vous sauverez votre sœur.

— Il suffit que je m'apparie à vous et ce sera fini ? » Moi, m'attacher à jamais à cette âme si noire, si laide ? *Jamais de la vie.*

« Oui ma chère. »

Sébastian m'a prévenue hier soir : Finn cherchera forcément à me lier à lui, pour toujours. *Une simple cérémonie d'appariement avec lui et je peux te perdre à jamais.* Sébastian connaissait la vérité. Il savait que Finn ne s'intéressait qu'à la couronne. D'où son insistance en me disant que Finn n'était pas mon ami.

Mais Sébastian n'est pas le seul à m'avoir mise en garde contre l'appariement avec un Unseelie. Finn lui-même m'a dit de ne surtout pas m'apparier à Mordeus. *N'oublie pas : ça ne peut avoir lieu qu'avec ton consentement. Et si tu tiens à ta vie de mortelle, il ne faut pas faire ça. Jamais.*

Ce n'était pas une menace, mais une *mise en garde* ! Ni l'un ni l'autre prince ne pouvaient le formuler explicitement, à cause de la malédiction. Mais Finn m'a également prévenue que je ne devais pas non plus m'apparier à Sébastian. Parce que cela réduirait à néant ses propres chances de s'apparier à moi... ou parce que Sébastian pourrait alors voler la couronne ? Mais non, puisque d'après Mordeus, seul un être de sang unseelie peut régner ici...

« Invoquez votre gobelin, dis-je au roi.

— Pourquoi ? interroge-t-il en plissant les yeux.

— Vous voulez la couronne ? Vous voulez que je m'apparie éventuellement à vous ? Alors *invoquez votre gobelin.* »

Mordeus claque des doigts. La créature apparaît devant moi en reniflant l'air avec délicatesse.

« Je sens autour de vous l'odeur caractéristique de mes semblables, déclare-t-il.

— Les humains meurent-ils en s'appariant aux faëries ? » je lui demande.

Il tourne les yeux vers son maître, qui profère entre ses dents serrées :

« Réponds à cette jeune fille.

— Pas toujours, dit le gobelin en caressant sa maigre chevelure blanche. Mais ça arrive. »

Pas toujours, parce que tous les faëries ne sont pas maudits.

« Les humains meurent-ils en s'appariant aux Seelies ? »

Il me jette un regard noir. « Non.

— Et aux Unseelies ? »

Il regarde à nouveau Mordeus, mais je devine la réponse. C'est l'aspect le plus vicieux de la malédiction. Pour empêcher Obéron de s'apparier à sa bien-aimée humaine, la reine a condamné *tous* les Unseelies : s'apparier aux humains entraîne leur mort.

Je jette à Mordeus : « Vous dites que je dois m'apparier avec vous, mais concrètement, ça signifie que je dois *mourir*. »

Le gobelin ricane doucement. Mordeus le fusille du regard et la créature disparaît dans un brusque flamboiement.

« Obéron vous a sauvé la vie. Il vous a *donné* sa vie quand la vôtre a pris fin. Donc, en effet, vous ne pouvez pas continuer à mener votre existence de mortelle sans la couronne. Au moment de l'appariement, vous me la transféreriez de la même manière que les humains transfèrent leur force vitale aux Unseelies depuis vingt ans. »

Voilà ce que Finn attendait de moi... C'était contre ça que Sébastian voulait me mettre en garde. Voilà pourquoi, à l'en croire, Finn pouvait m'arracher définitivement à lui. Pour moi, l'appariement avec Finn, c'était la mort assurée. Tout tourne autour de moi. Je secoue la tête. « Même si j'étais disposée à mourir pour honorer mes engagements, qu'est-ce qui me dit que vous libéreriez ma sœur ?

— J'ai juré sur ma magie, dit-il en souriant. Vous pouvez être sûre que cette promesse-là au moins, je ne la trahirai pas. »

Je baisse les yeux. Il faut *impérativement* que je réfléchisse, mais entre mon épaule qui me fait mal et les innombrables conséquences possibles de ces informations nouvelles, je n'ai pas les idées très claires.

« Puisque vous êtes si astucieuse, énonce lentement Mordeus, je peux vous proposer une autre solution. Dans ma grande générosité. »

Je relève la tête. Je crains que mon espoir fou ne se lise trop bien sur mes traits...

« Si la mort vous pose un problème, mais que vous voulez tenir votre promesse... Il y a un moyen de ne mettre fin *qu'à votre existence humaine*.

— Pardon ?

— Confiez-moi votre vie et la couronne et je vous ranimerai avec la Potion de Vie. » Il descend de son estrade et me prend par la main. Sonnée, je me laisse faire. « Ce n'est pas forcément la fin de tout. Au contraire, ce peut être un recommencement. » De petites pierres ornées de runes apparaissent dans sa main. « Il vous suffit de vous apparier à moi. »

J'ai la tête qui tourne. Tout devient flou. Mordeus sourit. Je vacille, m'incline vers lui.

« Choisissez la pierre qui représentera le lien entre nous et acceptez votre destin, mon petit. »

Ce serait si simple… *Choisir une pierre. Accepter mon destin.*

Je tends la main vers les runes. J'ai l'impression de flotter. Ça me rappelle quelque chose. J'ai déjà éprouvé ça…

Au palais d'Or. Quand on m'a droguée !

« Il faut que j'aille aux toilettes », je lâche tout à coup.

Le roi prend l'air irrité puis se reprend aussitôt : « Mais certainement. Ma servante va vous accompagner. »

Je hoche la tête sans trahir que je me sais droguée.

Une jeune domestique au visage cousu de cicatrices fait son apparition et m'escorte jusqu'à la porte de la salle du trône sous l'œil attentif d'une dizaine de sentinelles. Elle m'ouvre en s'inclinant et m'emboîte le pas.

« Pouvez-vous me laisser un instant seule, s'il vous plaît ? » lui dis-je.

Elle regarde furtivement par-dessus son épaule, hésitante. « Je ne suis pas censée… Le roi serait mécontent s'il…

— Je n'en ai pas pour longtemps. » Je lutte pour garder mon équilibre.

« Entendu. » Elle s'incline à nouveau et me laisse passer.

Une fois la porte fermée, j'extrais de mes ombres magiques l'élixir de Finn. Je vérifie une dernière fois que personne ne me voit et avale le contenu de la fiole. Puis je me laisse tomber par terre et je réfléchis à la manière de me tirer de ce mauvais pas.

Impossible de donner la couronne à Mordeus. Je ne peux pas faire ça ni à Finn ni à Sébastian. Si ces deux-là ont quelque chose en commun, c'est la certitude que Mordeus créera le chaos en Faërie. Mais… je ne peux pas non plus abandonner Jas. Même si elle serait en sécurité.

Ce que j'ignore. Peut-être peut-elle attendre un peu ? Si seulement j'avais le temps, je trouverais une solution sans couronnement pour Mordeus. Après tout, d'après l'image de Jas dans le miroir...

Le miroir !

Pendant tout ce temps, j'ai cru ma sœur saine et sauve en captivité, et peut-être même heureuse, mais seulement sur la foi du reflet dans le miroir. Or, l'espace d'une seconde, je l'ai aussi vue gisant dans un cachot. Plus tard, comme je regrettais amèrement d'être seule pour mener à bien ma quête, il a affiché l'image de ma mère... juste parce que je *voulais* qu'elle soit là. Et non parce qu'elle y était.

Finn m'a bien dit de ne pas me fier au Spéculaire, dangereux pour les gens qui ont de l'espoir ; sur le moment je n'en ai pas tenu compte. Et s'il m'avait montré ce que j'espérais par-dessus tout y voir ?

J'ai cru ce je voyais parce que je *voulais* y croire. Or ce soir, il m'a brièvement montré une image sinistre de ma sœur.

J'ai pensé que Finn me connaissait mal s'il croyait que j'avais encore de l'espoir ; mais en fait, il avait raison. Quand il s'agissait de ma sœur, voire de ma mère, c'est vrai : j'avais de l'espoir. Mais plus maintenant.

J'avais *besoin* d'être rassurée sur le sort de Jas et le miroir m'avait confortée dans cette croyance. Les mains tremblantes, je dévoile le Spéculaire, chasse toutes mes espérances et me concentre sur mon désir de savoir la *vérité*.

« Montre-moi Jasalyn. »

Ni chambre coquette ni literie douillette, cette fois. Pas de joyeuses demoiselles de compagnie, pas de plateaux chargés de mets, pas de baie vitrée donnant sur un superbe panorama. Rien que Jas enchaînée dans un cachot, avec une paillasse à même le sol et un seau dans un coin. Elle est maigre, pâle. Elle boit de l'eau dans une tasse. Ses lèvres sont fendillées.

Je lâche un hoquet étranglé et plaque prestement une main sur ma bouche. Je passe le bout de mes doigts sur l'image qui s'efface peu à peu. Depuis que je suis en Faërie, j'ai mangé comme une reine, je me suis fait des amis, j'ai dansé, ri, aimé. Et elle, pendant ce temps…

Je voulais croire qu'elle était retenue dans de bonnes conditions, et Mordeus le savait. Comme il savait que le miroir me montrerait ce que j'espérais y voir.

Je laisse échapper un sanglot.

« Je te demande pardon, Jasalyn. Pardon, mille fois pardon… »

Le miroir m'a montré Sébastian devant son bureau alors qu'il n'y avait pas urgence. Plus tard, il m'a montré aussi le livre. Mais dans les deux cas j'étais trop ignorante pour espérer quoi que ce soit. Alors que pour Jasalyn, j'avais de l'espoir. Et même pour ma mère, bien qu'elle m'ait supposément abandonnée.

« Montre-moi ma mère », dis-je alors. La même sépulture s'affiche et je sens quelque chose mourir en moi. Sans doute le peu d'espoir qui me restait.

Je me force à respirer profondément, à plusieurs reprises, en attendant que l'élixir fasse son effet, mais les pensées continuent à tourbillonner dans ma tête.

Je porte la couronne.

Je me relève péniblement et tente de me ressaisir. Je n'avais pas besoin que la banshee vienne me visiter pendant mon sommeil, ni qu'Alouette me dise en rêve que son appel était inéluctable. Je *savais* comment tout ça finirait au moment même de franchir le Passage. Au fond de moi, je me doutais que je ne rentrerais jamais chez moi.

La servante ne cache pas son soulagement en me voyant revenir. J'ai envie de lui demander pourquoi elle est au service du roi, si elle compte les jours avant de devenir son prochain « tribut » – est-ce que finalement ça valait le coup de se vendre ?

J'étais bien bête de croire que je vivrais assez longtemps pour la sauver, elle et ses semblables, et qu'en devenant reine, comme me l'a dit Alouette, je pourrais changer les choses.

Je la suis jusqu'à la salle du trône, je suis étourdie ; mais pas à cause du vin de Mordeus, car je ne sens plus les effets de la drogue – j'ai dû prendre l'élixir à temps. Non, c'est autre chose.

La résignation.

La désillusion.

Un cœur vide d'espoir.

Le roi me regarde approcher d'un air soupçonneux. Voit-il à ma démarche, à mon expression, que je ne suis pas droguée ?

Je vacille légèrement pour donner le change. « Donc, si je fais le nécessaire pour tenir ma promesse, vous tiendrez la vôtre ? » je demande.

Ses yeux brillent. Ses iris argentés virent presque au blanc. *Avides.*

« Oui. »

Je jette un regard au trône où il ne s'assied jamais. Ce trône qui lui refuse son pouvoir tant qu'il ne coiffera pas la couronne.

« Tout peut être fini à l'aube. La cérémonie est simple. On choisit une rune, on prononce quelques mots. J'aurai fait préparer la Potion de Vie. »

Dans mon rêve, Alouette m'a dit que Mordeus respecterait notre pacte. Voyons, quels en étaient les termes exacts, déjà ? Je devais lui remettre les objets volés et… non, pas tout à fait. Ce jour-là j'ai reformulé très précisément son offre, mue par l'intuition que la Cour de Mordeus valait mieux que lui.

Une fois que les objets auront réintégré ma cour, à leur juste place, je ferai raccompagner votre sœur en toute sécurité jusqu'au lieu de votre choix dans le Monde humain.

« À leur juste place. »

Je fais un pas vers l'estrade, puis un autre. « Le Grimoiricon a réintégré sa juste place à la Cour unseelie, dis-je.

— En effet », lance Mordeus, les pupilles dilatées par l'excitation.

Je lui tends le miroir. « Et le Spéculaire ? Où est sa place ? »

Un claquement de doigts et l'objet s'envole pour aller se poser dans une vitrine derrière le trône.

« Donc, seule la couronne d'Obéron doit encore réintégrer la Cour », poursuis-je, le cœur battant. « Mais je ne vais pas mourir aujourd'hui. »

Il me montre à nouveau les runes au creux de sa paume. « Vous ferez une très belle faërie, mais d'abord, la cérémonie d'appariement. Sinon la Potion ne marchera pas. »

Je ramasse mes jupes et monte les trois marches de l'estrade.

Mordeus rayonne. « Bravo ! »

Je prends mon courage à deux mains et j'élève une prière aux dieux d'en haut et d'en bas. Pourvu que je ne me sois pas trompée ! Puis je tourne sur moi-même et, quittant des yeux le faux roi, je m'assieds sur le Trône d'Ombre.

33

Je sens monter en moi la puissance du trône, de la couronne, de la Cour tout entière.

La couronne a retrouvé sa juste place à la Cour de la Lune.

Les yeux exorbités, Mordeus recule, perd l'équilibre et tombe des marches. « Qu'avez-vous fait ?

— À votre tour maintenant », j'affirme avec toute l'audace dont je suis capable. Je ne sais pas si mon stratagème va fonctionner ! « Renvoyez ma sœur saine et sauve dans le Monde des mortels. Plus précisément chez le mage Trifen, pour qu'il puisse la soigner. »

La bouche déformée par un rictus rageur, il me lance un regard assassin, mais claque des doigts et dit : « C'est fait. »

Il s'approche, mais je suis encore trop hébétée pour réagir. « Vous vous trouvez très futée, poursuit-il, mais vous ne m'avez pas demandé de vous renvoyer, *vous*, dans le Monde des mortels. Vous venez de signer votre arrêt de mort. Je préfère voir mon neveu, cet amateur de paysans, monter sur ce trône, que laisser un *être humain,* une *femme* de surcroît, prendre le pouvoir à ma Cour.

— Je n'ai pas peur de vous. »

Mordeus me toise, ouvre la main. Soudain, la même servante apparaît entre nous. Il tient un poignard contre sa gorge. « Vous peut-être, mais elle, si. Or, j'ai entendu dire que vous étiez comme mon neveu. Vous aimez protéger les faibles. »

Une fine trace de sang coule sur la lame qui mord la peau. La servante pousse un gémissement plus pathétique que tous les appels à l'aide.

Il reprend : « Vous croyez pouvoir me piéger, mais votre magie, dont vous n'avez pas réellement appris à vous servir, est sans commune mesure avec mon pouvoir. Être mortelle, ressentir de la compassion… voilà ce qui fait votre faiblesse. Appariez-vous à moi et cette femme sera épargnée. Repoussez-moi, et d'innombrables êtres comme elle perdront la vie à cause de vous. »

Le filet de sang grandit sur la lame.

« Lâchez-la », dis-je d'une voix qui se brise.

Je ne suis pas de taille. La salle du trône est pleine de sentinelles prêtes à me tailler en pièces sur un signe de leur maître. Si ma ruse a marché jusqu'ici, Jas est en sécurité, mais je risque de provoquer la mort de la servante.

« S'il vous plaît.

— Acceptez-vous l'appariement ? »

Il est inenvisageable que je meure sans savoir Jas à l'abri, mais comment accepter l'appariement et confier ce pouvoir à un individu aussi abject ? Comment abandonner les innocents Unseelies qui ont déjà tant souffert sous sa férule ?

« Appariez-vous à moi, rugit-il, et tout s'arrêtera.

— Non. » J'ai des trémolos dans la voix, mais je garde la tête haute.

Mordeus fait un geste. Le sang gargouille sur le cou et la bouche de la servante et inonde la main du bourreau. Elle s'effondre.

Il écarte à nouveau les doigts. Sa magie flamboie et une deuxième fille apparaît à la place de la première. Celle-là n'a pas plus de 12 ans. Elle se débat en lançant des regards éperdus autour d'elle et la lame du poignard entame sa chair.

« J'ai à ma disposition des dizaines d'humaines dûment achetées grâce à la cupidité des êtres de votre espèce. Combien d'entre elles êtes-vous prête à sacrifier par pur égoïsme ? Combien de vies vaut votre orgueilleuse obstination ? »

La petite tourne en tous sens ses yeux bleus affolés, qui se posent sur moi. J'y lis brusquement de l'espoir.

L'espoir.

Malgré le corps sans vie de la jeune femme qui gît au sol devant elle, malgré la lame qui menace de lui trancher la gorge, *elle garde encore de l'espoir*.

Je m'inspire de ce sentiment pour inonder la salle de ténèbres – l'élément de Mordeus, mais aussi le mien. Et je suis plus puissante, maintenant. D'invisibles filaments tissés de pouvoir magique m'attachent au trône et à la Cour entière. Je puise dans cet ensemble pour enchâsser chaque garde royal dans l'ombre avant de disparaître moi-même sous un manteau de nuit. Le roi lâche la fillette pour se jeter sur moi, mais je réapparais *derrière* lui en brandissant le couteau d'adamant. Au moment où il se retourne, je le lui plonge en plein cœur.

Il pousse un rugissement de douleur et la suite se déroule comme au ralenti : il m'attrape par les cheveux tandis que le sang chaud et poisseux qui jaillit de sa poitrine inonde ma main, la fille tombée à genoux près de lui pousse un cri déchirant...

Mordeus lève son poignard, cherche à me frapper au ventre, mais s'effondre avant.

Malgré mes mains tremblantes et ensanglantées, j'aide la fillette à se relever. « As-tu un endroit où aller te cacher le temps que je revienne te chercher ? » *Des dizaines d'humaines,* a-t-il dit. Toutes destinées à renforcer le pouvoir de Mordeus afin de prolonger son existence maudite.

Elle me fait signe que oui. Son visage est baigné de larmes. « Ma sœur », fait-elle d'une voix étranglée.

Elle regarde le corps inanimé de la jeune égorgée – que je n'ai pas sauvée faute d'avoir réfléchi assez vite.

« Je te demande pardon », je murmure. Moi qui ai tant sacrifié pour sauver ma propre sœur, j'ai laissé mourir la sienne. « De tout mon cœur. »

Elle s'agenouille auprès de la morte et lisse ses cheveux pour dégager son visage. Ce spectacle m'arrache à ma sidération. Je ne peux m'offrir le luxe de céder à la souffrance et à la terreur qui guettent. Il faut que je parte d'ici.

Je casse encore un des brins de mon bracelet.

Bakken contemple la scène, frappé de stupeur. Ses yeux s'arrêtent sur le faux roi défunt qui gît à terre dans une mare de sang.

« Emmène-moi aux catacombes de Finn. » J'essuie ma main sur ma jupe. Je flaire l'odeur du sang versé qui s'amasse sous mes ongles, imprègne la soie et la colle à ma peau. Mon estomac se soulève.

Bakken secoue négativement la tête. « Tu m'en demandes trop.

— Tu sais pourtant que je paie sans sourciller », je réplique entre mes dents serrées. J'étreins si fort la garde de la dague que ses fibres entaillent ma paume. « Je te dis de m'emmener aux catacombes du prince d'Ombre !

— Leur emplacement est tenu secret – cette information n'est pas accessible à n'importe qui. »

Sans réfléchir, je ramasse mes cheveux dans une main et, de l'autre, les tranche d'un coup de dague effilée. « Tiens. »

Les yeux exorbités, la bave aux lèvres, il accepte la masse de boucles rousses. « Entendu, Fille du Feu. »

Je ferme les paupières et me prépare à la vague de nausée habituelle. Mais rien n'y fait, je suis malade quand même. Le sol cesse enfin d'onduler sous mes pieds. Nous sommes dans le noir complet. Je ne vois absolument rien.

« Je dois te laisser maintenant, Fille du Feu. »

Je le sens disparaître et ne fais rien pour le retenir. Il fait froid, ça sent la terre humide. Les catacombes doivent être profondes.

Ce fourbe de Mordeus a cru pouvoir me droguer pour me forcer à m'apparier avec lui, puis m'a fait chanter en assassinant des innocentes. Il n'est pas digne de confiance, comme on me l'a dit et répété, mais c'est une fourberie à laquelle j'étais préparée.

Contrairement à celle de Finn.

Depuis le début il ne m'aide que dans un seul but... me séduire et accepter un appariement. Pour me prendre ma force vitale, la couronne magique dont j'ignorais l'existence.

Je croyais avoir des amis ici ; je me sentais moins seule qu'à Bellecontrée. Alors que mon seul ami était Sébastian, dont j'ai trahi la confiance un nombre incalculable de fois.

Mes yeux s'habituent progressivement à l'obscurité, et ce que je découvre m'arrache un sanglot étouffé. *Qu'est-ce que tu croyais ? Ce sont des catacombes après tout !* Évidemment qu'elles contiennent des morts. Pourtant, je ne m'attendais pas à *ça*.

J'ai devant moi d'innombrables rangées de cercueils de verre. Je m'élance. Le premier renferme une femme, jeune – à peu près mon âge – aux longs cheveux blonds ramenés sur une épaule. Ses paupières sont closes, ses mains jointes sur son sein.

Vêtue d'une robe souple tout en dentelle blanche, elle a l'air d'une jeune mariée. Je pose la main sur le verre pour la réveiller et... quoi ? La sauver ? De toute façon le couvercle ne bouge pas.

Je passe au cercueil suivant. Un jeune homme cette fois, les joues creuses, le teint hâve. Il devait être affamé quand il s'est offert en « tribut » à Finn. Peut-être avait-il comme moi une sœur qui comptait sur lui. Peut-être a-t-il sacrifié sa vie pour sauver celle d'un être aimé.

Un cercueil après l'autre, un être humain après l'autre, ces catacombes narrent l'histoire d'un monstre prêt à ôter la vie à des hommes et des femmes pour préserver la sienne. Plus loin, je tombe sur un visage familier. Là encore je ravale un sanglot.

Kyla. Kyla que j'ai *vue* s'offrir à Finn, se sacrifier parce que sa vie, dont j'ignorais tout, était pire que ce destin-là : l'éternité dans un cercueil de verre.

J'ai voulu croire que Finn était bon. Quand Bakken m'a expliqué la malédiction, j'ai voulu croire que jamais il ne pourrait ôter la vie à un être humain, qu'il préférerait renoncer à ses pouvoirs magiques et à son immortalité plutôt que de se soumettre au choix terrible imposé par l'anathème. Car au fond de moi, je sais depuis longtemps ce que signifie le mot *tribut*. J'ai voulu croire qu'on était amis et que cette connexion quand on se touchait avait un *sens*. En réalité, c'était juste à cause d'une couronne dont je ne veux pas. Une couronne dont il a besoin. Et qu'il voulait me voler au prix de ma vie.

« Je les conserve ici pour leur rendre hommage. »

Je fais volte-face. Finn se tient derrière moi, à côté d'un orbe dont la lumière souligne toute la criminelle beauté de son visage. Cette bouche qui ne sait que mentir. Ces yeux d'argent qui ne savent que tromper. « Allez-vous enfin me demander de m'apparier avec vous ? Ou bien êtes-vous trop lâche pour me prendre la couronne maintenant que vous m'avez bien cajolée, vous et vos amis, dans l'espoir que je vous la donne ? »

Il s'accote à la paroi et ferme les yeux comme s'il était au bord de l'épuisement. « Ainsi vous savez tout, à présent ?

— Je sais que vous voulez me tuer depuis notre toute première danse, je réponds en cachant mal ma peine. Tout ce que vous avez fait pour m'amadouer, c'était uniquement pour vous approprier la couronne – pour me convaincre de m'apparier à vous pour être sûr qu'elle vous reviendrait. »

Il se redresse et passe les mains dans ses cheveux d'un air exaspéré. « Tant que je suis en exil, je ne peux pas résoudre les problèmes de mon royaume. »

J'ai les mains qui tremblent, mais je n'ai pas peur. En vérité, j'ai mal. Mon regard court sur les alignements de cercueils. La tête me tourne. Je pose une main sur mon ventre, où je sens la tiédeur visqueuse du sang de Mordeus. Et de mon sang à moi, qui sourd toujours de la blessure superficielle qu'il a eu le temps de m'infliger avant de mourir.

« Et tout en vous livrant à vos manigances, vous assassiniez des innocents, persuadé que votre vie comptait plus que la leur. »

Il ne cherche pas à me détromper. Un masque de résignation semble plaqué sur ses traits et ses yeux ont un éclat triste. Non, pas « triste. » Ça, c'est ce qu'il veut que je voie ; mais je ne me laisserai plus manipuler, c'est fini.

Ravalant mon chagrin, je lui demande : « Vous les avez tous tués de vos mains ?

— Non, mais un certain nombre. » Il s'approche du cercueil le plus proche et pose doucement le bout de ses doigts sur le verre et observant la défunte. « Un *trop grand* nombre.

— Est-ce que vous connaissez leur nom, au moins ?

— Oui, je les connais tous. »

J'indique le cercueil qu'il touche, la jeune mariée. « Qui était-elle ?

— Elle s'appelait Isabel. » Sa voix se brise. Il me regarde bien en face.

Isabel… Je me souviens. Je sais qui elle était, ce qui lui est arrivé. Je me rappelle sa détresse quand il m'a répondu : *C'était une mortelle.*

« Vous l'avez tuée, je murmure. Vous avez tué votre propre fiancée.

— Oui. »

J'ai du mal à le haïr en le voyant dans cet état, mais la réalité des faits vient à mon secours. Finn n'est *absolument* pas conforme à l'idée que j'avais fini par me faire de lui.

« Le roi est mort », je poursuis. Je veux qu'il sache de quoi je suis capable, qu'il comprenne qu'on ne me manœuvre pas si facilement, que je ne suis pas dupe. Mais avant tout, c'est *moi* que je cherche à convaincre.

« Je sais. »

Je tire la dague de son fourreau attaché à mon mollet, mais je la laisse enveloppée d'ombre magique. « Je l'ai tué.

— Je le sais. Il vous a toujours sous-estimée. Contrairement à votre mère. »

Une image d'elle se présente à mon esprit. « Je vous interdis de parler de ma mère ! »

Les larmes me montent aux yeux. Il ne faut pas que je pense à elle après ces neuf dernières années à lui en vouloir à mort. Toute cette colère qu'elle ne méritait pas. Tout ce qu'elle a sacrifié pour moi.

Plus tard.

« Je vous aurais peut-être pardonné votre duplicité, mais ça... » J'indique les cercueils. « J'ai passé ma vie dans un Monde où les gens savent qu'ils peuvent être achetés, utilisés. *Jamais* je ne donnerai la couronne à une personne impliquée dans cette abjection.

— Dans ce cas, vous devriez vous servir de la dague que vous cachez dans votre main pour me tuer, car aussi longtemps que je vivrai, je me consacrerai à mon devoir envers mon peuple. Par conséquent, aussi longtemps que je vivrai, je me battrai pour la couronne que vous portez. »

J'agrippe mon poignard du mieux que je le peux, mais ma main tremble. Tuer Finn ne ressuscitera pas ces humains, mais il y aurait déjà un faërie de moins pour faucher des vies innocentes.

J'avance d'un pas. Pas de réaction.

Résisterait-il ? Se laisserait-il poignarder ?

Dire que je lui faisais confiance...

Et que j'ai trahi Sébastian – pour ma sœur, bien sûr, mais aussi pour lui. Pour son royaume. Pour lui donner une chance de monter sur le trône.

J'essaie de resserrer ma main le plus fermement possible sur la garde de la dague, mais j'en suis incapable. Mes doigts refusent de m'obéir. Alors je m'enfuis. Je trouve l'escalier et monte les marches quatre à quatre pendant un temps qui me paraît infini. Au début je sens qu'il me suit du regard, mais il ne bouge pas. J'ai les poumons et les jambes en feu. Pourtant, ce qui me meut, ce n'est pas seulement l'oxygène. Je continue à monter. Enfin je sens de l'air frais et je vois la lumière du jour par une porte.

J'émerge en titubant dans une clairière et m'écroule sur les aiguilles de pin qui en tapissent le sol. Je n'arrive pas à reprendre mon souffle, mais pas à cause de mon cœur qui bat à tout rompre, ni de la morsure de serpent ou de ma blessure au ventre.

Finn m'a trahie, j'ai trahi Sébastian, et ma détresse dépasse l'entendement.

34

« Lady Abriella, souffle Emmaline. Pardon, milady, mais il faut vous réveiller maintenant. »

J'essaie d'ouvrir les yeux. En vain. Je me cache sous mon oreiller. « J'ai besoin de dormir. »

Elle pousse un glapissement. J'ai vaguement conscience de l'entendre s'entretenir à voix basse avec Tess, mais le sommeil me rattrape. « … vient de la trouver. » « … perdu trop de sang. » « … chercher le prince. »

« Brie ? » La voix de Sébastian. Une odeur de cuir, de sel et de mer. Le soleil inondant l'herbe verte. « Brie, réveille-toi. »

Je refuse d'ouvrir les yeux. Bordée dans un lit confortable, je hume l'odeur de Sébastian partout autour de moi ; je ne me rappelle pas pourquoi, mais je ne veux pas bouger d'ici, où je suis en sécurité.

« Il faut que le thaumaturge t'examine », reprend-il avec douceur.

Alors tout me revient d'un coup, comme on tire les rideaux par une journée ensoleillée. Je refuse de faire face à la réalité. Je ne peux pas supporter l'idée que Sébastian me haïsse.

« Abriella, ouvre les yeux. » Pourquoi me parle-t-il si gentiment ? Il n'est donc pas au courant ? Je sens sa paume tiède et râpeuse contre ma joue et je quête la caresse. « Tu m'as fait une de ces peurs, tu le sais ! S'il te plaît, ouvre les yeux, que je voie si ça va. »

Mais je ne veux pas les ouvrir, moi ! Je n'ai aucune envie de quitter le rêve où Sébastian est encore attaché à moi.

Son haleine palpite doucement tout près de mes lèvres, puis sa bouche s'y presse, insiste délicatement. Mon cœur se serre. *Sébastian*...

« Je te demande pardon », je murmure contre ses lèvres. J'ouvre enfin les yeux.

« Comment ça ? » L'inquiétude se lit sur ses traits, mais il reste penché sur moi à me scruter attentivement.

« Pardon d'avoir volé le livre, de t'avoir dupé. Je ne pouvais pas te révéler mon pacte avec Mordeus. Il fallait que je sauve Jas, tu comprends ? » Je referme les paupières avant d'ajouter : « Pardon d'avoir fait confiance à Finn alors que tu m'avais prévenue de ne pas le faire. Pardon, pardon... »

Le matelas se creuse. Sébastian est à présent assis près de moi. Il m'attire dans ses bras. Le sentir contre moi est un tel soulagement que les larmes ruissellent sur mon visage. « Laisse d'abord le thaumaturge t'examiner ; ensuite tu me raconteras tout. »

J'obéis.

* * *

Nous passons presque toute la nuit à parler. Je lui raconte le marché conclu avec le roi, le miroir, le livre. Mon apprentissage avec Finn, le soir où on m'a droguée et où Pretha m'a forcée à quitter le château. La couronne et le piège que renfermait le pacte. Les catacombes de Finn. Je lui dis à quel point je m'en veux d'avoir cru qu'il cherchait à m'aider.

Il m'écoute jusqu'au bout sans me juger, sans se mettre en colère comme je le mérite. Et lorsque j'arrive au bout de mes forces, alors que je lui ai tout dit et que je ne sais plus quoi ajouter, que je vais m'effondrer de soulagement et d'épuisement, je me laisse bercer et je m'endors.

* * *

Quand je me réveille, le soleil entre à flots dans la chambre. Sébastian est toujours à mes côtés dans le lit, à me serrer dans ses bras sans me quitter des yeux.

« Tu n'as pas fermé l'œil, n'est-ce pas ? je lui demande.

— Si si, j'ai dormi un peu. Comment te sens-tu ce matin ? »

Je m'assieds en me frottant les yeux. « Mieux. » Je le dévisage. « Je n'en reviens toujours pas que tu tolères encore ma présence.

— Tu étais dans une situation impossible. Tu as fait ce que tu devais faire, répond-il en me caressant la joue. Je ne suis pas inconstant au point de cesser de t'aimer à la première épreuve. »

Je me blottis contre lui. « Que serait-il arrivé à la couronne si j'étais morte sans savoir que je la portais ? Qui en aurait hérité dans le cas où je ne me serais pas appariée à un faërie ?

— En réalité, on ne sait pas. Mon royaume n'a jamais été confronté à ce cas de figure ; mais si un Unseelie t'avait leurrée pour te prendre la couronne, il aurait pu monter sur le Trône d'Ombre.

— Et si je m'appariais à un représentant de la Cour du Soleil et que je la lui transmettais à ma mort ? »

Une lueur d'espoir s'allume dans ses yeux. Mon Bast a donc toujours envie de passer le reste de sa vie avec moi malgré mes exactions ! « Seul un être de sang unseelie peut régner sur le Trône d'Ombre, mais n'importe quel faërie d'Ombre pourrait y monter pourvu qu'il détienne cette couronne. J'espère que tu comprends à présent pourquoi je ne tenais pas à ce que tu viennes ici. »

Il m'avait prévenue. Sébastian m'a mise en garde contre ce qui se passe dans ce monde-ci et je ne l'ai pas écouté.

« Moi qui en ai tant voulu à ma mère, j'avoue, accablée de lassitude. Je commence à croire qu'en fait, elle a tout sacrifié pour moi. » Malgré cette bonne nuit de sommeil, j'ai la voix éraillée et la gorge douloureuse. « C'est pour ça qu'elle est partie ? Pour me protéger ? »

— Quand Obéron t'a sauvé la vie et transmis sa couronne, ta mère a su qu'il y aurait toujours des faë pour te pourchasser et te forcer la main jusqu'à ce que tu la leur donnes.

— Y a-t-il moyen... de s'en débarrasser ? Je n'en veux pas !

— Non. Elle est indissociable de ta vie elle-même et se confondra avec toi jusqu'à ta mort. » Je me souviens : Mordeus me l'a dit. La couronne m'a donné la vie et lui est indissolublement liée. « Ta mère a opté pour la seule solution : se vendre pour te protéger, oui. En échange de sa vie, du prix qu'on lui en donnait, elle a pu te mettre à l'abri pendant sept ans. Voilà pourquoi elle vous a confiées à votre oncle. Elle pensait qu'au bout de sept ans tu serais assez intelligente pour déjouer les plans de ceux qui chercheraient à te subtiliser la couronne.

— Et je suis restée neuf ans en colère contre elle.

— Tu ne pouvais pas savoir. » Il me caresse les cheveux et inspecte les mèches mal coupées. « Je n'en reviens pas que tu aies donné tous tes cheveux à ce gobelin. »

Gênée, je passe la main dans mes courtes boucles folles. Je n'ai jamais été vaniteuse, mais depuis l'enfance, je considère mes cheveux comme un atout. « Je ne peux plus guère concurrencer les autres postulantes, maintenant.

— Arrête. Je les ai renvoyées chez elles.

— Comment ? Mais je croyais que... ?

— Pendant des semaines j'ai voulu croire que je pouvais y arriver. J'ai bavardé avec elles, dansé avec elles, mais… » Sébastian laisse sa phrase en suspens et pousse un soupir. Il semble réticent.

« Mais quoi ?

— Elles ne sont pas toi. Elles ne seront jamais toi. Et j'en ai assez de faire semblant. »

Ça me fait chaud au cœur et je me pelotonne contre sa poitrine. « Bast…

— Si tu n'es pas prête au mariage, eh bien ma mère devra l'accepter. »

La mémoire me revient d'un coup. « Comment se porte-t-elle, au fait ?

— Ma mère ? Elle est plus forte qu'on se l'imagine. Personne, à la Cour d'Ombre, ne sait que sa vie est liée au sort du livre ; ils n'ont pas pu s'en servir pour lui nuire.

— Mais s'ils l'apprennent ? »

Il entoure ma taille de ses mains, enfouit son visage dans mes cheveux et inspire profondément. « Elle a les meilleurs thaumaturges du royaume. Ils trouveront bien le moyen de renforcer ses pouvoirs. Sinon… » Il reste si longtemps silencieux que je renonce momentanément à la douce chaleur de sa poitrine pour le regarder en face. Il ne semble pas peiné. Juste pensif.

« Sinon… ? j'insiste.

— Ma mère a fait ses choix en connaissance de cause.

— Mais toi ? Ça reste ta mère.

— J'ai eu du temps pour me préparer. Tout ce que je peux faire, c'est prendre mes dispositions afin de veiller le mieux possible sur son royaume.

— Vous paraissez bien sage pour votre âge, prince Ronan Sébastian. Vous ferez un roi excellent le moment venu », je plaisante.

Pour toute réponse, il me sourit tristement ; je devine ce qu'il se demande : il sera roi, mais serai-je sa reine ? J'ignore ce qui m'attend à présent, et je n'ai plus le temps d'extrapoler. Pourtant, c'est une autre question qu'il me pose : « Veux-tu aller voir ta sœur ?

— Oh oui ! On peut ? Vraiment ?

— Je vais faire ouvrir un Passage et on ira chez Nik demain matin à la première heure.

— J'ai demandé à Mordeus de l'envoyer chez le mage Trifen.

— Oui, mais j'ai dû lui trouver un autre point de chute. Trifen ne pratique pas la charité… »

Tu m'étonnes. « Je suis sûre que Nik fera de la place à Jas le temps qu'elle trouve un autre logement. »

Nouveau silence prolongé. « On dirait que tu ne prévois pas de vivre avec elle. »

Sur le point d'objecter, je me ravise. Que dire ? Je place mes mains de part et d'autre de son visage et rassemble mon courage. « Pardon pour toutes les choses très dures que j'ai pu dire sur toi et ton peuple. Je t'aime, Sébastian. Je ne peux plus vivre à Bellecontrée. Ce n'est plus chez moi. »

Il me regarde d'un air circonspect. « Où est ton chez-toi, alors ?

— Je ne sais plus si j'en ai un… »

Ses lèves effleurent les miennes. « Je t'en donnerai un… si tu me le permets. »

En me délectant de sa chaleur, de sa force sécurisante, je songe que ce n'est pas une mauvaise idée.

35

Tout me paraît gris à Bellecontrée, après mon long séjour en Faërie. Le ciel, les maisons, l'herbe, les arbres… tout est moins vivant, moins coloré, comme si on avait jeté un voile de grisaille sur la totalité du Monde humain.

L'immeuble de Nik est tel que dans mon souvenir. Comme nous approchons de son logement, Sébastian étreint ma main. A-t-il conscience de mon profond malaise face aux conditions de vie qui étaient encore les miennes il y a peu ?

Nik vient nous ouvrir. Elle m'attire prestement à l'intérieur et referme la porte. « Ils sont toujours à ta recherche, Brie.

— Qui ça ? » Ah oui, *Gorst et ses sbires.* Il me semble que c'est dans une autre vie que je me suis introduite chez lui pour piller sa chambre forte et payer mon dû à la Vivias.

« Je me suis fait tellement de souci pour toi ! J'ai cru qu'il t'avait attrapée ! Puis j'ai appris qu'il poursuivait ses recherches. » Elle me serre très fort dans ses bras. Elle sent le savon et la rose, comme dans mon souvenir. Je me rends subitement compte qu'elle m'a beaucoup manqué.

Enfin elle se dégage, pose les mains sur mes épaules et m'observe de la tête aux pieds. « Tu es superbe. Je t'avais dit que Faërie avait ses bons côtés. » Elle tourne les yeux vers Sébastian puis pose sur moi un regard interrogateur. Je devine sa question implicite : *Est-ce qu'il est au courant de tout ?*

Je dois me retenir de rire. Sébastian s'est jeté un charme pour reprendre une apparence pleinement humaine le temps de notre séjour dans le monde des mortels. Nik ignore qu'il est un faë – à plus forte raison le prince seelie !

« Je sais tout », dit-il avec douceur. Je confirme d'un hochement de tête avant d'enchaîner :

« Comment va-t-elle ?

— Ça va. Elle est arrivée déshydratée et confuse, mais son état s'améliore. Le mage l'a soignée.

— Je te remercie.

— Elle dort, reprend-elle en se tournant vers la chambre à coucher, mais on peut la réveiller. Elle voudra sûrement te voir sans attendre. » Déjà Nik ouvre la porte, et la lumière du salon entre dans la minuscule pièce attenante. « Jas ? Ta sœur est là. »

Je m'avance, la gorge serrée. Combien de fois, ces dernières semaines, ai-je demandé au miroir de me la montrer, juste histoire de me sentir moins seule ? Combien de fois ai-je eu envie de renoncer, pour finalement reprendre ma quête ? Je m'élance. Au même moment elle jaillit du lit et nous tombons dans les bras l'une de l'autre.

Jas se presse contre moi et sanglote tout bas. « Je savais que tu viendrais. J'étais sûre que tu me retrouverais.

— Pardon d'avoir mis si longtemps... » Je la tiens à bout de bras afin de la contempler. Elle a changé. C'est toujours une petite fille, mais on sent qu'elle a vu trop de choses. Elle a des cernes sous les yeux. Cependant, depuis la dernière image dans le miroir, ses joues ont repris des couleurs. « J'ai tellement de choses à te raconter ! » Puis elle regarde par-dessus mon épaule. « Sébastian ! sourit-elle. Tu m'as cherchée aussi ?

— Ta sœur t'a retrouvée toute seule », dit-il d'une voix chargée d'émotion. Elle aurait fait n'importe quoi pour te sauver. Elle aurait tout donné. » Il y a de la tristesse dans sa voix, ainsi qu'une pointe de désespoir.

Je raconte tout à Jas, Sébastian à mes côtés. Qui il est et comment je l'ai su. Le pacte avec Mordeus et comment je me suis fourvoyée dans une illusion d'amitié avec le prince en exil et sa bande. Enfin je lui parle de notre mère et de la malédiction tandis que Sébastian serre ma main.

C'est peut-être trop pour elle, qui se remet encore de son long emprisonnement dans les geôles de Mordeus, mais elle n'en laisse rien paraître. Quand j'ai fini mon récit Sébastian dépose un baiser sur mon front. « Je vous laisse entre vous », nous dit-il.

Il s'éclipse et je le regarde partir avec un pincement de cœur, une main pressée sur la poitrine.

« Tu lui as dit ? me demande Jasalyn.

— Quoi donc ? »

Elle sourit faiblement, mais mes fossettes trahissent son espoir. « Que tu l'aimes !

— Il le sait.

— Alors pourquoi as-tu l'air si triste ? »

Parce que je n'aurais jamais cru me fier un jour à un prince faë – et encore moins à deux princes faë ! Parce que je me suis enfin fait des amis, mais que j'ai appris qu'ils se servaient de moi. Parce que j'ai fait de la peine à Sébastian et que je vais avoir du mal à me le pardonner.

« Dis-moi, Brie. Qu'est-ce qu'il y a ? poursuit-elle en m'étreignant la main.

— Je crois que je ne vais pas rester à Elora.

— Quoi !? Mais pourquoi ? Il suffit sûrement qu'on quitte Bellecontrée pour que Gorst…

— Tant que je porte cette couronne, je ne suis pas en sécurité ici.

— Alors tu vas retourner en Faërie ? »

Il y a quelques semaines, c'était moi qui prononçais le mot avec dédain et elle qui voulait y aller. Les rôles se sont inversés !

« Je serai avec Sébastian », dis-je. Je voudrais lui faire croire que ce n'est pas seulement pour me cacher. « Je veux… me rendre utile là-bas. » Tête basse, je risque un coup d'œil à ma petite sœur. « Veux-tu venir aussi ? »

Elle me regarde en ouvrant de grands yeux. Sa peur est presque manifeste, et comment lui en vouloir ? Elle ne connaît de Faërie qu'un cachot à la Cour unseelie. « C'est-à-dire…

— Ce serait à la Cour du Soleil. Et on serait là pour veiller sur toi. »

Le tremblement de ses mains se propage au reste de son corps. « Si tu savais ce que j'ai vu et entendu là-bas ! Des choses horribles…

— Tu n'es pas obligée », dis-je précipitamment tant je souffre de son désarroi. « Je t'aime très fort, tu sais. Si tu veux que je reste ici avec toi, je resterai.

— Moi aussi je t'aime très fort, répond-elle en nouant ses bras autour de ma taille. Mais tu mérites d'être heureuse, Brie. Tu as travaillé si dur pendant si longtemps ! Tu as tout fait pour me protéger et je ne supporterai pas que tu te sacrifies une nouvelle fois pour moi.

— Mais je ne veux pas t'abandonner.

— Donne-moi du temps. Il faut d'abord que je reste un peu ici. Quand je serai totalement guérie, j'irai te rejoindre. » Elle s'efforce de me sourire, mais le frémissement de ses lèvres trahit son mensonge.

« Je viendrai te rendre visite aussi souvent que possible », je promets, tout en sachant que ce ne sera pas aussi fréquemment qu'elle et moi le souhaiterions. Les larmes brûlantes qui coulent sur mes joues ne sont qu'un faible reflet de ma douleur à la perspective de lui dire au revoir.

On frappe à la porte. Nik passe la tête dans la chambre. « Il est temps, Brie. Je suis désolée, ma grande, mais je ne peux pas prendre le risque que Gorst te trouve ici. »

J'opine sans quitter Jas des yeux.

« Vas-y, me dit celle-ci. Ne t'en fais pas pour moi.

— Tu vas me manquer terriblement.

— Rends-moi visite en rêve comme quand on était petites. » Elle sourit et agite la main pour me dire au revoir.

Tandis que Sébastian m'entraîne en toute hâte vers le Passage, je me remémore la boutade que nous échangions à l'époque lointaine où nous avons emménagé chez l'oncle Devlin. En se réveillant le matin, Jasalyn me remerciait pour les aventures où je l'avais embarquée en rêve. Mais étaient-ce bien des rêves ? Ou avais-je déjà accès à une partie de mes pouvoirs pendant mon enfance dans le monde humain ?

36

Nous rentrons au palais d'Or, mais en pensée, je suis toujours à Bellecontrée avec Jas.

Sébastian m'accompagne jusqu'à ma chambre.

« Bientôt je t'emmènerai à nouveau la voir », m'assure-t-il.

— Merci, Sébastian.

— De rien.

— Non, je veux dire… merci pour tout. D'avoir pris mon parti. N'importe qui d'autre m'aurait renvoyée. » Je ferme les yeux. « Tu m'as pardonné d'avoir volé le livre, tu as compris les choix que j'ai faits. C'est de ça que je te remercie. »

Je sens ses doigts courir sur mon menton et sur ma joue, puis passer dans mes cheveux. Je rouvre les yeux et lis de la détresse dans son regard. « Je t'aime, Abriella. Tout ce qui m'importe c'est que tu sois là avec moi. Pour le reste, on trouvera une solution. Ensemble. »

Je scrute ses beaux yeux, ses traits à la fois fins et taillés à la serpe. « Je veux m'apparier à toi.

— Tu es sûre ? » s'écrie-t-il, bouche bée.

Je fais signe que oui. Je ne peux m'empêcher de repenser à la banshee – autant dire la mort – pesant sur ma poitrine. À la couronne invisible sur ma tête, au faux roi et au prince unseelie qui ont voulu me la prendre par la ruse. Ce prince prêt à me laisser mourir pour pouvoir enfin prétendre à son trône. « Mordeus avait raison sur un point : aussi longtemps que je porterai cette couronne, je ne pourrai jamais dire que ma vie m'appartient en propre. Il y aura toujours un Unseelie pour tenter de la dérober. Si ce n'est pas Finn, ce sera un autre. Je dois m'apparier à toi pour que tu me défendes jusqu'à ce qu'on trouve comment m'en débarrasser sans risque.

— Je croyais que tu étais opposée à l'appariement entre humains et faëries.

— Je te fais confiance », dis-je en prenant ses deux mains dans les miennes.

Il porte mes mains à ses lèvres et dépose deux baisers sur chacune. « Je jure de faire tout ce qui est en mon pouvoir pour que tu aimes vivre à mes côtés. Pour te rendre heureuse et te protéger. »

* * *

Sébastian a voulu organiser la cérémonie sur le balcon de ses appartements à la tombée de la nuit, et mes femmes de chambre ne savent plus où donner de la tête pour m'apprêter, coiffer au mieux mon casque de boucles rebelles et parfaire mon maquillage.

Je ne peux retenir une exclamation lorsqu'elles apportent ma robe.

« Le prince nous a confié le patron confectionné par votre sœur et nous sommes parties de là. Est-ce bien ce que vous souhaitiez ?

— Oui. C'est parfait. »

Je contemple le fin velours émeraude et mes yeux s'emplissent de larmes. Seul Sébastian pouvait avoir l'idée de ce vêtement dessiné par Jas en cette soirée pas comme les autres. Car ce n'est pas une robe, mais la tenue qu'elle avait imaginée en vue de mon départ pour Faërie. Celle qu'elle n'a pas eu le temps de finir avant que tante Vivias ne la vende.

« Allons, allons, il ne faut pas pleurer, dit Tess, qui s'essuie elle-même les yeux. Sinon je vais m'y mettre moi aussi. »

J'enfile le pantalon large et la sensation du velours sur ma peau est d'un luxe inouï. Emmaline m'aide à passer le bustier au profond décolleté en V.

Elle attache un collier d'émeraudes autour de mon cou en précisant : « Encore un cadeau du prince. »

Je ferme les yeux. Est-ce qu'il garde depuis le début le modèle de ma tenue ? En prévision de cette cérémonie ?

« Pourquoi êtes-vous triste ? s'enquiert Emmaline. Vous êtes exquise.

— Je ne suis pas triste, dis-je en prenant une inspiration. Je suis prête. »

* * *

La vue du haut du balcon est à couper le souffle. Mais ce n'est rien en comparaison de l'homme qui se tient devant moi.

Avec sa tunique blanche et son pantalon assorti, taillés dans le lin le plus fin, Sébastian est resplendissant. Ce soir il ne porte pas d'arme. Il tient un lis qu'il cale derrière mon oreille, d'un geste plein de tendresse. « Que tu es belle... »

Étonnamment intimidée, je baisse la tête et le regarde entre mes cils. « Merci pour la tenue. Et le collier. »

Il prend un verre de vin sur une petite table toute proche. Je l'accepte, ravie – voilà qui m'aidera à calmer mes nerfs.

« J'ai fait mettre de côté une bouteille de vin du solstice. En général on ne le sert que pour Litha, mais comme tu sembles l'avoir beaucoup apprécié... » Il trinque avec moi. « Je bois à ta santé, Abriella. J'avais rêvé d'épouser une femme extraordinaire et mon rêve se réalise. »

Les larmes me montent encore aux yeux. « Et moi à la tienne, je renchéris à mi-voix. Que ce jour marque une ère nouvelle pour nous deux. »

Nous vidons nos verres ensemble, mais au moment de reposer le mien je vois que ma main tremble toujours.

Sébastian fait apparaître une série de runes dans sa paume et me les tend. J'hésite avant d'en prendre une, consciente de la gravité du moment. J'ai beau être prête à me lier à vie avec lui...

Mais non. Plus de doutes, plus de secrets. Je fais confiance à Sébastian et il faut que je lui concède cet appariement pour qu'il puisse veiller sur moi.

Sans me laisser le temps de changer d'avis, je sélectionne un gypse oblong. Au moment où mes doigts entrent en contact avec lui, les autres pierres disparaissent. J'observe le symbole gravé. Une épaisse ligne le divise en deux dans le sens de la longueur ; une autre s'y embranche sur la droite et une volute se dessine le milieu.

« Elle est très belle », dis-je tout bas en caressant le motif du pouce. Mais Sébastian, les yeux rivés sur la pierre, a l'air défait. « Qu'est-ce qu'il y a ? » je demande.

Il secoue la tête, prend sur lui. « Rien. Tout va bien.

— Que veut dire ce dessin ?

— Il peut signifier le chagrin et le deuil. » Il plaque sa main sur la mienne, pressant la pierre entre nos deux paumes. « Mais aussi le recommencement qui suit. Une ère nouvelle, comme tu disais. » Il m'embrasse avec légèreté, sa main toujours collée à la mienne. « Tu es prête ? »

Je le regarde longuement. J'apprécie infiniment qu'il ne précipite pas les choses, qu'il comprenne quelles sont les implications pour moi. « Je suis prête.

— Abriella Kincaid, j'apparie ma vie à la tienne. Je ressentirai tes joies et éprouverai tes peines. Ensemble ou séparés, nous serons toujours proches dans nos cœurs et par l'esprit.

— Prince Ronan Sébastian, dis-je à mon tour, répétant les vœux comme on me l'a demandé, j'apparie ma vie à la tienne. Je ressentirai tes joies et éprouverai tes peines. Ensemble ou séparés, nous serons toujours proches dans nos cœurs et par l'esprit. »

Il se penche pour déposer, souriant, un baiser furtif sur mes lèvres. Il serre toujours ma main. On dirait qu'il craint que je fasse machine arrière.

« C'est tout ? » je m'enquiers. Je m'étais attendue à ressentir un changement, mais il ne se passe rien.

« Ça prend un moment. »

Il pique de petits baisers très doux dans mon cou et m'attire à lui. Plaisir et impatience palpitent en moi. Nous nous embrassons inlassablement ; l'air du soir finit par nous envelopper comme un ruban qui nous maintiendrait l'un contre l'autre.

Et tout à coup, ça y est : une connexion s'établit entre nous, quelque chose d'électrisant se déclenche, un flux de pouvoir se met à circuler de mon corps au sien, une boucle sans fin.

« Sébastian… » dis-je dans un souffle. La rune n'est plus entre nos paumes collées. « Où est-elle passée ? »

Il écarte le velours vert de mon décolleté et sourit. Je découvre alors, tatoué sur ma peau, le motif de la pierre.

Je me rappelle le poitrail de Finn et les runes que j'y ai vues. Dois-je en conclure que chacune représente un appariement ? Une vie qu'il s'est appropriée ?

Je chasse cette pensée. Ce soir, il ne doit y avoir que Sébastian et moi. *Nous deux*. « Tu en portes un aussi ? »

Il hoche la tête et retourne nos mains jointes pour me montrer le symbole désormais visible sur la face interne de son poignet. « Nous sommes appariés. »

Tout à coup ma vue se brouille, je ne me sens pas bien. « Je crois qu'il faut que je m'assoie. »

Sébastian pâlit, mais prend mon bras et me conduit jusqu'à un fauteuil tout proche, dans la pièce attenante. « Je vais te demander de boire ceci », déclare-t-il en tirant une fiole de la bourse attachée à sa ceinture.

J'ai des élancements dans la poitrine, les poumons comme dans un étau. « Sébastian… » Une fois assise, je remonte mes genoux contre ma poitrine en hoquetant de douleur. « On a empoisonné mon vin !

— Il faut que tu boives. » Sa main est toujours sur mon bras. Je réussis enfin à rouvrir les yeux. Il me dévisage, l'air inquiet. « Je suis là, Abriella. Près de toi.

— Qu'est-ce qui m'arrive ?

— C'est une réaction à l'appariement. *Il faut que tu boives.* »

La douleur me transperce. Les lèvres de Sébastian remuent, mais les mots qu'il prononce restent à l'arrière-plan de la souffrance. Je voudrais tendre l'oreille, me concentrer sur autre chose que cette douleur intense, mais je n'y arrive pas. Je n'aspire qu'à une chose : dormir pour ne plus subir cette torture.

Tout se met à flamboyer autour de moi. À la lumière du couchant entrant par la porte-fenêtre succèdent les ténèbres consolatrices de l'inconscience. Lumière, obscurité, lumière, obscurité… C'est comme si j'étais priée de choisir : vivre dans la souffrance ou trouver l'apaisement dans le néant.

« Brie ? »

J'ouvre péniblement les yeux.

Sébastian cherche à introduire le flacon entre mes lèvres. « Tu es en train de mourir. Nous n'avons pas d'autre choix.

— Mourir ? » Je m'étais toujours représenté la mort comme une force qui me happerait, m'engloutirait.

Je n'avais pas imaginé qu'elle planterait dans ma poitrine ses griffes inégales qui me tireraient vers le bas. Ni que j'aurais une chance de me battre, de résister.

« Bois, je t'en prie. La Potion de Vie est mon seul moyen de te sauver. » Il y a des sanglots dans sa voix. Je ne peux soulever assez longtemps mes paupières pour voir briller les larmes dans ses yeux. « Pour une fois dans ta vie, cesse de tout refuser obstinément ! »

La Potion de Vie.

Le vertige s'empare de moi. Mes paupières s'alourdissent, j'ai du mal à rester consciente. Je voudrais tant me laisser aller… *La lumière ou l'obscurité. L'obscurité ou la lumière.* Les paroles d'Alouette se répètent en fond, derrière le supplice.

La prochaine fois qu'elle meurt, il faudra que ce soit pendant la cérémonie d'appariement.

Je vois trois chemins devant toi. Sur chacun, l'appel de la banshee est clair.

Je sens la fraîcheur de la fiole contre mes lèvres. Si je bois, est-ce que la torture cessera ? Si je ne bois pas, est-ce la mort qui m'attend ?

« Je t'en supplie. » La voix de Sébastian n'est plus qu'un hoquet étranglé. « C'est le seul moyen. » Il souffre, et c'est pire que ces griffes qui m'écartèlent. Je ferais n'importe quoi pour soulager son martyre. Alors j'entrouvre les lèvres. Et je bois.

La potion glisse, veloutée, sur ma langue, et j'ai la sensation qu'elle me propulse dans les airs. Chaque gorgée ôte une des griffes plantées dans mon corps et m'éloigne un peu plus de la douleur insupportable.

« C'est bien, Abriella. Il faut que tu boives tout le flacon. Oui, c'est bien, bravo. »

À la dernière gorgée, les griffes disparaissent et une douce chaleur se met à couler dans mes veines. Mais elle se transforme aussitôt en brûlure et je m'écrie : « Sébastian ! »

Mes veines s'emplissent de feu, je me tords dans les bras de Sébastian. Dieux, je vous en prie, pas le feu. *Tout sauf le feu.*

« Qu'est-ce qui se passe ? demande-t-il.

— C'est la transformation, intervient une voix féminine que je ne reconnais pas. On ne peut pas devenir faë sans souffrir au moins un peu.

— Fais quelque chose, gronde Sébastian. Épargne-lui cette souffrance terrible !

— La magie a un coût. De même que l'immortalité. Elle doit tenir bon, sinon la potion n'aura pas d'effet. Il faut qu'elle supporte cette épreuve, ou tu la perdras pour toujours.

— Je suis là, me souffle-t-il. Avec moi tu ne risques rien. »

Sauf que ça ne marche pas. Rien ne peut me mettre à l'abri de ce supplice. J'ai l'impression que le temps s'accélère, puis s'arrête. En un éclair je vois défiler mon enfance devant mes yeux, je revis l'incendie au ralenti. Le temps me malmène – tantôt les secondes s'enchaînent en accéléré, tantôt il m'emprisonne et se fige.

Tout redevient noir. Je m'arrache à la conscience et accueille à bras ouverts les ténèbres où je m'enveloppe comme dans une couverture moelleuse.

37

Les étoiles n'ont jamais été aussi brillantes, ni la voûte céleste d'un velours aussi profond. La fraîcheur de l'air nocturne fouette ma peau, caresse mes oreilles et mes joues comme un baiser aussi léger que suave.

Une haute silhouette masculine aux épaules carrées et aux boucles brunes me tourne le dos, la tête levée vers le ciel étoilé, comme s'il en attendait lui aussi une réponse.

« Finn ? »

Il se retourne et je suis une fois de plus frappée par sa beauté. Il porte une chemise noire dont les deux premiers boutons sont défaits et son pantalon en cuir souple est aussi sombre que la nuit alentour. Une vague pensée me tarabuste. Je ne suis pas censée être là avec lui, mais je n'arrive pas à me rappeler pourquoi.

« J'ai l'impression que… » Je regarde autour de nous. Pas de paysage, rien. Rien que le ciel nocturne. « Est-ce que c'est réel ? »

Je lève la main et passe mes doigts sur la pointe au bout de mes oreilles d'elfe. « Je suis morte. » Je me souviens maintenant.

« Morte et revenue à la vie. Et endormie, pour le moment. La métamorphose… n'est jamais facile, mais votre corps de mortelle a résisté avec plus d'acharnement que les autres. »

Parce que je n'ai jamais voulu être faë.

Une réaction à l'appariement. Sébastian avait préparé la Potion de Vie. Il se tenait prêt à me sauver après avoir mis fin à mon existence de mortelle. Rien dans la malédiction ne fait courir un danger aux mortels qui s'apparient à des Seelies. Mais comment pouvait-il le savoir ? J'essaie de retenir cette idée, mais elle m'échappe et va se perdre dans l'obscurité sans fin.

Je baisse les yeux. Je porte la tenue verte dessinée par Jas, mais il n'y a rien sous mes pieds nus. Nous flottons parmi les étoiles. « C'est un rêve. » Je l'avais déduit du décor, mais le plus révélateur est que je n'éprouve pas de colère envers Finn, ce qui n'est pas normal. Au contraire, je me sens… *en paix*.

Il opine sans cesser de contempler le ciel. « Un rêve, oui. Je n'en avais pas fait d'aussi beau depuis des années.

— Je ne veux pas retourner là-bas. La douleur est trop forte.

— Elle ne sera plus là quand vous vous réveillerez. » Il se retourne. Dans ses yeux argentés, la tristesse est à son comble. « Êtes-vous heureuse ?

— Je ne suis pas sûre de savoir l'être. C'est un luxe que je n'ai pas eu depuis longtemps.

— Vous avez toute une vie d'immortelle pour apprendre, maintenant. »

Je parcours des yeux le ciel étoilé qui semble nous bercer en son sein – en dehors de la réalité, en dehors du temps. Même mes pensées me paraissent suspendues dans l'instant. « Qu'est-ce qui s'est passé la dernière fois ?

— Quand vous avez fui mes catacombes ? J'ai chargé Pretha de vous ramener au palais d'Or. Je savais que vous ne voudriez pas venir avec nous, mais je ne pouvais pas vous laisser seule et blessée sur les terres des Faë Sauvages. »

Finn. C'est Finn qui m'a mise en sécurité. Je ne suis pas surprise de l'apprendre. « Oui, mais après ?

— Vous comprendrez bientôt.

— Encore des cachotteries », je lâche, trop détendue pour m'emporter.

« Vous m'en voyez navré, pour ce que ça vaut. Je ne m'attendais pas... » Il s'interrompt et se masse la nuque. « J'ai cherché un moyen de ne pas vous mêler à tout ça. Même quand la protection mise en place par votre mère s'est estompée et que j'ai su où vous trouver, j'ai vraiment essayé, vous savez. Je vous ai vue, dans cette cave, trimer jusqu'à l'épuisement pour payer vos dettes et veiller sur votre sœur et je me suis vraiment creusé la cervelle. Mon père m'a mis dans une situation impossible en léguant sa couronne à une jeune mortelle. »

Voilà qui me donne à réfléchir. Je n'avais pas vu les choses sous cet angle. Il fallait qu'il pense à son royaume. Tous ces réfugiés... Ces *enfants*. « Vous lui en voulez beaucoup ? »

Une amorce de sourire. « Je l'ai détesté, oui. Avant de vous connaître. »

Je reporte mon regard sur les étoiles. « Il me semblait que je ne croyais plus en rien. Mais quand je pense à votre peuple, à ces camps... je retrouve l'espoir. Et je crois encore que vous pouvez leur venir en aide. »

Il ferme ses yeux hypnotiques et baisse la tête. « Malgré tout ce que je vous ai fait ? Et tout ce que j'ai fait *avant* ?

— Oui, malgré tout ça. » Je soupire et fixe mon attention sur le chant des étoiles. « Cet endroit me plaît. Il me rappelle une chose que me disait ma mère quand elle m'emmenait dehors la nuit. » Une chose que j'avais oubliée jusqu'ici.

« Que vous disait-elle ?

— Que même au plus fort du désespoir, il reste toujours une étincelle d'espoir au fond de moi. Que même si je crois avoir perdu foi en l'avenir, il y a toujours une chose à laquelle je peux croire. » Je me retourne vers lui.

Il me regarde, radouci. « Ça doit paraître un peu ridicule quand on est immortel.

— Non, pas du tout. Je vous souhaite d'avoir toujours une étoile sur laquelle faire un vœu, Abriella, et une raison de croire. » Sur ces mots il commence à s'effacer dans la pénombre.

« Finn, attendez ! » Il reprend consistance et attend en silence. « Pourquoi utilisez-vous la magie pour me rendre visite en rêve ? Malgré le prix à payer ?

— Ah… les faë d'Ombre ne sont bons qu'à nourrir des rêves insensés et des cauchemars macabres… »

Il détaille rapidement mes yeux, mes épaules, ma robe, mes pieds nus, puis remonte jusqu'à mon poignet. Je suis son regard. Ma cicatrice n'est plus là. Et elle n'est pas masquée par un charme, cette fois – *elle a complètement disparu.* Son absence résonne comme un écho dans ma tête. Ce n'était pas du tout une cicatrice, mais la marque des êtres qui portent la couronne unseelie. « Il n'y a plus de prix à payer maintenant que la malédiction est levée, mais ce n'est pas mon pouvoir magique qui nous a amenés ici. Je n'y ai pas eu recours.

— Alors quoi ?

— C'est le vôtre. » Là-dessus il disparaît et le rêve s'évanouit dans le néant.

* * *

« Il faut qu'elle dorme, le thaumaturge l'a dit. »

Des pièces de puzzle tournoient dans ma tête. L'image ne cesse de se recomposer, la solution m'échappe.

« Oui, bien sûr, mais elle pourra dormir après le couronnement.

— Le prince exigera sûrement sa présence. »

Le prince. *Sébastian.* Qui a soudain fait son entrée dans ma vie il y a deux ans. Qui s'est installé à côté de chez moi et m'a subjuguée dès le premier sourire. Sept ans après le départ de ma mère. Presque jour pour jour.

« Nous sommes au premier jour de cette ère nouvelle. Puisqu'elle est destinée à être reine, elle doit être à ses côtés.

— Elle a été trop éprouvée. Je ne crois pas qu'elle soit prête à se réveiller. La potion fait des dégâts. »

La potion. La fiole que Sébastian avait sur lui. Parce qu'il savait qu'il en aurait besoin.

Je sens que j'ai mis le doigt sur quelque chose de capital. Comme quand on a un mot sur le bout de la langue. Mais la conscience glisse entre mes doigts en même temps que la réponse à mes questions, qui demeure hors de portée.

« Elle émerge, regarde. Tu as vu ses yeux ?

— Princesse Abriella ? » On me secoue doucement par le bras. « Princesse, il faut vous réveiller maintenant. Nous devons vous habiller pour le couronnement. »

Je me force à ouvrir les yeux, à m'asseoir dans le lit. Je regarde autour de moi. Je suis toujours dans les appartements de Sébastian, mais tout est légèrement différent. Plus brillant ? Plus… net ?

« Ah ! Le prince Ronan va regretter d'avoir manqué son premier aperçu du monde vu par des yeux faë ! s'exclame Emmaline sur un ton suraigu. Qu'on aille le prévenir !

— Vous faites une très belle faërie, milady, enchaîne Tess.

— On dirait que vous êtes née comme ça ! »

Une faërie ? Je suis une… *faërie* ? Brusquement, tout me revient. Le choix de la rune, les vœux prononcés à la suite de Sébastian, la mort-torture qui m'affaiblit peu à peu… *et la Potion de Vie.*

« Je m'excuse de vous bousculer, Votre Altesse, mais si vous voulez arriver à temps au couronnement du prince Ronan, il faut qu'on se dépêche de vous donner votre bain. »

Morte. Je suis morte après avoir prononcé mes vœux. Mais pourquoi ? Et comment Sébastian savait-il que je réagirais de cette façon à l'appariement ? Il *savait* que la création du lien me tuerait. Il *savait* qu'il serait obligé de me métamorphoser en faë sous peine de me perdre pour toujours.

Une des femmes de chambre saisit mes mains pour m'inciter à me lever. Je tiens à peine sur mes jambes, qui semblent ne plus m'appartenir. Une autre me montre une robe. « Regardez, vous serez magnifique au bras du nouveau roi. »

Je ne suis pas encore bien réveillée. À cause de la potion. Je ne comprends rien à ce qu'elles disent. « Le nouveau roi ? »

Elles se mettent à rire. « Le prince Ronan, celui que vous appelez Sébastian, monte sur le trône aujourd'hui, madame à ses côtés. Que de choses à fêter ! »

C'est un coup dur. Je referme les yeux. Dans mon rêve, Finn disait que la malédiction avait été levée. *La reine est morte et c'est ma faute.*

Je rouvre les yeux et sursaute. Emmaline et Tess ne sont plus les jeunes femmes que j'ai connues. Ce sont des faëries aux oreilles pointues et à la peau éclatante dont les bras s'ornent de tatouages en forme de lianes vertes. « Vous n'êtes donc pas humaines ?

— Non, le prince nous avait ensorcelées pour que vous soyez plus à l'aise avec nous.

— Mais maintenant nous pouvons être nous-mêmes ! renchérit Tess. Pourquoi avez-vous l'air si triste ? Vous ferez une merveilleuse reine.

— Et ravissante, avec ça », conclut Emmaline.

Pourquoi ai-je l'air aussi triste, *moi* ? Mais… *elles*, pourquoi sont-elles si joyeuses ? « La reine Arya, dis-je avec difficulté. Est-elle morte pendant que je dormais ? »

Emmaline ouvre de grands yeux et les deux suivantes échangent un regard lourd de sous-entendus. « Non, non, milady. La reine se porte bien. C'est sur le Trône d'Ombre que le prince Ronan va monter. »

Je recule instinctivement et heurte le bord du lit. Puis je me laisse retomber sur les draps, interdite. Je comprendrais que la couronne d'Obéron passe à Sébastian à ma mort, mais... « Je ne comprends pas. Je croyais que seul un faë de sang royal unseelie pouvait occuper le Trône d'Ombre.

— C'est vrai, milady. Mais Sébastian est de sang royal à la fois seelie et unseelie.

— Nous ne pouvions pas en parler jusqu'ici, car il fallait qu'il porte la couronne de son père et que la malédiction soit levée, mais maintenant, nous pouvons librement célébrer sa double nature.

— C'est un grand jour ! ajoute Emmaline.

— Un grand jour », répètent en chœur les autres servantes.

La couronne de son père ? Je sens monter la colère en moi tandis que je m'efforce d'assimiler cette révélation, de réarranger les pièces du puzzle pour comprendre le message qu'elles forment. « Je croyais que le père du prince était le roi Castan.

— Le roi Castan, paix à son âme, a élevé le prince », m'informe une femme de chambre debout derrière Tess. Elle arbore des cornes et ses grands yeux bleus rayonnent comme un ciel d'été. « Mais le prince Ronan descend d'Obéron. Conçu dans le Monde des mortels pendant l'éclipse, notre prince allie le jour et la nuit. La lumière et l'obscurité. Il est le nouveau souverain destiné à réunir nos royaumes. »

Sébastian est un Unseelie.

Et, unseelie, il savait forcément que je mourrais en m'appariant à lui. Il *savait* que je serais obligée de boire la Potion de Vie alors que je ne *voulais pas* devenir une faërie.

« Une prière a été exaucée, précise une autre servante. Sa mère et lui ont cherché longtemps la couronne de son père. Et il vous a trouvée.

— Il… il m'a… » Je me tais en me remémorant ses promesses.

Je jure de faire tout ce qui est en mon pouvoir pour que tu aimes vivre à mes côtés. Pour te rendre heureuse et te protéger.

Il m'a menti. *Il m'a manipulée comme un pantin.* Il m'a fait croire que seul Finn cherchait à me piéger pour que je m'apparie à lui tandis que lui, Sébastian, ne voulait que *m'aimer* et me *protéger*. « Il savait. » Ma voix est dure, tranchante, mais n'exprime qu'une fraction de la colère que je ressens.

« Nul ne pouvait en parler tant qu'on ne lui avait pas rendu la couronne de son père », reprend Tess, dont la gaieté a cédé la place à une expression préoccupée. « Voulez-vous que… j'aille le chercher ?

— Il est temps de vous habiller, maintenant. » Emmaline s'approche de moi, une main tendue comme pour apaiser un animal effrayé. « Après le couronnement vous vous épouserez. Vous serez une mariée ravissante et une reine digne de son rang. »

La reine d'un faë apparu dans ma vie *juste* après la fin de la protection de sept ans prévue par ma mère. Qui intrigue donc depuis des *années* pour m'amener à lui transmettre la couronne unseelie. Qui m'a volé mon pouvoir et menti sur le sien.

Quelque chose cède en moi. Les servantes se mettent à hurler. Les ténèbres sont en train d'envahir la pièce. *Mes* ténèbres.

Sébastian détient désormais la couronne, mais, je ne sais pourquoi, le pouvoir qui m'a été conféré par Obéron m'est resté. *La magie est la vie, la vie est la magie.* Il se peut qu'en décidant de m'administrer la Potion de Vie,

Sébastian l'ait, à son insu, définitivement arrimé à ma personne.

Les femmes de chambre cherchent pêle-mêle à fuir l'obscurité. Quelqu'un appelle les sentinelles postées dans le couloir, mais j'étouffe les cris en les enveloppant dans l'ombre.

On veut que je me fasse belle pour être sa reine. Mais je ne suis pas une jolie marionnette qu'on manipule à sa guise. Je suis les ténèbres, et le pouvoir qui circule dans mon sang est plus intense que jamais. Voilà ce que ça fait d'être faë et dotée de pouvoirs magiques. *La magie est la vie.*

Et tandis que les ténèbres tourbillonnent dans la pièce et que mes ombres s'y mêlent étroitement, moi, je me sens plus vivante que jamais.

Je laisse derrière moi les servantes affolées, les sentinelles qui s'escriment à invoquer de la lumière faë. Je passe sans m'arrêter devant Riaan et les gardes royaux qui rétablissent la lumière dans les couloirs. J'avance toujours et je vois leur magie échouer face à la puissance de la mienne. Une colère noire bat dans mes veines, exigeant vengeance et châtiment.

Cependant, sous la rage il y a autre chose. Une émotion qui ne m'appartient pas. Une panique naissante, un lien qui se resserre et me prévient avec une seconde d'avance que Sébastian va apparaître au coin de cette galerie, là-bas.

Il se précipite vers moi et, à travers les ténèbres où j'ai enseveli le palais transparaît le scintillement de la couronne spectrale sur ses cheveux blonds argentés. Je le vois avec une netteté inédite et découvre sur son torse et son cou des tatouages nouveaux. Des dizaines de runes que je n'ai jamais vues. *Encore des sortilèges, des manigances pour flouer les humains.*

Il s'arrête près de moi et tourne sur lui-même dans le noir. « Abriella ! » Son affolement vibre dans mon sang.

Il *sent* ma présence, mais ne me voit pas. Alors que moi, je le vois *et je le sens*. Je suis ombres et ténèbres, bien plus forte que la fille qu'il a sacrifiée pour s'emparer de la couronne. « Arrête ça, Brie. Dissipe cette obscurité. Il faut qu'on parle. »

Mais il ne peut pas m'y contraindre. Ni m'empêcher de quitter le palais d'Or sans rien emporter d'autre que mes ténèbres et la trahison qui enserre désormais mon cœur d'immortelle.

Remerciements

Toute ma gratitude aux amis écrivaines et écrivains qui m'ont encouragée dans cette nouvelle voie en piaillant d'excitation au lieu de me dissuader, et m'ont applaudie à chaque étape. Mira Lyn Kelly, ma meilleure amie, camarade de remue-méninges, reine de la caresse sur les cheveux et de la parole rassurante : merci d'avoir été là pour moi quand j'ébauchais ce livre et démoli tous mes doutes. Carrie Ann Ryan, Jeffe Kennedy, Kyla Linde, Lisa Maxwell, Meghan March, Sawyer Bennett, Zoe York et toutes celles et tous ceux que j'ai enquiquinés quand mon histoire ne voulait plus me laisser tranquille – merci pour votre enthousiasme. Merci à Rhonda Merwarth, pour son avis quand le livre n'était encore qu'un synopsis. Merci à mes Goldbrickers, qui m'épatent tous les jours par leur professionnalisme et leur soutien sans faille. Votre compagnie fait de moi quelqu'un de meilleur.

Merci aussi à mes amis en chair et en os, vous qui ne savez peut-être pas comment marche le milieu de l'édition, mais qui m'encouragez quand même. Remerciements tout particuliers à Lisa Kuhne, qui a le discutable honneur d'être à la fois mon assistante et mon amie et sait mieux que personne gérer mes névroses, ainsi qu'à Emily Miller, ma conseillère personnelle en matière de féerie, éprise comme moi de tout ce qui touche aux faë.

Merci à ma famille – ma mère qui se fait du souci pour moi quand je travaille trop et qui m'oblige à prendre du repos quand je ne m'y autorise pas moi-même ; à mes sœurs Deb et Kim, qui m'envoient des textos et me comprennent comme personne ; et bien sûr à mes frères Eric, Aaron, Danny et Josh, qui m'ont appris à croire aux elfes, dragons et autres monstres de la forêt. Aaron, merci pour la carte de Faërie. Je l'adore !

À mon agent Dan Mandel, qui s'est enthousiasmé pour ce livre quand ce n'était encore qu'un bref résumé par email, plus quelques scènes sur mon disque dur. Merci d'avoir toujours cru en moi et en mon travail.

Je suis reconnaissante d'avoir trouvé une formidable éditrice en la personne de Nicole Sclama. Toutes les remarques qu'elle m'a faites sonnaient juste par rapport à ma vision de cette histoire et elle m'a aidée à écrire ce livre tel que je voulais qu'il soit, un livre dont je puisse être fière. J'ai eu l'honneur de travailler avec toute l'équipe d'HMH Books Jeunesse, notamment Gabriella Abbate, Emilia Rhodes, Helen Seachrist, Andrea Miller, Samantha Bertschmann, Nadia Almahdi, Tara Shanahan, Margaret Rosewitz, Erika West, Rebecca Springer, Maxine Bartow et Romanie Rout, et je les remercie tous et toutes pour leur collaboration.

Un grand merci à toutes mes lectrices et tous mes lecteurs ! Les adeptes de mes romances qui ont dû, chaque année, se contenter de moins de livres pendant que je prenais le temps d'écrire celui-ci, où j'ai mis toute ma passion. Merci pour votre infaillible enthousiasme pour tout ce que je publie. Je suis infiniment touchée par votre soutien. Merci à toutes les blogueuses et les blogueurs, ainsi qu'aux premières relectrices et premiers relecteurs de ce livre. J'apprécie que vous lui ayez consacré du temps, et vos gentils messages m'ont toute regonflée ! Les compliments tout en majuscules et en points d'exclamation, c'est la vie !

Enfin, je tiens par-dessus tout à remercier mon mari Brian et mes enfants Jack et Mary. Brian, toi qui es mon roc, la voix de la raison et mon premier critique, merci pour ton soutien au fil des livres, avec l'infinie succession de hauts et de bas qui jalonnent ma carrière ; tout paraît possible quand tu me tiens par la main. Jack et Mary, vous êtes des mômes fantastiques et je vous remercie de me rappeler que je suis plus qu'une autrice. Autrefois je croyais que mes meilleurs côtés ressortaient dans mes livres, mais maintenant je sais : mes meilleurs côtés, c'est vous.

À PROPOS DE L'AUTRICE

© Beth Eiteljorge/Crossroads Photography

Lexi Ryan est une autrice figurant sur les listes des best-sellers du *New York Times* et de *USA Today* pour ses romances torrides et ses fantasy Young Adult sexy et pleines d'action. Ses livres se sont déjà vendus à plus d'un million d'exemplaires.

Ancienne professeure d'anglais, elle s'estime chanceuse d'avoir échangé des piles de copies à corriger contre des romans chargés d'émotion à imaginer.

Elle est maintenant épanouie chez elle, dans l'Indiana, avec son mari et leurs deux enfants, où vous pourrez la trouver en train de soulever des poids, de lire énormément, de passer du temps avec sa famille et de remercier sa bonne étoile.

Ces promesses maudites est le premier tome de sa duologie Young Adult publiée en grand format aux éditions De Saxus.

lexiryan.com

@lexiryan

@writerlexiryan